U0485015

时代出版传媒股份有限公司
安徽文艺出版社

季宇，文学创作一级，曾任安徽省文联主席、省作协主席，中国文联、中国作协全委会委员。主要作品有长篇小说《群山呼啸》《新安家族》《王朝的余晖》《共和，1911》等，小说集《最后的电波》《当铺》《金斗街八号》《王朝爱情》《猎头》等。长篇小说《新安家族》被译为德文出版。中、短篇小说曾在《人民文学》《中国作家》《当代》《收获》《上海文学》《钟山》《十月》等刊发表，并被《新华文摘》《小说月报》《小说选刊》《中篇小说选刊》等选刊选载。另有影视作品多部。49集电视连续剧《新安家族》曾在央视一套黄金时段播出。作品曾获中宣部五个一工程奖、飞天奖、金鹰奖、星光奖、《人民文学》奖、长江文艺奖、《中篇小说选刊》奖、安徽省社科文艺奖等。

不朽

BU XIU

刘铭传在台湾

季宇 著

图书在版编目（ＣＩＰ）数据

不朽：刘铭传在台湾 / 季宇著. -- 合肥：安徽文艺出版社，2025.1

ISBN 978-7-5396-7993-8

Ⅰ．①不… Ⅱ．①季… Ⅲ．①纪实文学－中国－当代 Ⅳ．①I25

中国国家版本馆 CIP 数据核字(2024)第 026407 号

出 版 人：姚 巍
责任编辑：张妍妍 姚爱云　　　　装帧设计：马德龙

出版发行：安徽文艺出版社　　www.awpub.com
地　　址：合肥市翡翠路 1118 号　　邮政编码：230071
营 销 部：(0551)63533889
印　　制：安徽新华印刷股份有限公司 (0551)65859551

开本：700×1000　1/16　印张：21.25　字数：270 千字
版次：2025 年 1 月第 1 版
印次：2025 年 1 月第 1 次印刷
定价：65.00 元

(如发现印装质量问题，影响阅读，请与出版社联系调换)

版权所有，侵权必究

目录

引子 / 001

第一章　山雨欲来 / 008

第二章　龙性难驯 / 022

第三章　时势造英雄 / 035

第四章　大风起兮 / 045

第五章　与时间赛跑 / 058

第六章　血染山川 / 073

第七章　黑云压城 / 089

第八章　非常恶战 / 102

第九章　苦苦相持 / 116

第十章　惟事事求实 / 133

第十一章　百年陈案 / 146

第十二章　新的使命 / 159

第十三章　公心为上 / 170

第十四章　白手起家 / 180

第十五章　重中之重／191

第十六章　甩开膀子干／206

第十七章　劝君切莫去抬郎／225

第十八章　多事之秋／241

第十九章　天灾人祸／252

第二十章　铁路攻略／263

第二十一章　艰难开拓／278

第二十二章　不祥的征兆／292

第二十三章　呕血六载功不就／304

尾声／317

附录／320

参考书目／331

后记／335

引　子

　　清晨的枪响打破了沧江的寂静。此时,法军的一支先遣小队正在从沧江的左岸向右岸进发。沧江,又称谅江,流经越南(时称安南)谅山附近。按照指挥官的命令,这支小队将先行抵达右岸,然后掩护大队渡河。该小队由一连海军陆战队、一排东京土著步兵和六名非洲营的轻步兵组成。当先遣小队渡河时,对岸的山林中忽然响起了枪声。

　　一些游民装束的武装分子开始向河中射击。法军喊叫着,立即展开还击,在左岸负责掩护的法军也一齐开了火。一时间,枪声大作。此时约是清晨五点钟。经过一个多小时的激战,法军登上了右岸。那些袭扰者胡乱地放了一阵枪,便迅速隐没在弥漫着薄雾的丛林中。

　　这是公元1884年6月23日。

　　前方很快传来了报告,法军先遣小队有三人负伤。杜森尼中校十分恼火。6月1日,即二十二天前,他受法国远征军总司令米乐将军的派遣,前去接收谅山。为了这次接收,远征军司令部专门组建了谅山纵队。该纵队由杜森尼中校指挥,下辖一个海军陆战营、非洲轻步兵队、东京土著步兵分队、四十毫米山炮连、半个骑兵连,以及工兵、宪兵、通信兵、医生、辎重队,约有九百人,还有负责运送粮食给养的越南苦力近千人。

他们从浪张府出发,一路走得十分辛苦。时值6月,赤日炎炎,酷暑难耐。从郎甲往北,部队进入山区,行军变得更加困难。四周一片荒芜,几乎没有人烟。起伏的山丘一望无际,茂密的灌木丛里生长着羊齿草、野竹子和四处蔓延的杂草、藤蔓。山路蜿蜒曲折,高低不平,很多地方没有路。他们不得不一边开路,一边艰难地行进。饮水也遇到了困难,尽管在有些地方发现了水洼,但里面的水也无法饮用。中暑、血热病,还有痢疾不断袭来,很多士兵倒下了。可杜森尼为了按期赶到指定地点,不顾这些困难,依然命令部队加快行军速度。

杜森尼是一个以严苛著称的指挥官。他毫无怜悯之心,管理方法也极其野蛮,非洲轻步兵和苦力常常被他像畜生一样鞭打。一路上,部队减员严重。在抵达沧江之前,兵员已减二百余人。此外,不堪虐待的越南苦力沿途逃跑的也不在少数。山炮连由于缺少骡马,跟不上步兵的行军速度,干脆被丢在了后边。

6月22日傍晚,纵队抵达沧江。杜森尼布置好宿营后,立即带了几名骑兵来到江边,察看渡河地点。当时,他就发现对岸的树林里有人在窥视他们。从望远镜中可见一些武装分子,他们穿着游民服装,但都带着枪。这让杜森尼十分警觉,因为他们一路走来,经常受到一些武装分子的袭扰。这些人衣衫褴褛,出没于山野丛林,频频向他们打冷枪。在从桥山去北黎的途中,他们至少受到两次袭击,还有一匹马被打死了。尽管这些袭击者身份不明,但杜森尼认为他们可能是清军派来的侦察兵,只不过是进行了化装,没有穿军装而已。

沧江对岸的地势十分险要,断崖峭壁,丛林密布。为防不测,杜森尼在次日渡河时,派了一支先遣小队作为前导。他们的任务是探明情况,必要时在对岸建立阵地,以保护大部队顺利渡河。现在他们果然遭到了袭击,不过情况并不严重。袭击者退去后,大部队顺利渡过了河。

此时,已是傍晚六点多钟,杜森尼没有停留,命令部队继续赶路。由于天热,上午八时至下午四时气温太高,不宜行军,他们必须在早晚抓紧行动。进入北黎地区后,周围渐有人烟,沿途出现了农田、茅屋,还有一些竖在田野中的高高的瞭望台,这是当地人用来防范土匪、传递信息的。

再往前走便是观音桥了。这里位于谅山以南一百多里外的沧江岸边,是一处通往谅山的交通要道。路边建有一座观音庙,据说年代久远,而在庙的前方有一座小桥,名曰"观音桥"。如今,一百多年过去了,如果你去观音桥,仍可看见庙和桥。但据当地人说,那庙已不是当年的庙,桥也不是当年的桥(现在已有两座桥),都是后来重建的。

驻守观音桥的清军约有三千人,指挥官是总兵万重暄。6月初,传来中法达成和约的消息,清军将撤回国内。至于何时撤军,却没有任何命令。可就在几天前,万重暄忽然接到探报:屯牙一带发现大批法军及民夫正在向他们开来。

万重暄立即向上禀报,驻扎桂林的广西巡抚潘鼎新指示:各军谨守营地,加意防范,既不可"藐敌玩视",亦不可"生事幸功"。不久,总署(总理衙门的简称)又发来电谕,严饬各营仍扎原处,"不准稍退示弱,亦不必先机接仗。倘法军扑犯,则衅自彼开,惟谨与决战,力遏凶锋"云云。

这些指令都明确地要求他们必须扼守防地,同时也要求他们不必主动生事,除非法军首开衅端。因此,万重暄一直在密切关注这支法军的动向。当探马来报,称法军正在做渡江准备时,为了避免发生误会,万重暄当晚便起草了一封信件,打算派人给法军送去,同时下令部队进入戒备状态。

第二天,当法军渡过沧江,继续向前开进时,万重暄便派员前往交涉,并带去了他的信函。信的全文如下：

尊敬的法军司令：

我们知道你们的同胞福禄诺先生在离开天津回法国时说过："二十天后将有法国军队进入这一地区，桂军应撤出他们驻扎的地方。"

你们希望我们今天撤回边界内，但我们必须接到总理衙门的指示才能行动。这并不是我们想破坏条约。《天津条约》明确规定我军要撤回边界以内，为此，我们只希望接到一封信，确切地告诉我们如何行动。不应以无谓的战斗来破坏和平。因此，你们发电报到北京，请求总理衙门下命令。这样的要求会得到答复，而且不需要很长的时间。我们一接到总理衙门的命令就整营撤出安南领土，返回镇南关。既然我们两国已签订和约，就不应使战争重新发生。

特此函达。

下面落款是中国的三位指挥官，并盖有统带镇南军大营兼带中军左营之关防。信的落款时间是光绪十年五月二十九日酉时（即1884年6月22日晚五至七时），地点是观音桥。这封信后由法军带回河内译出，保存于法军档案之中。以上便是法军的译文。

看得出这是一封十分正式的文书，有人把它称为照会，也不无道理。派去送信的弁员共有四名，除正使外，另有一名翻译、两名随员。他们赶到法军营地时，法军正在树荫下避暑。他们见到杜森尼，递交了信件。信的内容具有相当的诚意，就连法国军官加尔新也说"词气极为平和"。由于法军没有带翻译，杜森尼通过清军的翻译，大致明白了信的内容。可他对此却抱有怀疑的态度，认为这可能是一个"陷阱"，清军也许是在拖延时间。于是，他说"本人是奉命行事，而且是按条约前来接收，你们应该立即撤军",口气不容丝毫商议。

清军代表提出可否给他们一点时间,以便禀报上级,一旦接到命令,他们可以立即撤防。杜森尼满脸不悦,问他们需要多少时间,回答是至少六天。杜森尼差点叫了起来,开什么玩笑?他说他一天也不能等。

清军代表向他解释,由于广州到龙州的电报线还没完工,桂林不通电报,他们向上级报告只能通过驿递,即便八百里加急,也不可能少于六天。这是事实,但杜森尼听不进去,也不想听。清军代表又提出:可否请法军直接致电北京(正如信中所请),问明情况。因为法军携带电台,如果发电报可以大大缩短时间。但是,这一提议同样遭到拒绝。

史料记载,在谈判过程中,杜森尼十分无理和傲慢。他声称:不管你们退不退兵,我三天内必达谅山。他还扬言,如果惹恼了他,他可以带着这支部队直捣北京(这当然是一句可笑的大话)。清军代表劝他三思,免生误会。杜森尼大怒:"吾无敌之师,所向披靡。"

杜森尼是一个性情暴躁的人。他作战勇敢,多次负伤,由于表现突出,前不久刚刚晋升为中校。米乐将军在请求晋升他为中校的报告中称他在不久前的战斗中"三处受伤",并在"好几次战斗中表现得很突出"。可是,并不是所有人对他的评价都是良好的。加尔新对他曾有如下描述:"他(指杜森尼)身材高而瘦,面多血色,而且易怒,毫无外交手腕,但能事事破坏,甚至连自己亦有破坏的危险。"这个评价看来并非空穴来风。

上午十时,又来了一位清军官员。据杜森尼事后的报告称,此人自称是由广西提督派来处理此事的。他的官阶要大于当地的指挥官,并且可以向当地驻军将领下达命令。在交涉中,杜森尼仍然坚持要中国军队立即撤军,他还对渡江时遭到清军的攻击表示气愤。那位军官解释说,这并不是中国军队所为,攻击他们的很可能是矮桐岭的匪帮。最后,杜森尼提出要见当地驻军的最高指挥官。那位官员表示接受,然后就离开了。

下午两点半,哨兵来向杜森尼报告,中国官员到了。他们包括那位广西使节和当地驻军的指挥官万重暄,就在营地外边。杜森尼派克雷坦中校去见他们,要他们随他前去见杜森尼。在这个问题上,广西使节的看法似乎与当地指挥官的并不一致。后者认为,他们不应越过北宁与谅山的省界,因而提出请杜森尼前来相见。如果从礼节而言,双方是平等的,这样做也并无不妥。

但杜森尼拒绝出来相见,指挥官万重暄也借口离去。事后,双方各执一词。一方说法军无理,一方说清军缺乏诚意。

下午三点多钟,杜森尼放回一名清军的谈判代表,让他带回一封信。信上写道:"一小时之后,法军将继续前进。"

果然,一个小时后,法军开始行动了。他们沿着公路向观音桥进发。这条公路左边是矮桐岭,右边是沧江,周边都是树林和灌木丛。不久,他们便看见了清军的工事。据杜森尼后来说,他曾向部队下达了不准首先开枪的命令。但事实是,担任先头部队的非洲轻步兵(又称阿尔及尔营。这些来自非洲的黑人士兵被称作"莽汉",他们中有不少人是窃贼和暴徒,作风彪悍)遇上清军后,二话不说,立即放起枪来。

清军不得不进行还击。战斗打响后,杜森尼下令杀害了三名人质——但事后他拒不承认,坚称这三人是间谍——同时命令海军陆战营、非洲营的一个连和东京土著步兵分队迅速压上,双方展开了激战。三名人质遇害的消息传来后,清军被彻底激怒了,炮队频频发炮,炸得法军人仰马翻。在战斗中,杜森尼发现清军中的一支小队冲向了他们的运输车队。他急令热南中尉带兵阻击,并令运输队快速撤至安全地带。由于人多势众,且占据了有利地形,利用灌木丛的掩护,清军向法军发起勇猛的攻击。

很快,法军抵挡不住了,被迫退进树林,背靠着一个山坡形成防卫圈。天黑之后,清军的攻势停了下来。杜森尼下令清点伤亡人数,并抓紧修筑掩体工事。但清军仍在周边不停地向法军开枪,杜森尼在起草电报时,墨水瓶也被一颗子弹击碎了,墨水污染了纸张和他的手。

第二天清晨,战斗重新打响。清军在夜间对法军进行了包围。法军拼命抵抗,但清军攻势很猛。据杜森尼报告称,清军有一万多人(实际上只有三四千人),而且装备了先进的雷明顿枪、温彻斯特枪等。法军开始退却,但公路已被切断,苦力们四处逃散。有人劝杜森尼撤退,他愤怒地高喊:"谁也不准走,我决不会后退!"

枪炮声呼啸着,烟尘四起。法军被打得抬不起头来。战斗从早晨七时一直打到午时。清军的攻势越来越猛。他们利用灌木丛的掩护向敌军频频射击,法军被打得晕头转向。随着清军逐渐占领周边的高地,他们完全占据了主动地位。这时,杜森尼十分后悔丢下山炮连,否则他们绝不会如此被动。

下午四时左右,清军的包围圈越收越小,好几次都扑到了法军阵地的前面。眼看大势已去,杜森尼不得不下达撤退命令。运输队这时已经被打散,苦力们四处逃奔,法军好不容易抢下了八天的补给。没有这些给养他们不可能退回浪张府。此后,断后的非洲兵拼死抵抗,才使溃败的法军保持了稍许尊严。用加尔新的话说,是这些非洲兵的"豪勇"阻挡了清军的追击。

让他们庆幸的是,昨晚虽然下了雨,但沧江的河水并没有明显上涨,他们顺利地渡过河去。不过,撤退的过程依然很狼狈,他们一路狂奔,几乎用出了吃奶的力气。英国驻东京记者斯各特称,他们从浪张府来时走了六天,回去时只用了三十六个小时。其惊恐张皇之状,不言而喻。

观音桥之战后,法军战败的消息迅速传至国内,立时引起一片大哗。法国政府指责清政府违背条约,叫嚣要实施报复,并索要巨额赔偿。为了达到目的,他们调兵遣将,气势汹汹地将战火烧向了中国本土。

第一章　山雨欲来

1

观音桥之战发生前，刘铭传正在杭州小住。他是受浙江巡抚刘秉璋邀请前来的。刘秉璋与刘铭传是多年的老伙计。淮军草创时，他们是最早前往安庆的江淮子弟兵。那是同治初年，转眼间，二十多年过去了。当年的"叫花子兵"（淮军初进上海时，穿着破烂，赤脚芒鞋，形同乞丐，故有"叫花子兵"之称）早已不可同日而语。

如今的淮系势力遍布大江南北，当年的淮军骨干也大多身居高位，其中，刘秉璋、张树声、潘鼎新等先后位列封疆。相比之下，当年的"淮军第一名将"刘铭传却显得有些落寞，自十四年前"辞官归里"后，他一直窝在合肥西乡老家，过着不咸不淡的日子。刘秉璋时常为老朋友感到惋惜。

想当年，刘铭传投奔淮军时，才二十六岁。时光荏苒，岁月不饶人，如今二十多年过去，他已步入中年。尽管他口口声声要终老田园，了此一生，但刘秉璋心里清楚，刘铭传并非等闲之辈，岂能甘心在老家度过余生？

刘秉璋，字仲良，祖籍安徽庐江，道光六年（1826年）生人，比刘铭传年长十岁。刘秉璋是进士出身，在淮军中除李鸿章之外，他的功名最高（早期淮军将领普遍文化水平不高），因此地位特殊，就连李鸿章也对他另眼看待，优礼有加。虽然他与大多数淮军将领"气味不投"，但与刘铭传惺惺相惜，引为知己。在杭期间，两位老友诗酒往来，谈及国事，不禁感慨万千。

观音桥事变发生后，两人都预感到一场大战不可避免。法国觊觎东方已久。早在道光七年（1827年），法国传教士百多禄主教就给法国路易十六皇帝上了一份奏议。在奏议中，他说，为了在东方与英国抗衡，"按照我的意见，在越南建立一个法国的殖民地是达到这个目的最稳妥、最有效的方法"，"如果我们把这个国家占领，则无论平时战时，都可以获得最大的利益"。他在奏议中详细列举了五种利益，此外还包括一些长远的、"在今天也许不甚急切，但是在将来更为重要"的利益。这些长远的利益就是从越南"建设一条达到中国中部去的商道"，"将使我们获得那个人们不认识的国家（中国）的富源"。

百多禄的奏议很快引起了年轻君主的重视，不久，法国便借口出兵越南，强迫越南割让了以西贡为中心的南方大片土地。然而，法国的野心远远没有得到满足，它的"法兰西东方帝国计划"，包括占领越南全境以及中国的南部。

法国的图谋，清朝当局早有觉察。1881年9月，云贵总督刘长佑上奏朝廷，声称法人志图越南，以窥滇、粤。福建巡抚丁日昌也向总理衙门奏报，法国在越蠢蠢欲动，图谋不轨。驻英法公使曾纪泽则建议朝廷尽快采取对策，明定方针大计。

12月，最高当局表明了态度，认为法人谋占越南北境，通商云南，危及我滇、粤藩篱，"计殊叵测"，"后患不可胜言"，表达了"保藩固边"的意旨，同时谕令北洋大臣李鸿章等筹商办法。

1882年,法军攻占河内,越南国王紧急向清政府求救,前后达数十次之多,其声之悲,其情之切,"满朝臣子望天朝拯救如婴儿之望父母"。

越南与中国山水相连,且"列藩封"已二百余年。法国的行动不仅是对宗主国的挑衅,而且直接威胁到中国西南边陲的稳定。此时,李鸿章丁母忧,直隶总督一职由淮军大将张树声署理,而外交则由曾纪泽负责。曾纪泽是晚清名臣曾国藩的次子,对外一向以态度强硬著称。中法谈判很快陷入僵局。

6月初,张树声秉承朝廷的旨意,下令陆军开赴越南,同时调动广东兵轮,克期出洋,遥为声势。

中法对抗,一触即发。

鉴于"此次法国构衅,事端重大",朝廷不顾李鸿章丁忧,"夺情"让其回任。李鸿章历来主张"外须和戎,内须变法"。回任之后,他便提出了战备、和议双管齐下的主张,用他的话说,就是"以理喻之,以势遏之","二者交相为用"。

此后,中法两国边打边谈,直到达成《中法简明条约》。哪知观音桥事变发生,谈判再次破裂。

刘铭传与刘秉璋都是当朝有识之士,对局势自然了然于心。同光以来,虽然大清国经过洋务运动和二十年的自强努力,实力大增,但相比法国,还有很大差距,尤其是海军。尽管法国在普法战争中吃了败仗,国力有所削弱,但他们的海军号称"世界第二",仅次于英国,依然十分强大。刘秉璋认为,如果法舰大举集结,将直接威胁京师,甚至重演咸丰十年(1860年)火烧圆明园之惨剧。

这一担心不无道理,但刘铭传则认为,眼下所虑者不是北方,而是东南沿海。因为大沽、旅顺等地均有西方各国的利益,法国用兵可能会遭到干预。相反，他们如果动手，很可能是在东南沿海，尤其是福州和台湾。

刘铭传的看法并非空穴来风。台湾虽然远离越南战场，但法国早在观音桥之战前，就在密谋一个行动，即以先进的舰船优势，占领中国沿海的一两处口岸作为"担保"，向中国施压，逼迫中国退出越南，并索要所谓的战争赔款。这个计划被称为"据地为质"的"担保政策"，并在观音桥之战后开始实施。

不过，早在观音桥事变发生前，李鸿章便已获悉情报。那是观音桥之战前两个月，当时正在天津与李鸿章谈判的福禄诺曾密信李鸿章谈及此事，之后他又通过天津海关税务司的德璀琳向李鸿章透露，声称法国舰船近来暗查中国沿海防务，发现闽、粤、江、浙等地"罅隙颇多"，彼欲占领一至两处，据此要挟清廷。福禄诺向李鸿章透露消息的目的，自然是在威胁李鸿章，以便尽快从谈判桌上捞到好处。但这样一来，也泄露了法国的图谋。

尽管这项计划当时尚在密谋之中，但还是引起了清政府的警觉，于是清廷着手在沿海布局。当时，朝廷最担心的是台湾。因为台湾孤悬海外，地处蛮荒，且防务薄弱，一旦发生战事将危殆万分。

面对日益紧张的局势，朝廷此时已有意起用一些老将，如刘铭传、鲍超等，希望这些久历疆场、威望卓著的宿将来挽救时局。于是，李鸿章借机保荐刘铭传前往云南，作为后路援军，但朝廷并未采纳。随着战事越发紧急，起用刘铭传的呼声越来越高。从天津传来消息，朝廷已决定起用刘铭传，不久将有谕旨。刘秉璋当然也知道这件事，于是问道：

"老弟，倘朝廷用你，意欲何往？"

刘铭传答曰：

"台湾。"

刘秉璋有些意外。他提醒刘铭传："此去台湾，风险甚大，你赋闲多年,好不容易重新出山,何必自讨苦吃?"刘铭传正色道,当今用人之际,自当为朝廷分忧,为社稷效力。看他满脸郑重,刘秉璋将信将疑:

"省三,戏言乎?"

"非也。"

刘秉璋始之惊诧,继之拍案。"壮哉!"他说,"果如是,则台湾幸甚!国家幸甚!"

2

观音桥之战发生后,中法对抗迅速升级。法国政府召见清政府驻德法代表李凤苞,提出强烈抗议,指责中国破坏和约,挑起事端,要求中方立即撤军,并予以赔偿。法国驻华临时代办谢满禄偕参赞葛林德也奉命前往总理衙门进行交涉。对于法方的指责,清政府予以反驳,认为此次事变,是法兵开炮在先,清军是被迫还击。至于中方破坏和约之说,并无根据,因为条约中并未言明中方退兵时间。

中法双方提到的和约,是指观音桥冲突前一个月中法两国在天津商定的《中法简明条约》。这是清政府出兵越南以来,中法双方第三次谈判所达成的协定,前两次谈判都由于法国背信弃义而流产。

1882年5月,法国攻占越南东京,李鸿章返回天津后,中法双方重开谈判。11月间,他与法国驻华公使宝海举行了会谈,希望和平解决争端。12月间,谈判达成初步意向,双方签订了一份备忘录,史称《李宝协定》。哪知,协定墨迹未干,法国便撕毁了协定。理由是法国内阁发生变动,强硬派茹费理出任总理,决定中止协定,并召回宝海。

此时,李鸿章才发现上当了。原来,法军攻占河内后,发现清政府态度强硬,陆续派兵出境。当时双方军队数量悬殊,一旦交战,法军将陷入险境。正如宝海后来在给法国外长的信中所说："当时东京正受到两支中国军队的入侵,而这对于行使安南政府1874年赋予但一直未获批准的权利来说,确实比任何其他问题都更为严重……这个允诺(指《李宝协定》)的第一个效果是使中国的部队撤离东京,退至边境,从而使我们被众多敌人包围而陷于灭顶之灾的河内驻军解脱出来。"

显然,宝海所谓的谈判是出于一种战略目的。他秉承法国政府的旨意,以和谈为名,意在拖延时间,以便调兵遣将。一俟增兵完成,便立即翻脸。

然而,李鸿章一直蒙在鼓里。直到宝海被召回国,他才发现上当了。

宝海被召回后,新任法国公使脱利古来华。此时,法国已完成增兵。而随着雨季的到来,红河水位上涨也有利于法国发挥舰船的优势。于是,脱利古立即换了一副面孔,盛气凌人地提出了一系列无理要求,强迫中方接受。这样一来,彻底激怒了清政府。朝野上下一片主战之声,主张和谈的李鸿章更是备受责难。一时间,谤议喧腾,弹劾之声四起。

李鸿章又气又怕,同时对法国的背信弃义大为恼怒。当宝海回国前向他辞行时,他十分愤怒地说:"法国如不承认中国的宗主国地位,事情似乎只有这么办了!"说着用力捏紧了拳头。言下之意,便是刀兵相见。

此后,在主战派的压力下,李鸿章一改妥协的态度,在与脱利古的谈判中变得强硬起来。与此同时,清政府也加大了向越南增兵的力度。

几个月后,谈判破裂。

中法军队终于开战。

1883年12月11日,法军水陆并进,向越南山西发起攻击。战争一开始,中国军队就连遭败绩。先折山西,再失太原、北宁。北宁一役,清军主力参战,前后五日,伤亡一千多人,大败而退。广西提督黄桂兰眼看战局崩溃,无力挽回,便服毒自杀以谢罪。

北宁失利，后果严重，紧接着谅山、郎甲等地先后失陷，中国军队（包括西线滇军）被迫退至中越边境一带。朝廷闻报，大为震怒。慈禧下令杀了扶朗炮台总兵陈德贵、副将党敏宣，又将广西巡抚徐延旭、云南巡抚唐炯革职拿问。

1884年4月，一个德国人来到天津。此人名叫德璀琳，同治年间来到中国，曾在中国海关任四等帮办，后累升至税务司。他是李鸿章的老朋友和外籍顾问，负责帮助李鸿章搜集来自伦敦、柏林、巴黎的一些动态以及西方各国对时局的观点。他给李鸿章带来了一封信。写信的人名叫福禄诺，时任法国海军巡洋舰"伏尔达"号舰长，信中称他愿为中法"从中讲解"，即为两国说和。

当时，李鸿章对这一提议的态度十分谨慎。他认识福禄诺，但交往不多。有一年，"伏尔达"号停靠天津时福氏曾礼节性地拜会过他。后来，李鸿章与脱利古谈判时，他也曾经参与过，并与李鸿章有过两次单独接触，"备至殷勤"。虽然李脱谈判后来破裂了，但福禄诺给他留下了较好的印象。

德璀琳与福禄诺偶遇于一艘邮船。当时德氏搭乘这艘邮船去广州就任海关税务司新职，而福禄诺则是来该邮船看望船长，他与这个船长是朋友，就这样两人在船上相识了。福禄诺把德璀琳称为"德国的世界主义者"，德璀琳对福氏印象也不错。交谈中他们谈到了局势，福禄诺表示，中国应尽快从越南脱身，以便用全部力量来应付朝鲜事件（当时日本正在朝鲜挑事，并引发了壬午事变）。两人看法一致，德璀琳答应牵线搭桥。

清军在越南山西、北宁战败后，主和之声又悄悄抬头。弱国无外交，李鸿章这时也软了下来，希望以和谈解决争端。然而，法国公使脱利古此时已回国，而新任公使巴德诺尚未抵达。此外，因中国出使德法公使曾纪泽态度强硬，法人拒绝与之谈判（声称只要曾侯在巴黎一天，就不会进行任何谈判）。鉴于现有的谈判渠道都已关闭，福禄诺中校虽非政府官员，资格存疑，但他既然找上门来，愿意调停，李鸿章认为不妨接触一下。

然而，当时朝野上下同仇敌忾，主战派声势浩大，李鸿章虽然主张和谈，但也不敢贸然行事，因此致函总署请示方略，并让德璀琳转告福氏，让他在烟台候信。

不久，朝廷回复同意谈判。

于是，一场奇怪的谈判开始了。谈判的一方是负责外交的中方大员，而另一方则是法国的一个小小的海军舰长。事后，就连李鸿章都用调侃的口气对福氏说，你一个小小的军官竟成了法国政府的使节，你知道我们的那些御史将会如何吃惊吗？

但事实是福氏的谈判并非个人行为。因为他事先报告了法国海军中将及殖民地部长裴龙，而且得到了部长的许可。部长回电称，福氏以个人身份出面，有助于推行法国政府的政策。后来，法国政府还一度任命福氏为法国临时全权代表签署协议（草案）。所以这场谈判从某种意义上具有一定的正式性。

会谈从 5 月初开始，一直进行到下旬。双方围绕和议条款，讨价还价，反复辩论，用李鸿章的话说，"与之再四推敲，酌改数次，实已舌敝唇焦"，最后达成框架协定。在这个协定中，中方做了很大的妥协。概言之，便是中国同意将军队撤回边界，不再过问越南之事，同时允许法国进入中国通商；法国则承认中越边界，不要求赔款（按：不赔款是李鸿章争取来的，此后法国反悔，那是后话）。这个条约史称《中法简明条约》，俗称《李福协定》。按照这份协定，清政府等于放弃了在越南的全部利益，可协定草本报到北京后，慈禧太后却认为"与国体无伤，事可允行"。

随后，双方签字画押。不过，需要说明的是，这次签约是非正式的。

因为从法国方面来讲,文件的正式签署还需由新任公使巴德诺完成。从中国方面来说,此次会谈是太后秘密授意,尚须报经皇上批准。也就是说,在走完这些程序之前,协定还不算完全生效。

尤其值得一提的是,协定中关于退兵的条款,虽然中方承诺撤防,但关于撤防的时间并无明确规定。

5月22日——观音桥事变发生前一个月——福禄诺回国,来向李鸿章辞行,两人再次谈到了撤兵之事。当时清军各防营驻扎于谅山保胜一带。福氏提出请贵军按条约尽快撤离,并表示法军将在四十天内前往接收。李说,这根本办不到,并说这事还需协商,用他的话说,即"再议办法",并报朝廷批准。他还对福氏"限期退兵,语近胁制"表示不快,认为他不会答应,"亦不敢向上报告"。但福氏态度急迫,坚持己见。李鸿章警告他,不要急于前进,切勿与我军接战生衅。

这次谈话,双方并未达成一致。况且,当时只是福禄诺来辞行,谈话并不具有正式性,双方既未"备文照会",事后李鸿章也没向朝廷报告。用李鸿章的话说,便是"彼此游谈,不足为据"。

然而,福氏回去后便致电海军部,并由海军部通知法国远征军总司令米乐将军可以前往谅山等地接收,从而导致了观音桥事变的发生。

事变发生后,法国恼羞成怒,一方面调集兵力在谅山附近集结,准备实施报复;另一方面决定成立中国海域舰队,向中国本土发起进攻。

局势岌岌可危。

大战一触即发。

3

公元1884年,清光绪十年,旧历甲申。

这一年的夏天,对于刘铭传来说,是一个载入史册的时刻。这个时刻,无论是对国家,还是对他个人,都至关重要。

刘铭传出生于清道光十六年(1836年),出生地是合肥西乡(今肥西县)大潜山西北四房郢村。这里离大潜山约八里路,地处肥西、六安两县交界处。《刘氏宗谱》记载,刘家先祖原是江西进贤县紫溪村人,明初为避战乱迁至合肥西乡,并定居大潜山下。

刘铭传字省三,自号大潜山人,父刘惠,母周氏,兄弟六人,他排行第六,幼时因出天花,脸上留下麻点,故有"六麻子"的绰号。刘铭传生性豪放,桀骜不驯,年轻时贩过私盐,后在家乡办过团练,是从死人堆里爬出来的。史料记载,他身材短小精悍,钟声铁面,雄侠威棱。

刘铭传幼时,家中尚有数十亩薄田,丰年尚足温饱。据乡人回忆,六麻子自幼天性顽劣,不爱读书,喜打仗游戏,时常扮演大帅,领着一帮小屁孩排兵布阵,相互厮杀。许多年后,当他成为威风八面的统兵大员后,有人便说,三岁看大,这伢从小就是一个将才。

不幸的是,十一岁那年,刘铭传的父亲病故,家道中落。此后兄弟分家,他与母亲相依为命。辍学后,为了生计,他干起贩卖私盐的买卖。那段日子,刘铭传行走江湖,结交了一些患难兄弟,过着大碗喝酒、大块吃肉、刀尖上舔血的日子。

十六岁那年,刘铭传娶六安程氏为妻。程氏比刘铭传年长六岁,勤俭贤淑,持家有方,刘铭传对其十分敬重。乡间传说,一天晚上,刘铭传睡觉梦见老虎,醒来后出了一身冷汗,从此立下宏愿,决心成就一番事业。后来,有一天,他登上大潜山,举目四望,仰天而啸,撂下了那句掷地有声的豪言:"生不爵,死不谥,非夫也!"这句话成了他的座右铭,也成了他一生追求的目标。

咸丰年间,天下大乱。太平军克庐州,盗匪蜂起。各地纷纷办起团练,结寨自保。当地某豪绅借办团练之名,四处盘剥,祸害乡里。一日,此人来刘家索款,刘母拿不出,便遭其责骂侮辱。此时,刘铭传的大哥、三哥已经去世,另外几个哥哥因为惧怕,敢怒不敢言。刘铭传回来后,听母哭诉其状,勃然怒曰:

"敢辱吾母者,是可忍,孰不可忍!"

说罢,追上豪绅,要讨回公道。豪绅笑曰:"孺子何能,安敢挡吾哉?"可他话音未落,刘铭传已上前夺刀在手,将土豪砍下马来。随从见状大骇,一哄而散。刘铭传这时跃身上马,拍马冲入村中,高呼:"此人欺侮乡里,吾已杀之!愿保乡里者,随吾来!"

在他的号召下,从者云集。很快数百人围聚而至,共推刘铭传为头领。此后,他率众在旱庄扎下营寨,成了一方团练首领。

这一年,刘铭传刚满十八岁。

太平军兴以来,各地纷纷办起团练。但团练有官团和民团之分。官团经过官府批准,称为"奉示团练"。而民团则是自发组成,因无官方信印,筹饷较为困难。为此,刘铭传绞尽脑汁,四处索要,就连自己的亲舅家也不放过。

当地有一个郭姓大户,兄弟二人因常被刘铭传索要团饷,便密谋要除掉他。一日清晨,郭氏兄弟带人埋伏于一处山口。此处乃刘铭传每日必经之地。他们架起土炮,做好了准备,不一会儿,他们看见刘铭传带着队伍过来了,便瞄准放了一炮。轰隆一声巨响,硝烟弥漫。郭氏兄弟弹冠相庆,以为刘铭传必死无疑。谁知硝烟散去后,刘铭传居然从烟尘中站了起来。他拍了拍身上的尘土,然后灰头土脸地朝他们走来。郭氏兄弟被吓坏了,浑身发抖,连忙跪地求饶。刘铭传走到他们面前,不愠不怒,只淡淡问了一句:

"钱粮呢?"

郭氏兄弟吓得哪敢二话,连声承诺绝不拖延。

就这样,刘铭传治服了郭氏兄弟,乡里其他富户也都老实起来。不过,刘铭传虽然四处索饷,但对象主要是富人,不找穷苦人家。相反,他还严禁部下滋扰乡里,并规定"三不准",即不准杀人放火、不准抢劫掳掠、不准奸淫妇女,违者定斩不饶。因而其得到乡亲们的拥戴。每有战事,民众都会踊跃支持,从而使圩堡立于不败之地。

合肥,古称庐州,位于江淮之间,居皖之中,战略位置极为重要。咸丰年间,庐州一带战乱不断,太平军、捻军和官兵为了争夺这里,多次发生激战。庐州两克、三河大捷,太平军投入重兵,战况均极为惨烈。在这样严酷的环境下,庐州团练的日子并不好过。太平军定都南京,如日中天,为了寻找出路,合肥西乡众团练一度想投靠太平军。可当他们聚会商讨时,一阵狂风刮断了旗杆,众人大惊失声。此时,有人说此乃不祥之兆,投靠太平军断不可行。

说这话的人是刘铭传的私塾先生刘盛藻。他年长刘铭传八岁,论辈分却是刘铭传的族侄。此人"少读书,不求仕进",但见识颇广,后随刘铭传加入淮军,官至直隶按察使。他的一席话惊醒众人,于是投靠太平军之议遂罢。

转眼几年过去,刘铭传团练于大潜山一带渐渐站稳了脚跟。因为他的队伍多以刘姓子弟为主,故被称作"刘家子弟兵"。当时,合肥西乡团练中,以"三山"最为有名。所谓"三山",即周公山、大潜山、紫蓬山。当地方圆百里,圩堡林立,群雄啸聚。其中势力较大的有:张树声、张树珊兄弟筑堡于周公山下的殷家畈,刘铭传筑堡于大潜山北,董凤高筑堡于大潜山南,唐定奎、唐殿魁兄弟筑堡于大潜山西南,周盛华及周盛波、周盛传兄弟筑堡于紫蓬山北,解先亮、叶志超等筑堡于紫蓬山南,周世臣筑堡于紫蓬山东北。他们以"三山"为中心,以地域、宗族和血缘为纽带,父死子承,兄死弟及,盘根错节,极为凶悍,就连陈玉成、李秀成这样的名将也领教过他们的厉害,告诫手下"勿犯三山"。

咸丰六年(1856年),江淮大旱,赤地千里。金桥镇吴姓大户囤积居奇,为富不仁,刘铭传一怒之下,带人哄抢了吴家粮食,还将吴家当铺付之一炬。吴家告至官府,合肥县下令缉拿,刘铭传东躲西藏,后来,不得不投靠六安举人李元华的团练,受其庇护才得以摆平了官司。但他也因此付出了代价,家中的房屋被烧,母亲也惊惧而亡,有史料称其"家焚母故,悲愤交集"。

为此,刘铭传衔恨于合肥知县英翰。不久,太平军克庐州,英翰逃往旱庄寻求庇护,但刘铭传闭门不纳。事后,英翰告刘反叛,六安知州邹筲派人将刘缉捕到案,按律当处死。这是刘铭传的至暗时刻。但幸运的是,邹筲动了恻隐之心。他认为刘铭传是一条好汉,"伟才难豁",而国家正是用人之际,杀之可惜,加上李元华此时也在多方奔走,为刘开脱,于是便有了保全之心。他对刘铭传说:"倘本官将你开释,可愿将功折罪?"

刘答:"愿。"

邹筲又说:"如食言当加罪。"

刘曰:"愿罚。"

"善!"

邹筲遂令将刘铭传开释,并设宴款待,席间对其激励开导,要他尽忠朝廷,为国分忧,负起保境安民之责。

刘铭传一一应承。

应该说,邹筲算是一位开明的官员,刘铭传遇到他也是命不该绝。回去后,他果然兑现诺言。由于母亡家毁,他索性将家眷搬至旱庄圩堡,重召旧部,整顿队伍。此后两年间,他率部转战六安、庐州一带,配合官军,攻克六安,并在金桥阻击太平军,立下战功,先后升任千总、都司,官至四品。

  然而,这一切仅仅是开始。对于刘铭传来说,他的好戏、大戏还在后头。

第二章　龙性难驯

1

清同治元年(1862年),是刘铭传命运发生重要转折的一年。这一年,他加入了淮军。

淮军的建立是晚清的一个重要事件。因为它的成立影响了晚清长达四十年之久。公元1861年8月,咸丰帝驾崩。新皇载淳即位,年号同治。此时,东南局势一败涂地。次年1月,太平军忠王李秀成大军攻克杭州,席卷东南,旋又挥师上海。所谓"十万大军,三面包围,七路并进",上海岌岌可危。

这样一来,新掌权的两宫太后坐不住了。

上海地处东南沿海,是当时中国最大的商业城市和财赋重地,而上海的税收则是清廷中枢的主要经济来源,岂容有失?

朝廷谕令曾国藩紧急驰援,一时间,明诏密谕,函电交驰,刻不容缓。

可是,经过一年苦战,刚刚拿下安庆的湘军兵疲将乏,何况还要分兵围困天京,军力早已不敷之用。于是,曾国藩报经朝廷批准,决定组建一支新军驰援上海。

这支新军就是后来的淮军。

它的统帅就是李鸿章。

此时,远在大潜山的刘铭传正在寻找出路。自咸丰八年(1858年)以来,太平军席卷庐州,官军一败再败,用官府的话说,叫"贼势日炽"。庐州团练也遭受重创,度日艰难。刘铭传虽说投靠了李元华,立下了一些战功,但依然前途渺茫,看不到希望。一天,他接到了周公山张树声的邀请,约他去张老圩议事。

那天,应邀前去的除了刘铭传,还有周盛波、周盛传兄弟以及"三山"团练的一干人等。这些年,为了对付太平军,他们相互联络,遥相声援,可谓难兄难弟。

张家是当地名门,世居周公山。太平军起,张家父子便办起了团练,在当地影响很大。张树声乃廪生出身,为人老成持重。他在兄弟九人中居长,当地人尊称他为"大大先生"。到了吃饭时间,张树声摆下宴席,众人边吃边喝,谈及局势不免长吁短叹。张树声说:"如今大局糜烂,吾等与官府完全失去了联系,长此以往,处境堪忧,必须寻个出路方好。"

众人均表赞同。其实,这些年他们为寻出路可没少费心思,其间还一度打算投靠太平军,后因风断旗杆,视为不祥之兆才作罢。现在,张树声挑起话头,于是众人都问他有何见教。此时张树声早已考虑好了,今天请他们来也正是为了此事,便说:"我等皖中豪杰,振臂一呼,举足轻重,岂能无所事事,终了一生?"

众人纷纷附和,张树声一番煽动,气氛顿时热烈起来。他接着又说:"我听说,李家少荃公子在湘军辅佐曾大帅,我们不如投奔他,也好干出一番大事,将来封官拜将,光大门楣,不知诸公意下如何?"

李家少荃公子即李鸿章，少荃是其字。他是合肥东乡（今肥东县）人。咸丰年间，李文安、李鸿章父子奉旨回乡办团练，张家父子曾投靠麾下，转战于庐州一带，因此，张树声父子与李家父子颇有交情。后来，李鸿章离开安徽投奔曾国藩帐下。如今，湘军已打出一片天地，而曾国藩身任两江总督、钦差大臣，总督苏、皖、浙、赣四省军务，可谓重兵在握，权势煊赫。张树声得知消息，遂有投靠之议。

大家一听，都拍桌叫好。刘铭传更是举双手拥护。于是，众人歃血为盟，定下大计。散席后，张树声便提笔给李鸿章写了一封信。

此时是1861年的秋天，淮军的组建还没提上日程。不过，曾国藩已在考虑"募集淮勇，以济湘军之穷"，意为招募安徽兵勇，以弥补湖南兵源不足。由于多年征战，湘勇伤亡严重，兵源枯竭，而安徽当时是湘军与太平军交战的主战场，且两淮风气刚劲，古来多出豪杰，就近招兵，既快又好。他把这一想法上报朝廷，请求在安徽募勇，正在等待批复。就在这时，李鸿章接到张树声的信，不禁大喜，曾国藩闻讯也赞曰，"独立江北，今祖生也"，直把张树声比作祖逖再生。祖逖乃闻鸡起舞的东晋名将。评价之高，实出众人意料。

没多久，咸丰皇帝驾崩，同治皇帝继位。

又过了几个月，便到了同治元年。

一月间，淮军开始筹建。它的第一批骨干力量便来自庐州团练，即张树声的树字营、刘铭传的铭字营、潘鼎新的鼎字营、吴长庆的庆字营。其后不久，周盛波、周盛传兄弟的盛字营、传字营也加入了淮军。由于这些队伍都来自庐州，因而有人把庐州称作"淮军的摇篮"，倒也名副其实。

此后，在淮军募勇大旗的号召之下，从安徽投奔而来的兵勇互相援引，源源不断，如同滚雪球似的越滚越大。

"到上海升官去！"

"到上海发财去!"

一个个充满诱惑、激动人心的口号,在 1862 年前后响彻淮河两岸。在这样极具煽动性的号召之下,一批又一批跃跃欲试的江淮子弟开始源源不断地投身于淮军,这不仅壮大了淮军队伍,也使淮军具有了鲜明的地域特点和乡土成分。合肥地方史料记载,当时盛行一句顺口溜,"会说合肥话,便把洋刀挎",便生动地说明了这一点。

2

刘铭传初入淮军时,年仅二十六岁,手下的铭字营不过区区五百人,论官职也只是个千总(相当于如今的营级干部),但对他来说,这是人生的重要转折,因为他从此开始步入了一个新的更高的更大的平台。用当今的流行语说,平台的高度决定了人生的高度,此言不虚。如果说刘铭传当年在庐州是龙卧浅水、虎落平阳,如今加入淮军,则是海阔天高,任其邀游,完全换了一个天地。

淮军初进上海时,由于穿得破破烂烂,装备也差,多为大刀长矛,人称"叫花子兵",一度让人看不起,不论上海官场,还是在沪洋人,甚至老百姓,几乎所有人都大感失望,没人相信就凭他们能守住上海。结果,他们全错了。几个月后,淮军在虹桥一战成名。随后,又收复金山、七宝,并取得四江口大捷。此后一年间,淮军攻城拔寨,名震苏南。

金陵克复,曾国藩害怕功高震主,为避锋芒,主动提出"撤湘保淮",即裁撤湘军,保留淮军。于是,湘军由十几万裁撤至三万,而曾国藩的嫡系则"裁撤殆尽"。这一来,淮军后来居上,一家独大。到"平捻"结束时,淮军已由当初的十三营六千五百人,扩展到十一大军系、一百二十营、八万余众,而且全部配备新式洋枪洋炮,成为清王朝装备最为精良、战斗力最强的"第一武装"。

在淮军的发展中,刘铭传的表现始终十分抢眼。由于作战勇猛,刘铭传不断升迁,不到两年,便由千总、都司、游击、参将、副将、总兵直至提督,加骠勇巴图鲁,赏头品顶戴,穿黄马褂。此后又获三等轻车都尉世职,晋爵一等男。他的铭字营也升格为铭军,下辖左、右、中三军,每军六营,共十八营,外加亲兵营、炮队等达三万之众。部队装备也首屈一指,全军一律改用新式洋枪洋炮。炮队一营计有洋炮二十余尊,多为先进制式,令人刮目相看。

淮军早期有三大名将,刘铭传居其一。另外两人,一是程学启,一是郭松林。程学启祖籍舒城,个头矮小,貌不惊人,但他打仗不要命。有史料称其"爱将如命,挥金如土,杀人如草"。淮军攻占苏州后,程学启一次杀掉降兵两万余人,制造了血腥的"苏州杀降"事件,因此他被称为"淮军第一悍将"。

郭松林祖籍湖南湘潭,他是李鸿章从曾老九(曾国藩之弟曾国荃)手中挖过来的猛将。此人好色,不守军纪,在湘军不受待见,但李鸿章看他是个人才,便将其收至麾下,予以重用。郭松林骁勇善战,相貌俊美,"双眉插鬓,雅擅丰仪",坐骑为一匹大白马,每次打仗,纵横驰骋,出入无人之境,有"清朝赵子龙"之称。

然而,此两人都好景不长。同治三年(1864年),程学启战死于嘉兴城下,一颗枪弹击中他的太阳穴,致其脑浆迸流而亡;同治五年(1866年),郭松林败于钟祥罗家集,身中七枪,并遭捻军生擒,从此一蹶不振。唯有刘铭传百战成钢,屡建奇功,成为名副其实的淮军第一名将。

民间相传刘铭传是福将,剿捻时,马头被弹片削去,却没有伤及他;后来任台湾巡抚,法军炮弹落到面前竟不炸。这些情况可能都曾出现过,但是,如果说刘铭传的成功仅仅靠运气,那就大错特错了。

别的不说,就从他初进上海的表现来看吧。淮军初进上海,如同土包子进城,满眼的西洋景。十里洋场,花花世界,高鼻子、蓝眼睛的外国人,还有各种精巧的西洋器物,冒着黑烟在黄浦江上突突跑的蒸汽兵轮和商船,无不让他们感到新奇。但最让他们开眼的还是那些新式洋枪洋炮。当时淮军的装备多为大刀长矛,火器则为老式的鸟铳、抬枪,几乎是清一色的冷兵器,根本不是洋枪洋炮的对手。

李鸿章看到了这个差距。到达上海没多久,他就萌生了更换装备的想法,即让淮军也改换这些新式装备。但他的想法一开始遭到抗拒。淮军诸将大多反对,包括程学启、郭松林等人都有抵触情绪。因为他们使惯了大刀长矛,对于洋枪这种新玩意,一是不懂,二是排斥。还有一点,那就是他们放不下架子,尤其是向洋人学习,窒碍难行。

这个想法在今天看来,似乎有些奇怪。不过,"夷夏大防"在当时却是上纲上线的原则问题。晚清虽然落后挨打,国力日衰,但"天朝上国"的思想仍为正统,"尊王攘夷""夷夏之防"等观念根深蒂固,向洋人学习则被视为大逆不道。因为我泱泱大国岂能向蛮夷学习?这不是"用夷变夏","变乱成法"吗?

不过,李鸿章心里明白只有打胜仗才是硬道理。虽然这一做法有些犯忌,但严酷的现实使他不得不迈出这一步。特别是太平军居然也装备了洋枪洋炮,于是他更有了紧迫感。他多方开导淮军诸将,认为中国兵器远逊于西洋,我们要深以为耻,提出"坚意学习洋人,同志诸君祈勉为之"。他还说,我们久驻上海,如果不能把洋人的"长技"学到手,将来必定后悔。他的话开始没人听进去,但有一个人积极响应,带头支持。

此人就是刘铭传。

李鸿章不禁大喜,便在铭字营搞起试点。

很快,洋枪便买来了。李鸿章身为江苏巡抚,手中有钱,也有渠道。

可枪买来了,不会使咋办?刘铭传去向李鸿章报告。李鸿章说,活人还能让尿憋死?

刘铭传说,那只能聘请洋人了。

李鸿章不置可否。

刘铭传回去后便请来了洋教习。有人劝他,你这不是瞎搞吗?让洋人当教头,成何体统?可刘铭传不管这些。他先是聘了一两个洋人,后来逐步增加,最多时达到八个,其中既有英国的、法国的,也有德国的。

有人向李鸿章告状,说刘麻子乱搞,把洋人都搞进来了,简直太出格了!哪知李鸿章听后一笑,说:"这个刘麻子你们还不知道,从来就是天不怕,地不怕。"这话听上去怎么也不像是批评。

不久,虹桥之战打响,这是淮军进上海的首秀。面对太平军的猛攻,刘铭传的洋枪队发挥了巨大威力。他们洋枪齐发,重创对手,为最后的胜利发挥了至关重要的作用。

这一来,淮军诸将看到了洋枪的好处,纷纷效法。一时间,淮军鸟枪换炮,各营都将大刀长矛换成了新式洋枪,那些金发碧眼的洋教练也接二连三地被请进来。此后不久,淮军的改革又进了一步,就连营制也习用西法,改用西操,甚至连口令都用起洋文。比如,"前进"叫作"发威马齐"(forward march),"一二一"叫作"弯吐弯"(one two one),如此种种,不一而足。

不久,这些变化便传至曾国藩耳里。曾国藩对此十分不快。他写信提醒李鸿章洋枪洋操不足为训,抬枪、鸟铳、刀矛以及劈山炮方是我军根本。在他看来,练兵就是要练体魄和真功夫,不能搞华而不实。他还把洋枪比作"诗赋杂艺",无法取代"经书八股"。

然而,历史的车轮滚滚向前。随着时间的推移,洋枪洋炮的优越性逐渐被广泛认可,一场由冷兵器向热兵器过渡的革命势不可当。而在这场革命中,刘铭传走在了前面,这正是他的过人之处。

这样的例子很多。外界评价刘铭传,都称其胆识过人,敢为天下先。事实也是如此。他起于底层,接地气,少迂腐,受传统条条框框束缚较少,做事不拘一格,注重实效。无论打仗,还是练兵,概莫能外。曾国藩曾夸他用兵"横厉捷出,不主故常"。

铭军换装后,面貌一新。尤其是那些聘请的洋教习,都是经过精心挑选的,均系正规军人出身,有的还毕业于军事学校,有参战经历。他们的到来,不仅大大提高了铭军的军事技能,而且使铭军的军事素质和军事理念发生了变化。在刘铭传看来,这些不亚于更换新式装备。因而他对这些洋教习十分器重,并注意向他们学习。而这些教习也尽心尽职,十分得力,有的还与刘成为莫逆之交。

其中最有名的便是毕乃尔。

毕乃尔中文名是毕华青。他是法国军人,生卒年不详。同治元年(1862年),刘铭传组建洋枪队时,他便和另一个洋教习吕嘉受聘于铭军。此后,他随队转战苏、浙、皖、鲁等地。此人不仅对西人枪炮"尤为专擅",而且异常勇悍,常亲督炮队攻城,积功至记名总兵,赏戴花翎,加法什尚阿巴图鲁勇号,深受刘铭传赏识。后来,他正式加入铭军。剿捻结束后,他已受封总兵候补,赏加提督衔,这已是清代武职最高军衔。由于共事多年,毕乃尔与刘铭传之间的交情也越来越深。其间,他深受中国文化影响,努力学习汉文,后来还主动要求"冠戴剃发",加入中国籍,并到刘铭传的老家合肥定居。

李鸿章得知此事,表示支持。他还专门向朝廷上了一份奏折,称:

伏念毕乃尔孤身远寄,本无可依,缘主帅暨统将两人均系合肥县籍,乃尔在营日久,所议亦多淮军将士,前此随军西上曾过庐州,乐其风土敦庞，人情朴厚，窃愿隶安徽合肥县籍，并于县境略置田庐，俾有因依，庶冀世世子孙长为圣朝赤子……仰副皇上怀柔远人，爱惜战将之志……

这一奏折在同治五年(1866年)得到批准。毕乃尔从此隶籍合肥县，成了一名法裔中国人。刘铭传还替他做媒，与一合肥女子成亲。战后，他一直生活在合肥、六安一带，当地人称他为"毕鬼子"。

合肥地方史料记载，毕鬼子死后葬于六安。他的墓地就在六安城外的白塔乡，墓碑、柱表、供桌、拜台一应俱全，墓碑正面刻有"毕大公之墓"，柱表镌有一副对联，上书：

　　异地借才　用夏变夷真杰士
　　同仇敌忾　摧锋陷阵大功臣

据说此联出自合肥名士王尚辰之手。刘铭传不忘故人之情，还在墓侧置祭田二十石①，命人为毕氏守墓，并在金桥一带为其后人置田一百三十石，供其生活。民国年间，还有人看见毕的后人上坟祭祀。1958年毕墓被毁，据当地老人回忆，墓中可见大小棺木两口，系夫妻合葬。毕身材高大，着朝服，挂朝珠。

3

刘铭传虽然在淮军中立下大功，但官运并不亨通。与他同年加入淮

---

① 石，旧时常用作田地计量单位，1992年废除。

军的张树声、刘秉璋、潘鼎新等人先后位居显爵,可他始终封疆无望。为此,刘麻子满腹牢骚,一肚子怨气。

清代重文轻武,文官受到尊崇,权力远高于武官。刘铭传年未三十而提督畿疆,但提督虽为武一品,地位却远低于同级文官,这让心高气傲的刘铭传很不服气。然而,要想以武转文,遇到的一大障碍便是出身。

文官晋升,讲究正途。刘秉璋是进士出身,潘鼎新为举人,张树声再不济,也是县廪生。可刘铭传只读过几年私塾,没有功名,这是他的一大短板。虽然李鸿章有心提携他,但屡次举荐,均未奏效。为此,刘铭传意见很大,曾作诗发泄心中不满:"盛朝修文不用武""文章两字误苍生""官场贱武夫,公事多掣肘""武夫如犬马,驱使总由人",如此种种,足见其心中怨气之大。

当然,除了出身是一个短板,刘铭传的个性也不适合官场。民间相传,有一次李鸿章寿辰,别人纷纷送上重礼,只有刘铭传按合肥乡俗送上两斤寿面、两条方片糕,并附诗一首:

> 时人个个好呵泡,
> 鸡鱼肉蛋整担挑。
> 惟有省三情太薄,
> 二斤挂面两条糕。

刘铭传做事向来如此,率性而为,不拘小节。他因幼年生天花,脸上落下麻点,又因兄弟排行第六,故有"六麻子"之称。这个绰号虽不雅观,但刘铭传并不忌讳。有一天,他的如夫人项氏正在作画,刘铭传在一边看得高兴,便提笔助兴,在上面随手画下一些梅花,并题诗一首:

圈圈点点又叉叉，
顷刻开成一树花。
若问此花何人画，
大潜山下刘六麻。

这样的例子还有不少。淮军刚成立时，刘铭传率部到安庆，接到通知曾国藩要来视察。于是，诸将都冠戴整齐，早早恭候于大帐。可是，左等右等，过了大半天，始终未见人来。这一下，刘麻子不耐烦了，张口便骂，说，要见就见，不见拉倒，再不来老子就不伺候了。说着，拔腿要走，要不是李鸿章制止，说不定他真会一走了之。

哪知，曾国藩这时正在屏风后偷偷观察。事后，他对李鸿章说："脸上有麻子者，帅才也！"曾国藩擅长相面之术，"一见能卜其终身"，几达出神入化的境界。这次他的话又一次应验了，刘麻子后来果然成了一员猛将，战功卓著。他的铭军鼎盛时，兵员上万之众，一律配备新式洋枪。此外，还有大小开花炸炮数十门，战斗力极强。可谓攻无不克，战无不胜。

不过，刘铭传虽然作战勇猛，但"性不耐官"（李鸿章语），这自然为官场所不容，毕竟像曾国藩、李鸿章这样爱才的官员并不多见。曾国藩曾说他"果而侠"，但"欠渟蓄"；薛福成、吴汝纶（均为淮系要员）也评价他是"气盛不饶，固不及也"，虽是"淮军杰出人才"，但"龙性难驯"。

同治六年（1867年）底，东捻军被镇压下去，刘铭传所部作为淮军主力，位居首功，可朝廷只封他一个三等轻车都尉世职（从三品），很多人都替他抱不平，就连曾国藩也认为功赏"相去万倍"。为此，刘铭传极为不满。这年冬天，淮军在山东济宁休整，他便带头撂挑子，公开上书"乞退"。朝廷令他率部北上，镇压西捻军，他也拒不应命，屡屡以"伤疾并发"为由，请求回乡养病。李鸿章知道他是心气不顺，多次劝他，让他先忍忍，可他就是不听。李鸿章无奈，只得答应他的请求，后报经朝廷同意，准其回乡养病。

刘铭传回乡不久，剿捻战局便陷入被动。由于战事吃紧，朝廷旋即下令取消刘铭传的假期，令其回任，可刘铭传软磨硬抗，就是不肯应召，就连曾国藩和李鸿章亲自出面劝说，也无济于事。后来，还是曾国藩想出个点子，提出由朝廷出面表彰他一下，"奖其勋谋而慰其劳苦"，用曾国藩的话说，这叫天语一句胜万句。果然，刘麻子受到朝廷表彰，心里一高兴，便屁颠颠地销假回任了。

此后，在与西捻军的对战中，刘铭传又立下赫赫战功。按理，这一回朝廷该好好奖赏他了吧，结果朝廷的封赏依然吝啬——给了个一等男爵，刘铭传气不打一处来，立马上书请求开缺，再次撂起挑子。李鸿章写信劝他，他不听；让他来谈谈，他也不来。李鸿章知道他的脾气，只好去说服曾国藩，并奏请朝廷准其解甲归里。

然而，计划赶不上变化。这边朝廷刚准了刘铭传的假，那边天津教案就发生了，七国军舰云集大沽、烟台一带，扬言要武装报复。鉴于局势危殆，朝廷决定取消刘铭传的假期，让其带兵备战。

一年后，天津教案平息，朝廷任命刘铭传督办陕西军务，并授其"专折奏事"的特权。这一安排自然与李鸿章的保荐分不开。李的用意是以此作铺垫，为他将来"握大符"——出任陕西巡抚铺平道路。

然而，六麻子到了陕西之后，却不听李鸿章的劝告，竟然摸起左宗棠这只"老虎"的屁股。左宗棠时任陕甘总督，又是湘系领袖，位高权重，就连曾国藩、李鸿章都不在他眼里，而况区区刘铭传？但是，六麻子也不是好惹的，他天不怕地不怕。早在尹隆河之战时，刘铭传就与左宗棠不对付，加上湘淮之间门户之见甚深，刘到陕西不久，两人便水火难容。刘铭传利用"专折奏事"的特权，向朝廷奏本，专找左宗棠的毛病。

左宗棠得知后气得不行，也上奏指责刘铭传，说他飞扬跋扈，自成一统，淮军厌战，贻误战机。两人你来我往，互相告状。眼看矛盾越闹越大，清廷便耍起惯用手法，各打五十大板，这更让刘铭传咽不下这口气。后来，有人提出把两人分开，让刘铭传驻守新疆或肃州，刘坚决不干，连李鸿章也没报告一下，便称病告退，理由是"脑痛欲裂，坐卧难安"。

第三章　时势造英雄

1

刘铭传一生"五进五退",即五次辞官。所谓"凡五进,而辞退乃十有八焉",陕西那次是他第三次辞官。

这一次,刘铭传回乡赋闲的时间最长,前后有近十年。这期间,他开始大兴土木,寄情山水,每日与人饮酒、赋诗、下棋,消遣时光。地方文献记载,刘铭传的出生地原在离刘老圩西北约六里的四方郢子,后迁至旱庄。这里是刘铭传创办团练扎寨之处。刘铭传辞官回乡后,由于家中妻妾多,人丁猛增,难以安置,便在旱庄西北角建起新居刘老圩,又在六安九公山建了一处别墅——刘新圩。

刘老圩依山傍水,面对大潜山,金河水穿流而过。圩堡占地近百亩,四周环水,深壕高墙,圩门高大,外设吊桥;圩墙高耸,宽数米,可行人走马,并建有坚固的碉堡、炮台和箭楼,以防外侵之敌。堡内则是华厅高屋、亭院楼阁、花园假山、小桥长廊、池塘花木以及仓库、米房和马库等,规模浩大，盛极一时。圩内还修有一座六角亭，该亭四面环水，石桥相通，专门用来放置西周著名青铜器——虢季子白盘。这是刘麻子打下常州后，从太平天国护王府中缴获的战利品。这件宝物后来成了刘家的传家宝。

刘老圩的建筑颇具特点，既吸取了徽派建筑的特点，又兼收皖中民居风格。最特别的是，圩内建有一座西洋楼，位于正厅西南角的一处花园内。建筑风格完全为西洋式的，楼为上下两层，砖木混合结构，四周为回廊，栏杆为圆柱形。这在肥西圩堡中并不多见。据说，当年这处西洋楼楼上藏书，楼下住人，是刘铭传经常读书的地方。

刘铭传回乡后，还撰过两副庙联。一联是："十载河东，十载河西，眼前色相皆成幻；一时向上，一时向下，身外功名总是空。"一联是："万户侯、何足道哉！听钟鼓数声，唤醒四方名利客；三生约信非虚也！借蒲团一块，寄将七尺水云身。"

从这些诗联来看，他似乎看破红尘，从此悠然南山。李鸿章见他如此，担心他意志消沉，曾写信告诫他，莫效信陵君以醇酒妇人自乐，而应"多读古人书，静思天下事，乃可敛浮气而增定力"。他还说，像你这样的人，绝不会终老山林，总有一天会报效国家，不如"及此闲暇，陶融根器，后十数年之世界，终赖扶持"。

李鸿章与刘铭传关系非同一般。李鸿章一直看好刘铭传，认为此人必有大用，将刘作为手下爱将，对他多方提携，处处关心。刘铭传闹情绪、犯错误，他总是迁就、袒护。如刘铭传部在奉贤城滋事，枪杀县令；在长沟械斗，抓了陈国瑞（陈为僧格林沁爱将，官至提督）。这些纰漏可都不小，但在李鸿章的庇护下，均被大事化小，小事化了。

刘铭传个性不羁，做事率性，有时脾气上来，就连李鸿章也敢顶撞。1868年春，剿灭东捻军后，刘铭传因功大赏轻，带头撂起挑子，从而引发"济宁罢战"，险些坏了李鸿章的大事。由于剿办不力，朝廷严旨申饬，李鸿章被褫黄马褂，拔双眼花翎。后来，多亏刘秉璋和潘鼎新等人从中化解，才平息了风波。然而，事后李鸿章并没有追究刘铭传的责任，反为他多方开脱，认为刘铭传带头请退，不过"酒后牢骚之谈"，并称刘对名利"亦尚超脱"，但素性轻率，闹点情绪也是常情。

光绪五年（1879年），中俄因《伊犁条约》引发争端。李鸿章主和，提出妥协退让，这让刘铭传大为不满，写信给李表示愿带铭军，不惜一战。李鸿章接信大为恼火，认为他不该附和左宗棠，与自己唱反调。为此，两人闹得不欢而散，甚至到了差点绝交的程度，但最后还是李鸿章不计前嫌，与他重归于好。

刘铭传回乡后，起初有七年时间与李鸿章未通音问，但李鸿章始终在关注他，时常问起他，并一直在暗中为他的复出找机会。早在刘铭传辞官回乡前，李鸿章就写信给他，称左帅（指左宗棠）在甘，诸将不愿西行，固是常情，"惟吾弟以百战威名，淮人领袖"，拒不从命，于情于理均欠妥，自然要引起"中外清议"。在批评他的同时，也教导他，称"凡办大事业，遇大艰苦，须要坚忍"，"大丈夫生于世，血性义气，不可一日磨灭，否则入魔道矣"。他还致信张树声，对刘铭传"大有披发入山之想"很不以为然，认为他年未四十，就想学韩世忠、彭学琴，实不可取。看得出来，他对刘铭传寄予厚望。

当然，刘铭传也一直不忘李的知遇与栽培，将李的恩情铭记在心，尽管他有时闹情绪，与李鸿章意见相左，甚至发生激烈争吵，但他始终把李鸿章看作恩师，称其为"吾师""贤帅"。李鸿章对他的劝诫和教导大多时候刘铭传也能听得进去。有研究者认为，李鸿章劝刘铭传多读书的信对他起了重要作用，也许不无道理。但从根本上说，刘铭传压根儿就不是自甘沉沦之人。他出身布衣，起于行伍，虽不是传统读书人，但骨子里深受儒家正统思想影响，其报国之志、家国情怀，深入骨髓，渗于血脉。他曾说过:"生不爵,死不谥,非夫也!"因此,像他这样胸怀远大抱负之人岂会躲进小楼,自成一统?

事实上,在赋闲期间,刘铭传并未闲着,一直在认真读书。为此,他还专门建了一座西洋楼,专供读书之用。刘麻子虽然文化程度不高,与科举无缘,但他书读得并不少。史料称他"少读书,喜奇略",诸如"医药、壬奇、占候、堪舆、五行之书",无不涉猎,"尤好兵家言",可见其所学甚博。他还善于诗文,著有《大潜山房诗钞》,曾国藩为之作序,称其诗有豪士侠客之风,"气象尤可贵耳"。

当时,洋务运动兴起,刘铭传认为此乃救国之道,对此十分热衷。为了开阔视野,他专门购置了许多西方报刊、译作,"静研中外得失",密切关注着国家安危。其间,他的诗作虽以抒发归隐之情为主,但也时时流露出报国无门的苦闷。如"莫谓高皇情太薄,晚年犹唱大风歌""我心图灭贼,志不在功名""回首战场都是泪,知心朋辈几人全""诸将如师事,丹心报国忠"等等。尤其是看到国是日非,外患频仍,更是坐卧难安。

当时,他结交的多是一些志同道合的洋务人士,如吴汝纶、马其昶、薛福成、陈宝琛、徐润等。他们时常聚会交谈,心怀忧患,纵论时局,这不仅开阔了刘铭传的眼界,而且更坚定了他自强的信念,加强了他的紧迫感。每每谈及敌国外患,刘铭传便有匹夫有责但大志难伸之憾,酒酣耳热之际,常常按捺不住,慷慨激昂,大发感慨。有一次宴会,他拍案而起说:"公等识之,中国不变西法,罢科举,火六部例案,速开学校,译西书,以励人才,不出十年,事不可为矣!"

光绪六年(1880年),伊犁事变发生,西北边陲告急,朝廷正当用人之际,李鸿章觉得机会来了,便向朝廷保荐刘铭传出山。此时,已是刘铭传回乡养病的第十个年头,哪知他一到北京又捅了马蜂窝。

2

事与铁路有关。

铁路当时在中国是禁区,尽管西方早在半个世纪前就有了铁路。洋务运动兴起后,一些有识之士看见铁路的价值纷纷提出应当修建铁路,但保守派坚决反对。他们把铁路视为"奇技淫巧",认为铁路修建变易山川,毁害田庐,破坏风水,触犯祖宗神灵,危害国家,还会引发种种严重的社会问题,于国情、民情不合,流弊甚多,万不可行。同光以来,围绕铁路的论战先后有多次。参加讨论的除了总理衙门王大臣外,还有各地的总督、巡抚等大员。每次讨论都朝野震动,聚讼不休。由于反对派声势浩大,铁路成了一个极为敏感的问题。

按理,这事本来与刘铭传不相干。他在家待了快十年,好不容易有了出头之日,何必再去惹事?

可偏偏刘铭传不是一盏省油的灯,他进京陛见时,竟上了一道《筹造铁路以图自强折》,详论铁路的重要性和必要性,认为此事急不容缓。清代任用重臣,都要进京陛见,并面陈军国大计,这是让皇上了解你的机会。对于刘铭传来说,什么问题不好谈,偏偏要谈铁路,这不是自找麻烦吗?

果然,这道奏折一上,立时引起大哗。顽固派蜂拥而上,群起而攻,并再次引发了一场大论战。尽管在论战中,李鸿章上书声援刘铭传,最后还是在一片反对声中陷入孤立状态。此后,刘铭传的奏折遭到驳回。朝旨云:"铁路断不宜开","刘铭传所奏,着无庸议"。

消息传来,刘铭传既失望又气愤,于是屁股一拍,再次打道回府,重新过起了隐居生活。

铁路论战的失败使刘麻子复出再遭挫折。不过,这一次与以往不同。

以往六麻子闹事、撂挑子多是率性而为，恃强逞性，而这一次上奏事先却经过了深思熟虑，认真谋划。经过近十年的隐居读书、静观广思，如今的刘铭传已经变得成熟多了。

进京之前，他途经天津，先去拜谒了李鸿章，并在那里停留了六天。在这六天里，刘铭传与李鸿章交换对伊犁备战形势的看法，两人一致认为，新疆路途遥远，要想巩固边陲，非修建铁路不可，但这个烫手的山芋，轻易碰不得。以李鸿章的身份贸然进言似有不妥，恰好刘铭传进京陛见是一个机会。于是，李鸿章便想借着刘铭传之口试探一下。他对刘铭传说：

"君敢言乎？"

刘答："敢。"

李又问："败之如何？"

刘答："归！"

意思是说大不了再回乡逍遥度日，李鸿章颇为感佩，赞曰："真丈夫也！"

史料记载，这件事明为刘铭传上书，实则却是一次有计划的行动。事前，李鸿章特地找来心腹幕僚吴汝纶、范当世帮助起草这份奏折。吴、范均为桐城派大家，文笔了得。此外，还有两个重要人物也参与了修订，一个是张佩纶，一个是陈宝琛。最后，再由刘铭传按照自己的口气润色。应该说，这份奏折是改革派共同谋划的集体产物。

事后，李鸿章对刘铭传评价甚高。他在给张佩纶的信中说，这件事（指修建铁路）自己想说而未敢说，而省三"幸与吾党发其端"，若自己不趁时呼应，那便是"负国负友负平生"。这也表明了他与刘铭传之间事先就有过沟通和谋划。

3

刘铭传的复出再次搁浅。他回到家乡,一待又是近四年。直到中法交恶,形势危迫,朝廷才把目光又一次投向了刘铭传。

光绪十年(1884年)4月11日,谕旨传来:

> 前直隶提督刘铭传统兵有年,威望素著。前患目疾,谅已就痊。现值时事艰难,需才孔亟。着李鸿章传知该提督即行来京陛见,以资任使。

这道任命来得似乎有些突然,但并不令人意外。中法开战后,朝廷闻鼙鼓而思良将,由于"需才孔亟",而宿将元勋凋零已稀,像刘铭传、鲍超这些老将便显得格外珍贵。早在一年前,朝廷就有起用刘铭传的打算,并征求过李鸿章的意见。1883年5月24日谕云:

> 刻下滇粤防营兵力甚单,自应添拨劲旅,以资备御。提督刘铭传系李鸿章旧部宿将,声望夙著,如令其调募数营统带前赴粤西,作为后路援军,于事能否有济,着李鸿章悉心酌度,据实复陈。

朝廷的意思是,眼下云南、广东兵力不足,能否让刘铭传出来招募数营,作为后路援军。李鸿章接旨后,认为这是保荐刘铭传出山的大好时机,不过对于朝廷的安排,他认为无法达到刘铭传的期望,因此建议朝廷让刘铭传独当一面,寄以边防重任。言下之意,是要给他个封疆大吏干干。李鸿章的回奏如下:

刘铭传智略有干,度越诸将。平日究心史事时务,见机敏决,才智过人。若令独当一面,寄以边防重任,于操纵控驭机宜,必能措置裕如,其威望亦可使人慑服。

这一报告虽然没有被朝廷马上采纳,但对一年后刘铭传督办台湾军务起了重要作用。值得一提的是,如果认为这项任命仅仅是李鸿章个人推动的结果,也不尽然。因为出面保荐刘铭传的,除了李鸿章外,还有军机大臣阎敬铭,以及一向与淮系不和的张之洞和曾国荃。

张之洞的奏折称:"欲激励铭军,惟有用刘铭传。该提督战略素优,闻其羡慕文职,尽人皆知","假予以文职,使为帮办津防,必能感奋图报"——张的奏折明确提出要满足刘铭传"由武转文"的愿望,委以重任,言下之意就是要让他出任封疆大吏。

曾国荃是湘系大佬,曾国藩死后,他与左宗棠便成了湘系的代表人物。虽然台湾向来是湘系的势力范围,但他也放下派别之见,出面举荐刘铭传。

由此可见,刘铭传这一次出山是众望所归,各方一致看好。

6月12日,刘铭传奉诏北上,日夜兼程赶赴天津。在天津他拜见了老上司李鸿章,两人一起讨论了局势以及朝廷对刘的安排。此时,法军据地为质,攻占基隆和台湾北部的可能性越来越大。鉴于台湾孤悬海外,战备薄弱,"两宫宵旰忧劳,其时内外臣工,无不以台湾无备为恨"。谈话及此,刘铭传主动提出愿往台湾。按李鸿章的本意,原打算把他留在身边帮办军务,于是对刘说,此去台湾风险难测,不如留在天津。李鸿章是好意,但刘铭传婉言谢绝,表示大丈夫为国捐躯,马革裹尸,岂能为一己私欲避害趋利?"铭传不才,"他对李鸿章说,"但愿为国家分忧,虽死无憾。"

李鸿章见刘铭传决心已定，而台湾也确实需要一个得力的人去独当一面，挑起防卫的重担，而这个人除了刘铭传没有更合适的了。况且，刘铭传是帅才，留在天津也有点大材小用。

"好吧，省三，"李鸿章说，"你都想好了，那本督自会极力保荐。"

其实，刘铭传早就想好了。在这三年多里，他虽负气归里，但看着沙俄蠢蠢欲动，日本图谋不轨，而当局者不思自强，畏难苟安，他心焦如焚，悲愤难抑。中法争端发生后，他密切关注局势，常常半夜惊醒，立于床下，目裂而泣下，恨自己报国无门。现在，朝廷既然要用他，他自当鞠躬尽瘁以报答。

李鸿章颇感欣慰，看来自己没看错人。想当年，他写信给刘铭传说，"后十数年之世界，终赖扶持"，现在果然得到了应验。

6月22日，刘铭传进京，慈禧太后单独召见，刘面呈《遵筹整顿海防讲求武备折》，提出十条建议，分析了局势，陈述了应对措施以及对国防发展的见解，太后阅后深以为然。看得出来，刘铭传早已做好了充分准备。

值得一提的是，在京期间，刘铭传还与他的老冤家左宗棠会了面。左宗棠在法军犯台后内调军机。大敌当前，两位昔日的对头这时都表示要捐弃前嫌，以国家民族利益为重，和衷共济，一致对外。左宗棠还表示要让驻台湘军官兵听从刘的指挥，以防事权不一，影响大局。这让刘铭传深受感动。

6月26日，即观音桥事变发生第三天，朝廷正式发表委任，命刘铭传以巡抚衔督办台湾军务——此为台湾最高军政长官。谕云：

> 前直隶提督刘铭传着赏巡抚衔，督办台湾事务。所有台湾镇、道以下各官均为节制。钦此。

时势造英雄,赋闲十四年的刘铭传终于出山了。这是一次历史的选择,而等待刘铭传的则是他一生中从未有过的艰难和挑战。

第四章　大风起兮

1

7月的上海,已经进入了夏季。白天烈日高照,夜晚潮湿闷热。由于远离战场,升斗小民依然过着自己的日子,为生计奔走,为柴米油盐操心,对战事并不关心。但是,随着法国公使巴德诺以及法国战舰的到来,中法要开仗的消息很快传开,街头巷尾议论纷纷。

观音桥事变的发生,令中、法两国都始料不及。《天津条约》签订后,法国从内阁到军方都沉浸在一片胜利的喜悦之中。法国远征军总司令米乐将军向全体将士发布通告,声称条约的签署是他们各部队"取得的胜利",也是他们这些胜利的"光辉结果"。与此同时,法国海军部已开始考虑从越南撤回部分军队,第一批撤兵将达四千之众。海军部长裴龙还通知孤拔将军,打算撤销他领导的东京分舰队,令其待命回国。不仅如此,就连米乐将军也提出了卸任的请求。他在报告中称,"军事阶段已告结束","我在这里已变得无事可做"。

福禄诺更是得意扬扬。在条约签署的第二天，法国领事馆举行盛大晚宴，招待李鸿章和在津外交人士。出席晚宴的有意大利公使、西班牙代办，以及德、英、俄、日四国领事，还有一些驻津的知名外籍人士。大厅里灯火辉煌，李鸿章的卫队排列如仪。据福氏给政府的报告称，当各国使节得知中法签订了秘密协定时，"他们难以掩饰的恼恨的心情"（福氏语），让他暗中窃喜。

当时，几乎所有的人都认为中法争端已经圆满解决，就在观音桥事变发生时，远在中国国内，中、法两国仍在友好互动。6月24日那天，当杜森尼率领的谅山纵队正在溃退时，法国中国海分舰队司令利士比正在准备接待直隶总督李鸿章的造访。几天前，利士比就接到法国驻天津领事法兰亭的通知，李鸿章要来芝罘（烟台）视察海军，并拜访利士比。当天，李鸿章在六艘炮舰拱卫下从威海卫驶来。第二天，当李鸿章的舰队出现时，利士比立即下令鸣十九响礼炮致敬，对方也回以十三响礼炮。随后，李鸿章登上了"拉加利桑尼亚"号装甲舰，并观看了战斗表演，包括施放鱼雷。

按照利士比的话说，这次接待给予了最高礼节。李鸿章的陪同人员包括众多高级官员，其中有张之洞、吴大澂、张佩纶等，以及德璀琳（《中法简明条约》的牵线人）和大批随员。除此之外，利士比还邀请了英国领事布列南等外籍人士以及《泰晤士报》的记者宓吉等。当李鸿章乘坐小艇靠近分舰队时，排列好的船只升起欢迎的旗帜，分舰队所有指挥官和参谋人员都列队恭迎，陆战队列队于甲板上，持枪肃立，高呼"共和国万岁"。当李鸿章离开时，分舰队所有船只再次施放十九响礼炮送行。事后，李鸿章很高兴，还向法舰赠送了丰富的礼品，其中有牛肉、羊肉和鸡肉等等。

然而，就在双方沉浸在和约签订后的乐观的氛围中时，观音桥事变发生了。为了推脱责任，法国极力掩盖事实，指责中国违背了条约，并诬称中国军队首先开枪。但显然这都与事实不符。事后，法国调查此事时，远征军总司令米乐试图把过错全都加之于杜森尼一人,但杜森尼极力为自己辩解。他在向东京审判委员会提供证词时说,这是米乐将军想拿他当作替罪羊。他还向委员会出示了他与米乐之间的电报,说明他的每一步行动都经过了请示,而且是按照总司令的要求做的,这一点与他一起参战的同事可以为他证明。杜森尼的证词说明了一个重要的事实,即观音桥事变发生并不是他个人的责任,而是法国远征军司令部的决定。

可是,法国当局却极力掩盖这一点。总理茹费理在接受议院质询时竟罔顾事实,声称北黎事件(这是国外对观音桥事变的称谓)发生时,中国官员来到法军阵前,借口商谈撤军期限和方式,然后突然离开,并且下令开火。中国官员没有向杜森尼说明要以武力反对法军前进,这种做法有失光明正大。

反对派议员克雷蒙梭当即反驳:"他说了。"

这里的"他"是指中国官员,意思是他们向法军说明了这一点,但茹费理矢口否认:"他根本没有这样说。中国军队将领站在前线,是为了探明法国军队的实力,一旦发现法军力量薄弱,就下令进攻。"这种狡辩当然是为了掩盖真相,目的是说服国会为进一步发动战争提供支持。

观音桥事变后,就在巴黎高层叫嚣发动战争时,中国国内主战之声也不断高涨。从北京传来消息,主和的恭亲王已被罢黜,主战派开始掌权。后者一直反对《天津条约》。就在该条约签订前,法国临时代办谢满禄子爵向内阁总理茹费理报告说,北京的局势很微妙,这里(指北京总理衙门)对条约的态度十分暧昧,并给他留下了"坏印象"。英国人也在从中作梗。曾纪泽的助手马格里(英国人)一直在怂恿他反对法国,而他的背后则有赫德(海关总税务司,英国人)的支持。他还说到,意大利公使卢嘉德向他透露,清廷皇太后可能不会批准这个条约,因为反对的意见太多。因此他提醒说,也许在很长的时间里,我们都会面临一系列"缺乏诚意的行动"。

为此，谢满禄曾召利士比将军（时任法国中国海分舰队司令，几天前他刚在烟台隆重接待过李鸿章）前往京津施压。在法方的授意下，利士比把舰队集中于烟台，公然实施恫吓。

从法方得到的情报看，《天津条约》一开始便遭到了来自朝廷高层，包括总理衙门的反对。就在条约签订的第二天，二十多名朝臣便联名上书，集矢于李鸿章，指责他通夷，不以弃地为耻，直与秦桧、贾似道毫无二致。其中翰林院编修梁鼎芬的奏折中更是列举他有"六可杀"之罪。一时间，主战舆论占据上风。左宗棠态度更加强硬，甚至要求李鸿章如遇法军挑衅，可不必照会即与之决战。

曾纪泽也发来电报，认为中国上了法国的当，因为法国根本没有决心与中国打仗，中国应该顶住，给予有力的打击，就会取得最后的胜利。

好在条约得到了老佛爷的支持得以通过。然而，观音桥事变打破了双方和约，法国暴跳如雷，扬言要进行报复。

6月26日，即观音桥事变发生后的第三天，法国新任驻华公使巴德诺接到内阁指令，让他立即去北京，要求清政府"赔款道歉"。电报中还说，已让孤拔将军配合他的行动。

巴德诺是法国资深外交官，光绪四年（1878年）曾出任驻华使馆头等参赞，对中国有相当的了解。后来他一度转任驻瑞典公使，不久前，奉命接替脱利古为驻华公使。《天津条约》签订时，他正在越南忙于缔结第二次《顺化条约》，无法赶来中国，内阁这才决定由福禄诺代为签署《天津条约》。接到电报后，巴德诺立即赶往上海。

就在巴德诺接到内阁指令的同一天，孤拔也接到了新的任命，出任新组建的中国海域舰队总司令。

孤拔是法国海军中将，一个坚定的殖民主义者，曾在北非指挥过殖民战争，并在新喀里多尼亚担任过总督。法国入侵越南后，他曾被任命为东京湾海军司令和东京陆海军总司令,并担任山西和北宁战役总指挥,一度成为将外交、民事和军事大权集于一身的主管越南事务的重要成员之一。

《天津条约》签订后,法国以为大功告成。在这之前,法国还逼迫越南签订了第二次《顺化条约》。在他们看来,军事行动已取得胜利。在这种情况下,海军部打算撤销孤拔的东京分舰队司令职务,让其率部分舰船回国,而留下的舰船只作为"地方性巡逻舰队"使用。对于这一决定,孤拔十分不爽,认为遣返军队和撤销舰队都为时过早。他给海军及殖民地部长裴龙回电,明确表示不愿回国,即便撤销他所领导的分舰队。他强调说:"部长先生,我认为我的岗位是在'巴雅'号战舰上,即便在签字之日也是如此,为的是在发生任何意外的事件时能给顺化驻军提供协助。尽管这种可能性极小,但为了避免措手不及,必须如此。"

不难看出,电报中的措辞带有明显的负气成分,尽管表面上心平气和,但其中的不满溢于言表。"我认为我的岗位是在'巴雅'号战舰上",其潜台词分明是说:我不当分舰队司令了,但还是"巴雅"号舰长,除非你把我这个舰长也撤掉。

这份回电发出没多久,观音桥事变便发生了。由于局势变化,法国海军部马上更改了决定,保留孤拔领导的东京分舰队,并将原先由利士比统辖的中国及日本海域分舰队也交由孤拔指挥,成立新的中国海域舰队。两个月后,在此基础上又组建了法国远东舰队,由孤拔出任总司令。

接到命令,孤拔十分兴奋,立即回电称:"我已做好一切准备,只等一声令下,便率领'巴雅'号及手下护卫舰前往中国沿海海域,并同时担任两个舰队的指挥。"

7月1日,巴德诺奉命赶到上海。几天后,孤拔也按海军部的命令,率"巴雅"号、"阿米林"号和"益士弼"号三艘战舰赶来与巴氏会合。

他们气势汹汹,来者不善,立时引起各方关注。

2

7月5日，孤拔到达上海后，巴德诺立即与他进行了磋商。参加磋商的还有利士比的副官，他是从天津赶来的，向巴德诺和孤拔报告了会见李鸿章的情况。他说，李的态度不明，对能否履行《天津条约》也不置可否。他还认为，现在左宗棠占了上风，李鸿章可能已经失势，或失去了部分权力。

观音桥事变让法国恼羞成怒，但事情发展到这个地步，完全是他们一手挑起的。如果说破坏条约，责任也在法方，可法国却不认这个账。相反他们倒打一耙，指鹿为马。

"我看他们没有任何诚意，"巴德诺说，"只不过是在耍花招。"

"一点没错，"孤拔表示赞同，"他们的目的就是拖延时间，以阻挠我们的行动。"孤拔所说的行动就是指法国正在筹划的"据地为质"计划。按照这个计划，法国将攻占中国一两处沿海口岸作为抵押品，以此要挟清政府，迫使他们让步，接受法国的无理要求。

"将军所言极是，"巴德诺说，"他们很会搞这一套。这个吹嘘文明的国家，恶棍当道，官员都是花钱买的，根本不值得信赖。"

巴德诺与孤拔是老相识了。前不久，巴氏前往越南缔结第二次《顺化条约》时，他们就有过密切合作。巴德诺在越南的活动都是由孤拔一手安排并受到了海军的保护。巴德诺是对华问题的强硬派，孤拔同样如此。他们在许多看法上趋于一致。自茹费理上台后，强硬派在政府占据了主导地位。恩格斯曾这样评价茹费理，称他"是镇压公社的可耻的刽子手中最可耻的一个，也是仅仅为了从法国和它的殖民地榨取膏脂才想统治法国的机会主义派资产阶级的坏透顶的代表之一"。他执掌内阁后，在对华问题上，主张武力征服的呼声便甚嚣尘上。观音桥事变发生后，当时法国驻华的外交官中，李梅（驻沪总领事）、林椿（驻天津总领事）等都鼓吹立即采取武力。巴德诺更是如此。

"我们浪费了太多的时间，"巴德诺说，"真是毫无必要。现在，我是说，立即——"他扬起手来，握成了拳头，"进行一次有力的行动越来越有必要了，不知阁下是否赞同？"

"我完全赞同。"孤拔回答道，"公使先生，我已接到命令，在海上声援，配合您的行动。这是裴龙部长亲自向我下达的命令。"

"好极了，"巴德诺说，"我相信北京现在已经惊恐万状。"他有些得意地撇了撇嘴巴，"子爵先生已转来赫德的请求，希望我立即北上，挽救危局。"他所说的子爵是指法国临时代办谢满禄，而英国人赫德是受总理衙门之请向法方转达这一请求。

"中国人是想重开谈判？"

"也许吧。"巴德诺看了一眼孤拔，稍作了一下停顿，然后说，"总理要我与您磋商，但我认为，这不符合法国的利益。"他解释道，"现在的问题是，《天津条约》已经签署，他们违反条约，就必须付出代价。"

"是的，阁下，"孤拔说，"我完全同意您的看法。"作为军人，他对谈判向来不感兴趣。根据他的经验，对付这些被征服者，如同在非洲和越南一样，必须用大炮说话。"我与利士比将军交换过看法，我们都认为应该尽早展开军事行动，越快越好。"孤拔接着说。

"将军所言极是。"巴德诺脸上露出欣慰的神情，"我很高兴，我们的看法一致。我会立即向总理报告。"他又强调，"依敝人浅见，目前任何试图在北京重开谈判的做法都有悖于我们自己确立的目标。"

"完全正确。"

巴德诺笑了。"我不打算去北京，"他用肯定的语气说，"我要让他们明白这次角色变了。不是我们请求他们,而是相反。中国人很会吹嘘自己,就像福禄诺去天津被他们说成是我们去向他们求和,这简直是污辱。"

"您的意思,是要他们到上海来和您谈?"

"是的,如果他们想谈的话。"

巴德诺早就计划好了,他一到上海便发函给总理衙门通知到职任事,并寄去国书。这一做法明摆着是他不打算北上,尽管清政府通过赫德转达了请他北上的意愿,他却拒绝了。他对孤拔说,他不想让外界产生错觉,以为是法国在求他们。

接下去,他们共同分析了局势,讨论了下一步如何采取行动,很快在最后通牒和军事行动等问题上达成共识。

关于最后通牒,他们都认为此举势在必行。经过商讨,拟定了以下四条:一、中国政府公布敕令,承认《天津条约》,立即从越南撤兵;二、保证向法国支付两亿五千万法郎的战争赔款;三、立即把福州和南京的军火库和码头交给法国作抵押;四、委派全权代表来上海签订"以上述基本原则为基础的最终条约"。

在条约的措辞上,他们都主张使用更强硬的语言,用巴德诺的话说,这样"也许会被北京更好地理解"。

在军事行动上,他们的看法也一致,只是在行动的方向上略有分歧。孤拔主张北上,在渤海湾采取行动,占领大沽或旅顺,直逼京畿。但巴德诺提醒他政府也许不会同意这样做,因为有人正在说服政府高层,认为大沽、旅顺是李鸿章的地盘,最好保全他的面子,这对法国有利。总理和海军部长也持这种看法,并向他透露过这样的意思。当然还有更重要的一点,进攻大沽或旅顺可能会引起其他西方各国的不安。所以,他主张选择南京或福州。不过,这一切都得等待巴黎的决定。

第二天,巴德诺便向茹费理报告了他与孤拔会谈的结果。内阁很快回电,同意他们的看法,对发布最后通牒一事也完全赞同,只是在措辞上做了改动——用巴德诺的话说,变得"彬彬有礼"了。7月9日,法国政府向清政府驻德法使臣李凤苞(此时曾纪泽已改任驻英使臣,而新任驻德法使臣许景澄尚未到位)正式递交了最后通牒,限令清政府一周内答复。

消息传到北京,朝野震惊。主战派坚决反对,就连主和派也认为"条件太苛",难以接受。通牒中最关键的是两条:一是撤兵,二是赔款。撤兵,清政府可以接受,在《天津条约》中业已答应,但对赔款,尤其是两亿五千万法郎(相当于清政府年财政收入的数倍之多),简直是漫天要价,狮子大开口!

在赔款上,清政府的态度一直相当抵制。早在《天津条约》谈判时,当福禄诺提出赔款时,李鸿章便差点跳了起来。"他惊叫道……"福禄诺在报告中使用了"惊叫"一词,说明李鸿章的反应相当激烈。他对福禄诺说,中国是应越南国王一再请求才出兵东京,如果法国索要赔偿,应该去找越南国王而不是中国。他还十分气愤地表示:"只有对战败国才要求赔款,而中国并没有被打败。"

福禄诺在向政府报告时说,这是他的使命(指和谈)中"最困难的部分"。他还对中国的军事、财政状况作了"相当悲观的估计"。德璀琳告诉他,中国政府把赔款看成一种耻辱,并会使财政雪上加霜。一句话,赔款有损大清帝国的尊严,况且他们也拿不出钱来。

因此,福禄诺告诉法国政府,如果坚持赔款,将成为和谈的"绊脚石"。当时巴黎急于达成协议,便同意放弃一切战争赔款。

但是,这一做法在法国引起了争议。一些强硬派认为放弃赔款是一大错误,得不偿失。他们对法国的"胜利"感到怀疑,并批评这样的结果根本不值得"自豪"。后来,茹费理不得不承担责任。他在接受议会质询时说:"在当时,我应负很大责任,我牺牲了赔款以确保条约得以签订。"不过,他也认为当时这样做并没有错,因此他并不后悔。

然而,法国并不甘心。观音桥事变后,他们认为机会来了,于是变本加厉,想乘机狠狠地讹上中国一把。

清政府接到通牒后,一边请英国人赫德前往调停,一边准备派员前往上海交涉。就在这当口,一个人突然出现在上海。

此人就是半个月前刚被任命为督办台湾军务的刘铭传。

3

刘铭传一到上海便引起了各方的注意。6月26日,他的任命颁布两天后,上海《申报》便刊发了这道谕旨,一时间,刘铭传主政台湾的消息便快速传扬开来。外界议论纷纷,有人认为这是朝廷明智的决定,台湾有救了。也有人认为,看来法国人要打台湾了,否则朝廷不会派出像刘铭传这样得力的大将前去主政。

法国对这一消息,当然更是关注有加。自打刘铭传主台的消息披露后,他们便开始密切关注着刘铭传的动向。

刘铭传接到谕旨后,便立即投入紧张的准备之中。那段时间,他十分忙碌。7月4日,他进京陛辞请训。6日,他驰赴天津,拜见李鸿章,商讨军备安排。当时台湾驻军不下两万,但器械不精、操练不力,刘铭传孤身渡海,希望能带旧部劲旅前往,但自他归田以来,他的铭军已解散并分布于各地,其中刘盛休部十营驻畿辅,唐定奎部八营驻江南,吴宏洛部五营驻广东,各有隶属,难以分拨。于是,刘铭传只好退而求其次,请求先抽调部分骨干带去。李鸿章表示同意。经过协调,从刘盛休部选派步队教习、炮队教习、水雷教习共一百二十名,此外还抽调了铭军旧将十余名,配齐枪炮子弹,并从上海机器局、金陵机器局调拨部分火炮、水雷等,随同前往。

当这些落实之后,刘铭传立即束装南下。7月10日,他抵达上海。此时的上海,气氛紧张。就在刘铭传到达的当天,英国人赫德也来到了上海。

赫德此行是受总理衙门之请充当调停人。他一到上海,便拜访了巴德诺,向他提交了一份英文备忘录。在备忘录中,他把谅山事件说成一次不幸的误会,中国政府对此深表遗憾。他还解释说,造成这一事件的原因主要是双方没有明确退兵时间。他转达中方的意见,愿意就《天津条约》的执行进行充分的谈判。他还告诉巴氏,北京拟派两江总督曾国荃为钦差大臣、全权代表前来上海。

在会见中,巴德诺态度强硬。他拒不接受北京关于"误会"的说法,坚称清军违约在先,必须赔偿法国的损失。他还明确表示,除非北京满足通牒中提出的两个主要条件(撤兵和赔款),否则他们不会重开谈判。

"请您转告总理衙门,"巴德诺警告说,"不要因为法国的礼貌(指通牒的措辞平和),而低估我们的决心。"

为了配合巴德诺的恫吓,7月14日,孤拔乘"巴雅"号战舰离开上海,抵达闽江。随后,"伏尔达"号、"阿米林"号也先后开抵,摆出了一副随时开打的架势。

此时,身在上海的刘铭传好像对这些并不关心。他一副优哉游哉的样子,整天在公馆里宴请宾客,诗酒会友。大敌当前,作为身负重任的地方大员,他不急于赴任,也不思备战,反倒如此逍遥,令人大惑不解。更让人不解的是,刘铭传这时来上海干什么?如果他要去台湾,应该取道福州,而从上海走显然是舍近求远。

就在外界摸不着头脑时,不知从哪冒出一个消息,说是朝廷近期要派员与法人谈判,任命刘铭传为谈判副使。这条消息一出,刘铭传的行踪似乎有了合理的解释，原来他来上海是为了参加谈判。有报纸访员得知消息，来找刘铭传求证。刘铭传则回答，这事得等曾大人到后再说。这个回答含糊其词，好像回答了问题，又好像什么也没回答。其实，曾国荃来上海当时并未确定，只是赫德向法方转达了这一消息。

不过，法国并未掉以轻心。刘铭传到达上海后，便一直受到法方的监视。直到关于刘铭传担任谈判副使的消息一出，法国人才多少放松了一些警觉，认为如果刘铭传参加谈判，那么一时半会儿便不会去台湾。

7月15日，就在孤拔离开上海一天后，这天晚上，英租界礼查饭店灯火辉煌，一场盛大的酒会正在举行。这场酒会由江南机器制造总局出面举办，招待在沪中外人士，目的是缓和一下紧张的局势。刘铭传也应邀出席了酒会。有人问他对北黎冲突（观音桥事变）的看法，他说这是一个不幸的事件，是非自有公论。有人接话道，你认为这是法国的责任吗？说这话的是一个瘦高个子英国人。译员把这话翻译给刘铭传后，刘铭传举起酒杯，转移了话题，他微笑着说："今晚不是讨论这个问题的时候。"

这时又有人插话道："刘将军，您能谈一下对局势的看法吗？"

刘铭传笑而不答，只是一个劲地提议干杯。他还笑称，现在没什么好说的，一切要视谈判进程而定。

这天晚上，刘铭传显得十分轻松。他不停地豪饮，谈笑风生，直到酒会结束才离开。事后，参加酒会的法国领事馆人员评价说，刘铭传兴致很高，举止得体，看不出半点反常的举动。然而，让法国人没想到的是，第二天忽然传来消息，说是刘铭传已经抵达基隆。

这个消息令法国人措手不及，大感震惊。

原来，这一切都是刘铭传精心安排好的。为了防范法国人海上拦截（当时已有风闻），刘铭传的赴台计划十分隐秘，几乎无人知晓。所谓的谈判副使不过是一个烟幕弹，后来公布的副使名单中并无刘铭传，他取道上海而不是福州，也是为了迷惑外界，因为早有探报，发现福州水域有法舰巡游，存在风险，同时，从上海登船也便于人员集中和军械（主要是由上海机器局、金陵机器局提供的火炮、水雷等）装船。

至于他乘坐的"海晏"号轮船，则是一艘美国客船。在他参加酒会的当天夜里，随同他前往台湾的一百三十余人及枪支弹药、火炮和水雷等已神不知鬼不觉地登（装）船完毕。是夜大风雨，暴雨倾盆，狂风大作，这样的天气自然无法出海。直到第二天中午，雨势稍减，该船便悄然出港。

一路上还算顺利，只是在靠近基隆时，一艘法舰突然出现，尾随其后，引起了一阵不安。好在有惊无险，该舰并未采取任何行动。直到基隆炮台发现该船，立即鸣号，进入战备，它才被迫离去。事后，有消息称，法国得知刘铭传赴台为时已晚，而那艘法舰虽然发现了"海晏"号，但并不知刘铭传就在船上，在没有接到指令的情况下也未敢擅自行动。就这样，刘铭传安全抵达了台湾。

这一天，是光绪十年闰五月二十四日，公元 1884 年 7 月 16 日。

此时，离法军进攻基隆只剩下短短的二十一天了。

第五章　与时间赛跑

1

刘铭传到达基隆后，一上岸便不顾疲劳，马不停蹄地查勘炮台和守备情况。尽管来台之前对台湾的防务薄弱有所心理准备，及至实地一看还是让他大吃一惊。

基隆是台湾三大海口之一，向有"台北咽喉"之称，如此要塞居然只有一座炮台。该炮台虽设有五门克虏伯大炮，但多属老旧之炮，炮身旋转角度有限，只能朝一面开炮。用刘铭传的话说："炮台仅当一面，且势不可支。"

基隆港位于台湾最北端，东、南、西三面环山，只有北面临海，可供船只出入。所谓"口门外狭，船坞天成"，是一个天然良港。港口由外港、内港组成。外港水深，可泊大船，而内港水浅，只有小吨位船只可以进入。从地形上看，虽可凭险而守，但现有炮台的设置极不合理。一是缩于口门（入口）之内，无法远射。如敌船泊于外港，彼可向我开炮，而我却鞭长莫及。二是地势低下，不合法度，工事修筑也粗制滥造。

刘铭传当即下令整改，决定在外海口门两岸的鳞墩、社寮各修一座炮台，使之形成两相对峙，此外另建护营一座，以遏敌船进口之路。为了尽快开工，他把福宁镇总兵曹志忠找来面授机宜，并拨专款，同时调来庆祥等营投入施工。对于不合要求的炮台和工事也进行改造，还把从上海带来的前门炮十门、后门炮二十门以及水雷数十枚等装备用来增补口岸的防御力量。以上诸项均派专人督办，不容丝毫马虎。四天后，待基隆之事稍有头绪，他立即移驻台北府城，考察形势，了解情况，紧急布置全台防务。

当时，台北府城十分落后，城内到处都是水田，像样的房屋不多，道路也不通。刘铭传初到台北，只能临时借用淡水县署办公，条件十分简陋，"所居县署，半系草房，将佐幕僚，仅堪容膝"。

对于这些，刘铭传并不计较，他关心的是台湾的守备状况。晚清高层对台湾的重要性历来认识不足。明清之际，郑成功收复台湾，此后，清军击败郑氏，台湾归于清朝版图，后开府设治，隶属闽省管辖。不过，中央高层对台湾的重视程度明显不够。康熙皇帝甚至一度认为"台湾仅弹丸之地，得之无所加，不得无所损"，加上台湾孤悬海外，远隔重洋，交通隔阻，管理不便，与大陆各省相比一直处于落后蛮荒状态。

19世纪以来，外敌入侵不断发生。第一次鸦片战争，英军入侵台湾，此后又先后发生英舰炮击大沙湾和大安港事件、美国商船"罗妹"号事件。最严重的是，同治六年（1867年），日本借琉球渔船漂至台湾南部，被牡丹社番民所杀一事，令陆军中将西乡从道率兵入侵台湾。这件事发生后，清廷大感震动，开始认识到台湾战略地位的重要。曾任两江总督兼南洋大臣的沈葆桢就上奏说："台湾孤悬海外，七省以为门户，关系非轻。"

事实也正是如此，台湾虽系孤岛，但"北连吴会，南接粤峤"，"虽弹丸一府而控制口洋。近则为江浙粤闽之保障,远则为燕齐辽口之应援,南北万里,资其扼要"。日本侵台事件发生后,中央对台的兵力和防务投入开始逐年有所增加,但与台湾的实际防务需求仍相去甚远。沈葆桢和丁日昌主政时,先后在安平修筑大炮台及小炮台两座,在旗后、东港、澎湖、基隆和沪尾修建炮台六座,购置克虏伯大炮二十四尊。可这些炮台数量少,炮的质量也较为落后。及至法军犯台,清廷方感切肤之痛,深为台湾安危忧虑。

刘铭传到达台北后,经过一番巡察,发现问题远比他想象的要严重得多。"海防以船为命,无师船即无海防"。可台湾四边环海,澎湖隔海相望,虽然省里派有四艘轮船(均年久失修),用于往来运输,可当刘铭传到任时,这四艘轮船俱赴闽、沪,尚未回防,就连刘铭传赴台上任也只能租用洋船。所谓"有海无防",此乃一大短板。

除了海防薄弱,台湾守军的状况也令人担忧。沈葆桢督台时,全台兵力约有十八营,中法开战前增至四十营,约两万人。虽然兵员大幅增加,但兵狎将贪,营务废弛,部队上下暮气日深。一次,守军某营出操,刘铭传突然前来视察,发现出操的兵丁人数稀少,一哨应有百人,可出操者半数未到。他问:

"哨官何在?"

一什长答:

"未至。"

刘铭传厉声道:

"速令前来。"

不一会儿,哨官匆匆赶到。刘铭传问他为何不出操,他支支吾吾,无言以对。后来方知所谓出操不过是应景,当官的不到也是常态。他令其取来花名册点名,结果发现缺额达三成以上。刘铭传大怒,当即将哨官撤职查办,并要求对各营空额和训练情况进行一次彻查。

当时驻守台北和淡水的是孙开华的三营。孙是湘军宿将,治军严整,而与之相比,驻基隆的曹志忠六营,战斗力则较弱。曹志忠也是湘军老将,但他的部队多为在当地招募的练勇,人数不足,武器装备也较差。有一次,刘铭传去该营视事,发现训练水平十分低下。演练进攻时,兵勇们聚成一团,不知分开,也不知卧倒。

"这不是找死吗?"他气得骂道。

更令他瞠目的是,有的兵勇射击时竟连瞄准要领也一问三不知。"你这兵是咋当的?"他恨不得当场抽他两鞭子。

兵贵在练。刘铭传带兵常教导部下,兵可以百年不战,不可一日不练。想当年,铭军驰骋沙场,所向披靡,靠的就是严格训练。可眼下台湾防勇招募不精,良莠参差,训练形同虚设,三天打鱼,两天晒网,花拳绣腿,欺上瞒下。为了应付检查,还有人偷奸耍滑,雇人顶替,蒙混过关。军中贪腐成风,吃空饷的情况普遍存在,所谓"虚名空额,习为故常","顶替之弊,随处可见"。更有甚者,台湾乃烟瘴之地,不少兵勇染上吃大烟的恶习,人数之多,几达半数以上,这将严重影响战斗力。

此外,部队的装备也很糟糕。枪械普遍老旧,且型号不一,管理混乱。有的枪炮重价购之,却被随意丢弃,缺乏保养,并没有得到爱惜;有的枪机磨损,受到雨雾侵蚀,锈迹斑斑;还有的枪打不响,有的打响了却打不准,所谓"枪码不明,则远近高低,茫无准的"。

大战在即,如此现状,何以面对强敌?刘铭传下令严肃军纪,逐项整顿。他还找曹志忠谈话,要求他尽快"挽积习、杜虚糜",严格管理,讲求操练,积极备战。他还把自己带来的教习、骨干分派下去,负责监督实施,并派员定期检查。

当时,全台的布防重南轻北。全部驻军四十营,两万余人,台南驻军三十一营,而台北驻军仅九营。这种布局显然极不合理,刘铭传在召见刘璈时,当即指出了这一点。

刘璈时任台湾兵备道。在刘铭传赴台之前,兵备道是台湾最高长官。刘璈三年前赴台任职,鉴于台湾地域广阔,不敷布置,便把防御重点放在台南,他本人也驻扎台南。其实,这种格局的形成有其历史原因。早在明代,荷兰人殖民台湾时,先后在台南修筑了两座据点,一是热兰遮城,一是赤嵌城。后郑成功收复台湾,改热兰遮城为承天府,改赤嵌城为安平镇,北路一带置天兴县,南路一带置万年县,澎湖设安抚司,其重心一直在台南。

沈葆桢主政时,因台南有警,设防也偏重于南。当时,全台十八营,划为四区,即南路驻九营、中路驻三营、北路驻三营、澎湖驻三营。他主修的炮台也侧重于南部,其中最大的是安平炮台。此炮台置有大炮五尊、小炮六尊。日军侵台事件发生后,沈葆桢视察安平,发现这一带地势开阔,可以扼守安平港口,便修了这座炮台。炮台由法国工程师柏尔多仿照巴黎要塞修筑,工程十分浩大。沈葆桢亲题"亿载金城"四个大字镌刻于炮台东门之上。

刘璈到台后,台湾驻军已扩充至四十营。他分兵五路,移兵备道于彰化,自统一军,有事则相互策应。刘铭传认为这样布防虽有历史原因,但不足以应对当前局势,应予调整。刘璈不以为然,他说,台湾布防经过督抚批准,有何不妥?

刘铭传解释说,眼下全台防御重心在北而不在南,因为基隆、沪尾两大港口均在北边。根据他的判断,这可能是法军袭扰的重点所在。相反,台南暂时无险。因此,均衡南北的防卫大有必要。他还告诉刘璈:"综计全台防务,台南以澎湖为锁匙,台北以基隆为咽喉。北部几个港口乃为重中之重。"

刘璈听了便说："台北重要,台南亦重要,如果法军从南进攻,如何措置?"

刘铭传说："台南平阳无险,万难守御,此处固然重要,但台北失而台南立亡。"他强调自己这样做也是从全局考虑。

刘璈显然听不进去,他还搬出沈葆桢说事,陈说当年沈葆桢是如何布防的。言外之意,一来说明自己没错,二来还有一个潜台词,即你刘铭传难道比沈葆桢还要高明吗?

沈葆桢是晚清重臣,学养深厚,为人耿介。他是林则徐的女婿,与李鸿章是同年进士,曾任福建船政大臣、两江总督。当年日军因牡丹社事件入侵台湾,就是他率部渡海,平息了事态。此后,他又主持台湾布防和建设多年,声望很高。刘铭传对他也很敬佩。刘璈话中有话,刘铭传岂能听不出来?但他初来乍到,不想与刘璈发生不快。当时,台湾文武官员以湘系为主,而刘璈则是湘系的头面人物。这次他赴台履任,由于走得匆忙,带的人也少,凡事还需依靠刘璈。尤其是大敌当前,更要以团结为重。因此,他耐下性子说:"此一时,彼一时。凡事均有轻重缓急,而轻重尤须妥置。"他还自称愚弟,解释说,"愚弟这样做自有道理。"

刘璈不悦道:"那依爵帅之见,当如何布置?"

刘铭传提出:"鄙意将一半兵力调往北部,以充北部的防御。"

刘璈半天不语。

"汝何意?"刘铭传问道。

刘璈道:"容上禀。"

意思是说,这事还得向上面报告。言下之意是,你不过是个督办军务,这事你说了可不算。这明摆着是拿刘铭传不吃劲。刘铭传有些恼火,但仍然和颜悦色道:

"敝帅自会请旨。"

这次见面，两人表面上谈笑风生，实则不欢而散。刘铭传抵台后，从一开始便对刘璈印象不佳，认为台防如此薄弱，是刘璈严重失职。在他看来，台湾现有炮台、工事均为前两江总督沈葆桢、丁日昌修建。刘璈治台三年，每年花了不少钱，可成效几乎看不到。用刘铭传的话说，就是"岁縻饷百数十万，不闻购一精利枪炮，以备军防"。至于部队的装备、管理和训练更是弊端丛生。谈话中，当刘铭传提及部队勇营恶习，必须抓紧整改时，刘璈却一句话顶了回去：

"好啊，今后可就看爵帅的了。"

这话不阴不阳，暗含锋芒。整个谈话过程，刘璈都不冷不热，格格不入。刘璈，字凤翔，号兰州，湖南临湘人。他是老湘系，曾做过左宗棠的"记室"（秘书），历官台州知府、江苏候补道、兰州道员等职。他年长刘铭传九岁，调任台湾兵备道后，已被保荐到军机处"存记"（列入待提拔名单），但刘铭传突然从天而降，这一来，他的指望便落空了，心中自然不满。

对于刘铭传改变布防，刘璈心里更是老大不赞成。特别是刘铭传下车伊始，便指手画脚，全盘否定自己的布防，他极为反感。当然，刘铭传的话不是没有道理，可他听不进去，也不想听。还有更重要的一点是，他与刘铭传分了工，他负责南部，刘铭传负责北部，如果兵都调走了，万一台南有失，将置他于何地？

谈话结束后，刘铭传便对身边的刘朝幹说："此人大不善。"刘朝幹是刘铭传的侄孙，刘铭传赴台时，他跟随前往，刘铭传当时将他留在身边差遣，说话对他从不避讳。尽管刘铭传对刘璈印象不佳，但事后对外则宣称，他与刘璈"一见如故，相见甚欢"。这样做的目的，当然是从大局出发，希望能与刘璈精诚团结，弥合彼此的隔阂，一致对外。

2

刘铭传接到任命后便有了一种紧迫感。虽然法国当时尚未做出进攻台湾的决定，但作为一位久历沙场的名将，他不敢抱丝毫侥幸心理。早在上海时，经过多方搜集情报，越来越多的信息表明，法国攻打台湾的意图正在一步步加大。

观音桥事变后，法国"据地为质"的计划已被正式提上日程，进入实施阶段，但对于所据之"地"，法国内部起初意见并不统一。有人主张攻大沽、旅顺，有人提出占福州、台湾，还有人建议取南京，包括攫取厦门、汕头、宁波、登州等地。各种意见，五花八门。但军方主张占领大沽或旅顺，持这个意见的以孤拔为代表。巴德诺一度主张攻占南京。但法国驻上海领事李梅认为，如在通商口岸动武，各国侨民的生命财产面临危险，势必会使法国受到指责。虽然孤拔和巴德诺都提出不必过多考虑各国的态度，但政府仍有顾忌。此后，经过讨论，法国的选项不断缩小，逐渐集中于福州、台湾和琼州（海南）三地。

当时，法国充满自信，认为凭借强大的海军优势，夺取中国沿海任何一地都并非难事。因此，他们在讨论这些目标时几乎是公开的，不加丝毫掩饰。一些中外报纸也加入了评述，主要围绕福州、台湾和琼州三地各抒己见。《申报》认为琼州的可能性最大，而"台湾素称险要"，易守难攻，成为"质"的可能性要小于琼州。但更多的观点认为，法国攫取福州和基隆的可能性更大，因为从经济价值看，福州和基隆都要远高于琼州。

显然，刘铭传已经注意到了这些。早在上海时，他就一直在关注这些信息，包括法国舰船的动向。有情报显示，孤拔离开上海后，法舰便云集福州海峡，并对基隆时时进行监视（执行这一任务的先是"维拉"号，后又换成"巴斯瓦尔"号)。他还注意到,法国除了垂涎台湾的财富,还有基隆的煤矿,这是法国舰队急切需要的动力资源。综合这些判断,刘铭传认为法军攻击台湾的可能性非常之大,必须提前做好准备。

事实上,刘铭传的判断没有错。从战后公布的资料看,从 7 月中旬开始,法国"据地"的目标已逐步缩小到福州和台湾。茹费理和海军部长裴龙先后给孤拔发来电报,指示他将所有可派的舰艇派往福州和基隆,一旦最后通牒被拒绝,就占领这两个港口作抵押品。

不过,法国后来放弃福州是基于如下考虑:一是福州有英、德、美等国的利益,当时正值茶叶贸易旺季,如果开战可能会引发有关国家的抗议;二是占领福州需要更多的地面部队。据孤拔致海军部长的电报称,他的舰队摧毁中国的兵船、船厂和防御工事没有任何问题,但如果占领则需要步兵一千五百人、炮兵一百五十人。但海军部回电告诉他,无法派出任何部队,万一发生战事,应摧毁福州府,但不占领(后来,他们果然是这样干的)。

此外,相较于福州,攻占基隆可能要容易得多,起码在法国看来是如此。根据事后披露的资料,法国当时认为占领基隆只需较小的兵力,而且还会带来丰厚的回报:一是基隆的关税、厘金相当可观,如果占领台湾北部(基隆和淡水),每年获得的利益不会少于三百万法郎;二是基隆拥有丰富的矿产,尤其是煤炭,可供法国舰船使用。

在 7 月的最后几天里,无论政府还是军方都越来越倾向于占领基隆。总理茹费理说:"在所有的担保中,台湾是最良好的、选择最适当的、最容易守、守起来又是最不费钱的担保品。"军方也认为,基隆煤矿对舰队的煤炭补给具有重要作用,而且这个地方易于占领和防守。在这个问题上,法国高层很快达成了共识。

这些都与刘铭传的判断基本吻合。因此,他一到台湾,便告诫左右不可心存侥幸,未雨绸缪,方能有备无患。在防卫部署上,他坚定地以北部为重点,召集全台军政人员会议,决心以台北城为根本,集结重兵和利器扼守基隆、沪尾两大海口。

刘铭传分析说:"一旦开战,基隆和沪尾乃法军必争之地,相较而言,沪尾更为重要,一旦失守,法军将直趋府城,我将失去根本。"

因此,刘铭传决定亲自坐镇台北,在此设立指挥部,开设支应局(相当于后勤部)。按照他的部署,从南部抽调的兵力迅速北上,限期到达指定防区。他还将全台划为数个防区,分兵把守、修筑炮台,筹集枪炮粮饷,全力进行备战。

为了尽快完成布局,他鼓励众将以大局为重,同心协力,加强整改,全力投入备战。对于部队的缺额,他要求尽快补充,同时招募土勇,第一批将从台北招收五千人。他还动员地方士绅和爱国民众捐粮捐款,并着手在全台募勇,组建团练进行协防。同时,请求朝廷增派劲旅,饬令内地支持台湾,援助饷银和枪支弹药。

然而,这一切都需要时间。好在上海的谈判帮了刘铭传的忙,使他赢得了有限的宝贵时间。

3

上海的谈判一波三折。巴德诺抵达上海后,一直采取强硬态度,但北京总理衙门认为观音桥事变只是双方对《天津条约》的理解有分歧。7月10日,总署送来的照会中声称,本着双方和好的精神,中国愿意不向法国提出赔款要求。这一说法让巴德诺大为愤慨。由于巴德诺拒绝北上,两天后,赫德赶到上海。当他转达中方谈判提议时,巴德诺的条件极为苛刻,他说除非中方满足撤兵和赔款两项要求,否则一切免谈。

可是,让巴德诺没想到的是,法国政府没有经过他便接受了中国驻德法使者李凤苞提出的谈判要求,而且发回给他的最后通牒文本经过修改后措辞也不那么强硬。这让巴德诺颇有怨气,但他只能接受。

7月12日,巴德诺正式向总理衙门递交了最后通牒,限期一周答复,否则法舰将立即采取行动。四天后,清廷发出了撤兵的上谕,限令各部在一个月内撤回国内。法国的第一个目的达到了。但在赔款上中方并无退让之意。

7月19日,将是最后通牒期满之日,但在7月18日,即最后通牒期满的前一天,上海道邵友濂紧急拜访巴德诺,要求延长期限,从而找到一个解决办法。就在邵友濂拜会巴德诺时,李凤苞也在巴黎向茹费理提出了延长最后通牒期限的要求。令巴德诺意外的是,这一次,法国内阁不仅爽快地接受了,而且茹费理还许诺同意让巴德诺前往天津谈判。

这样一来,巴德诺无法接受,他回电称:"我担心共和国主动做出的这些让步能否达到巴黎所期待的效果。我还担心中国只会把这些礼貌的行动视为一种软弱的表示。"他坚持认为,将上海作为谈判地点并非无关紧要,这表明不是我们求他们,而是他们求我们。茹费理看他态度坚决,便同意了他的请求。

7月19日,李凤苞通知法方,总理衙门已奏请皇上,指派两江总督曾国荃为钦差大臣、全权代表,率队前往上海。但法方的回答是,他们接受谈判,同意延长最后通牒的期限,但谈判的内容仅限于"赔款问题"。

法国政府这时急于从谈判桌上捞到好处,因此茹费理不顾巴德诺的反对,决定延长谈判期限。他在给巴德诺的电报中说:"调动舰队和坚持最后通牒看来大概会取得我们预期的结果。"从中可见,他对谈判有着很高的心理预期。

然而,谈判过程并不顺利。通牒延期后,中方似乎并不着急,直到

7月24日下午,曾国荃才不慌不忙地来到上海,到了以后,也不急于谈判。根据中方的要求,26日先是曾国荃拜访巴德诺,27日则由巴德诺回访。这些拜访全是礼节性的,不谈正事。走完这些繁文缛节,一来一去已过去四天,直到28日才开始谈判。尽管巴德诺提醒中方,虽然法国同意延期,但8月1日(延长后的期限)转眼就到,可中方并不在意。巴德诺当时就有一种预感,认为他们并无诚意,而是在拖延时间。

参加谈判的全权代表,除了曾国荃,还有两位副使,一是陈宝琛,一是许景澄。陈宝琛官居内阁学士兼礼部侍郎,许景澄已被任命为驻德法公使,但尚未起程。此外,上海道邵友濂也参加了谈判。在巴德诺看来,陈和许都对西方很不友好,虽然曾国荃较为和善,但他为两位副使所左右。

谈判开始后,围绕赔款双方产生了较大分歧。中方认为,观音桥事变的责任在法方,中方没有理由赔款。法方却认为,中方违反条约,给法方造成了损失,赔款是必须的。对于高达两亿五千万法郎的赔款,中方代表感到不可思议,而巴德诺却声称法国并没有多要,这些赔款将作为死于谅山官兵的家属抚恤金和用来承担法国政府在越南与中国海进行军事行动的额外开支。

中方代表当然不能接受。第一次会谈无果而终。第二天,中方代表带来了一份照会,重申不接受赔款的原则,并声称中国同意撤军,已是通情达理,法国应该知足,不应以赔款作为唯一谈判条件,也不该规定最后期限,以破坏双方融洽的关系。他们还表示已发备忘录给各国使节,请他们来评判是非。

巴德诺十分生气,当即宣布中止会谈,拂袖而去。事后他在致茹费理的电报中称:"在这样一个不严肃的回答面前,我只有退席。"

第二天上午,重开谈判。这一次,中方最高代表曾国荃亲自出席。在这之前,英国人曾做过调解,巴德诺希望中方能有所改变。但他没想到的是，曾国荃虽然态度友善，但仍然坚持赔款不合道理，并宣称这是非正义的。会谈进行了三个小时，最后，曾国荃做了一点让步，表示本着热爱和平与和解的精神，他愿意提供五十万两银子（约合三百五十万法郎），作为对法军死难家属的救助。

三百五十万，而且是"救助"！天哪，巴德诺以为听错了，这个数额与他的预期不啻天壤之别。

他又一次愤怒了。

对于赔款，法国的胃口一开始很大。茹费理曾致电巴德诺，强调两亿五千万法郎赔款是"最低数目"。但由于中方拒不接受，茹费理不得不做出让步，表示可以适当降低，不再坚持原定的数额。尽管巴德诺反对这样做，但为了打破僵局，茹费理还是向李凤苞传达了这一意见，并要巴德诺灵活掌握。

后来，巴德诺提议将赔款数额从两亿五千万法郎减至两亿，分三年付清。茹费理回电称："赔款数字问题我让您掌握，但您得注意，中国人比我们所想象中的更吝啬"，"我觉得，从他们手中取得数亿法郎的赔款是很难的"。

果不其然，中方再次拒绝（后来，法国在赔款数额上一降再降，一度提出八千万和五千万的要求，但仍未得逞）。30日谈判时，曾国荃表示可以给予三百五十万法郎救助（还好没有使用"施舍"一词）时，巴德诺感到了极大的羞辱。他认为："中国正在利用我们的软弱来达到拖延时间的目的。由于我们的优柔寡断，中国变得更加傲慢。或许他们认为法国根本没有决心向他们开战。"

然而，茹费理这时仍不死心。他致电巴德诺说，中国提出三百五十万法郎的赔款，虽然微不足道，但说明他们已承认赔款原则。法国驻天津总领事林椿也认为，中国似乎在原则上承认了他们有权获得赔款，这已是进了一大步。

7月31日，最后通牒的延长期限已到，李凤苞向茹费理再次提出延期几天，以便请示总理衙门。茹费理这时仍然不想放弃，他致电巴德诺再次同意延期，并说原则上维持8月1日的期限，但是可视情延长一天或两天。

法国军方这时早已等不及了。早在7月上旬，孤拔就致电海军部长裴龙，请求给予一切行动的自由。一次内阁开会时，裴龙见到茹费理，谈到孤拔渴望立即与中国交战。茹费理笑道，他是一位优秀的军人，但现在还不是开战的时候。中国是一块大肉，难以吞咽。我们需要慢慢来。他提醒裴龙，您要告诉他，不到最后一刻都要避免开战，一切等待我们的最后决定。

孤拔十分无奈。在谈判期间，尽管法方要求中国立即停止一切备战，但实际上，福州尤其是台湾的备战并未停止。各种情报显示，中方正在抓紧修筑炮台、准备火船、安置漂移水雷。那段时间，法舰一直在关注福州和基隆的动向。尽管孤拔下令封锁了闽江，阻止中国运送战备物资，却无法阻止福州和台湾守军的备战。孤拔多次致电法国海军部，指出中国一直在背着法国进行战争活动，恳请尽快采取果断行动，因为"每拖延一日，进行军事行动的困难就增加一分"。

但是，海军部长却致电孤拔说，政府不批准您开战，因为谈判仍在进行，并有可能取得成功。直到7月31日，最后通牒到期后，裴龙才命令他派出舰船前往台湾，做好占领基隆港口和煤矿的准备。此时，法国已决定双管齐下，在谈判的同时占领基隆——用他们的话说，便是采取强有力的行动——从而逼迫清政府就范。

几天后，法国兵船迅速集结于基隆，目标直指台湾。鼙鼓轩轩，动地而来。此时，法国高层决定动用武力，希望凭借海军的优势迅速打破僵局,帮助他们从谈判桌上捞取更大的利益。而这一切,对于刚刚上任不久的刘铭传来说,则是一次重大而严峻的考验。

第六章 血染山川

1

8月5日,基隆之战打响了。

受命进攻基隆的是法军中国海分舰队司令利士比将军。观音桥之战后,他的分舰队并入新成立的中国海域舰队,接受孤拔将军的指挥。三天前的深夜,他接到占领基隆的命令,立即开始行动。3日清晨,他乘"鲁汀"号,沿闽江而下,从罗星塔停泊场赶至位于马祖列岛和福建连江海域之间的马祖澳,登上了停泊在此的"拉加利桑尼亚"号战舰,一边令陆战队登船,一边给"鲁汀"号加煤。完成这些之后,下午5时30分该舰从锚地出发,次日中午11时抵达基隆,与在那里执行监视、封锁任务的"维加"号战舰会合。

利士比出生于法国巴荣纳,毕业于法国海军学校,之后在海军服役,由尉官、校官逐步升至少将,并在海军部担任过高级军职。他曾参加过克里米亚战争、侵越战争,并随英法联军攻打过大沽口。1884年3月任中国分舰队司令。他不仅是个训练有素的职业军官,也是对华强硬派的支持者。

法国对基隆图谋已久,早在4月里,就开始多方搜集有关基隆的情报,包括从外国商人、传教士那里获取有价值的信息。除此之外,他们还派军舰以购煤、游览为名,对基隆进行侦察,有关人员多次靠近炮台,并绘制了详细的山川河流地形图和炮台分布图。法军重视情报工作,而且卓有成效。如今从档案中保存的地图和炮位图上看,他们对基隆的防御工事了如指掌。由于掌握了近代的测绘技术,其绘制的地图不论准确性还是精确度都远胜于清军。

法国的动向也引起了基隆守军的警觉。有一次,法国"伏尔达"号战舰以购煤为由,派员深入基隆,并靠近炮台,守军当即上前阻止,于是,引发了一场风波。"伏尔达"号的舰长——那个前往天津与李鸿章谈判的福禄诺中校——向基隆官员发出了措辞强烈的照会,要求赔礼道歉,并准以购煤。由于当局的软弱,中方不得不退让妥协。

这样的事不止一例。总之,法国在开战前就搜集到了大量的有关中国政治、军事和商业方面的情报。

8月2日夜间,利士比乘坐小艇前去面见孤拔将军。当时,法国的舰船大多集结于闽江一带,目的是监视中国战备,防范福建水师。利士比登上孤拔的旗舰后,这个新上任不久的中国分舰队司令向他传达了海军部长裴龙的电令。

"我刚接到巴黎的电报,"孤拔对利士比说,"部长要我们立即前去基隆加以占领,因为从上海传来消息,中国始终没有给予令人满意的答复。"他一边说一边抽着烟斗。

利士比回答:"我非常荣幸,也非常乐意执行这项任务。"

孤拔身材瘦长,头发鬈曲,两鬓的络腮胡子修剪得十分整齐。他是个讲究仪容的军人,任何时候都军装笔挺,尽管天气很热,他依然穿得一丝不苟。此时,他眯缝着眼睛看着利士比,瘦削的脸颊上浮起了微笑。

"很好,"他说,"你都准备好了吗?"

"是的,将军。"利士比口气坚定,不容置疑。他身材魁梧,身形略胖,脸呈圆盘形,嘴唇上蓄着浓密的胡须。

"基隆并不难打,"他接着又说,"那里只有一座炮台,设有五门大炮,口径为十七点三厘米。炮台工事也较为单薄,护墙只装有二十厘米厚的钢板,而且炮口对着狭窄的海口,射击面十分有限。"

孤拔看着地图说:"据我所知,他们正在抢修工事,而且还在向基隆运送火炮和水雷。"

"不用担心,"利士比说,"他们装备陈旧,技术落后,我知道如何对付他们。"

孤拔直起身子,从地图上抬起头来。

"好吧,"他从嘴里拔出烟斗,然后做了一个手势,"让我们尽快结束这一切吧。"

这次谈话十分简短,包括利士比来回乘坐小艇的时间,前后不到一个小时。按照孤拔的命令,将在三天后开始攻击基隆,参加作战的军舰由装甲舰"拉加利桑尼亚"号、战列巡洋舰"维拉"号和巡逻炮舰"鲁汀"号三舰组成,另从"巴雅"号抽调二百余人的陆战队员随同前往,目的是对基隆城和煤矿进行占领。布置停当,两人握手告别。

"巴黎期待你的好消息。"孤拔一脸轻松地说道。

"请放心,将军,"利士比回答说,"我们勇敢的官兵,法兰西的勇士们,不会辜负共和国的期望。"

说完这话,他举手敬礼,然后登艇而去。孤拔一直把他送到舷梯旁,目送着小艇消失在夜色之中。对于这场即将到来的攻击,他们盼望已久,早已迫不及待。当时,法国海军号称世界第二,十分强大,而新组建的中国海域舰队则集中了法国海军在亚洲最精锐的力量,拥有先进的铁甲舰、巡洋舰和炮舰等二十余艘,火力强大,势不可当。因此,他们充满自信,毫不奇怪。

利士比抵达基隆后,将旗舰"拉加利桑尼亚"号泊于港外,"维拉"号舰长维威埃闻讯赶来向他报告情况。两周以来,"维拉"号一直在基隆附近海域巡游,执行着对基隆的监督和封锁任务。据该舰舰长报告,这段时间基隆港又新修了两座炮台和一座护营,加上原有的那座大炮台,一共有四座工事。他在地图上做了标识,分别以A、B、C、D代之。根据法军的情报,除了A炮台(原有的大炮台)上装有五门克虏伯大炮外,另外两座炮台和一座堡垒(护营)各配有三门或四门不等的火炮。利士比注意到,新修的两座炮台,分别建于鳞墩、社寮,其地点位于海口两岸,不仅与A炮台遥相呼应,而且还可以从左右两侧对进入港口的船只进行交叉火力射击,造成不小的威胁。"中国人的动作可真快!"他惊叹道。看来孤拔说得没错,他们的确给了中国人太多的时间。要知道,二十多天前,这些炮台和工事还根本不存在。

然而,对于这些他并不过于担心,因为从情报上看,清军的火炮数量少得可怜,根本无法抵挡法军的进攻,现在他要做的只是有针对性地调整好作战方案,这对他来说并非难事。

他召集舰长们开会,很快就安排好了一切。下午时分,他派副官雅格米埃中尉给基隆守军指挥官送去了招降书。内容如下:

将军先生:

　　您肯定知道,法国政府已向贵国政府递送了最后通牒。但是中国政府迄未答复。

通牒的最后日期已经过期。我奉命占领基隆，把它一直占领到中国同意我们的正确要求为止。

因此，我命令您亲自同知府一起前来我舰，把城中所有防御设备全部交出，否则，明天早晨8时，我即使用武力占领该地。明晨7时30分，我舰的主桅上将升起红旗。8时整，降下旗帜，开始攻击。

我还告诉您，法国对爱好和平的居民并不怀有任何仇恨，请您安定民心，尽力维持秩序，并把我为此而宣布的命令公之于众。

下边的落款是：利士比，1884年8月4日于基隆锚地。在这份所谓的招降书中，利士比把进攻基隆的理由说成中国没有答复法国的"正确要求"，并以要挟的语气"命令"当地军政长官前往他的舰上，拱手交出权力，俯首称臣。他还公然宣布了即将进攻的时间，其傲慢和狂悖不言而喻。基隆守军指挥官是提督苏得胜、福宁镇总兵曹志忠，他们接到招降书后，并未理睬，而是立即派人快马向正在台北的刘铭传报告，同时做好了应战准备。

第二天早晨，阴沉的天空逐渐泛起了白光，海面上闪动着一片灰暗而浑浊的光芒。乌云低垂，翻滚而来，空气中饱含着浓浓的湿气。7时30分，"拉加利桑尼亚"号主桅杆上升起信号旗，三艘战舰立即进入作战水域。半个小时之后，攻击开始了。

按照事前部署，"拉加利桑尼亚"号驶近港口，停于距大炮台（法军所说的A炮台）九百米处。由于该船吃水深，无法进入港内，只能利用重炮远程轰击。在参加攻击的三艘战舰中，"拉加利桑尼亚"号吨位最大，火炮也最多（拥有各类大小火炮十八门，其中包括二十四厘米重炮四门）。这些火炮的射距可达一千米。用利士比的话说，距离太远，难以发挥火炮的威力，因此他令战舰尽可能靠近炮台。

不过,这样做也存在风险。尽管提高了射击的准确度,但该舰的正面和左右舷也将暴露于清军炮台的威胁之下。利士比明知这些,但毫不畏惧。法国海军上尉罗亚尔(曾在孤拔的旗舰上服役)事后用骄傲的口气,把这一举动称为"十分大胆的决心和完全法国式的勇敢"。

就在"拉加利桑尼亚"号行动时,"维拉"号也按照计划驶入港内,抵达指定区域。该舰拥有二十三门大小火炮,火力仅次于"拉加利桑尼亚"号。攻击开始后,"维拉"号位于"拉加利桑尼亚"号的右前方。两舰互为犄角。"拉加利桑尼亚"号以左舷之炮攻击左面的清军炮台,以二十四厘米的塔炮轰击正面的清军大炮台,而"维拉"号则用右舷火炮攻击右侧清军炮台,并保护旗舰的右翼。

此外,"鲁汀"号则深入港内。这艘小型炮舰,虽然只有六门火炮,但它吃水浅,可以绕至清军炮台的侧面,从死角发起攻击。

战斗打响后,法舰数十门大炮一齐开火,狂轰滥炸。隆隆的炮声打破了海面的宁静,一时间,硝烟弥漫,天崩地裂。基隆炮台奋起还击,但时间不长,很快便处于劣势。法舰的大口径重炮威力巨大,而绕到侧面的"鲁汀"号也让守军束手无策。当时,基隆沿海炮台只有一座炮台(A炮台)设有五门克虏伯大炮。而新建的两座炮台,一座虽有三门炮,但"皆系旧兵之炮",另一座炮台计划置炮三门,但尚未来得及安装。据刘铭传事后报告称,他一到台湾便立即奏请添炮,虽然得到了批准,但由于法舰封锁海峡,实行禁运,新炮一直无法运抵。就在开战前四天,清政府曾雇用德国"万利"号商船偷偷运送,但在抵达基隆时被"维拉"号发现,未准卸货,这不能不说是一个很大的遗憾。后来,刘铭传曾打算另外找船装运,但是已经来不及了。

脆弱的防御几乎不堪一击。第一轮炮击之后,清军所有的炮台便被"全行打碎"。不过,尽管如此,清军的表现并非乏善可陈。从事后的资料看,清军的三座炮台打出的炮弹虽然有限,却取得了一定的战绩。特别是其中一个炮台打了五发炮弹,竟然命中三发,给利士比的旗舰造成了不小的损害,就连法国人也大感惊诧。

这个炮台便是安装了五门克虏伯的大炮台。法国人龙莱记述:"这座堡垒里有一名很出色的瞄准手,他的每发炮弹都落在'拉加利桑尼亚'号上,他只打了三发炮弹。他打出的这些炮弹集中在四法尺的范围内,击中'拉加利桑尼亚'号中间的帆缆绳具,一发落在吃水线上一至二法尺处,两发击中更高一点的地方,一发击中一个炮孔的右下方,打弯了一门二十四厘米大炮的支架。这些炮弹都击穿了铁甲,并留下了一个洞……"

利士比战后的报告也证实了这一点:"'维拉'号在战斗开始时,船舷被小碉堡击中四发炮弹,'拉加利桑尼亚'号炮塔甲板受到三发十七厘米炮弹袭击,三发都穿透铁甲,其中一发击坏了一门二十四厘米炮的支轴,我们只好等以后再修理。另外,有几发炮弹击中帆缆索具。"

应该说,这个战果相当不俗。可惜的是,清军的装备委实太差,根本无法与法军的相比。即便那个表现出色的炮台也很快哑了火。几十分钟后,一声剧烈的爆炸传来,只见那座炮台忽然发生剧烈的爆炸,燃起熊熊大火。一发炮弹命中了主炮台北面的弹药库,炮台上的清军——包括那名出色的炮手在内——全部壮烈殉国。

那么,爆炸是如何发生的?利士比的报告并未言明,只是说8时45分,正面的大堡垒的北面燃起一场大火,火势迅速蔓延,波及附近村舍。在他看来,这是一个"决定性胜利"。在报告中,他还称激战中法军二十四厘米炮百发百中,一举将敌方火力压制下去。"维拉"号也用排炮向炮台发起轰击,但遗憾的是,十四厘米的炮弹对坚固的工事未能产生多大作用。从这段表述中,似乎可以得出这样的结论:清军主炮台上的爆炸是"拉加利桑尼亚"号造成的。因为进攻基隆的三艘法舰中,只有"拉加利桑尼亚"号配有二十四厘米大炮,而其他两舰只配备了十四厘米火炮。

爆炸带来了毁灭性的后果。基隆这座最具有战斗力的炮台被摧毁后,清军的炮兵便丧失了全部战斗力。法军放慢了射速,继续向另外两座炮台射击,直到它们被完全摧毁,大多数士兵均被掩埋于瓦砾之下。

炮战结束后,利士比得意扬扬。他站在甲板上,用望远镜看着冒着浓烟、已成废墟的炮台,然后向副官下达了登陆的命令。

信号旗从旗舰上升了起来。搭乘"维拉"号巡洋舰的八十名陆战队员,由达提吉上尉率领首先乘坐小艇,抢占了滩头阵地,接着又登上了南边的炮台。其间没有遇到任何抵抗。他们在炮台上插了法国的三色国旗,然后欢呼起来。

利士比兴奋地看着这一幕。他放下望远镜,转身对站在他身旁的马丁中校下达了命令,让他立即率后续部队跟进。

马丁中校时任"拉加利桑尼亚"号副舰长。他受命指挥登陆作战,任务是占领基隆城和煤矿。此时,他早已准备就绪,随着他一声令下,已经整装待发的陆战连官兵们立即登上了小艇。

后续登陆的官兵约一百人。他们分批次登岸后,与先前的部队会合一处,然后在马丁的指挥下,兵分两路,先后攻占了港口的两侧阵地。在占领炮台时,他们遇到了清军的阻击。指挥阻击的是清军将领章高元和苏得胜。他们各带了百余人赶来,利用新筑的护营工事以及炮台的护墙进行还击。由于法舰巨炮持续轰炸,工事和护墙很快便被摧毁,加上火药房爆炸,引起大火,清军被迫退却,且战且走。

法国陆战连很快攻占了全部炮台,接着又登上了沙湾东侧高地,在那里升起了两面法国国旗。此时已是下午两时左右。看着正在溃退的中国士兵,利士比命令炮兵继续轰击。

在隆隆的炮声中,利士比的脸上露出了快乐的胜利的微笑。

2

基隆之战打响时,刘铭传正在从台北赶往基隆的路上。黎明时分,他接到苏得胜和曹志忠的报告,一刻也没耽搁,立即前往基隆督战。一路上,他马不停蹄,行至半途便听见隆隆的炮声从远方传来,知是战斗已经打响。显然法国人来得比他预想的要快,不过好在他事先已有预判,并做好了防范。虽然基隆炮台战力有限,但他及时调整了兵力部署,当时驻守基隆的部队有三四千人,其中包括章高元部和苏得胜部的淮军,这给了他很大的信心。

早在开战前,为了鼓励士气,他一边宣示朝廷威德,一边激励士气。他告诉众将,法夷不足畏,虽然他们船坚炮利,但一意逞强,固有轻我之心。老话说得好,骄兵必败,哀兵必胜。台湾孤悬海外,我们只能背水一战,以死相拼。古人言,狭路相逢勇者胜。他还说,国家养兵,用于一时,好男儿岂忍山河破碎,宗庙社稷遭人践踏?

对于打法,他也做了充分准备。他认为,法人恃海上优势,这是彼之长处,但吾之长处在陆上。海上打不过,可以陆战。敌之炮舰再厉害,到了陆上便无用武之地。用刘铭传的话说,敌有炮船之利,而我有山势之险。如要制胜,"非诱敌之陆战,不足以折彼凶锋"。

其实,这种战法四十年前就有人用过。此人便是时任台湾兵备道的姚莹。当时,英军来犯,姚莹便提出"但守海口,不与海上争锋","凭险埋伏,待其登山歼擒之"的战法,取得了很好的效果。刘铭传打了多年仗,具有丰富的经验,自然深谙此道。此外,他还对法舰做过研究,发现法船有一大弱点,即储煤仅有十四天(当时军舰的动力主要靠煤),一旦煤用完了便成了废铁。因此,他对诸将说:"只要我们坚持住,法夷必退无疑。"

为了断绝法舰的燃煤，他下令烧毁存煤和基隆煤矿，以免资敌。与此同时，他还下令在后山修筑工事，一旦炮台被毁，便诱敌陆战，挫其凶锋。在兵力部署上，他把章高元部和苏得胜部也都调来基隆，这两人都是刘铭传的老部下，且能征善战。

章高元早年跟随铭军南征北战，打过不少硬仗，史称其"骁勇果毅，冠于侪辈"，被誉为"淮军后起三名将"之一（另两人一是后来在镇南关大破法军的王孝祺；一是庚子年抵抗八国联军，战死于天津的聂士成）。章高元有个绰号叫"章迂子"。迂子，乃合肥土话，含有迂腐之意，又有一根筋、脑子不拐弯的意思。章高元打仗不怕死，常常顶着子弹往上冲，故有此外号。同治年间，日本侵台，李鸿章派铭军唐定奎部十三营随沈葆桢入台。章高元时任副营提督，跟随唐定奎前往，立下战功。光绪十年（1884年）初，中法战事紧张，章高元再次奉命渡台，挂印澎湖，统辖淮、湘两营。刘铭传到台后，立即把他调到身边担任拱卫。

苏得胜也是铭军宿将，由哨长到营官，随同刘铭传转战苏、浙、鲁、鄂等省，多次负伤，官至提督。中法开战前，他在吴淞口炮台任职，经刘铭传饬调来台，统辖健字等营。

刘铭传把这些他最信赖的部队都调往基隆，其中还包括他赴台时带来的已革游击邓长安等人，此外，还有湘军曹志忠部，可谓集中了精兵强将。

基隆之战打响后，法军在炮战中占得上风，当法军登陆时，章高元和苏得胜各带百余人赶至炮台上进行抵抗。此时，敌人的炮火仍在不停地轰击，造成较大杀伤力，加上弹药库被毁，大火迅速蔓延，守军无法立足。于是，章高元与苏得胜商量之后，决定向后山转移，以避敌人炮火。

刘铭传赶到后，亲临前线观察敌情，并听取了报告。随后他立即进行布置，令各部扎住脚跟，扼守要津，防范敌兵进犯基隆城和八斗煤矿，并做好恶战准备。

当天夜里,暴雨倾盆,法军停止了进攻,在大雨中苦熬了一夜。次日一早,利士比便派人给登陆法军送去帐篷、工具和给养,命令他们在高地上修筑工事,巩固阵地,同时准备占领基隆城和煤矿。

大雨下了一整夜,天亮之后仍未停歇,时断时续,周围的山林在喧嚣的风雨中水汽迷蒙。尽管大雨一直下个不停,让人心烦,但利士比的心情还是轻松愉快的。他一边喝着咖啡,一边起草给孤拔的电报。在电报中他以诗意的语言渲染了法军的战绩,并为他们所取得的胜利沾沾自喜。他在报告中说:"我打算今日便进占基隆,我认为几乎可以兵不血刃地达到目的。"

他还宣称:"将军,我未折一兵一卒,即获得如此辉煌战绩,内心甚为欣喜","我简直无法称颂全体官兵的沉着、勇敢","敌人损失严重。有人向我断言,有一百五十人被击毙"。

在报告中,他还附上了一份报请奖励参战人员的名单。在他看来,此战已经大功告成,尽管基隆城还没有拿下。

这份电报是下午两时发出的,就在这份电报发出后没多久,派去占领基隆城的部队便遭到了阻击。

率领这支队伍的是副官雅格米埃中尉。他曾受利士比之命前往基隆送达招降书,熟悉道路。自开战后,他的表现也十分出色,利士比已许诺破格提升他为中校。他率领的这支部队有八十余人,刚踏上大路便遇到了守军,双方立即交火。清军人数很多,他们利用周围的山地和丛林向法军展开攻击。法军喊叫着,退向路边。幸好这里距海岸较近,法舰开始发炮助攻。在凶猛的炮火下,守军伤亡很大,被迫后退。

就在这时,曹志忠赶到。他刚才一直在路边的营垒中指挥战斗,这时,他一边令人守住营垒,一边赶到阵前,大声喝止退兵,怒曰:"后退者斩！"他手持大刀，威风凛凛。清军逐步稳住阵脚。但敌人的炮火实在太猛，压得清军抬不起头来。曹志忠下令组织敢死队，冲向敌人，展开近战。由于双方混在一起，敌舰的炮火无法施展。

不一会儿，章高元、苏得胜、邓长安各部先后增援。面对大队清军，法军力不能支，迅速向后败退。清军一鼓作气，乘胜掩杀。此时，占据东湾沙滩高地的法军利用制高点突然向清军开火，迫使清军无法前进。

刘铭传接报，下令拿下高地。此处位于基隆港和基隆城之间，进可以攻，退可以守，位置极为重要。法军占据此处，无疑是扼住要害。但是，要想攻下此处，并非易事。法军早有准备，从早上开始便抢修了防护工事，凭险据守。清军久攻不下。

中午时分，刘铭传急召众将前来大帐议事。

众人到达时，只见刘铭传满脸怒色，不等诸位开口，他便仰面长叹道："想当年，吾以数千人破捻军十万之众，全仗着手下有唐殿魁、刘盛藻这样的虎将。要是他们二人中有一人在的话，何愁今日不胜？"

唐殿魁、刘盛藻都是刘铭传手下的名将。两人作战勇猛，屡建勋业。他们的部队也是当年刘铭传组建铭军时的老班底，其中不少官兵都是来自家乡合肥的子弟兵。唐殿魁在剿捻时，死于短刀肉搏之中，刘盛藻在中法开战前一年病逝。刘铭传的这番话，既是有感而发，也是话中有话。部将们坐不住了，先是满面羞愧，继之血脉偾张。淮军将领章高元、邓长安更是芒刺在背，首先站了出来，愤声大呼："吾等跟随大帅十多年了，今大帅身困绝域，吾等义不生还，唯公命之！"

刘铭传一看自己的激将法起了作用，连忙上前拉住两人的手说："好男儿当建功立业，唐殿魁、刘盛藻能做到的，你们也能做到！"

之后，刘铭传立即进行部署，令章高元率一路人马，从东边绕至敌军身后；邓长安带一队，由西边迂回；第三队则由曹志忠统带，从正面进攻。

战斗开始后，曹志忠率队先是佯攻，吸引敌军注意。随后，章高元从东边偷袭成功。在战斗中，他赤膊上阵，一马当先，冒着枪林弹雨，一边冲锋，一边大喊：

"我章迁子来也！"

官兵见主帅如此奋勇，于是三军用命，大声呐喊，呼啸而上。邓长安这时也从西边发起攻击，与章高元部形成两边夹击，敌军阵地一片混乱。大雨之中，枪声四起，喊杀震天。此时，曹志忠率部乘机冲杀。看着漫山遍野席卷而来的清军，法军阵地风声鹤唳，一片惊慌。马丁意识到他们即将陷入被包围的危险，于是下令放弃阵地，立即突围。他令人保护退向海边的道路，同时自己留下断后。双方在风雨中激战数小时，下午五时左右，法军总算撤到了海滩，在大雨之中，个个淋得如同落汤鸡，仓皇登上小艇退回大船。

清军攻占了高地，缴获了大批战利品，包括两面法国国旗。刘铭传十分高兴，他说，旗帜乃一国之荣誉，这是法国人最丢脸的事。

不过，在战斗中法国人并没有丢掉全部旗帜，而是抢回了一面，多少保留了一点颜面。据罗亚尔回忆说，在败退中一名法军士兵并没有忘掉国旗，可急切之中怎么也拔不出旗帜，于是他便把自己的身体吊在旗帜上，撕碎了旗帜，这才将其带走。

这名士兵名叫游露德。为了保护旗帜，他的行为堪称"勇敢"（罗亚尔语），却差点丢掉性命。因为法军在败退时谁也顾不上他了，后来他在追赶部队时掉进了山沟。据他事后叙述，当时，中国军队正从他的头顶上跑过，直到天黑以后，等中国军队撤离后，他才乘黑摸到海边，并向远处的"维拉"号呼救，方才得到救援，捡了一条小命。

3

基隆初战告捷,朝野上下一片欢呼。这是一场意想不到的胜利,不仅让国人惊喜,也令法国人意外。

消息不胫而走,迅速传播开来。《申报》最先报道了战事。由于海峡相隔,当时基隆尚无电报和驿递,战况传至大陆,已是数天之后。8月11日,即开战六天后,《申报》才发出第一篇报道,标题为《论鸡笼失守事》,对法军占领基隆以及清军的表现颇为失望。但第一篇报道发出后不久,就从厦门辗转传来刘铭传转败为胜的消息。《申报》大为振奋,欢欣鼓舞,连续发文报道,对刘铭传临危不乱、清军将士奋勇杀敌,大加颂扬。报道称,刘铭传"老成硕望,智勇兼全""丰功硕画,举世无双",并称有其坐镇全台,"实不难与法人共决一战"。

朝廷闻报也颇感欣慰。1884年8月22日谕旨,对刘铭传和台湾守军大加褒奖,内有"刘铭传调度有方,深堪嘉尚,着交部从优议叙"之语,并对有功将士曹志忠、章高元、苏得胜、邓长安等文武弁员分别给予赏穿黄马褂、遇缺简放、赏换勇号等奖励。谕旨还奉慈禧皇太后懿旨,从内帑节省项下发银三千两,赏给此次出力兵勇。对于丢失炮台和阵地官兵,"着免其置议"。所有伤亡弁勇,即着查明请恤。

随着胜利的消息不断传播,各种传闻和演绎也扩散开来。有消息称,基隆大捷重创法军,法兵伤亡不下百人。一些神奇的说法,如"斩馘数百""获级数百计""法兵退舰,多溺死",还有击沉法舰一艘,缴获大炮一门,生擒军官一名等等也都流传开来。

如今看来,这些战果不免有夸大成分,但在当时极大地鼓舞了民众。尤其是刘铭传在极端的困难下取得了首战胜利,实属不易。一时间,全国抗法热情高涨，信心倍增。

然而，法国却大为沮丧。

利士比6日下午刚刚发出告捷电报，几个小时后法军便大败而归。在次日致孤拔的电报中，他不得不承认失败，尽管他极力赞美法军的勇敢无畏，撤退有序：

> 我军两人死亡，十人受伤，其中四人重伤。若不是中国军队的射击技术低劣，我军损失当更为严重。上午，大雨倾盆，士兵浑身湿透，疲惫不堪……
>
> 从此次尝试可以看出，海军部长关于占领基隆及煤矿的命令难以完成。将军，我认为至少需要两千兵力方能达到目的。

在电文中他还称台风将至，希望能够准许撤离：

> 将军，请您尽快给我下达命令，我将不胜感激。眼下我们在这里无所事事，炮台已完全摧毁。试图以我们舰队有限的兵力去占领基隆及煤矿是不可思议的事情。
>
> 此地山峦起伏，怪石嶙峋，若要真正占领，需要众多的兵力。这里似乎无路可寻，灌木丛生，几乎寸步难行，一切重大的军事行动也几乎无法进行。

由于台湾不通电报，利士比的电报需要经过长时间的辗转。8月8日，即开战后第四天，身在上海的巴德诺公使仍然没有得到任何消息。他在给茹费理的信中说："当我写回信时，尚未接到海军少将利士比有关战斗的消息，我在焦急地等待这一军事行动的结果。"

当然,在"焦急地等待"的不仅是巴德诺,还有茹费理等法国高层。他们都对此战寄予厚望,遗憾的是,结果让他们失望了。

8月9日,孤拔先后给海军部长裴龙发了两封电报。第一封电报是:"基隆业已占领,细节不详。"但紧接着又发来了第二封:

> 基隆近况欠佳。利士比将军被迫放弃陆上阵地。陆战连寡不敌众,被迫退回舰上,仅将防御工事摧毁。利士比认为基隆守军有一万五千人,若要占领该地,则需两千人,眼下无能为力。

裴龙接电后,恼羞成怒。他回电要求"集中兵力于基隆,并尽力弥补利士比的失败"。法国政府同样感到失望和震怒,他们决定狠狠地教训中国。

于是,一场疯狂的报复席卷而来。

第七章　黑云压城

1

第一次基隆之战后,刘铭传并没有陶醉于胜利之中。虽然受到朝廷表彰,"三军将士欢声雷动,感沐皇恩",但他依然保持着清醒的头脑,认为此战敌虽溃败,但也暴露了吾之弱点,用他的话说便是"无炮无船"。所谓"无炮",是指炮台不坚,炮位不多,接仗之后很快被敌"全行打碎";所谓"无船",是指海上无兵轮支援,否则法兵很难轻易逃走。因此,他告诫诸将,我们仅靠血战,暂挫凶锋,但法夷不会善罢甘休,势必卷土重来。眼下不能有丝毫松懈,必须全力以赴,尽快做好打恶仗的准备。

为此,他一边上奏朝廷,吁请迅速抽调兵轮,派遣得力将领、官员及部队前来,以充实台湾防务,一边修筑工事,整军备战。他下令曹志忠将离海过近的炮垒撤至后山,以保兵锐。基隆之战前,他曾下令烧毁存煤,但做得并不彻底(一部分存放于码头的煤炭,当时浇了煤油准备烧掉,但未及点火,法军已经登陆,这是一个教训)。这一次他做了最坏的打算,干脆将煤矿的机器全部拆除，并将煤矿彻底炸毁，以防为敌所用。

根据他的判断，敌人进攻的方向仍在台北。除了基隆，还有淡水都将成为彼族之目标。淡水地势平坦，无险可守。这里靠近府城，地理位置极为重要。一旦敌人发起进攻，将直接威胁府城。这是刘铭传十分担心的。为此，他下令在港口附近大量沉船，并安放水雷。当时，淡水尚未被封锁。由于这里是重要的经商口岸，西方各国商船较多，法国一度打算封锁该口，并对来往商船进行检查，但遭到西方各国反对。因此，一些装备和物资尚可运抵。刘铭传利用这一时机，把一些从大陆运送过来的火炮装备用来修筑和充实炮台。

对于后勤保障，刘铭传也高度重视，调用一批得力干将专门负责解运军械、办粮转饷等事务。

就在刘铭传紧锣密鼓，全力备战之时，8月23日，从福州忽然传来噩耗。这天下午，孤拔调集法军舰队主力向停泊在马尾的福建水师发起突袭——马江之战爆发。由于战前闽省主政大员避战求和，毫无准备，战斗打响没多久，清军舰船便纷纷葬身火海。短短半个小时，福建水师便全军覆没。次日，法国海军又用重炮猛轰福州造船厂，将其夷为平地。

此役福建水师十一艘兵轮、十九艘商船被击沉，七百余名将士殉国。在两天的战斗中，清军几乎没有进行像样的抵抗，便一败涂地。这个结果令人匪夷所思，就连法国人也没想到。原先法国人还担心，袭击完成后，法国舰队能否顺利脱身，但这些担心完全是多余的，因为孤拔的舰队没有遇到任何威胁便全身而退。

法国人欣喜若狂。内阁总理茹费理致电孤拔：

> 国家向您——山西战胜者致敬，您为国家立了新的战功。共和国政府满怀喜悦心情向您的令人可亲的船员及其光荣的领袖表示全

国人民的感激之情。

海军部长裴龙也对这次"如此出色的军事行动"表示欣喜。他在给孤拔的电报中说：

亲爱的海军中将：

我以极大的兴趣阅读了您9月11日关于从8月23日至8月30日在闽江进行战斗的报告，并已刊登在政府公报上。

我在电报中已向您转达了政府的祝贺，并告诉您这一光辉战绩在全国所产生的影响，举国上下都为您的成功而欢呼。

通过阅读您的报告，我再次看到您所表现出来的军事品质、机敏和毅力。我也很高兴向勇敢而忠诚地协助您的英勇的船员们致意。

他还指示把这次海战写入法国海军史册。巴德诺同样十分兴奋，认为法国在中国人大力备战的危险条件下取得了这次胜利，福州的军事行动十分完满。

孤拔表面平静，但内心的喜悦也难以掩饰。他在给裴龙的回电中称："我以我个人和我无法过分赞扬的全体官兵的名义，对政府的褒奖表示感谢。军事行动已结束，战果辉煌，闽江所有的炮台都已摧毁。"

在法国人看来，这次行动会让中国人清醒过来。用裴龙的话说，政府希望这次打击"会使中国对事实有更正确的估计并尊重《天津条约》"。

然而，他们似乎高兴过了头。与他们的想法正好相反，马江之战没有吓倒中国人，反倒让全国上下同仇敌忾。各地都掀起了抗议浪潮，一些朝中大臣和各地官员纷纷上书要求以牙还牙，舆论界更是反响强烈，连篇累牍发表文章，呼吁政府奋起抵抗。

就在马江之战后第三天，原先一直首鼠两端的慈禧太后也下了决心。早在 8 月上旬，法军入侵基隆时，慈禧召见醇亲王奕𫍽，流着眼泪说："我可不愿再像咸丰帝那样被人赶出北京，我也不想大清江山从我手上丢掉，由我示弱。"奕𫍽说：

"可以打。"

慈禧说：

"打就打到底。"

于是，便召御前大臣、军机、总署、六部九卿和翰、詹、科、道开会，征求意见。会上许久没人说话，最后左宗棠站起来说：

"中国不能永远屈服于洋人，与其赔款，不如拿赔款做战费。"

慈禧含泪称是，决定对法宣战。这一天，是光绪十年七月初六，公元 1884 年 8 月 26 日。

中国宣战之后，全国抗战热情空前高涨。法国外交官们开始坐立不安了。巴德诺向内阁报告称，这里的情况非常不好，上海官方已要求法国军舰立即离开黄浦江。"在这种情况下，"他说，"我感到很难留在上海。"他希望能够得到批准，前往长崎。

法国驻广州领事师克勤也急电内阁和外交部，声称当地总督和巡抚以及各将军发出布告，悬赏斩获法国人头。各地民众排外情绪严重，广东的基督教徒遭到抢劫，法国人的坟墓和广州附近的小教堂也被毁坏。海关总税务司还驱离了三名法国人，一些传教士和其他外国人担心自身安全，纷纷外逃。

当时，主战的声音已经压倒了一切，响彻朝野。北京同文馆的教习毕利干在一封信中说："目前谁谈和平谁就冒生命危险……基隆的失败实际上鼓励了他们疯狂的抵抗。他们以为，甚至现在还在说，海上作战或许不行，但陆上作战完全能顶得住。"

就连一向主和的李鸿章也改变了态度。法国驻天津领事林椿报告称，9月14日，他请求会晤李鸿章，李鸿章的回复是，正式会见已无可能，除非私人拜访。于是，林椿按要求在晚上去了总督衙门，而且没有带随员。李鸿章见到他非常不满，说："你们在福州的所作所为并没有吓倒我们，相反激怒了所有的人。"

他指责孤拔进行偷袭，错全在法国方面。"我们表现了极大的耐心。"李鸿章说，"我们想尽一切办法避免两国关系破裂，但是现在全都无可挽回了。既然你们要打，我们就奉陪到底。政府下决心，采取一切措施，我们不怕你们。我自己前些时候还准备建议政府做些让步，现在我不愿意再听到谈起让步的事了。你们将得不到赔偿，也得不到任何性质的补偿。"

李鸿章还说，以前的协议已不复存在。"我们将进行战争，一场激烈的战争。"他一口气讲了下去，"也许你们在海上比我们强，但是我们在陆地等待你们。我们人比你们多得多，你们派来三万人，我们用三十万人来抵抗。三十万人死了，会有五十万人来与你们作战。孤拔不要再想像在福州那样轻而易举地取胜。堡垒摧毁了，我们再建造起来，我们不缺乏枪支、大炮、弹药，而且我们有大量的银子，因为现在没有一个中国人不自愿地出钱支援战争。"

最后，李鸿章正告林椿："我可以向您保证，你们将得不到一枚铜钱、一寸土地。"

李鸿章的口气如此强硬，林椿以前从未见过。不过，他拿不准这究竟是不是李鸿章的真实想法。他对巴德诺说，中国人都是"大喜剧演员"，他这样做的目的也许是想让法国在索赔方面提出的要求不那么苛刻。

直到这时候，林椿仍抱着幻想，希望清政府能在谈判桌上低头，但实际情况是，中法宣战后，谈判的大门已经关闭。中国不仅拒绝赔款，而且原先从越南撤兵的承诺也不再执行,朝廷饬令驻扎越南各军展开反击,并令滇桂两军迅即出关,就连原先不被朝廷承认的黑旗军首领刘永福也受到加封,令其规复北圻。法国人又气又恨。为了进一步向中国施压,一个多月后,法国舰队又一次气势汹汹地杀向了台湾。

2

10月1日,第二次基隆之战打响了。

这一次法国集结了重兵,志在必得。8月27日,即马江之战结束后第三天,法国决定在原来中国海分舰队的基础上扩大舰队规模,组建一支新的远东舰队,任命孤拔为司令,利士比为副司令。新成立的远东舰队拥有大小舰艇二十二艘,其中包括装甲舰四艘、战列巡洋舰六艘、侦察舰四艘、通信运输舰一艘、巡逻炮舰四艘、鱼雷舰二艘、运输艇一艘。

裴龙致电孤拔称:"由于您所指挥的海军力量的扩大,我决定将它编为一个舰队,称为远东舰队,而取消东京分舰队及中国和日本海分舰队。"

这项任命赋予了孤拔更大的权力,标志着对华战争的进一步升级。

孤拔上任后,再次提出在北方采取行动的想法。他建议占领烟台,以此为基地,然后等部署完毕,再攻占威海卫和旅顺。巴德诺的想法与他的不谋而合,认为虽然法国在闽江取得了胜利,但这还不够,因为福州离北京较远,不一定会对北京产生明显的影响(他所说的影响是指对北京朝廷的威慑)。因此,他提议在北方再开展一次行动——他称之为"决定性的打击"——使问题得到根本解决。他还敦请政府不必过多考虑各国的态度。

然而,巴黎对这种想法心存顾虑,虽然总理茹费理一度有过松动。他曾与海军部部长裴龙商量,可否考虑赋予孤拔选择新进攻目标的完全自由,如果他认为威海卫和旅顺是更好的抵押品,政府可以批准他的行动。可裴龙认为他们不能远距离采取军事行动,如果要扩大战争,他们也难以抽调更多的地面部队。

事实上,当时巴黎高层不愿在北方行动,除了担心引起西方各国阻挠外,兵力捉襟见肘也是一个重要原因。他们不希望,也没有能力陷入一场在越南之外的更大的陆地上的战争。法国外交部政务司司长毕乐也不赞成给孤拔"完全自由"。他对茹费理说,攻打北方会使他们陷入被动,甚至会卷入无法预计影响和结果的大规模战争。最好是在打垮福建海军后,在台湾采取行动。

显然,孤拔的建议并不符合高层的意愿。也许是为了不挫伤他的积极性,巴黎高层并没有否决他的想法,但在态度上十分消极。当孤拔请求派遣陆战部队配合行动时,裴龙答应从越南抽调两千名陆战队员给他。但在孤拔看来,要对付北京至少需要四万人的兵力,可裴龙明确告诉他,政府不能给更多的兵力,两千人,只有这么多了,他可以根据这些来决定他的行动(指在台湾或北方采取行动)。裴龙还告诉孤拔,他们的政策是摧毁中国的海军基地,夺取抵押品,而不是进行一场陆地战争。

孤拔非常沮丧,他认为政府的战略太过保守。他对巴德诺说,基隆与福州一样远离北京,他们在这里所做的一切对北京没有多大的决定性的影响。可是他的抱怨并没有起到作用。9月18日,海军部向他下达命令,要他做好夺取基隆的准备,并从越南抽调两千名陆战队员配合他的行动。这表明巴黎已经决定了行动方向。孤拔作为军人必须执行,但他很不甘心,直到9月26日,即第二次基隆之战打响前四天,他还给裴龙去电,坚持认为在北方行动始终是一个极为有效的办法。

然而,他的想法并没有被接受。27日,裴龙的回复如下:

26日来电收悉。今天上午政府进行了讨论，希望首先占领基隆和淡水（如后者有可能占领的话）以取得抵押品。然后，在保证我们部队的安全之后，您率领您所拥有的舰只前往北方，进行您认为仅以您的兵力有可能进行的行动。祝您成功。

在这份电报中，裴龙通报了政府关于攻打基隆和淡水的最后决定，不过，对孤拔的建议也留下余地，即他可以在占领基隆和淡水之后再去北方展开行动。这不知是出于安抚，还是他的真实想法，但此时法国政府的决心已定，即首先拿下基隆和淡水。

两天后，8月29日，裴龙向孤拔下达了作战命令：

根据我8月18日给您的命令，您应在这次战斗之后前往基隆以夺取矿山并加以占领。

从西贡和东京给您运去的两千士兵使您能够万无一失地掌握住该岛北部，并把基隆港变成你们的煤炭补给中心。

接到命令后，孤拔立即展开了行动。当天下午四时，由孤拔统领的各舰船陆续开拔，向基隆集结。

3

此时，刘铭传承受了巨大的压力。由于福建水师全军覆灭，台湾失去了大陆的海上支持，成了一座孤岛。著名学者梁启超曾有诗云：

其时马江已失利，

黑云漠漠愁孤城。

忍饥犯瘴五千士,

尽与将军同死生。

这是一首追忆刘铭传功绩的诗,以上短短几句便真实地勾勒出台湾当时的困难情形。好在刘铭传早有思想准备,第一次基隆之战后他并没有放松备战。法军登陆失败后,利士比率领的三艘法国战舰一直没有撤离,始终停泊于基隆港外。这期间,利士比还让基隆税司帮办——英国人鲍郎乐充当说客,试图邀请刘铭传登舰商谈,被刘铭传以"体制有关,未便前往"为由一口拒绝。利士比一看引诱不成,便不时向基隆开炮袭扰。在这种情况下,基隆炮台无法修复,刘铭传只好令部队退向后山。为了防止法军再次发起进攻,他亲自坐镇基隆指挥。根据他的判断,敌人的进攻目标将首选基隆。淡水虽为要口,但相比之下,那里是通商口岸,各国财货聚集,法夷未必会轻启衅端。相反,基隆作为"无口岸之处",倒会成为敌之攻击方向,何况这里还有法人急需的煤矿。

他的判断一点没错。

果然,法国这一次又把进攻重点放在了基隆。按照孤拔的部署,法军兵分两路:一路由他亲率十艘战舰进攻基隆,一路由副司令利士比率四艘战舰进攻淡水。全部参战的舰船达到十四艘,占了整个远东舰队舰船总数的百分之六十以上,其中包括装甲舰三艘、战列巡洋舰三艘,以及各类通信运输舰、巡逻炮舰、运输艇等等,可谓声势浩大,重兵压境。

孤拔的野心很大,特别是马江之战后,消灭了福建水师,法军完全控制了制海权,他的信心更是爆棚。虽然在行动方向上,他与高层意见相左,但他仍希望在拿下台湾后再去北方行动。他认为自己有能力做到这一点,而且他也想证明自己的建议是正确的。

对于拿下基隆，他不容有任何闪失。第一次基隆之战令他蒙羞，这一次卷土重来，无论如何不能再失败。这不仅事关法国海军的荣誉，也关乎他个人的荣誉。

9月30日上午九时许，孤拔的旗舰"巴雅"号抵达基隆海面。由于"巴雅"号是一艘大型装甲舰，吃水较深，无法靠近港湾，他便乘坐巡逻炮艇"鲁汀"号抵近侦察。孤拔在开战前，早已对基隆的地形和布防做过详细了解，并在地图上做了标注。即便如此，他仍然要亲自前往侦察，这是他指挥作战的一贯作风，尽管他对中国军队不屑一顾，也不把自己的对手刘铭传放在眼里。

据说，孤拔曾说过这样的话："刘铭传是我学生的学生，哪有学生战胜老师的道理？"原来铭军初进上海时，改练洋操，聘请了一些法国教习，如毕乃尔等等，这些人均为孤拔学生辈的人，孤拔故有此言。

自打参加远东战争以来，孤拔几乎所向披靡，未遭败绩，因而他有资本傲视群雄，区区刘铭传当然不在话下。当他雄心勃勃杀向基隆时，或许他根本没想到刘铭传会成为他的对手，更不会想到八个月后台湾竟成为他命丧黄泉之地。

一切仿佛早已注定——如果我们把日历翻回到三个多月前——6月26日，当孤拔被任命为中国海域舰队司令时，同一天，刘铭传也被任命为督办台湾军务。这个时间节点似乎是个巧合，但历史的选择从这一天起就决定了他们两人将成为对手，而一决雌雄的战场就在台湾。

9月30日，孤拔在侦察回来的当晚，便向各舰船下达了作战命令。在命令中他要求全体官兵以无比的勇气和坚定的决心赢得胜利，并扬言要为死难者复仇，让无耻的背叛者付出代价。他还宣称，法国有权获得补偿，他们光荣的水兵将无往而不胜。

次日一早，进攻基隆的战斗打响了。六点多钟，随着孤拔一声令下，法军登陆部队立即开始行动，随即各舰一起开火。由于基隆炮台早被全行打碎，法军登陆一开始几乎没有遇到抵抗。他们在指挥官伯多列威兰上校的带领下，分乘小艇迅速登上海岸。参加行动的法军部队计有海军步兵三个大队、海军炮兵队、机关炮队、宪兵一队、工兵一队，以及越南民夫等，总人数达到六百余人。为了掩护登陆行动，法国各舰的炮火朝着各山头、丛林处的清军工事狂轰滥炸。

清军被迫退守后山。这也是刘铭传的既定方针，即你有炮利，我有山险，扬长避短，诱敌陆战。这套战法在第一次基隆之战中已被证明行之有效。

然而，法军显然接受了教训。这一次，他们打得十分稳健。在炮火的掩护下，陆战队逐步向前推进。他们先是利用军舰上的重炮，发挥了射程远的优势，随着陆战队向前推进，再不断向清军延伸射击。此外，陆战队携带小型山炮，等到攻占了制高点，便由炮队架上火炮，摧毁前方清军的营垒，逐次掩护部队攻击前进。如此稳扎稳打，步步为营，始终保持了火力优势。

这一来，清军伤亡很大。

曹志忠、章高元和苏得胜各营只能退出营垒，利用山地、丛林阻击敌人登陆部队。为了避开敌人的炮火，他们冲进敌阵，与之近距离搏杀。双方混战在一起，战斗十分激烈。九点多钟，法军摧毁了狮球岭上的清军工事，并抢占了此处高地。狮球岭地势险要，一旦占领便可居高临下，控制周围大片地区。登陆前，孤拔下达任务时就要求务必拿下此处，如今法军得手，清军的局面更加不利。

尽管如此，清军仍力战不退。刘铭传亲自督阵，他料到敌军仗着舰炮火力，第一波攻势肯定很猛，但随着他们远离海岸，优势便会逐步丧失。相反，基隆附近山高林密，于我有利，可以用来与敌周旋。

果然,随着法军向前推进,他们遇到了强烈的抵抗,复杂的地形和茂密的丛林使他们每前进一步都十分困难。清军利用这一优势,逐步稳住阵脚。双方相持不下,战事陷入胶着状态。中午时分,天气炎热。法军筋疲力尽,攻势渐缓。指挥官下令部队停止前进,并在狮球岭修筑工事。他们这样做是为了防止清军反扑。第一次基隆之战时,法军登陆部队就吃过急于冒进的亏,这一次他们吸取了教训。

当天下午,战事趋于平静。刘铭传一边重整旗鼓,构建新的防线,一边调集兵力,准备夺回狮球岭。探马来报,法军正在狮球岭构筑工事。刘铭传意识到,如果等法军修好工事,安上大炮,这仗就不好打了。于是,他当晚便召集众将议事,要求尽快夺回狮球岭,而且刻不容缓。

部署完毕,众将各自散去。就在这时,忽然护兵来报,淡水告急。刘铭传大惊,接过八百里告急文书,打开一看,顿时不安起来。告急文书由李彤恩亲笔书写。内容如下:

> 法人十四日(注:公历10月2日)十点钟定攻沪尾,攻破沪尾之后,长驱到台北。台北空虚,料难抵御。若台北有失,则全台大不可问。以洋人论,则基隆重而沪尾轻;以中国论,则基隆轻而台北重。务请率师救沪尾,以固台北根本。

李彤恩系浙江候补知府,原在李鸿章手下任事,后被派来台湾。由于办事得力,他受到刘铭传的重用,时任沪尾通商委员兼营务处总办,是刘铭传的得力臂膀。刘铭传前往基隆前,台北的事务便委其全权负责。接到信后,刘铭传立时心焦如焚,法军两面来犯,让他压力倍增。不过,他并未慌乱。因为离开台北时,他对淡水防务已有布置,料想不至失措。可是,到了戌时(晚上七时至九时),第二封告急函又到了。紧接着,是第三封。数刻之间连至三道,一道比一道紧迫。

　　这一下,刘铭传坐不住了……

第八章　非常恶战

1

淡水,又称沪尾。淡水因淡水河而得名,沪尾则来自当地村落的名称。淡水为天然良港,地理条件优越。第二次鸦片战争后,台湾的安平、淡水,以及基隆、打狗(高雄)等港先后成为通商口岸。其中淡水作为重要的港口,一时间,华夷互市,帆樯林立。

淡水的战略位置极为重要,这里距府城台北三十里,一旦失守,府城难保。因此,刘铭传对这里的防守也倾注了力量。他令湘军将领孙开华等部负责镇守。9月初,他还前往淡水,勘察炮台,亲自部署。淡水海口朝西,背靠大屯、观音两山。大屯位于北,观音位于南,两山呈掎角之势。淡水旧炮台建于光绪二年(1876年),工事陈旧,火炮口径小,型号也较为落后。刘铭传极不满意,但苦于无船无炮,无从部署。恰在这时,清政府雇用德国"万利"号轮船运送一批火炮至基隆,但被法舰发现,不准卸载,无奈之下只好转运淡水。

当时，法军封锁了基隆，还没有封锁淡水。因为法国尚未宣战，而淡水乃通商口岸，如果封锁，势必会引起英、美等国的不满。于是，清政府便利用这个机会雇用外国轮船或悬挂外国旗帜的中国船只，悄悄向台湾运送物资和援军。法军官兵对此大为不满，颇有抱怨。曾在"巴雅"号服役的罗亚尔上尉这样形容说，好比一个警察要捉拿坏人，看住了大门，却任由后窗洞开。这种情况一直延续到淡水之战打响之后。

"万利"号运来的这批火炮抵达淡水后，刘铭传便决定用来充实淡水炮台。这批火炮计有十九门，口径为十七厘米，按刘铭传的指令将分别安装于旧炮台和新炮台上，用以加强淡水的防务。他把这项工作交给了孙开华，嘱其加快工程进度，同时添派炮勇百余名，加紧训练。

为了加固防线，刘铭传还令人在入港处设置四道防护。其一，用沉船塞口筑坝。这是李彤恩的建议，刘铭传采纳后，李便派人急购沙船十余只，装载巨石，用来堵塞海口。其二，塞口处安放水雷十余枚。其三，在航道狭窄处设置竹网、竹排。其四，竹网、竹排之后再安放水雷二十余枚。层层设障，多方阻击。除此之外，他还在多处山头及通向街区的路上建立营垒，防止敌军登陆。

第一次基隆之战后，刘铭传请求朝廷增派援兵。朝廷饬令南洋拨兵勇四营、北洋拨兵勇三营援台，可苦于无船运载（因为法国干预，一些外国船只不敢承运）。9月中旬，好不容易雇到"汇利""万利"两船，决定先运一营前往。哪知方抵淡水便遇大风浪，紧赶慢赶用小船运送百余人登岸，之后便不得不避风入海，原路返回上海。尽管登岸的人数较少，但统领刘朝祜在其中。刘朝祜系刘铭传侄孙，早年参加铭军，积功至提督衔记名总兵，后驻江阴，所辖三营，皆为铭军旧部。这次援台，由于无船运送，他先带一营前来，"汇利""万利"所运送的就是他的这支部队。刘铭传很高兴，令他驻守淡水，协助孙开华布防。

可以说,对于淡水的防务,刘铭传尽其所能做了安排。虽然如此,毕竟手中可打的牌不多,因此接到告急信函,他顿感不安。

在防御部署上,刘铭传的思路很清晰,即以台北府城为根本,以基隆、淡水两大海口为重点。他料到法军来犯必争基隆和淡水,因此在这两地集中了手中所有能够调动的重兵利器。不过,相较之下,淡水的防御却较为薄弱,一是炮台尚未完工,二是安放水雷较少,三是无险可守,着实令人放心不下。

至于诱敌陆战,套用基隆的打法,刘铭传也曾考虑过,只是淡水离府城太近,缺少战略纵深,倘若法军登陆,极有可能长驱直入。当时淡水驻军约有五营,三千余人,其中包括张李成率领的土勇(由当地人组成)五百余人,从总数上看,人虽不少,但土勇素质不高,用刘铭传的话说是"万不足恃"。他们中有不少人缺乏纪律,恩信未孚,且器械不精,操练不力,尤其是从台南调来的防勇,空额太多,兼有烟病,几不成军,加上天气炎热,瘴疠之病造成大量减员,尽管有孙开华、刘朝祜等得力将领坐镇,但面对汹汹来犯的法军,他们能否守住淡水,刘铭传也无把握。因此,离开府城时,他曾交代李彤恩做好防务,并说敌犯沪尾,他定会率兵来救。

可眼下,敌兵两边来攻,况且基隆战况胶着,法军攻占狮球岭,一场恶战在即,他手中兵力有限,无法两头兼顾,奈何? 奈何?

当时基隆驻军约九营,四千余人,可由于疫情发作,将士"病其六七,不能成军",九营士兵能战者仅一千二百余人。这点兵力尚难支持基隆,何谈援救淡水? 现在,摆在他面前的只有两条路,要么增援淡水,要么力保基隆,两者只能选择其一。如选前者,便要放弃基隆;而选后者,又恐淡水有失。一时间,刘铭传左右为难,陷入了苦思。眼看着告急文书接踵而至,急如星火,他不能再犹豫了,必须当机立断。

"来人哪!"他大喊一声。

护兵应声而至。

"传令众将,速来大帐。"

不一会儿,曹志忠、章高元等人先后赶到。刘铭传当众宣布了一个决定:撤出基隆,救援沪尾。此言一出,众将大惊,都说如救沪尾,将置基隆于何地?

刘言:"淡水关系根本,不容有失。"

众云:"大帅三思。"

刘言:"眼下事急,难有万全之策,必有所弃,而后有所取。"

众将一听都叫了起来。按大清律,失地者当斩。放弃基隆无异于临阵脱逃。于是齐声劝阻,力请收回成命。但刘铭传主意已决,且军机紧迫,容不得半点延误,遂打断诸将,进行部署。章高元见状扑通跪下,痛哭流涕,以死相谏,连声高呼:

"大帅不可!"

刘铭传怒喝:

"让开!"

章高元不从。刘铭传大怒,厉声道:"吾计已决,有罪我一人当之,违者斩!"说着,拔刀砍向案子,随着手起刀落,桌角应声落地。

之后,他推开章高元,走出大帐。当他上轿时,章高元再次拦轿叩泣,刘铭传怒目圆睁,再次将其喝退,然后号令三军,拔队启程。

此时,刘铭传已做好最坏打算,义无反顾。应该说,这是一步险棋,也是迫不得已之举。不过,在决断之前,刘铭传显然经过了认真掂量和权衡。就淡水和基隆而言,毫无疑问,淡水重于基隆。虽然法军主攻基隆,但李彤恩的话没错,"以洋人论,则基隆重而沪尾轻;以中国论,则基隆轻而台北重"。因为淡水为基隆后路,亦是台北屏障。淡水失,则府城不保,根本动摇,而基隆也腹背受敌,难以支持。且装备、粮饷尽在府城,倘失根本,必全局瓦解,不可收拾。刘铭传深谙其理。此外,作为久历战阵的老将,他熟知兵法,向来主张守御之策,唯在扼要以守险。从地理上看,基隆距府城六十里,山势险要,重峦叠嶂,可以凭险据守。即便法军占领基隆,也难向府城推进,只要保住根本,仍可立于不败之地。且用兵之道,宜合不宜分。法军两路来犯,与其分兵两处,不如握紧拳头,方为制胜道理。

因此,在撤出基隆前刘铭传做了如下部署:一是坚壁清野,转移或销毁基隆所有可能资敌的物资,仅留下一座空城;二是令曹志忠部抽出两营扼守狮球岭一带通向台北的险隘,阻止法军向北进军,以保府城后背无虞。事后证明,他的部署完全正确,也十分有效。

但在当时他的做法让人无法理解,不仅众将士反对,老百姓闻讯也是怨声载道,责难之声四起。接到撤退命令后,基隆城里哭骂声响成一片。行军途中,部队经过板桥,当地百姓还拦住轿子,群起而攻之。愤怒的人们冲上前去,抓住刘铭传的头发将其从轿中拖出,拳脚相加,骂声四起。亲兵们见状,急忙上前弹压,却被刘铭传大声喝止。事后,他对左右言:"百姓不明真相,休怪他们,总有一天他们会明白本帅的苦心。"

2

第二天淡水之战打响了,此时刘铭传已经赶到了台北,一边做好台北的防卫,一边派章高元等率部赶往淡水救援。

进攻淡水的法军由远东舰队副司令利士比将军统领,参战的舰船共四艘,分别是装甲舰"拉加利桑尼亚"号、"凯旋"号,战列巡洋舰"德斯坦"号和巡逻炮舰"蝮蛇"号。10月1日,当孤拔率队向基隆发起进攻时,利士比率领的舰队也在淡水海面集结完毕。

9月29日,利士比接到了孤拔发来的命令:

亲爱的将军：

奉部长之命，我率舰队前往基隆，以期占领该地。有必要对淡水同时采取行动，此项使命由您担任。为此，除了"拉加利桑尼亚"号作为您的旗舰外，我再调拨"凯旋"号、"德斯坦"号及一艘炮舰给您，这些舰艇前往那里归您指挥。您应于10月1日清晨将舰艇停泊于淡水港外，领港员将在海面等候您。

利士比按照命令准时到达了指定位置。第一次进攻基隆失败后，利士比遭到了国内的批评，他大为沮丧。这一次卷土重来，他必须证明自己。

10月1日，这天天气很好，海面上风平浪静，波光粼粼，阳光照着远处的海湾和山丘，四周一片宁静。昔日繁忙的淡水港此时已经陷入了死寂。由于塞口封堵，商船已无法进出。当时正值茶季，洋商们一度强烈反对封口，但经过李彤恩反复劝导，好不容易才强制性地实施了封堵。清军将装满石料的民船沉在入口处，并在航道上建起了栅栏，敷设了水雷，只留下一条狭窄的水道供小船通行。

利士比抵达淡水后，令四艘战舰一字排开，摆出了一副杀气腾腾的样子。他用望远镜向港内察看，发现淡水有两座炮台：一座炮台上有一千多人正在施工，未见火炮，可见起重吊杆移动，兵勇们在忙碌；另一座炮台周围用土袋构筑，从射击孔中可见钢炮的炮口。由于这个炮台的地面部分呈白色，他把这个炮台称为"白色堡垒"。这些与他们事先掌握的情报基本一致。

9月下旬，法军就派舰船对淡水进行了侦察。有一次，"鲁汀"号曾试图进入港口，但找不到领港员。据说无人前来应差。尽管如此，通过远距离侦察,以及收买当地洋人等,法军还是获取了不少有关淡水防务的情报,其中包括炮台位置和火炮数量,以及沉船塞口、敷设水雷等情况。他们还重金收买了一名领港员——此人就是孤拔在电报中提到的——他原为淡水港雇用,对港内情况极为熟悉。利士比到达淡水后,他向法军绘制了港口的草图,还把清军在航道沉船和安放水雷的位置全都提供给了法军。

当天上午十时,利士比向停泊在港内的英国炮舰"甲虫"号(又译"戈克歇非"号)发出信号,通知它法军将于二十四小时后炮击淡水工事,请它离开火炮射程,并转告欧洲侨民加以躲避,或撤至安全地带。"甲虫"号因封口没有离开港口,接到信号后,船长把法军的通知转告给了当地外国商人和侨民。

得知消息后,李彤恩十分紧张。按照刘铭传的交代,他当即派人向基隆飞马告急。第二天,当刘铭传率部赶到台北时,战斗已经打响。

法军的进攻时间原定上午十时,但当法舰升火时,清军炮台首先发炮,试图先发制人,此时约在六点半。利士比闻报当即发出进攻信号。四艘法国战舰一起开火。由于清晨的浓雾笼罩了港口,挡住了法军的视线,他们只能利用清军大炮的火光辨别位置,射击效果并不好。相反,清军却抓住这个时机向法舰连续发炮,其中弹片击中了法舰"德斯坦"号,但终因射程较远,火炮威力小,"德斯坦"号损伤并不大。一个小时后,太阳升起,浓雾逐渐散去。法舰开始校正射击,猛烈开火。但清军表现得极为英勇,冒着如飞的弹雨,始终顽强抵抗,直至炮台全部被摧毁。

此时,法军的炮击放慢了速度,朝着清军工事和营垒不停地发炮,这样时断时续的炮击一直到下午四时才停止。然而,法军的登陆并没有马上开始,因为航道上的障碍使他们有所顾忌,无法立即展开行动。

当天晚上,利士比派技师雷诺等人前去侦察航道,目的是摸清沉船障碍和水雷的位置。雷诺是一名水道测量助理工程师，他按照领港员的草图很快找到了沉船和水雷的地点。在侦察过程中，他还发现一些浮标漂在水面上，探查之后发现浮标之下是一些渔网，可以用来缠住螺旋桨。雷诺试图把这些浮标拉起，忽然发生了爆炸，一阵浪花差点掀翻小船，不过他们躲过一劫。事后得知是清军发现了他们，拉响了水雷燃线。

根据雷诺的侦察，利士比认为排除航道障碍首先要攻占水雷引爆站，引爆水雷，再派工兵运送炸药炸毁封堵的沉船和栅栏，从而打开缺口。

但是，自从上次在基隆吃了亏，利士比对登陆作战极为谨慎。当时他带来的陆战队员只有两百余名，因此他连夜派"德斯坦"号去基隆向孤拔报告。

按照孤拔的计划，这次行动的主攻方向是基隆，而淡水是辅攻。他给利士比的命令是摧毁淡水炮台，并占领港内锚地，而对登陆作战没有提出要求，但利士比求功心切，请求孤拔增派步兵，以便占领淡水。此时，由于刘铭传撤出基隆，孤拔这边已经得手，但为了防止清军反攻，他需要巩固阵地，还要占领煤矿，无法抽调更多的兵力，因而只抽调了四百余名步兵支援利士比。

运送步兵的任务由"杜居土路因"号、"雷诺"号和"胆"号共同执行。5日晚，利士比在旗舰上接见了三舰的舰长，并宣布了作战计划，决定次日发起进攻。此时他手中的登陆部队已有六百余人，这给了他很大的信心。这天晚上的谈话轻松愉快，所有人都认为占领淡水并非难事，有人甚至口出狂言，称这不过是一次"轻松的散步"。利士比提醒诸位不要掉以轻心，这些中国兵可能比他们想象中的更难对付，可并没有多少人把他的话放在心上。

第二天，海面上出现风浪，波涛汹涌。这样的天气，无法登陆，计划只好向后推迟。一直到了8号，海面终于恢复平静，利士比这才下达了行动命令。

　　从10月2日到8日,这六天对于刘铭传来说十分有利。他利用这个时间抓紧布防,构筑防线。由于从基隆赶来的增援部队迅速到位,清军实力大增,士气高涨。他还打算修复被敌舰摧毁的工事,但是没能成功,因为敌舰发现后立即炮轰,几次尝试,均告失败。不过,在与海滨相连的谷地后边是一片茂密的丛林,可供清军隐藏埋伏。刘铭传令孙开华、章高元和刘朝祜等分别统兵把守,在此围歼法军。此时,清军集中了优势兵力,人数是法军的数倍之多,加之熟悉地形,刘铭传心中稍感释然。

　　上午九点四十分,法军登陆行动开始了。行动的指挥官原由马丁中校担任(他是第一次基隆之战时的登陆指挥官),可由于其风湿病发作,临时改由波林奴中校出任。进攻部队编成五个登陆连,每人携带一天的食物和十六盒子弹。

　　按照原定的计划,法军登陆前应该摧毁航道障碍,抢占水雷引爆站,可不知为什么,这些都没做,他们只是割断了水雷的引线,或许是他们认为利用小艇直接登陆更为便捷,无须再费此手脚。法国人非常自信,起码波林奴是如此。虽然法兵曾在基隆吃了亏,但他们打心眼里看不起清兵。事实上,如果他们炸开航道,排除水雷,再把战舰开进港内,可以更好地发挥舰炮的威力,对清军极为不利。可是,他们并没有这样做。

　　登陆行动开始时极为顺利。在舰炮的掩护下,第一陆战连、第二陆战连首先乘坐武装小艇出发。官兵们蹚过齐膝深的海水爬上海滩,然后整队之后,以战斗队形向右翼攻击前进。接着第三陆战连、第四陆战连作为预备队也跟了上去。最后登陆的是第五陆战连,他们的攻击方向是右翼。

　　波林奴带着第一陆战连走在前边。他们第一个目标便是占领清军的新炮台,该炮台位于一块高地之上,虽已被摧毁,但其位置极为重要,可以控制周围较大区域。波林奴带着部队快速前进,他们没有遇到抵抗,这让他十分庆幸。但走着走着,眼前忽然出现了一片谷地,如果要占领炮台,必须穿过这片谷地。这块谷地有一千多米长,可以看见几块稻田,稻田的周围是篱笆、沟渠和大片的灌木丛,而在谷地的周围则是荆棘丛生的沙丘和林地。波林奴有些意外,因为这与他们事先获取的情报并不吻合,但他来不及多想,便下令穿过谷地。

前进变得困难起来。灌木丛中长满了带刺的植物,脚下布满了藤蔓,走起来磕磕绊绊。不一会儿,部队进入了灌木丛的深处,齐人高的植物遮住了视线,官兵们互相都看不见了,原来的队形开始出现混乱。

波林奴预感到不好,令部队快速通过这个危险的地段。就在这时,忽然枪声大作,响成一片,埋伏在树林中的清军开始发起攻击。他们从四面八方向法军射击。法军一时有些蒙圈,却看不到敌人,只能胡乱地开枪还击。波林奴大声喊:

"不要乱!保持队形……"

可他的叫声很快就被枪声和喊叫声淹没了。周围喊杀声四起,却看不清人影。这种情况十分恐怖,官兵们只能各自为战。

此时,波林奴率领的第一陆战连已经来到炮台的坡下,正在向上攀爬。如果能拿下这块高地,或许能改变战局。然而,就在这时,一支清军突然出现在坡地的另一边。显然,他们也是奔着高地来的。海上的法国炮舰发现了这一情况,立即向清军开火,可清军冒着如飞的弹雨,继续快速前进。波林奴传令预备队赶紧支援,可这时号兵负伤,他只能命通信兵跑步前去传令。

然而,法军这时早已乱成一片,部队被切割成几段,陷入包围之中。原来,这一切都是清军事前安排好的。法军登陆时,他们一直埋伏在丛林中,按兵不动,直到法军进入伏击圈后,才猛然发起攻击。指挥这次战斗的孙开华是湘军宿将,久历战阵,勇悍善战,而章高元部、刘朝祜部也是淮军劲旅。此战,刘铭传集中了主要精锐,几乎打出了手中所有的牌。基隆已失,淡水不容再失。他已无退路,必须全力以赴。

此时,法军陷入包围,三面受敌。五个陆战连被分割成几段,首尾不能相顾。周围枪声阵阵,喊杀震天。孙开华身先士卒,率部冲入敌阵,与敌展开肉搏。章高元迁劲又上来了,他赤臂上阵,血脉偾张,抡起大刀,左砍右杀,呼啸生风。刘朝祜也率部出击,与敌短兵相接。激战正酣之时,张李成率领数百土勇杀到。清军士气高涨,越战越勇。

此后,清军抢占了炮台高地,法军被迫后退。清军一边开枪射击,一边向下冲杀。这时清军已经完全占据了主动地位。混战了一个多小时,法军一连长方丹、二连长德荷台、三连中尉德曼等军官先后负伤。法军惊慌失措,朝着丛林四处胡乱放枪,照这样下去,子弹会很快消耗殆尽。波林奴想重新控制部队,但根本无法做到。在清军的冲杀下,法军迅速溃散。

就在这时,一队清军不顾武装小艇的炮火,向法军的身后包抄过去,试图切断法军的退路。波林奴明白不能再耽搁了,立即下达了撤退的命令。

法军仓皇败退,一路上丢盔弃甲。有些士兵扔下伤员向后逃窜,局面一片混乱。清军穷追不舍,一些被丢下的伤员被杀死。法军第一陆战连连长方丹被两人抬着,好不容易跑到海滩,还是被追兵赶上砍掉了脑袋,连同两个抬他的人也未能幸免。

3

淡水一战,法军惨败,几乎是颜面丢尽。战后,波林奴在给利士比的报告中为失败进行了辩解,认为清军人数众多,加之法军所处的地形不

利,才导致了"十分令人遗憾的事"发生,是"完全可以理解的"。在报告中,他还对中国军队的表现作了如下客观描述:

> 中国军队在此次战斗中表现出极大的勇敢与顽强,而这种品质通常是不为人们所承认的。他们手中的优良武器使他们更加充满了信心,并大大减少了对我们的武器所产生的恐惧心理。他们之中虽有人仅用长矛力战,但往往有其他人持枪相助。面对我们的刺刀冲刺,他们紧靠一起,熟练地用长矛抵御,在最近这次战斗中多次出现这种情况。

对于中国军队的表现,报告中使用了"极大的勇敢与顽强"这样的描述,并对清军的战法予以肯定。利士比又一次栽了!这是他第二次败在刘铭传手下了。在向孤拔报告作战经过时,他不无沮丧地写道:

> 我们的损失是严重的:死亡、失踪十七人,其中有上尉方丹先生;受伤四十九人,其中重伤十人,内有上尉德荷台、中尉德曼、准尉罗朗及狄亚克。我无法估计敌军的人数及其损失。他们进行了极其顽强的抵抗。"拉加利桑尼亚"号陆战队与敌人展开了白刃战,好几个伤兵与用长矛的敌人展开搏斗,不过绝大部分的中国士兵都配有速射枪。
>
> 最后我得告诉您一件令人遗憾的事,"杜居土路因"号的一只小艇在海滨被海浪打翻,船上的一门哈乞开斯炮沉入海底,据该舰军官说,幸好此处水深,中国人未曾发现。

在报告中,利士比虽然对战败极尽粉饰,但言辞中流露出的失望和无奈之情溢于言表。"应该承认,"他还在报告中说,"我们的海军陆战队尽管由优秀分子组成,但由于他们所处的环境关系,各部队之间缺乏有机的配合,因此无法克服上述困难。"

沪尾一战,清军高奏凯歌,大获全胜。事后,据刘铭传奏报,此役法军被击毙三百余人,被俘十四人,落海溺亡者七八十人。虽然这个战果有所夸大(此乃晚清官场痼疾,不足为怪),但这场胜利来之不易。清军为此付出了惨重代价,虽无精确统计,但伤亡人数至少在三百人。尽管如此,淡水的胜利却给了法军沉重一击,成为台湾抗法战争中的重要转折。

时人有诗赞曰:"黑海涛雄一剑寒,北风吹断鼓帆干","一战功成收沪尾,三军血涌饮楼兰。"就连在现场观战的英、美驻淡水领事也给予高度评价,认为"只有在台湾的中国军队才能够一比一地坚持与法国人交战,这大部分应归功于刘铭传精明的准备和几位淮军军官的指挥才干"。后来,刘铭传在奏折中也说:"此次接仗实为非常恶战,海关英人皆为啧啧。"

法国人大失所望。由于电报延迟,10 月 11 日,远在河内的法国远征军司令部向全军发出第 143 号通令,高兴地宣称基隆、淡水已被占领,并把这称为"在中国海战斗中所取得的辉煌战果"。可是,通令刚刚发出,便传来攻打淡水失败的消息。

当时,法国正在向清政府施压,试图重新恢复谈判。为了急于实现这个目标,茹费理还致电巴德诺,要他主动北上促成此事(巴德诺上任后一直待在上海,摆出一副"你求我,我不求你"的架势)。在决定进攻台湾后,法国人原以为可以轻松得手,而一旦得手,基隆和淡水将会成为他们手中重要的谈判筹码。

然而,淡水失利让他们的如意算盘落空了。

巴德诺十分沮丧。他致电茹费理说,淡水的消息让中国人欢欣鼓舞达到顶点。"我有理由相信,只有当我军最终占领淡水之时,才有可能恢复谈判。"他还致电外交部,"在我看来,在淡水失利之后,似乎不可能成功地进行谈判。在目前的情况下把我派往天津,将被解释为我们承认遭到了失败。"

台湾军民欢欣鼓舞,台北和淡水都举行了庆祝活动。由于对侵略者憎恨,沪尾守军还把砍下的六个法军首级悬挂于街市,进行示众,此事引起洋人不满,认为过于野蛮,后刘铭传得知加以制止。

淡水大捷传至大陆,朝野上下更是一片欢呼。清廷谕旨,对参战有功人员分别论功行赏。太后懿旨:"着发去帑银一万两,赏给此次出力兵勇。"

为了表彰刘铭传,10月29日,在淡水之战过去二十一天后,朝廷便下旨补授刘铭传为福建巡抚。内云:

总理衙门奉上谕:刘铭传补授福建巡抚,仍驻台督办防务,着竭力筹办,以副委任等因。钦此。

这项委任将刘铭传的虚职转为实授,无疑是朝廷对他的信任,他也由此位列封疆,实现了他渴望已久的政治抱负。

这一年,刘铭传四十八岁。

消息传出后,《申报》立即发文表示祝贺,认为这是"国家之福,天下苍生之福",甚至认为朝廷如能早发委任,"通省标兵,巡抚得而调之;马江兵轮,巡抚亦得而用之",或许闽江军备不至糜烂,马尾之战的惨败亦可避免。

虽然这只是一种假设,但从舆论上看,此时人们对刘铭传的评价之高、期许之厚都达到了空前的高度。

第九章　苦苦相持

1

淡水失利让法国的战略遭受严重挫折，不仅抵消了法军占领基隆的胜利，而且使他们"据地为质"的企图大打折扣。

本来，法军原定计划只占领基隆，对淡水的占领则可视情况而定。8月29日，海军部的作战命令中，曾有"希望首先占领基隆和淡水（如后者有可能占领的话）以取得抵押品"之语，也就是说，对淡水不是非要占领，而是视情况而定。但利士比不知是轻敌，还是求功心切，竟然令陆战队占领淡水，结果惨败，这令海军部长裴龙十分不快。特别是淡水之战后，中外报纸纷纷报道中国军队取得大捷，更让法军颜面尽失，难以忍受。为了挽回失败，法国政府这时认为必须拿下淡水，并迫不及待地指示孤拔尽快采取行动。

孤拔在得知淡水失败后也很恼怒，虽然急于报复，但因兵力有限，难以施展，此外占领基隆后，他必须防止清军反攻，需要修筑工事，巩固阵地，这至少需要十天。况且基隆已是一座空城，他们找不到劳工，只有靠士兵自己干。他希望从西贡找到承包商，并运送材料和工人来基隆，这也需要时间。而随着季节变化，东北季风盛行，在淡水海面登陆也越加困难。因此，孤拔向裴龙建议，由于海上登陆难度增大，不如从陆路攻取，即从基隆向淡水发起攻击。不过，从基隆到淡水尽管距离不远，但山势险要，预计要投入更多的地面部队。他认为这至少得有三千兵力，加上炮队、工兵连、后勤辅助人员需要六千人。他请求尽快增兵，而这些同样需要时间。

就在孤拔等待援军之时，刘铭传也在积极布防。考虑冬天水浅，敌人多用小船，他令在海口添设浮桩八百余个，以备不虞。在陆上，他则令各营修筑暗堡，安置地雷，以防敌军登陆。在基隆至淡水方向，他同样严防死守。

早在从基隆撤退时，刘铭传就留下曹志忠两营，利用狮球岭一带的险要地势，凭险据守，以防法军南下。淡水大捷后，他又增调四营（原属曹志忠，后调往淡水参战）前往五堵要隘驻防，并派一部分驻六堵，同时调苏得胜部驻防水返脚，以资策应。此外，还派林朝栋、张李成、王廷举、周玉谦等民团在七堵、八堵、暖暖、深澳，以及大武仑、石梯岭、乌嘴峰、九芎山一线布防。

孤拔占领基隆后，起先颇为振奋。他致电裴龙，希望把此战写入海军大事记，并与闽江之战一样载入法国海军史册。法国政府当然也很高兴。一直以来，他们都对占领基隆垂涎已久，但很快就发现情况并不如他们想象中的那般美好。

刘铭传撤离后，留给他们的仅是一座空城。所有的物资，包括煤炭，都被焚毁殆尽，煤矿也遭到彻底破坏。据说大火从 8 月 19 日一直烧到 10 月 6 日仍未止息。法军好不容易抢下百余吨煤，其余的只能眼睁睁地看着付之一炬。为了维持舰队的用煤,他们不得不按市场价从威尔士和新加坡等地购煤,并要额外支付价格不菲的运输成本。同时,基隆作为锚地,并不适宜大型舰船停泊。特别是秋冬季风浪大,战舰无法熄火,这就需要耗费极高的成本。他们原把基隆变为法国舰队北上"必不可少的补给和中转地"的设想,完全成为泡影。

除此之外,占领基隆也牵制了孤拔的兵力。在致海军部报告中,孤拔说基隆四郊很像科西嘉岛,至少需要半个团的兵力进行驻守。这样他手中剩下的兵力只够编成一个机动纵队,不能再冒险走得更远。虽然他派了几次侦察队前往狮球岭一带,试图打开向南通道,但都被清军击退。

为了尽快改变这种局面,法国政府一面向议会提出申请,请求追加战争拨款,组建新的军团,一面决定封锁台湾各海口,打算以此困死刘铭传。10月20日,孤拔发布了封锁台湾的公告:

> 我,法国远东海军总司令、海军中将授权宣布:从1884年10月23日起,将由我所指挥的海军对台湾岛上包括南岬与苏澳湾之间(这些地点的位置是:第一个地点在北纬21°55′,巴黎东经118°30′;第二个地点在北纬24°30′,巴黎东经119°33′),向西向北,所有的港口和锚地,实行有效封锁。友好船只将允予宽限三天以完成其装货并离开封锁地。凡试图破坏上述封锁的船只,将按照国际法和现行条约予以起诉。

下边落款是:孤拔,1884年10月20日于法国战舰"巴雅"号上。几天后,10月28日,法国公使馆也发出通告:

> 根据法国远东舰队总司令孤拔海军中将的通知,台湾的封锁从

南岬经西部和北部，直至苏澳湾。封锁自 10 月 23 日起执行。

法兰西共和国驻中国公使巴德诺

从法国公告的封锁范围看，几乎包括了整个台湾及周边海域。此时，法国尚未宣战，其行为明显违背国际公法，但他们全然不顾。早在第一次基隆之战后，孤拔就提出宣战已刻不容缓，否则会给封锁台湾造成困难。但裴龙回复他说，我们并不宣战，我们是进行报复。他的意思是说，他们只是惩罚中国，占据基隆也只是为了索赔。法国的如意算盘是想用尽量小的代价逼迫中国屈服。这一点，茹费理总理在接受议院质询时表达得十分清楚。

议员克雷蒙梭问："没有宣战怎能发表封锁台湾声明？"

茹答："这是和平封锁，如不允许在海上搜查，就禁止其靠近沿岸港口。这在过去有若干先例。"

议员弗兰克·肖沃问："您认为目前的状况真的比公开宣战更有利吗？"

茹答："肯定更有利。这使我们一旦愿意，就可以重新开始谈判。"他还补充说，"虽然没有宣战，但我们能够对中国人采取所有的战争措施。"

议员伊波里特·马兹问："总理曾说过，我们为了得到赔款而战，但所有人都认为不可能得到这笔赔款，您考虑用什么手段来逼迫中国？"

茹答："我们留在台湾，在那里设防，中国既然不能容忍日本人在台湾，他们更不能容忍我们。"

茹费理提到的"不能容忍日本人在台湾"，是指 1874 年日本侵台事件。当时，日本借口琉球船民被台湾"番民"所杀，出兵台湾。清政府闻讯，命时任福建船政大臣的沈葆桢率军赴台，李鸿章也紧急调动驻扎在徐州的淮军唐定奎部十三营六千五百人分批渡海驰援，迫使日本退兵。不过,这一年恰值西太后四旬万寿,加上同治皇帝病入膏肓,朝廷不想把事闹大,竟在西方的调停下,承认日本侵台是"保民义举",同意付给日本受害家属及日本在台"修道建房"等费用共计五十五万两。茹费理用此例说明,既然中国能向日本赔款,为何不能向法国赔款呢?

在接受乔治·培兰的提问时,茹费理也这样强调说:"我们决不放弃我们的赔款要求,我们夺取台湾就是把它作为应得的赔款的抵押品。"

肖沃议员要求政府估计一下占领东京和基隆每年的经费负担,陆军部长回答说:"我们没有做这种估计,所需的经费参数要取决于安定的程度,取决于中国人的行动。"

当有议员问及是否考虑到西方各国的反应时,茹费理回答,1827年,英、法、俄曾对希腊海岸实行过这种封锁,那次封锁持续了好几年,土耳其的舰队在纳瓦里被摧毁,但并没有宣战。他还向议员们说明,他曾就此事与英国沟通,他们愿意保持中立。

终于,茹费理成功地说服了议会,使战争得以继续进行。从10月23日开始,法军对台湾实行了全面封锁。

2

刘铭传陷入了极大的困境。自封锁令下达后,法舰日夜巡航,凡进入台湾沿海三至五海里区域的船只都要受到检查或驱逐,违反者可直接击毁。原先大陆雇用中立国的船只,或利用悬挂中立国旗帜的船只向台湾运送物资,现在已无可能。一时间,交通断绝,文报不通。

10月29日,朝廷补授刘铭传为福建巡抚的谕旨下达,可直到12月22日——差不多三个月——才由厦门民船从鹿港偷渡来台,送到刘铭传手里,而且不是原件,只是李鸿章的电寄抄件。刘铭传看后照例要上谢恩折,但折子写好后无法呈递,只能"蜡丸奉表",雇用渔民密送大陆。

清代奏折有严格要求,誊写、格式均有规范,如有违反则被视作失礼。可刘铭传处在当时环境下已难做到,为了避免朝廷怪罪,他特地在折子中加以说明:"现当法轮禁海,商船皆肆掠搜,不能恭折专赍,上呈天阙,谨缮稿密遣渔人潜达督臣代缮。拜稿零涕,不知所云。光绪十年十一月十二日,请闽督代缮。"意思是说,由于法国封锁,他的折子经由渔民密送(蜡丸封裹),无法按规范书写,只能送到福建后,再由闽浙总督代为缮写上呈。从这里不难看出,此时海峡两岸的联系已极为困难。

由于交通断绝,大陆的支援被切断,台湾此时陷入了孤立无援之境地。刘铭传上任时带去的四十万两银子,早在持续数月的战斗中消耗殆尽,而台北库存不足十万,仅够维持一月。至于关税厘金,因军事日紧,分毫未收。财政窘迫,饷需奇缺,前线将士的处境也极为困苦。营垒炮台俱被敌毁,官兵无处居住,只能风餐露宿,伤病死亡,器械药品也难以为继,刘铭传手中无钱无饷,一筹莫展。他在奏报中称:"坐困三月,援饷俱穷而瘴疠更作,将士十九病且死,军且断炊","灼焦如焚,生还已绝"。

就在台岛孤危之时,11月下旬,法国众议院就中国和东京事件进行了两次质询,通过了法国政府提交的1884年和1885年共计五千九百万的拨款,并以295票对213票否决了对政府的不信任案。

这对茹费理政府来说是一次重要的胜利,虽然不信任案的否决优势微弱,涉险过关,但议会通过了拨款,使政府信心大增,更加坚定了"彻底全面履行《天津条约》的决心"。此外,军事委员会还一致通过了政府关于组建非洲军团的方案,其中要求立即组建第二外籍兵团和第四阿尔及利亚土著兵团。

为了尽快占领台湾北部,根据孤拔的请求,海军部决定从阿尔及利亚调派一个非洲步兵营前往基隆,另将原派往东京的一营外籍兵团也派往台湾,在此基础上组建台湾军团,从越南远征军调派经验丰富的迪歇纳上校担任军团司令。该军团由三个挺进团以及非洲营、炮兵、工兵、宪兵队、安南苦力四千余人组成,同时设立卫生处、行政处,配套齐整。台湾军团司令享受旅长待遇,接受孤拔指挥,主要负责陆地作战。

为了更加严密地封锁台湾,法国海军部还决定增派"拉佩龙斯"号、"马贡"号、"雨贡"号和"萨日泰尔"号四艘战舰前往台湾海峡,执行封锁任务。

法军实力大增,于是开始由陆路向南发起进攻。从11月开始,中法双方在基隆至淡水之间展开了激烈争夺战。当时,清军守卫的暖暖、深澳、四脚亭、鱼桀、鱼坑、六堵、七堵、八堵等地均与基隆相接。孤拔在修筑好基隆的工事后,几次出击均未成功,而清军的袭扰也成效不大。双方相互拉锯,形成僵持状态。每隔几天就会发生交战,规模大小不一。

其时,刘铭传手中兵力虽然过万,但由于战线拉得很长,分散于各地,根本不够使用。法军却集中于一处,可以形成局部优势,一旦突破则危殆万分。此外,法军增兵的消息也不断传来。李鸿章曾密信刘铭传,说有大批"黑兵"停靠新加坡,将前往基隆。这批"黑兵"可能就是法国从阿尔及利亚运送的外籍军团。

眼见台岛万分危迫,朝廷数次下令打破封锁,多方寻找渡台办法,但作用不大。面对这种情况,刘铭传只好依靠自己,摆脱困境。他一边饬令台湾道、府、县、厅广泛动员民众,一边说服一些富户绅商"捐资募勇"。同时,还动员当地"番族"(少数民族)积极参战。其中张李成带领的"番勇"最具代表性,人数达五百之众。

为了阻止法军南下,清军的防线分布于长达几十里的山区,条件极端艰苦,官兵们破衣烂衫,露宿山野,日晒雨淋,加上瘟疫瘴疠盛行,病亡严重。刘铭传为了鼓舞士气,亲临前敌,与守军同甘共苦,平时短衣草履,粗茶淡饭,战时则身先士卒,亲当军锋。他还关心将士,嘘寒问暖,并千方百计解决各种困难。他指示各级文武弁员做好后勤保障,包括解运军械、办粮转饷。山里雨多,他还要求设法制作油衣,以供部队使用。由于饷需缺乏,无法按时关饷,他把每月发饷改为四十天发一次,并说明困难,晓以大义,从而稳定士气。

当时的台湾匪患严重,这些土匪乘着战乱,四处袭扰,大肆劫掠,闹得民不聊生。当局运往狮球岭防线的后勤物资也经常遭到抢劫。为了安定地方,保障前线的供应,刘铭传一边要对付法军,一边还要进行剿匪,简直是疲于应付,心力交瘁。

然而,就在这种情况下,一些指责的声音却不绝于耳,甚嚣尘上。他们攻击刘铭传"懦怯株守",不战而退基隆,如今手握重兵,却"坐守台北,不图进取"。其中领头的就是刘璈。

刘铭传撤师基隆后,曾主动上书朝廷,请求"从重治罪"。朝中一些御史大臣也上书责难。只有李鸿章为刘铭传辩解,称"省三智勇迈伦,非畏葸者比",意思是说,刘铭传智勇过人,绝不是畏惧退缩之人。李鸿章也久历战阵,经过大风大浪,深知战场瞬息万变,尤需灵活应对。因此,当法军不断增兵,欲大举进攻时,他还曾密嘱刘铭传,公须相机进退,如台北不保,可退守彰化、嘉义,表现出一种设身处地的灵活态度。

好在朝廷对退守台北并未深究,并对刘铭传"所请治罪之处,着加恩宽免",并勉励云:"刘铭传素有谋略,务当勉力筹防,联络绅民,出奇制胜,挫彼凶锋,以保台湾全局。"但随着指责声越来越多,朝廷也对刘铭传没有尽快收复基隆感到不满,迭旨催促,要求他尽快规复。谕云:"基隆要地,断不容法人久据。"

但对刘铭传而言,当时的情况防守已相当困难,遑论进攻。况且,基隆山势险要,孤拔四面修筑铁营,仰攻不利,万不可轻敌冒进。

刘铭传自幼熟读兵法，加之多年征战，亦能灵活用之。兵法云，善用兵者度势。又云，致人而不致于人。度势者，就是要根据情势，择时决定进退。有时退也是为了进。致人而不致于人，则是要调动敌人而不被敌人牵着鼻子走。古云，将欲取之，必先与之。战守之计不在一时一地的得失，而要从全局出发。

应该说，刘铭传的相持战略是务实的，也是切合实际的。然而，他的良苦用心一时间不被理解，甚至被误解。一些人空有爱国热情，却昧于时势。他们指责刘铭传害怕法人，避战自保，一味鼓噪反攻基隆，收复失地。其中吵得最凶的就是台北府知府陈星聚。他还鼓动基隆通判梁纯夫、候补知县周有基等募勇反攻。记名道员朱守谟听说这事，也私下批准台北府书识陈华高薪募勇，每月每勇发给饷银十二两。

朱守谟时在台北办理营务。刘铭传渡台时，他在上海治病，便请跟随去台。刘铭传当时正在用人之际，乏人差遣，便把他带来台湾。开始时朱守谟表现得还不错，并得到过刘的表扬，称其"所有后路事务"，"俱臻完善"。但此人生性贪婪，生活奢侈，时间一长便本性暴露。为了生活享受，他多次要求加薪，可当时台湾财政紧张，几乎到了快揭不开锅的地步，刘铭传当然不会答应。他还挪用款项供自己挥霍，并修建公馆，受到刘铭传的查办，于是便怀恨在心。当时，刘铭传身在六堵前敌，朱守谟不经批准，便同意陈华募勇。等到刘铭传得知，陈华所募之勇，业已成军。

刘铭传回来后，把朱守谟找来痛斥一顿。他说，淮、湘各营士兵月饷四两二钱，你们却每人发给十二两重饷，这样如何能服老勇之心？简直是胡闹！

朱守谟挨了骂，灰溜溜地走了。当时，台北衙门只有亲兵数十人，那些勇丁便聚众闹事，想迫使刘铭传屈服。刘铭传派人查看，发现这些兵勇全是一些市井之徒，既无枪械，也无训练，便把陈华传来，告之军饷不准加增,但可先发十日口粮,如收复基隆,可给赏银两万两。结果,这帮勇丁到了前线根本不能打仗,反倒滋扰生事,不受节制,成了祸害。刘铭传指示曹志忠,除留下少部分人员,其余大部裁撤,但这笔遣散费耗去了一万余两,让刘铭传大为恼怒。

周有基的情况更糟,尚未成军,所募之勇便闹饷鼓噪。梁纯夫见状,也不敢再行招募。然而,陈星聚仍然不依不饶,吵着要收复基隆。

陈星聚是河南临颍县人,举人出身,曾在顺昌、同安、建安、闽县多地做过知县,同治十一年(1872年)调任台湾,先后做过淡水同知、台北府知府。他多次请求反攻基隆,每见刘铭传,必喋喋不休,催促此事。他还上呈禀帖,陈请收复基隆。刘铭传念其年近古稀,不谙军事,便耐心说服。

可陈星聚是个书呆子,由于年纪大了,人也有些糊涂。每当刘铭传给他说明当前的困境,以及不能邃进之理,他听了总是频频点头,认为言之有理,可一转身他又故态复萌,到处摇唇鼓舌,危言耸听。当地一些明白晓事的士绅、官员从中劝说,他也不听。刘铭传知他背后有人拱火,倒也不去计较,还在他的禀帖上手批百余言,把不能进兵的原因一一写下,让他记住。

哪知陈星聚脑子虽糊涂,性子却十分执拗。他见刘铭传不听他的,竟跑去找曹志忠进行鼓动。

当时,曹志忠驻守淡水东路,统兵六营。

陈说:"将军愿建功否?"

曹云:"愿。"

陈又问:"肯听老朽一言乎?"

曹答:"承教。"

陈星聚便说据可靠消息,基隆法军遭受瘟疫,病者十之七八,基隆已成空城,正是反攻良机,切莫错过。

曹说:"需禀大帅。"

陈云:"不可。"

曹志忠有些犹豫。因为刘铭传三令五申,不准贪功冒进。陈见他不语,便又激他说:"将军不语,莫非害怕法人吗?"

曹志忠怒道:"死不足畏,何惧法夷?"

"好,"陈大喜道,"自古干大事者必有决断。"

此后,曹志忠不再迟疑。11月1日夜,他率队直奔狮球岭,向九芎坑发起偷袭。由于山高路险、道路崎岖,很快被敌人发觉。法军当即发炮轰击,曹部位于山坡之下,毫无遮蔽,只有被动挨打的份儿。片刻之间,已有四五十人倒下。而且山势陡峭,法军工事居高临下,火力大开。曹志忠见势不妙,赶紧撤军,幸亏撤得快,损失不算太大。

刘铭传接报大怒,连声斥道:"可恶!可恶!"当得知曹志忠是受了陈星聚的蛊惑,更是大骂陈星聚昏聩。曹志忠吃了败仗,也很痛心,主动请求处罚。刘铭传念其是湘军老将,又是有功之臣,便以团结为重,免去对他的处罚,希望他戴罪立功。

"仁祥老弟,"刘铭传说,"你说本帅是不是怕死之人?"

"不是。"

"丢了基隆,难道本帅不想收复?"

"非也。"

刘铭传又说:"陈知府是文人,不懂战守,可吾等老于军旅,心里自应明白。敌营依山傍海,兵轮守护,明攻甚难。你部六营,伤病之后,精锐仅余千人。再说,攻坚需炮,我们没有,硬来伤亡会很大,况且我们军械缺乏,弹药无多,更须节省。打仗不能光看眼前,还要看长远。法兵劳师远涉,利在速战,久亦不支。"说到这里,他突然一顿道,"你知道法军最怕啥?"

"怕啥?"曹志忠一时不解其意。

"最怕耗。"刘铭传说,"你越耗他越急,耗得越长他越受不了。如果你急了,那正好上了他们的当。"

曹志忠连连点头,心悦诚服。

"仁祥老弟,"刘铭传接着又问,"你知道本帅为何把你放在五堵、水返脚吗?"

"这还用问吗?此处是要隘。"

"是啊,"刘铭传说,"基隆至淡水要隘甚多,而淡水东路则是重中之重。过了五堵、水返脚,以下三十里皆为平原,无险可守。一旦有失,淡水东路即难支持。老弟啊,本帅把你放在这里,可是指望着你呢,你可别辜负了本帅啊!"

刘铭传一番话推心置腹,让曹志忠大为感动。虽然他是湘军将领,但刘铭传来台后一直待他不薄。第一次基隆之战后,刘铭传向上请功时,将他列为首功,而他的铭军部下章高元等却摆在其后。这次撤基保沪,刘铭传又把他放在淡水东路这个极为重要的位置上,足见对他期望之重。于是,曹志忠扑通一声,双膝跪下,表示今后一定听命于大帅,与大帅同生共死。刘铭传十分高兴,连忙起身将他扶起。

"好,好,"刘铭传连声说道,"你我同心,必能共渡难关。"

陈星聚在得知曹志忠败后也大感羞愧,不得不承认自己不谙军务,从此再也不敢瞎吵吵了。

3

孤拔被拖入了泥潭。封锁台湾使他的远东舰队完全被牵制,而基隆至淡水之间的反复拉锯战也使他占不到任何便宜。他的目标一直是在北方，认为只有拿下大沽或旅顺才能使清政府真正屈服，可是巴黎并不支持他的想法。在他反复不断的力争下，海军部才决定给他以"行动的自由"，但前提是必须先拿下基隆和淡水。

他原本以为这并非难事，可以轻而易举地实现。他甚至预计好了要在年底或明年初前往北方开展行动。可是，让他没想到的是这一回碰上了硬钉子，不仅手脚被捆住，而且身陷泥潭不能自拔。

孤拔又气又急，台湾军团成立后，他开始加大进攻力度，多次试图突破清军防线。1884年底，他们集中兵力猛攻暖暖，清军奋起反击。双方在大武仑、大水窟、圆窗岭、月眉山、五堵、六堵、七堵一线长达三十余里的山中，连续鏖战一月余。刘铭传坐镇六堵，亲自督战，守军和民团分段扼守，许多重要隘口都经过反复争夺。清军利用事先修好的营垒和工事有效地打击敌人。

刘铭传向来重视修筑工事，这是铭军初进上海时从湘军那里学来的，用曾国藩的话说，叫"筑墙子"。部队每到一处，第一件事就是修筑工事，这样不仅可以有效地抵挡敌人，还可以很好地保护自己。这是曾国藩从实战中总结出来的经验，铭军在作战中也尝到了这样做的甜头。因此，刘铭传到台湾后依然很重视这一点。他要求各部不要怕麻烦，务必多雇民夫修筑工事，挖好战壕。曹志忠还发明了一种"挖洞驻兵"的办法，即在工事里挖好洞穴，平时可避风挡雨，战时可避敌火炮。

这一招非常有效。敌人发炮时，官兵进入洞内躲避；敌炮一停，发起进攻时，再从洞内出来反击。鉴于战线较长，地阔兵单，为防顾此失彼，他还组织了机动队，随时调遣增援。为了及时传递消息，他还在淡水至基隆之间五里安设一站，以保证来往通信。

兵法有云，知己知彼，百战不殆。法军十分重视情报工作，这给了刘铭传启发。当时，为了搜集清军备战、驻防情报，法军不惜重金收买奸细。

这些奸细无孔不入，多为当地居民，他们熟悉情况，不仅为法军带路，还向法军报告清军动向。有些渔民还把淡水港的水雷布防情况卖给法军。根据搜集到的情报，法军几次发起偷袭，使守军吃了不少亏。将士们对这些奸细恨之入骨，抓住必杀。刘铭传得知后，便想法人能如此，我们何不以其人之道还治其人之身？有一次，林朝栋的民团在暖暖俘获一名奸细。刘铭传便让他们押至府城，亲自审问。这名奸细是一个小商贩，名叫陈番婆，见到刘铭传吓得浑身发抖，一个劲地请求饶命。

　　刘铭传问她为何要出卖国家，做这伤天害理之事，她便哭诉道，孩子患痢疾，命悬一线，为了向法国人求药，这才答应替法国人做事。刘铭传听后便问她想不想活命，陈番婆一把眼泪一把鼻涕，请求大人开恩。刘铭传说，要想活命，本帅给你指条路，你愿不愿意走？陈番婆连声说愿意，但听大人吩咐，不敢不从命。刘铭传便令她一五一十从实招来，此后又晓以大义。陈番婆表示愿意痛改前非，为政府做事。根据她提供的名单，清军先后抓获十多名奸细，后来她还不断给清军提供法军情报，使刘铭传获益匪浅。之后，刘铭传便开始留心招募一些人员为己所用，包括抓住的奸细，经过策反，只要愿意投诚，便赏给银钱，令其充当自己的内线或耳目。

　　这样一来，他便逐步掌握了不少法军动向。元旦过后，据内线提供的情报，大批法军开始向暖暖集结，刘铭传便预感到这可能是敌人的一次大的行动，便提前做好布置。法军封海前，恰好有朱焕明率铭军三百人抵达。这支部队即刘朝祜所部，9月开往淡水时因风大浪急未及登陆，后为避法舰检查，绕道新竹上岸。刘铭传立即调他们充实暖暖防线。

　　果然，他的预判没错。孤拔由于久攻不下，急不可耐，便集中了两千多重兵，配以炮队、工兵队，试图突破暖暖防线，一举打开局面。但刘铭传已有准备，法军的突袭未能得手，双方陷入了拉锯战。月眉山一战，双方争夺最为激烈。每个山头、每个营垒都反复争夺，几易其手。战斗空前激烈，尸横遍野，血流成河。双方在大雨中鏖战五昼夜，曹志忠、林朝栋率部忍饥冒雨，力战不退。危急关头，刘铭传派刘朝祜率援兵赶到，这才击退法军，力保月眉山高地不失。此战清军阵亡九十余人。当看到众将士泥淖满身、蓬头赤脚、衣衫褴褛、劳苦异常之状时，刘铭传不觉泪下。

暖暖攻守战从1月10日到1月30日，前后持续了二十天，法军的攻势终于被瓦解。在战斗中，林朝栋的民团和张李成的"番勇"等也都表现奋勇。他们都是台湾当地人，熟悉地形，善于山地作战，屡屡利用山地丛林痛击法军。民团营官张仁贵原系宜兰巨盗，后被刘铭传收服，委以营官，他每战必冲锋在前，后不幸中炮身亡。

张李成原系梨园花旦，小名阿火，出于爱国情怀，他举办团练，率领当地"番民"投身抗法，所部人称土勇。这些"番民"生性好斗，英勇善战。他们散发赤身，口嚼槟榔，攀岩上树，轻如猿猴，不仅善于山地作战，而且打法也很怪异。遇敌便仰躺在地，抬起左腿，将枪架在脚趾中间，待敌靠近，便一齐发枪；冲锋时则怪声喊叫，模样狰狞可怖，让法人惊骇不已。

法国人卡诺用一种无奈的语调写道："他们有着全部民众站在他们一边，这些民众都有武装，并为军队担任劳动和杂役"，"如果我们远远看到有土著人民，我们可以说这就是在设法想要做坏事的游击队，这些人都被中国官吏教得狂热起来"。

暖暖之战后，法军又发起了几次攻势，都先后被击退。基隆多风多雨，烟瘴毒疠，水土恶劣，法军出现大量的伤寒病人，甚至还出现了霍乱症状，每天都有人死亡或住院。孤拔致电海军部："健康状况空前恶化。11月20日至12月1日死亡二十六人；10月1日至12月1日死亡人数总计八十三人。我们已将七十二名病号疏散到西贡，目前有二百二十名病人住院，有二百六十人在营房就地接受治疗。"他在电报中称，目前约有一千一百人尚有战斗力。因此，他请求调拨安南步兵前来已刻不容缓。但海军部回电称,暂时无兵可派,包括安南土著兵。而且新近服役的士兵要经过训练,需要等到 5 月之后。

孤拔感到非常无奈。春季之后,他虽然又发起过几次进攻,但已是强弩之末。不过,清军的状况也并不比法军好多少。由于受瘴气之苦,各营均大量减员。2 月至 3 月间,虽有湘军王诗正部和淮军聂士成部打破封锁,渡台成功,但人数毕竟有限,只能苦苦支撑。于是,双方陷入了艰苦的僵持阶段。

这样的局面对法军极为不利。早在开战前,孤拔就向裴龙进言,以两千兵力占领基隆是一种冒险,因为他们有可能在那里被包围。如今,他果然被困在基隆,动弹不得。淡水失败后,他只能眼睁睁地看着,无力挽回。不仅如此,他原先雄心勃勃地计划拿下基隆和淡水后,再率主力北上,威胁京津,也成了一纸空谈,遥不可及。

更重要的是,占领基隆后,远东舰队的主要力量受到牵制。正如孤拔致电海军部所说的那样,占领基隆没有对中国的决策产生影响,相反却使他的大部分舰船无法调动。两广总督张之洞也高兴地说,法图台,"国之利也",因为"敌注台则闽解,他海口亦舒矣"。他还提出让刘铭传诱之、怒之,"使敌牵留于台,即以为功"。的确,从整个中法战争进程看,法国远东舰队几乎全被困在了台湾,这是刘铭传做出的重大贡献。

巴德诺的沮丧无以言表。他承认占领基隆是一个错误,并把基隆比作"悲惨的堡垒"。在致茹费理的电报中,他说:"台湾第一段辉煌的胜利,差不多立即继以失败","这是一场情况不妙的战斗,我们从中得不到任何好处",反倒"给我们带来的是许许多多失望"。问题是既然占领了,就不能轻易放弃,否则局面更不好收拾,因为如果撤退"将发生可悲的结果,此结果将为向中国各海岸所作的任何一战所不能抵消的"。

有人把法军占领基隆形容为一块鸡肋,食之无味,弃之可惜。还有人把这比喻成一只骄傲的大公鸡钻进了鸡笼——法国古称高卢,在拉丁语中高卢为雄鸡之意,而基隆旧称"鸡笼",沈葆桢视察台湾时,认为不雅改为基隆,这真是绝妙的讽刺。

法国国内对此也极为不满,批评之声四起。《费加罗报》刊文认为,占领基隆得不偿失。法军主力被牵制在基隆,等于被套上了枷锁,非但没有得到想得到的利益,反倒背上了沉重的包袱。这项占领所获得的利益与他们付出的费用不成比例。孤拔在指挥上也同样备受指责。有人认为,他未能将更多的兵力投向淡水,从而导致进攻淡水失败,是一个令人遗憾的错误。

刘铭传的战略起到了作用。事实证明,他的做法是正确的,如果没有他的坚持,也许就没有台湾的最后胜利。

然而,就在刘铭传苦苦支撑之时,忽然后院起火,一场暴风雨席卷而来。

第十章　惟事事求实

1

事情是由左宗棠的奏折引起的。

左宗棠是湘系大员。曾国藩死后,他在湘系的地位已无人能出其右。光绪三年(1877年),左宗棠收复新疆,厥功至伟。1881年,入值军机。中法战事起,左宗棠坚决主战,曾自请赴边督军。1884年1月,因目疾引退;6月,由于局势吃紧,朝廷召其再入军机,马江之役后,又委其以钦差大臣督办闽海军务。这项任命是9月发布的,因身体原因,他12月才抵达福建。可刚到任上,就向上参了刘铭传一本,要点是指责基隆失守以及刘铭传"坐守台北,不图进取"。

10月初,基隆失守的消息刚传到北京,左宗棠就接到刘璈等人的密报,告发刘铭传惧敌怯战,坐失要口。太后召见时,他便禀道:"法军不过四五千,而我军之驻基隆、沪尾两地者达数万之多,且基隆之战,刘铭传已击退法军,万不该弃守而退,坐失要口。"

太后道:"刘铭传老于军旅之人,何至于此?"

左禀:"臣也不解,后详加访询,方知原委,盖因李彤恩以孙开华诸军不足恃,三次告急,刘铭传乃拨队往援,致使一失基隆,而坐困台北。"

太后道:"可恨!"

不过,在刘铭传上书请罪时,太后并未追究,反倒加恩宽免,也许是念刘铭传不易,加上取得淡水大捷,功过可以相抵。本来这事已经平息,哪知左宗棠到了福州旧事重提,再次掀起了风波。

左宗棠与刘铭传结怨已久。早在同治九年(1870年),两人在陕西时就关系紧张。其时,左宗棠身任陕甘总督,位高权重,而刘铭传只是陕西督办军务,左宗棠自然不会把他放在眼里,不仅处处轻视他,而且连起码的公务沟通都没有。在驻防上左宗棠曾打算派他去新疆,后又改为肃州,这些地方均为偏远落后之地,明摆着是挤对他。刘铭传一向心高气傲,岂能咽下这口气?于是两人便闹腾起来,从此结下了梁子。

当然,左刘交恶固然有个人因素,背后却有着复杂的派系背景。晚清官场,湘系与淮系分庭抗礼,而两系的头面人物左宗棠与李鸿章也是冤家对头。左、李早年曾在湘营共事,但关系并不融洽。除了湘皖地域之见外,左宗棠行事张扬,为人刻薄,也为李鸿章所不喜。

左宗棠出道之初,在湖南巡抚骆秉章手下做师爷。师爷并非正式官员,但由于骆秉章器重,他大权独揽,常常代行巡抚之权。整个湖南官场提到左季高没有不害怕的。有一天,永州镇总兵樊燮前来汇报工作,骆秉章便让他去找左宗棠。樊燮来到左宗棠那里,由于没请安,惹恼了左师爷。

左宗棠说:"武官见我,无论大小,都要请安,你为何不请安?"

樊燮说:"朝廷体制,哪有规定武官见师爷要请安的?武官地位虽轻,我好歹也是朝廷二三品官。"言外之意就是,你左某连个品级都没有,还在我面前摆什么谱啊!

左宗棠一听这话,立时大怒,起身就踢樊燮,嘴里还骂道:"王八蛋!你给我滚出去!"搞得樊燮狼狈不堪。

这事发生不久,便有人上书告了左宗棠一状,朝廷令湖广总督官文查处。官文早就想整治左宗棠了(有人说,樊燮之事其实就是官文暗中指使),于是便要严办。幸亏胡林翼、曾国藩出面说情,南书房行走潘祖荫也上疏力保。疏中有"国家不可一日无湖南,湖南不可一日无左宗棠"之语,此言流传一时,使左宗棠名声大震。

晚清中兴名将,号称曾、胡、左、李。曾国藩、胡林翼死后,剩下左、李,要论年资,前者显然要在后者之上,但到了太平军兴之后,淮军后来居上,李鸿章的地位如日中天,特别是拜相之后,处处压着左氏一头,左宗棠自然不服。刘秉璋曾说过,李鸿章与左宗棠皆当世之英,两强相遇,各不相下,久之遂生意见。此话不无道理。

左李不和自然也会影响到下属,何况刘铭传是李鸿章的爱将,左宗棠自然不会待见。陕西交恶之后,左宗棠对刘十分痛恨,曾骂他是"五代藩镇之流"。不过,这次中法战事起,刘铭传受命于危难之时,左宗棠却抛弃成见,不仅没有反对,而且从大局出发给予了支持。刘铭传进京陛见时还专门参拜了左宗棠。这是刘铭传离开陕西十多年后,第一次与左见面。在晤谈中,两人都不提旧事,而以战事为重,表示要同心协力,共支危局。左宗棠还许诺将全力支持台湾。事实上也正是如此,刘铭传赴台后,他多次调派湘军入台作战,包括王诗正统领的"恪靖良营"(左的直隶亲军)。应该说,在这件事上,左宗棠表现出了相当的胸襟和气度。

然而,基隆之战后,左宗棠的态度却为之一变,这背后当然另有缘由。刘铭传入台前,台湾基本是湘系一统天下。无论文官,还是武职,多为湘系,为首者则是台湾兵备道刘璈。刘璈是左宗棠的老部下,系左一手提拔之人。早在咸丰十年(1860年),他便跟随左宗棠,襄办营务。左宗棠转战新疆时,他又入左幕,参与戎机,"指挥羽檄,意见甚豪"。在左的保荐下,先后升任知府、道员。光绪七年(1881年),又在左的保荐下,以按察使衔,分巡台湾。他在任三年,大权在握,"拥大兵二万,皆湘人,生杀号令若大帅"。

刘铭传到台后,刘璈心中不快。刘璈是个"能吏",也是一位"将才"。《台湾通史》称:"璈勇于任事,不避艰险,整饬吏治,振作文风。"他还对台湾的建设做出诸多规划和贡献,如建城、开河、修路和防疫等。一次台南街市大火,烈焰冲天,人们莫敢靠前。刘璈得知后,立率兵勇往救,自己则"短衣缚裤,跃登屋上",揭除房顶,遏制火势,传颂一时。

刘璈性格刚毅,爱意气用事。1885年2月,法舰封锁台湾后,孤拔泊舰安平,由英领牵线请刘璈登舰一谈。左右都劝他不能去,刘璈却说,不去,谓我怕他,本官岂是怕死之人?又吩咐炮台,如有意外即开炮轰击,不要顾及他在船上。登上法舰后,孤拔语含威胁,说:"台南城小兵弱,岂堪一击?"刘璈正色道:"城,土也;兵,纸也;而民心,铁也。"孤拔心中佩服,竟与他一起大醉而散。

刘璈治台三年,一直以台南为中心,并把兵备道移驻彰化,认为此地居南北之中,周围数百里平原,山水环抱,宜作都会。可刘铭传一到,便要改变这种格局,把中心向北迁移。他还批评刘璈布防不当、治军不严,这些都让刘璈愤然不平。加上派系作怪,两人摩擦不断,关系越来越紧张。

刘铭传初来乍到,临行前带的人不多,淮军将领仅章高元、刘朝祜六百余众,一时难以措手,只能采取隐忍之策。他和刘璈分了工,由他坐镇台北,刘璈负责台南,这样也是为了调动刘璈的积极性,减少龃龉。对于湘军将领和官员,刘铭传也多加安抚。当时驻台北的孙开华、曹志忠均为霆军旧部,他更是注意改善与他们的关系。

想当年霆军声名显赫,统领乃湘军名将鲍超。鲍超,字春霆,其部取"霆"字,谓之霆军。霆军并非湘军嫡系,鲍超也不是湖南人,但霆军能战,鲍超更是勇冠三军。曾国藩曾说过,湘军最能战者,乃一鲍二李。一鲍,指鲍超;二李则为李继宾、李孟群。鲍超出道早,名气也比刘铭传的大,但剿捻时刘铭传后来居上,直逼鲍超。当时,鲍超号称"湘军第一名将",而刘铭传则为"淮军第一名将",两人不免暗中较劲。

1867年2月,尹隆河之战打响。这是臼口之围中关键一战。湘、淮两军尽遣主力,鲍超、刘铭传两大名将同时参战。事前,两人约好次日卯时(上午五时至七时)同时发起进攻。然而,刘铭传求功心切,居然提前发起攻击,结果孤军深入,反被捻军包围,损失惨重。多亏这时霆军按约定时间从背后发起了攻击,捻军猝不及防,难以抵挡,被迫撤离战场。

战后,刘铭传为了推卸责任,反告鲍超延误了时间,鲍超大怒,两人一下子闹翻了脸。这件事明明错在刘铭传,但由于李鸿章护犊子,有意袒护刘铭传。而曾国藩因鲍超不是嫡系,且不愿得罪李鸿章,也没帮他说话。

由于无人主持公道,鲍超忧愤成疾,请求开缺。不久,他的霆军三十二营也被遣散。一年多后,捻军被镇压,曾国藩进京觐见皇太后、皇上。在养心殿上,太后还关心地问起鲍超和霆军。

上:"鲍超病好了没有?他现在哪里?"

对:"听说病好些了。他在四川夔州府住。"

上:"鲍超的旧部撤了吗?"

对:"全撤了。本存八九千人,今年四月撤了五千人,九月间臣调直隶时恐怕滋事,又将此四千人全行撤了。皇上如要用鲍超,尚可再招得的。"

这次奏对载于曾国藩日记。可见鲍超之事影响之大，就连皇太后、皇上也没忘记。霆军被遣散后，将士们各奔东西，心中自然不满。虽然事过境迁，但仍不免心存芥蒂。刘铭传到台后，为了凝聚人心，便召集湘军诸将，特别是孙开华、曹志忠等霆军将领，推心置腹，开怀畅谈，处处以诚相待，公心为上，从而打消了他们的怨气和顾虑。此外，在对待湘、淮军上，他则一视同仁，甚至在有些事上还向湘、霆军倾斜。一次，营务处向他报告，治疗瘴疠的药所剩无几，请示如何分配，他指示先送湘、霆军使用，孙开华和曹志忠听说后都大为感动。

在给朝廷的奏折中，刘铭传对孙开华、曹志忠二位霆军将领也毫无偏见，褒奖有加，称他们"器宇轩昂，精明强干"，"性情朴实，稳慎过人"，"皆久著霆军，饱经战阵"。战后请功，刘铭传也格外厚待他们。在基隆之战和淡水之战中，他把头功分别给了曹志忠、孙开华，而淮军将领章高元、刘朝祜则次之。对于其他将士，他也一碗水端平，论功行赏，叙奖公平。他还特别奏请为老将孙开华加提督衔。相反，刘朝祜为其侄孙，他倒从严要求，"仅述其功而辞其赏"，足见其大公无私，让人钦佩。刘铭传的诚意很快打消了湘、霆官兵的疑虑，使他们甘愿效命，无不奋勇。

尽管如此，他与刘璈之间的矛盾始终没有缓解，反而越演越烈。刘璈自恃有靠山——此时左宗棠已入军机，何况闽浙总督杨昌濬、福建督办军务杨岳斌皆为湘人，福州将军穆图善也曾是左的同僚，无论从省里还是到岛内，均由湘系把持——刘铭传的官阶虽然比他高，但以巡抚衔督办台湾军务只是个虚职，刘璈并不把他放在眼里，加上刘璈行事跋扈，处处恃强计较，两人关系越闹越僵。

由于长期在台主政，全台军务、饷务均由刘璈一手把持。刘铭传到任后，他仍不交权，遇事不请示、不汇报，全台事务如募勇、制造、动用公款以及地方委差委缺（人事安排）也都独断专行。对于刘铭传批驳之件，则置之不理，或拖延不办。他还越级向上缮折奏事，并称奉旨办理台南防务，言外之意是不受节制。第一次基隆之战后，刘铭传向上奏报台北欲求增兵，刘璈却唱反调，也向上奏报，说台南形势紧张，兵不敷用。当时道库控制于刘璈之手。刘铭传要用钱，刘璈也处处刁难，库存银八十万，他只答应借给刘铭传七万。

刘铭传大愤，便动了拿掉他的想法。8月28日，他上书朝廷，要求开掉刘璈，以江苏候补道龚照瑗接替。内有：

> 查该道刘璈，性情偏傲，不恰舆论。其平日为官与否，闻该管督抚皆有觉察，奴才不应追其既往。但就整顿防务而论，该道如不离任，将来欲调一营，欲换一将，皆费周折，相应请旨饬令开缺，送部引见，以免贻误。

在奏折中，刘铭传表示刘璈的过去他不想追究，但就防务而言，如不撤换，"将来欲调一营，欲换一将，皆费周折"，这绝不能容忍。应该说，大敌当前，生死关头，刘璈处处掣肘，已经触碰了刘铭传的底线。这道奏折一上，二刘之间便形同水火，矛盾开始白热化了。

基隆撤师后，刘璈便开始告起刘铭传，称其听信李彤恩之言，丢失基隆，罪无可免，并散布种种消息，以影响舆论。此外，在许多事情上他更是明目张胆地与刘铭传对着干。淡水之役后，刘铭传扼守狮球岭，极为艰苦，当时台北军饷奇绌，每四十天仅关一月之饷，而台南道府两库存银一百五十万两之多，刘铭传令拨五十万两接济台北驻军，却遭到拒绝。不仅如此，刘璈还向台北湘军发全饷，引起淮军不满。在反攻基隆上，他也攻击刘铭传怯懦株守，暗中支持陈星聚，鼓吹反攻。他的部属还高价募勇，悬赏两万两拿下基隆。这些都在给刘铭传制造麻烦。

在此背景下，刘铭传身边的朱守谟也跳了出来，散布谣言，诬称李彤恩收受法人贿银十数万，这才谎报军情导致基隆之失。

一时间，舆情大哗，谤言四起。一些御史言官和湘系官员纷纷指责刘铭传"失地辱国"，"将要口让于敌人"，甚至还有人罗织罪名欲将刘铭传置于死地。刘璈的儿子刘浤也进京活动，散布不实之词，恶意诋毁刘铭传。

鸿胪寺卿邓承修上奏称，刘铭传自失基隆，"神魂若失，举动语言，骤改常态，似有心疾者"（就差说他精神失常），如今株守七堵，业经数月，毫无起色，请求朝廷速派员察看，如病情尚好，传旨责成，限日克复基隆，如若病状属实，应先解其兵权。奏折后还附有两份抄件。

一份是基隆通判梁纯夫的信。信中称李傅相私电刘铭传，说基隆可守则守之，不必强争。李傅相即李鸿章，意指刘铭传退守是受到李鸿章的指使。

另一份是淡水新关税务司法来格呈总税务司的禀文。文中称，法兵登岸已被曹志忠击退，但刘爵帅下令退兵。法军占基隆，中国天主教民充当先导，乘机作乱，形同野兽，其中有一教民强行污辱一名当地十五岁幼女。刘爵帅退至板加，受到百姓围攻，当地百姓有一千五百多人挺身而出，愿意打回基隆。淡水之战，刘爵帅令孙开华退回沪尾，孙不从，之后击退法军。他还在文中说，刘爵帅未回基隆，仍驻板加，"终日不出衙署，心身皆无所用"，基隆事务全靠曹志忠云云。

这些内容不仅把基隆失守归咎于刘铭传，而且把他说得一无是处，认为朝廷若不早为措置，"台防决裂，恐在目前"。

12月14日，左宗棠行抵福州，立即过问此事。他根据刘璈的密报和朱守谟的报告，在抵达福州的第二天便上了一本。

此本一上，不啻扔下了一颗重磅炸弹。

2

左宗棠上疏当然是要为刘璈出头。刘铭传升任巡抚后,刘璈的地位岌岌可危。如果说刘铭传以前只是个虚职,还不足以威胁刘璈,但作为一省之巡抚,便握有生杀予夺之权,拿掉刘璈已非难事。左宗棠深知这一点,当然不能坐视不管。

于是,一到福州,他便迫不及待地上书,想挽回局面。

在奏折中,左宗棠主要讲了三点。一、法夷犯台,兵不过四五千,船不到二十艘,我军驻基隆、淡水之军数且盈万,虽水战不具,但陆战则倍之。抚臣刘铭传系老于军旅之人,何以一失基隆,遂至困守台北?原因是听信李彤恩之三次告急,以致丢失基隆。二、淡水大捷乃孙开华等诸营之功,与基隆撤师无关。即便刘铭传不援,淡水也未必会失。三、狮球岭法军兵力单薄,知府陈星聚多次禀请反攻,刘铭传置之不理,而台北各营和台湾少数民族自告奋勇,要收复基隆,也被压制,声称"不许孟浪进兵",实为"不图进取"。

不过,左宗棠在奏折中也留有余地,并未直接追究刘铭传的失地之罪,而是提出两点处理意见:一、李彤恩不审敌情,虚词摇惑,致基隆之失,厥惟罪魁,请旨即行革职,递解回籍,不准逗留台湾;二、密敕刘铭传速督所部,克日进兵,规复基隆。

左宗棠身居要职,举足轻重。他的奏折一上,就引起轩然大波。朝廷准奏,将李彤恩革职,并派杨岳斌渡台查办。刘铭传得知后立即上书反驳,认为左奏多为不实,仅凭刘璈、朱守谟一面之词,不加访察,率行参奏。他在奏折中大声抗辩道:

臣治军十余年,于战守机宜稍有阅历,惟事事求实,不惯铺张粉饰。若空言大话,纵可欺罔朝廷于一时,能不遗笑于中外?臣实耻之!臣渡台时,军务废弛已极,军装、器械全不能用,炮台、营垒毫无布置。接战于仓猝之间,所部多疲病之卒,历尽艰难,支持半载。临敌应变,大小十余战,幸无挫失。若听局外大言,轻敌浪进,上月初十日孤拔添兵大举,战无策应之师,守无可据之险,必至一败不能立脚。军事瞬息千变,其中动止机宜,固非旁观所能尽知,亦岂隔海所能臆度也?

刘铭传向来直言敢为。这段话既是反驳左宗棠,也是回击那些所谓的空言大话,欺罔朝廷的"局外大言"者。特别是"惟事事求实",更是体现了他的务实精神,可谓有理有据,掷地有声。

对于李彤恩的处理,刘铭传也为之叫屈,认为李是"有功之人遭不白之冤"。作为刘铭传的得力助手,李彤恩办事勤能,熟悉洋务,深得刘铭传的器重。法军来犯前,李彤恩因体弱多病,曾提请辞职,可当时正是用人之际,刘铭传不准。于是,他抱病视事。淡水之战前,他建议买船填石塞口,刘铭传认为是一个好主意。可时值秋茶上市,英商阻挠,李彤恩又多方辩说,才办成此事。由于及时塞口,阻止了法船,胜利才有了保证。他还帮助招募张李成土勇,发给枪支,组织操练。第一次基隆之战,张李成土勇包抄得力,极为神勇。鉴于岛内饷项支绌,他还多方动员殷实富户借银助防,先后筹得银两二十余万,有力地支持了前线。除此之外,他还主动不领薪水,不要褒奖。其口碑之佳,尽人皆知。

然而,由于受到刘铭传的重用,他也遭到部分同僚的嫉恨。尤其是朱守谟。此人由于行为不端,如生活奢华、修建公馆,还有支持陈华募勇等事,多次遭到刘铭传的申斥,心怀不满。加上在台北办理营务,与李彤恩时有摩擦,因而生恨。基隆失守后,他便造谣说守军不战而退是李彤恩收了法方数十万银子,故意假报军情,并借请假之名,跑到台南去向刘璈拱火。刘璈因李彤恩是刘铭传的人,不受节制,对李也十分排斥。听了朱守谟的报告后,刘璈便写信向左宗棠和杨昌濬密报,同时暗中指使朱守谟前往福州告状,从而引发了一场地震。

刘铭传对此十分愤怒。革去李彤恩无疑是断其臂膀,令其难以接受。况且,如让他们得逞,他这个巡抚今后还怎么当?

"君勿惧,"刘铭传安慰李彤恩说,"有罪本帅则当之。"

李言:"欲加之罪,何患无辞?"

刘云:"天塌不下来。"

李道:"事已至此,恐难挽回。"

刘朗声曰:"要革先革我,今正用人之时,君切不可萌去意。"

刘铭传要李彤恩继续留任办事。之后,他便上书朝廷,全力保全李彤恩,认为值此孤岛险危之时,革去李彤恩。"臣何以用人办事?"他恳请将李彤恩开复原官,并称如李彤恩有罪,那臣也有罪,请将臣一并从严治罪,以明国法而昭公允。此外,他还指责刘璈、朱守谟挟嫌倾陷,颠倒是非,请旨查办。

朝廷接报后,降旨对刘铭传所奏朱守谟"规避钻营、造言倾陷"等事予以严查,并将朱守谟即行革职,着杨岳斌"饬提赴台",听候处理。

这是清廷的惯用手法,这边打一下,那边又拉一拉。在办了李彤恩后,又将朱守谟革职,等于两边各打了五十大板,好像对刘铭传也有了交代。

但刘铭传心里不服。朱守谟只是个小卒,无足轻重。问题的关键是刘璈,所谓庆父不死,鲁难未已。他坚持要开掉刘璈,否则窒碍甚多。在他的强烈要求下,1885 年 1 月 5 日,朝廷下达电谕:

电寄李鸿章等。据李鸿章转奏、刘铭传电报已悉。据称刘璈意在掣坏台北等语。刘铭传身任巡抚,属员用舍,是其专责。台南地方辽远,刘璈统率各营办,职任极重。如果可用,该抚当屏除畛域成见,督率妥办。如竟不得力,另易生手,不至贻误防务。即将刘璈撤参,派员接办,毋稍姑容。着责成刘铭传切实筹划,分别办理。倘措置失宜,致误地方,惟该抚是问。

谕旨中明确表示"刘铭传身任巡抚,属员用舍,是其专责",同意将刘璈撤职,但前提是不能"贻误防务"。值得注意的是,电谕是通过李鸿章代奏代转的,可见双方博弈的背后早已是暗流涌动,已非刘铭传一人之事。

为了保全刘璈,湘系这边也着急了,闽浙总督杨昌濬电奏,称台事可虑,"半在法寇,半在堂属不和"。刘璈布置不错,刘铭传恶之,若易生手,恐台南不保。这话明显有拉偏架之嫌。

不久,朝廷回复,称据刘铭传电,台湾道库六月报库存八十万,刘璈仅借台北七万,显系"漠视台北防军",要杨切实查明,同时要求杨必须与刘铭传通力合作,"师克在和,万不准各存意见",否则拿该督是问。

杨昌濬当然有心袒护刘璈。他随后奏报,台湾道库自六月至十一月底,共解台北备用银三十四万一千两,"该道刘璈尚无漠视台北情形",试图为刘璈开脱。

此后,朝廷谕令福建督办军务杨岳斌尽快渡台查清情况,据实禀报。

这场内耗一波三折,双方你来我往,暗自较劲,这给刘铭传带来了极大的困扰。此外,根据左宗棠的奏报,朝廷三番五次电催收复基隆,并对刘铭传反攻不力给予申斥,称其"督师御寇,未能力遏凶锋,实属怯懦",令其尽快"进取基隆,立功赎罪",否则"定即严惩不贷"。但此时刘铭传兵疲饷乏,困难已极,勉强苦守已属不易,反攻基隆完全不切实际。好在朝廷有过指示,即台湾战事"均着(刘铭传)便宜行事,不为遥制",刘铭传便利用这一点,继续坚持"惟事事求实"的原则,咬紧牙关,苦撑苦熬,力支危局。

第十一章　百年陈案

1

1885年3月,台湾进入了被封锁的第五个月。此时,岛内状况极度恶化,饷银军械极为缺乏,加之数月苦战,守军伤病严重,急需救援。用刘铭传的话说是"事甚急迫,危如朝露"。

为了打破封锁,朝廷指示多方"觅船潜渡"。于是,有关方面绞尽脑汁,寻找办法。首先是重金雇用外国商船。根据国际公法,封海之后,只要该国发给护照,就可通行。但这样做需冒很大风险。英轮"平安"号就曾遭到法军扣留,"搜查极恶",因无军械才被放回。其次,在台南、台东等处寻找隐蔽地点,利用小船向岛内运送士兵、装备和物资。这种方式规模不大,有时一次只能运送数十人,运送的物资也十分有限。

在援台中,最关心刘铭传、支持力度最大的当数他的老上司李鸿章。他多次调遣部队入台,前后数十次。1885年1月,在暖暖拉锯战最困难的时候,驻扎直隶的淮军将领聂士成主动请缨,增援台湾。李鸿章为其壮行,并租用英轮从山海关出发,驶抵台南。当聂士成率领的八百精壮抵达后,当地民众欢呼雀跃,高呼天兵来了。此后,聂士成又率部攀藤缘壁,跋涉千里赶到台北。

除了调兵,李鸿章还通过洋行和内地商行以经商名义向岛内转送饷银。当时,英国怡和洋行在台北、台南均设有洋行,可以代为转汇银两。李鸿章曾指示盛宣怀通过英国怡和洋行,"托名买糖",给刘铭传转汇去银子十万两。厦门商人叶文澜与台商来往密切,李鸿章也通过他设法将部分银子转去台湾兑现。

此外,闽浙、两广和两江在援台上也都做出了不同程度的努力。两江总督曾国荃在雇船运送驻江阴刘朝祜的部队后,还应刘铭传的请求,打算派唐定奎率部前往,尽管租船费用十分昂贵。

铭军"两唐"大名鼎鼎。一是唐殿魁,一是唐定奎,两人都是刘铭传手下的猛将,且世居安徽肥西,为刘铭传的同乡。唐殿魁在尹隆河之战时,为救刘铭传而战死。唐定奎,绰号"唐大肚子",唐殿魁死后,他接统了铭军右军六营,亦称"武毅军"。日本侵台时,他奉命率淮军十三营,随沈葆桢赴台,逼退日军。曾国荃为了援台曾两次召见他,可当时唐的病情十分严重,由人扶着才能走路,故无法赴援。

安徽是刘铭传的故乡,在刘铭传去台之前和之后应召前往台湾的合肥籍官员和将弁不下千人,其中包括刘铭传的家族成员刘朝祜、刘朝带、刘朝幹、刘盛芳、刘盛璨等数十人。

尽管大陆通过各种办法接济台湾,但仍然不足以改变困境。朝廷指示刘铭传"台湾孤悬海外,他处接济,缓不济急","援军一时难到,总须就地取材"。于是,刘铭传只好自己想办法。他饬令台湾道、府、县、厅广泛动员富户绅商"捐资募勇"。他还礼贤下士,寻访一些富商大户,晓之以理,动之以情,说服他们慷慨解囊,并对捐饷者从优奖励,对勒索不法行为予以坚决打击。

台湾最有名的世家大族，一个是彰化林家，一个是淡水林家，他们都积极响应刘铭传的号召，并为保台立下汗马功劳。

彰化林家一门多人募勇助战。林朝栋、林朝昌兄弟在当地募集义勇，自备武器粮饷，助守基隆。在与法军僵持期间，林朝栋率部死守暖暖、狮球岭，给法军不小的打击。淡水林家财大气粗，当家人林维源善于经商理财，具有爱国情怀。法军犯台时，刘璈找他捐款，议借百万两，他当时家境不好，仍慷慨捐资二十万。在他们的带动下，各地乡绅富户不惜毁家纾难，踊跃捐纳，"百万之金，不劳而集"。

有了钱还得有兵。台地乡绅巨族多养私丁，并拥有一定数量的枪支弹药。刘铭传利用这一点，在台湾推行团练之制，鼓励绅商捐款募勇。他还任命林维源为团练大臣，任命林朝栋为栋字营首领。在刘铭传的动员下，各地纷纷建起团勇。仅台北一地人数就达一万三千余人，并先后建立陆团和渔团，分别守卫陆地和巡防海上，有效地弥补了台湾的兵力不足。

为了调动绅商们的积极性，刘铭传还奏请朝廷广开捐输。所谓捐输，亦称捐纳，说白了就是买官，即根据捐钱的多少奖励官职官衔，包括实官、翎支、虚衔、封典等。这是清政府用以弥补财政不足的一种措施。当然，所有的官职都是明码标价，称之为"定例"。刘铭传到台后，有人反映"定例"过高，台绅观望不前。刘铭传考虑到"台饷万分紧急，台地民力拮据"，便请求朝廷根据台湾的实际情况，给予优惠，即按"定例"打折，将原定的价格降低四成至五成，"以广招徕"。这一举措十分有效，不仅吸引了台湾绅商踊跃捐输，很快筹集了相当数量的款项，而且各种官衔的授予也提高了台湾绅商的政治地位，加强了他们对中央政府的认同感，可谓一举多得。

1885 年 2 月，镇海之战爆发。此战也是援台引起的。为了打破法军封锁,朝廷指示南北洋分别派水师援台。根据朝廷的谕旨,北洋李鸿章派出"超勇""扬威"两舰,由德国水师总兵式百龄率领赴台,但南洋曾国荃始终推三阻四,讨价还价,不想派船赴台。

对于这种抗命行为,朝廷极为恼怒。11月5日谕下,认为"台湾信息不通,情形万紧",曾国荃意存漠视,不遵谕旨,可恨至极,"着交部严加议处",后又将其"革职留任"。

在朝廷的严谕之下,曾国荃不得不同意抽调南洋五艘兵轮赴援。这五艘兵轮分别是"开济""南琛""南瑞""澄庆"和"驭远"。

然而,计划赶不上变化。12月4日,朝鲜发生"甲申政变",在朝廷的指示下,李鸿章被迫改变计划,将北洋的"超勇""扬威"两舰调往朝鲜平乱,而南洋的五艘兵船则以维修为名,滞留上海,直到次年1月18日才在朝廷催逼之下驶向台湾。

对于中国派舰援台的消息,法国很快就获知了情报。12月5日,南洋军舰刚到上海,巴德诺就致电外交部长:

> 据称中国人打算不久派出由李鸿章的舰队和两江总督的舰队组成的远征军去援助台湾。为了指挥兵舰,还招募了一些外国人。三个星期以来,李鸿章的两艘最好的巡洋舰在此进行修理。舰上有五名德国军官和一名英国人。

法国人的情报工作相当准确,他们几乎在第一时间便掌握了中国舰船的动向。很快,裴龙便指示孤拔,"应不惜一切代价,捕获或击毁这些中国军舰",以确保台湾的封锁不受影响。

孤拔接电后,立即展开行动,率舰前往拦截。2月15日,南洋五只舰船驶至浙江大陈洋面时与法军舰队相遇。他们自知不敌,连忙躲避。其中"澄庆""驶远"两船避入浙江石浦,在法舰的攻击下放水自沉;"开济""南琛""南瑞"三船则躲入镇海口。

孤拔紧追不舍,尾随而至,镇海之战随即爆发。

镇海口位于浙江宁波,甬江由此汇入东海。此处地势险峻,南北两岸有金鸡山、招宝山相对而峙,素有"海天雄镇""浙东门户"之称。法军犯台时,坐镇浙江的最高指挥官就是浙江巡抚刘秉璋。

早在一年多前,刘秉璋就开始针对法军的进攻,认真谋划,积极准备,并把镇海作为防御重点。2月28日,孤拔率四艘战舰追至镇海口外。3月1日,法国一只小艇驶至游山附近侦察,守军发现后立即开火。法国小艇见势不妙,急忙退回。守备吴杰命令南北两岸炮台一起发炮,双方对轰五小时之久。

从3月1日至4月10日,法军多次试图进入镇海口,但都被击退,法舰"纽回利"号和"巴夏尔"号还遭受不同程度的损毁。尤其是3月3日一战,孤拔的旗舰被击中,伤及本人。这对法军来说,显然是一个重大挫败。

值得一提的是,早在刘铭传出山前,刘秉璋曾邀他前往杭州小住,当时两人纵论局势时,刘秉璋就说过,如果省三前往台湾,他将在浙江与之呼应,共同御敌。没想到他的话居然成了现实。

就在镇海取得胜利之时,从越南又传来镇南关大捷的消息。法军一败再败。此后,法军虽然攻占澎湖,但已无力挽回颓势。

2

转机终于到来。

镇南关大捷后,清军乘胜追击,连克文渊州、谅山等地,收复谷松和观音桥,法军被迫退缩于船头、郎甲一带。面对战场的不利局势,在反对派的攻击下，3月30日，茹费理内阁宣布辞职。两个月后，《中法天津条约》正式签订。条约共十款，其主要内容为：中国从越南撤兵，放弃对越南的宗主权；指定广西和云南各一处，允许法国通商；法军承诺退出基隆、澎湖，并解除海面封锁；等等。

该条约的签订结束了长达一年之久的中法战争，但一直以来饱受诟病，被认为是一个不平等的屈辱条约，中国在战场有利的条件下却做出了极大的妥协，令人无法接受。时人称之为"中国不败而败，法国不胜而胜"。不过，随着现代学者的深入研究，一些冷静、客观的分析让我们看到事物的更多层面：首先，中国军队虽然取得了有利战绩，但并无绝对优势，能否彻底击溃法军，将其赶出越南并不一定；其次，刘铭传苦战周旋，力保台湾不失，却无力夺回已被法军占据的基隆、澎湖；最后，更加严峻的现实是，沙俄图谋新疆，日本又在朝鲜蠢蠢欲动，边疆危机纷至沓来。此时的清政府面临来自南北两面的双重挤压，在此情况下乘胜即收，不失为一种明智、理性的选择。

值得一提的是，虽然清政府做出了很大的让步，但回顾晚清历史，中法战争却是晚清对外战争中唯一没有战败并割地赔款的战争，而《中法天津条约》也是晚清以来中国订立的一系列不平等条约中损害最小的条约。为了这场战争，中国军民付出了巨大的代价，而台湾人民和刘铭传亦功不可没。他们用鲜血和生命书写了中国人民抗击外国侵略的光辉篇章。

台湾解严后，从澎湖传来孤拔的死讯。据法国远东舰队副司令利士比报告，孤拔海军中将于6月11日死于澎湖，法国驻上海领事馆及工部局悬半旗表示哀悼。

另据刘铭传报告，孤拔久陷基隆，法军"死亡相继，杳无捷音"，法国政府责怪他"丧师糜饷，毫无损于中国"。停战以后，他反对议和，亦遭申斥，于是"意甚怏怏"。和议画押后，"该酋即举酒痛饮而死，并有一兵酋同死。法人皆言其醉死,其实服毒等语"。

关于孤拔之死有多种版本。除了醉死、服毒等外,其中流传最广的则是镇海之战遭炮击负伤,后因伤重而亡。

3月3日,镇海之战时,孤拔乘旗舰"巴夏尔"号,冒险进入招宝山附近,清军发现立即开炮,炮弹击中该舰,舰上横木倒塌,致孤拔重伤,后死于澎湖。据说,下令发炮的是淮军守备吴杰。此人是安徽歙县人,绰号"吴大佬",生性倔强,敢作敢为。当时他的上司浙江提督欧阳利见不许先行开炮,但吴大佬认为,两军对垒,战机不容错过,发现法舰后,当机立断,抢先发炮,致使孤拔重伤。

关于孤拔遭炮击致伤还有另外一种说法,即孤拔在马江之役时率舰通过闽口要塞,该要塞有六座炮台,其中一炮台设有四门克虏伯二十一响大炮,有一门因炮口有缺口,谓之缺嘴大炮。战斗打响后,因该炮有缺口,指挥官怕出事,不准施放,但看到法舰即将驶离,这门大炮的炮手便冒险放了一炮(整个炮战中仅发这一炮),结果命中旗舰,致伤孤拔,后使其不治而亡。后来,这门大炮被誉为"缺嘴将军"。

这个说法显然与史实相去甚远,从相关记载看,孤拔因镇海之战受伤而死可能更接近事实,且不无根据。不过,法国官方并不承认,他们公布的孤拔死因是在澎湖感染瘟疫而亡。

孤拔死后,法国政府给予他隆重的追悼,并在澎湖为他修建了衣冠冢。墓为水泥修砌,呈长方形,四周围有花岗石,面积有二十多平方尺,墓前立有椭圆形花岗石落地碑,高约两尺,碑文为金字法文。在墓的两边,还有两座墓,一为其上尉副官,一为其信号兵。孤拔的遗体启运回国时,法国各大媒体均隆重报道。船至苏伊士运河时,各国派专员上舰致祭、献花,舰上全体将士向遗体告别。遗体运抵法国后,巴黎给他英雄般的礼遇。盛大的公祭仪式在著名的巴黎大教堂举行,主教亲自为其主持弥撒,巴黎各界人士及外国使节出席致哀。

1885年9月，孤拔的遗体被运回家乡，当地又举行了隆重的葬礼。法国政府还曾为他发行了殖民者纪念章。1890年，他的家乡还为他树立了雕像。种种高规格的礼遇，可谓备极哀荣。

然而，这些都掩盖不了他在台湾的失败。应该说，孤拔很不走运。因为他在台湾碰到了刘铭传，这不能不说是他的不幸。他和刘铭传同一天受到任命，经过长达八个多月的交手，结果却败在了这个所谓的"学生的学生"的手下，最后落寞而终。

3

中法议和后，中国从越南撤兵，而法军也如约退出基隆和澎湖。刘铭传在台湾领导的抗法战争终于迎来了最后的胜利。

战后的台湾，满目疮痍，百废待兴，就在刘铭传着手重建之时，基隆失守引发的风波仍在持续发酵。

7月16日，杨岳斌的查办报告出来了。

杨岳斌，名载福，字厚奄，乃湘系大员，他是湖南善化县人。军旅出身，曾以军功历升守备、前锋、都司、游击、参将、总兵，直至提督。同治三年（1864年），授陕甘总督，加一等轻车都尉、太子少保，后赴福州帮办军务。今年年初，基隆失守后，朝廷令他带营驰援台湾。可他尚未动身，左宗棠便与刘铭传起了争执，于是，朝廷又令他渡海查办此案。

由于交通不畅，杨岳斌3月4日才抵达台湾。行前，他从驻大黄骁的前兵部尚书彭玉麟处，挑选湘勇精壮百余名作为卫队，由泉州府至秀涂，雇乘"平安"号，驶至卑南清吉登岸。19日到达府城。另外从彭雪帅处调用的一营湘军也于数天后从布袋嘴登岸。

杨岳斌本来的任务是援台,可朝廷令其查办李彤恩、朱守谟一案,将他置于旋涡之中。杨岳斌虽为湘系,却不想引火烧身。到台之后,他发现此案内幕重重,十分棘手,便上疏朝廷,称"台防吃重,任大力微",加上身体不好,"尤难兼营",因此仰求朝廷"另派大员"查办此案,以便自己专心帮办防务,打算将查案之事一推了之。

可是,朝廷不准,他只好硬着头皮去查。几个月后,他具折上奏,查办结果和处理意见如下:

关于李彤恩一案,杨岳斌认为,三次告急是实,但动机并非"捏造虚词,意图摇惑",而是"未闻军旅,临事即仓皇失措","似与捏造虚词,意图摇惑有别"。处理意见是:应请按照原来的意见,将其革职回籍,不准逗留台湾,免其余罪。

关于朱守谟一案,意见为三点:

一、朱从台北绕道台南内渡,是因为沪尾港已封。途经新竹、彰化、嘉义等县,车马费都是"自行给价",地方官员应酬招待,"亦属情理之常",不违反规定。对李彤恩,朱说过他"人小有才,难与为伍"等语,实无搬弄是非之事,也未闻李有收受洋人数十万银贿赂,出卖基隆之说。外界传闻,人言啧啧,"原非朱守谟之造言倾陷也"。

二、关于朱擅用公款修建住房。经查,原系修理办公地点,而他当时暂住此处。也就是说,公款修建住房并不属实。

三、关于朱在军情万紧之时,请假离营,内渡就医,则是事实,其"规避之咎,实无可辞"。

处理意见是:该员已经奉旨革职,拟恳朝廷格外施恩,免置严议。

这个报告表面看似客观公正,实则不然,起码在刘铭传看来是如此。杨奏尽管为李彤恩也说了几句好话,但处理意见并无改变,仍是要将他免职赶走。

至于朱守谟,则语多袒护。不仅否定了他动用公款修房、称病内渡等情,而且把他绕道台南的原因说成是沪尾已封港,只能从台南内渡,更是别有深意。因为刘铭传参劾朱守谟时提到朱绕道台南,实则是暗指他与刘璈勾结,并受其指使。现在,杨岳斌一句话便把刘铭传的说法抵消了。

刘铭传大为不满。特别是在查办过程中,一些人也开始选边站队,做出了对刘铭传不利的证词,更让他怒火中烧。特别是孙开华,刘铭传到台后极力团结他,但派系痼疾终难消除,左宗棠到闽后,他便态度大变。在杨岳斌调查中,他的屁股又坐到了刘璈一边。为此,刘铭传上奏,对孙开华的做法进行严厉指责,称其与刘璈"合谋倾陷,蜚语上达天听","乘势朋挤,夸功诿咎,忘乎所以","楚、淮构讼结仇,因自刘璈兴之,实由孙开华成之"。语气之重,由此可见一斑。

应该说,杨岳斌的查办进一步激化了矛盾,使二刘原本紧张的关系深度恶化。早在这之前,刘铭传就听到不少关于刘璈的传闻。如他利用手中之权,在盐务、煤务和洋药厘金等方面任用私人,或商人包办,巧立名目,任意侵吞,"种种浮滥,不可枚举"。还有人说他蠹国沽名,视私财如性命,用公款如粪土。嘉义县前知县张星锷曾揭发刘璈到任以来,每年搜刮,中饱私囊高达五十万两之多。对于这些问题,刘铭传来台之初,一时无法顾及,并未追究。

然而,刘璈却不识相,处处与他顶着来,在许多事情上阳奉阴违。澎湖诸岛,外蔽全台,内固金、厦,历来视为险要。但海洋相隔,外无船舰可援,内无山险可恃,穷岛孤军,很难坚守。刘铭传对此十分担心。他多次令刘璈购炮和水雷,加强澎湖防务,但刘不理不睬,也不回复。澎湖失守,守军血战三日,最后不得不弃岛而去。战死、失踪和伤亡将士达七百人之多。事后,刘铭传主动请求处分,但想到刘璈拒不执行自己的命令,不免又勾起他心头之恨,大骂刘璈"犯相"(合肥土语,作对之意)。

这期间，又发生了一件事，让刘铭传怒不可遏。法军封海之后，我方多次寻找渡海地点，刘璈却致信英国领事，称台南多地封锁不严，船只仍可来往，后来英国人把信转交法军，使法人巡查更严。刘铭传听说这件事后大愤，朝廷闻报也"殊堪诧异"，并责问"刘璈此举，是何意见"，要杨昌濬立即查明。

当然，有关刘璈的问题，有的是事实，有的则是捕风捉影，或被夸大了，但刘璈处处与刘铭传为敌，积不相能，以至于严重干扰了刘铭传的抗法大计，却是事实。因此，不撤刘璈事不可为。不过，刘铭传起初并没想将刘璈置于死地，只打算将他撤职，"送部引见"（由吏部重新安排），可偏偏刘璈不肯低头，非要死扛到底。眼看矛盾日益激化，刘铭传也不再留情。台防解严后不到一个月，他便决定彻底查办刘璈。

7月8日，刘铭传将查办结果上报朝廷，列数其罪，包括防务、营务废弛，败坏盐务、煤务，把持洋药厘金，任用私人，狼狈为奸，等等，此外还有侵吞兵饷、虚支巨款、扣存冒银、截留存余等。如此种种，可谓"贪污狡诈，劣迹多端"。在奏折后还附有刘璈贪劣各项清单，共十项。

7月24日，朝廷下达谕旨："刘璈着革职拿问，交刘铭传派员妥为看守，听候钦差大臣到闽查办。"

刘璈下狱，左宗棠坐不住了。8月4日，他抱病上奏，要求严办刘铭传退弃基隆一事。这一次，他也下了狠手，要置刘铭传于死地。当然，他这么做既是为刘璈撑腰，也是对刘铭传奏折中所谓"空言大话，纵可欺罔于朝廷一时，能不遗笑于中外"等语的反击。这些话虽未指名道姓，但明摆着是针对他的。

在奏折中，左宗棠称唐炯（前云南巡抚）、徐延旭（前广西巡抚）因山西、北宁失守，拿问治罪，"刘铭传失地辱国，其罪远过于徐延旭、唐炯"，但他不以为罪，反以撤基援沪为由，"多方粉饰，变乱是非"。此外，刘铭传对李彤恩极力回护,实为自己开脱。因此,不能"任其捏造,置诸不论"。

左宗棠的言外之意是,刘铭传丢失基隆比唐炯、徐延旭的罪大得多,唐、徐都受到革职,被捕下狱,判处斩监候的处分,刘铭传岂能不治罪?

在奏中,左宗棠还声称"臣尤不愿稍涉龃龉,致召湘、淮畛域之疑","惟此一片血忱,为朝廷实事求是"。

尽管左宗棠试图撇清派系之争的嫌疑,但明眼人心知肚明。此时,台湾刚刚解严,防务、治理均需依靠刘铭传,朝廷当然不会支持左宗棠。

就在他上奏的当天,朝廷便作了批复:

> 光绪十一年六月二十四日,军机大臣奉旨:刘铭传仓猝赴台,兵单饷绌,虽失基隆,尚能勉支危局,功罪自不相掩。该大臣辄谓其罪远于徐延旭、唐炯,实属意存周内,拟不于伦。左宗棠着传旨申饬,原折掷还。钦此。

这道谕旨不仅没有追究刘铭传,还对左宗棠"传旨申饬,原折掷还",可见朝廷对此相当不满。此时,左宗棠已病入膏肓,一个月后便与世长辞。

左宗棠一死,刘璈便失去了最后的靠山。11月,朝廷连续下旨,认定"该革道(刘璈)以监司大员总理营务,辄敢虚支巨款,任意冒销。律以监守自盗,罪无可辞",决定处以斩监候,并一并查抄其所有家产(包括任所、原籍)。

湖南巡抚卞宝第奉旨,立即派员执行,参加刘璈府第查抄的有临湘县知县陆承亨、把总安德龄等人。查抄家产如下:住房一所,共六十八间(刘璈庶母、三个儿子及眷属居住);各房、各院共抄得大小木箱、皮箱计四十七只,内装男女衣服共四百余件,细布四十六匹,零星服饰二百余件,瓷、锡、木器、杂物一千一百余件；契纸四百余张，核价一万数百千；现钱一百四十余千；稻谷四百余石，食米二十余石。从台湾任所查抄的财物，照值估价为银一千三百四十两余。总体来说，财物数量并不多。案发之后，刘家倾其资产营救，湘系人物亦居中说项，最后刘璈获改判，流放黑龙江军台效力，四年后客死他乡。

刘璈一案众说纷纭。历史学家连横曾为其惋惜，他说刘璈有"经国之才"，如果刘铭传不将其治罪，而让他来辅佐自己，则刘铭传治北，刘璈驻南，以此经理台疆，南北俱举，必有可观之处。

然而，这种假设也只能是假设。即便抛弃派系之争，二刘的性格也很难相处。实事求是地说，他们之间的矛盾既有工作分歧，也有意气成分。刘铭传抵台之初，本想团结刘璈，可刘璈生性高傲，不甘人下，直接影响到了刘铭传的军政大计。刘铭传拿掉他也是不得已。试想，作为主政一方的大员，倘若不能事权统一，号令一致，很难有所作为，况且是在非常时期。至于后来，刘铭传主台六年，实施各项新政，不清除刘璈势力，同样也不可能取得令人瞩目的成就，这些都是不争的事实。

应该说，刘璈一案是派系争斗的牺牲品，也是他个人性格导致的悲剧。

第十二章 新的使命

1

中法战争后,台湾的重要性日益凸显,有关台湾建省的决策也呼之欲出。

台湾,自古以来就是中国的领土。它是中国东南第一大岛,面积为三点六万平方千米,南隔巴士海峡与菲律宾相邻,北与琉球群岛南端隔海相望,东临太平洋,西为台湾海峡,与福建沿海仅百余海里之距。

远古时代,台湾与大陆相连,后因地壳运动,相连接的部分沉入海底,形成海峡,出现台湾岛。战国时,台湾有"岛夷"之称,三国时期称"夷洲",隋唐改称"流求",此后又有"东番""鸡笼山"等多种称呼。直到明代万历年间,才改为"台湾"。

十七世纪初,西班牙、荷兰殖民者曾先后侵入台湾。后荷兰击败西班牙,在台实行殖民统治,被称作"红毛夷"。顺治末年,民族英雄郑成功收复台湾,率大军攻入台湾鹿耳门,克赤嵌城。荷兰人退守热兰遮城。郑成功写信正告荷兰总督揆一,称攻取台湾乃为收复"我先人故土"。他还在信中说:"然台湾者,早为中国人所经营,中国土地也。"这句话义正词严,镌刻史册。

郑氏收复台湾为爱国壮举,此后郑氏家族对开发台湾也有过功劳,但郑氏奉明朝为正朔,并被赐姓朱,称国姓爷。康熙登基后,命施琅率兵统一台湾,郑氏之孙、延平郡王郑克塽投降,台湾被纳入清朝版图,由福建省管辖。

施琅平定台湾后,因功授靖海将军,封靖海侯。他上疏吁请朝廷在台湾屯兵镇守,设府管理。他在奏疏中有一句著名的话,后来经常被引用,即"台湾地方,北连吴会,南接粤峤,延袤数千里,山川峻峭,港道迂回,乃江浙闽粤四省之左护",短短几句便阐明了台湾的形胜及与东南沿海各省的关系,第一次把台湾在我国海防上的战略意义提高到了一个重要的高度。

在施琅的力谏之下,康熙决定在台湾设一府三县。清朝入关后,很长一段时间把巩固政权摆在首位。台湾统一后,清廷一度认为,滨海之地烽烟永息,外患业已消除,"七百余里重洋,遂为内治";加上台湾远离大陆,且四面环海,监督不力,岛内吏治腐败,民乱频仍,所谓"番乱"和汉民起义不断发生。因此,清政府治台方略很长时间都是以防内乱为重心,对于海防并不重视。

十九世纪以来,随着西方海上霸权兴起,不断向东方扩张,台湾作为战略要地,"各国无不垂涎"。1874年,日本侵台事件发生,清政府大感震惊,逐渐认识到台湾为外洋门户,边疆藩篱,战略地位不可小觑。此后,清廷对台湾的海防开始有所重视,投入也逐年增加。然而,这些与台湾的实际防务需求仍相去甚远。直到中法战争发生,特别是法军封口,使台湾困难重重,几陷绝境。这个教训殊为深刻,刘铭传更有切肤之痛。

台防解严后,善后工作千头万绪,百务缠身,尤其是布防、"抚番"、清赋以及各项建设,都需花费极大的精力;加上台湾本来基础较差,与内地相比,尚属"荒服之地",治理起来更须耗时耗力。鉴于精力有限,刘铭传主动上书朝廷,请求辞去福建巡抚,专办台防。他在奏折中称"臣目疾沉重,闽事、台事力难兼顾"。意思是说,他身患疾病,一人难以兼顾福建和台湾事务。他特别谈到法军犯台时暴露出的诸多问题,都亟待解决。因此,"目前大局虽定,而前车可鉴,后患方殷,亟当除弊兴利,所有设防、抚番、清赋数大端,均须次第整顿,纵使专心一志,经营十年,尚恐不能尽得实效"。

刘铭传主动请辞闽抚,令人诧异。因为福建巡抚位高权重,而专办台防,则责大权小(虽仍是巡抚衔,但与巡抚相去甚远),何况刘铭传奋斗多年,以武职擢升封疆,实属不易,怎么轻而易举就放弃了呢?

有人说,他是不想回福州,与左宗棠同城办公。刘璈事件后,他与左宗棠的关系已彻底破裂,这样做也是为了减少摩擦。

然而,这个说法根本站不住脚。因为作为巡抚,他并不受左宗棠节制,这与他当年在陕西已大不相同。即便他回福州,左宗棠也奈何不了他。刘铭传这样做完全是从台湾实际出发,为台湾着想。近代文士陈澹然对他这种不计个人得失的做法十分钦佩,称其为"英雄举动",并盛赞其"每思独辟规模,实非寻常所能窥测也"。

然而,就在刘铭传上书的同时,清廷高层也在考虑台湾问题,并酝酿有关台湾建省的重大决策。

关于台湾建省的主张,早在乾隆二年(1737年),就有内阁学士兼礼部尚书吴金向朝廷提出,但朝廷的批复是台湾"弹丸之地,所属不过一府四县,而竟改为省制,于体不可,于事无益"。

同治十三年(1874年),日本以琉球船民被台人所杀为由出兵台湾。

事件平息后,时任钦差大臣办理台湾事务的沈葆桢便向朝廷建议,仿效江苏巡抚分驻苏州的例子,将福建巡抚移驻台湾。他还详细列举了"移驻"的十二条好处。但朝廷认为,巡抚负全省地方之责,自难常驻台湾,同时提出一个折中方案,即福建巡抚可于"冬春驻台,夏秋驻省",这样"两地均可兼顾"。

此后,光绪二年(1876年)间,新任福建巡抚丁日昌和侍郎袁保恒也先后提出建省的主张,但都未获通过。

就在刘铭传上书请求"专办台防"的当月,左宗棠鉴于新疆建省的经验,重提八年前袁保恒的建议,奏请将福建巡抚改为台湾巡抚。贵州按察使李元度也奏请福建巡抚专驻台湾,兼理学政。朝廷下旨,令军机大臣、总理各国事务大臣、六部九卿会同各省督抚发表意见。

光绪十一年九月五日(1885年10月12日),醇亲王奕𫍽、礼亲王世铎、恭亲王奕𬣞和北洋大臣李鸿章等十六人联名上奏,提出将福建巡抚改为台湾巡抚,"以专责成,似属相宜"。这一奏请当天便得到批准,太后懿旨云:

> 台湾为南洋门户,关系紧要,自应因时变通,以资控制。着将福建巡抚改为台湾巡抚,常川驻扎。福建巡抚事,即着闽浙总督兼管。所有一切改设事宜,该督抚详细筹议,奏明办理。

根据这道懿旨,台湾将从福建省区划中分离出来单独列省,刘铭传也由原来的福建巡抚改任为台湾巡抚。毫无疑问,这是一个历史性的重大决定,对台湾的建设和海疆防卫都意义深远。

刘铭传对台湾建省当然赞成,但同时也认为不能马上改,因为条件尚不具备。他的理由是:第一,台湾一府,气局未成,财政拮据,向以福建为根本,一旦分出,将失去福建的支持和接济,所谓"依托一空,猝有难端",于发展不利。第二,"抚番"未成。所谓"番"乃指台湾少数民族,他们居住的土地占台地百分之六十以上,由于尚未归化,开发程度低,治理难度大。因此,他主张改省之事推迟数年,"从容筹办",哪怕再给他五年时间。目前可仿江宁、江苏规制,巡抚驻台湾,即全省兵政吏治,由巡抚主持,大陆由总督兼管。如此"分而不分,不合而合",一俟全台"生番"归化,再行改省。

在《奏报台湾暂难改设省会缘由折》中,他详述了自己的看法。应该说,刘铭传的意见从台湾实际出发,颇有道理。他的用意也很清楚,就是想依托和借助福建的支持,加快推动台湾的防务和发展。

然而,朝廷决策已定。1885年1月16日,谕旨云:"刘铭传所请从缓改设巡抚,着毋庸议。"同时指示:"台湾虽设行省,必须与福建联成一气,如甘肃、新疆之制,庶可内外相维,着杨昌濬、刘铭传详细会商,奏明办理。"

于是,台湾正式从福建省划出,成为中国的第二十二个行省,而刘铭传也成为历史上首任台湾巡抚。

2

台湾建省意义重大,但对刘铭传来说,压力陡增。中法战争结束后,善后工作本来就多,如设防、练兵、"抚番"、清赋诸事均需筹办,现在骤然创省,又要定省会,增郡县,设官分治,兴建城垣,等等。此外,还有整顿吏治,引进人才,治理环境,以及造桥、修路、开矿、兴垦、设电、购轮、发展商务以及各项建设等一系列事务,可谓千头万绪,政务繁剧。

对于这些事,刘铭传本来打算分步展开,逐次办理,但现在骤然改省,形势所迫,他不得不同时进行。按刘铭传原先的思路,当前急务为设防、练兵、清赋,这三事可先行办理,唯"抚番"不易,需等前三事完成后方可议行。但现在的情况已不允许这样做了。因为设防、练兵、清赋哪一项都绕不开"抚番"。于是,他重新调整思路,将设防、练兵、清赋和"抚番"均列入急务,同时推进。概括起来为"四大急务""三大要政"。"四大急务"即设防、练兵、清赋、"抚番"。"三大要政"则为军政、财政和民政。设防、练兵为军政,清赋为财政,"抚番"为民政。他多次强调这些工作是重中之重,并称之为"急不可缓""最重最急之需""万不可缓之急图"。

法国退兵后,基隆、淡水和澎湖一律解严。刘铭传令苏得胜率部接收基隆,令吴宏洛领兵进驻澎湖。这两人都是刘铭传的铭军老部下,原籍均为合肥。苏得胜为人忠厚,办事沉稳。他奉命接收基隆,还亲登法舰,与利士比会谈交接和换俘等事宜,均办得甚为妥帖。

吴宏洛更是刘铭传的爱将。刘铭传当年辞官后,吴宏洛部五营调往广州驻防。台防吃紧时,吴宏洛多次请求去台湾,但两广总督张之洞不准,因为他要考虑广州防务,尽管他对援台不遗余力。吴宏洛无奈,只好不辞而别,只身渡台投奔老长官。这让刘铭传十分感动。澎湖失守,教训深刻。刘铭传痛定思痛,决心派得力的人前往驻守。至于派谁去,他首先想到了吴宏洛。

澎湖乃海疆重地,由六十四个岛屿组成,因港外海涛澎湃,港内水静如湖而得名。澎湖列岛的战略位置十分重要。它位于台湾西部的台湾海峡,距台北一百七十五里,南趋南峤,北走登、莱,西渡金、厦,为台湾门户,闽台咽喉。此地群岛错立,四面环海,五谷不产,草木不生,淡水也很少,平日不能驻扎大军,而每有战事,则兵家必争。因为只要占据澎湖,便扼住了南北之交通。法军攻占澎湖后,刘铭传痛心疾首,但海洋遥隔,无力救援,只能望洋兴叹。

事后,刘铭传自请处分,朝廷念其"困守台北,鞭长莫及,自应稍示区别",仅交部议处,降二级留任。刘铭传对朝廷格外施恩给予轻处表示感恩、抱惭,同时也为失事之文武员弁开脱,希望对他们从轻处罚。

吴宏洛前往澎湖前,刘铭传把他找来详细布置,指示他要尽快恢复澎湖的防务。炮台能修复的尽快修复,工事也要尽快修筑。提及澎湖失守,他又对刘璈气不打一处来。当初,刘铭传令其加强该岛防务,可他不予理睬。不过,澎湖失守也不能全怪刘璈,刘铭传客观地说,澎湖无险可守,法夷兵轮往来,如履平地,这是事实。尽管如此,刘璈不听命令,情虽可原,咎实难辞。

他告诉吴宏洛,本抚为何要奏请朝廷宽免澎湖失事官弁,就是因为澎湖防卫薄弱,难以守御,所以责任并不全在他们。"他们穷岛孤军,尚能相持数昼夜,已属不易。"他接着又说,"该岛地形散漫,非有坚船巨炮,战守两难。"

因此,他认为,要加强澎湖防务须有一整套规划。这些规划包括增加炮台,设置重炮;购买坚船,加强海上力量。当然,这些都需要大批款项,尚待逐步办理。

"宏洛啊,"他最后说,"你眼下的任务就是尽快恢复防务和治安,同时加强练兵。钱的事由我设法解决,你可不要辜负本抚的一番苦心啊。"

吴宏洛诺诺连声,表示当尽全力。

战后布防乃首要之事。除澎湖外,刘铭传对全台防务也做了通盘考虑。6月以来,他往来各地视事,经过实地考察,了解情况,先后对基隆、淡水以及台南等地的炮台恢复和修建都做了精心布置。他还亲自前往炮台工地和海口,对如何购料修筑、如何安放水雷做出具体指导。

在澎湖视察时,他在吴宏洛的陪同下察看各岛形势,对澎湖的防务有了更直观的感受。他发现澎湖本岛四面苍海,无险可守。而妈宫乃厅署所在地,面朝大海,没有任何屏障。"这要打起来,可咋守啊?"他说。

"可不是。"吴宏洛也说,"法军登陆时,守军只能退守东山。"

刘铭传沉默不语。这时,他便想到了筑城,但这需要很大一笔经费。当时条件不够,一时难以做到。不过,为了加强澎湖的防务,他决定将澎湖的建制升格,由原来的协提升为镇,以提高它在防务上的地位。

回去后刘铭传便上书朝廷,建议将澎湖与海坛互调。海坛是福州第一大岛,距福州一百二十八公里,距台湾九百多公里。康熙年间,海坛便设镇,由总兵驻守,而澎湖为协,由副将驻守。刘铭传认为,这两岛都很重要,澎湖为闽台咽喉,海坛为福州藩篱,但相比较而言,海坛离省城较近,声势尚宜联络,但澎湖距闽台均较远,非设重镇不足以资守御。因此,他主张将澎湖与海坛互调,由总兵驻澎湖,由副将驻海坛,这样等于提升了澎湖的建制,也提高了防务规格。这个奏请两年后得到了朝廷的批准,澎湖升格为镇,吴宏洛补授澎湖镇总兵,而海坛镇则降格为协,由原总兵吴奇勋暂署副将。

3

布防与练兵密不可分。在接管了全部驻军后,刘铭传开始大力整顿。早在来台之初,他就发现台湾军务久号废弛,湘淮各军暮气沉重,已成弩末,欲挽积习、杜虚縻,非讲求操练不可。战后,他首先对不合格的官兵进行精减、淘汰。曹志忠手下六营,其中不少是在当地招募的勇丁,抽大烟,军纪差,战斗力不强。刘铭传下令留下精壮,裁去老弱三营。其他各营也是如此,先后撤裁数千人之多,而后重新招募补充。

在兵源上,他也做出规定,强调来路正,以招朴实耐劳、善于吃苦的农民、山民和渔民为主,严禁品行不端的市井之徒混入行伍。他还多次派人去家乡合肥招兵,认为那里的兵源质量高,能吃苦,而且善战。

练兵重在选将。千军易得,一将难求。兵尿尿一个,将尿尿一窝。刘铭传对军官的选拔和任用格外看重。他把那些立过战功、骁勇善战的军官选拔出来,大胆重用,对于那些不称职的一律革职或弃用。对于湘军将领,他论功行赏,一视同仁。曹志忠、孙开华等人都曾立过战功,刘铭传一边为他们请功,一边继续发挥他们的作用,尽管孙开华在杨岳斌查办基隆撤退时曾做过对刘铭传不利的证词。

对于援台的湘军将领王诗正、陈鸣志等人,刘铭传也充分信赖。王诗正和陈鸣志均为左宗棠派遣来台,所统部队也是左的直隶亲军"恪靖良营",但他们在台湾最危险的时候,能够踏波蹈浪,冒险赴援,转战于烟瘴艰险之地,而且能够听从指挥,实属可用之才。刘铭传用人向来重德重能,并非以派别划线,从这里也不难看出。

在抗击法军进攻时,一些民团将领脱颖而出,其中最突出的有林朝栋、林朝昌和张李成等人。刘铭传不但把他们提拔起来,而且还把他们手下能战的民团土勇纳入正规守军编制。林朝栋在战前已捐官获兵部郎中之职,战后刘铭传保举他为候补道员,林朝昌为守备,张李成为都司。

对于林朝栋,刘铭传十分欣赏。法军犯台时,林朝栋与其堂弟林朝昌自备资财,募勇五百余人,助守台北,立下战功。战后刘铭传为他请功,他却不要,只有一个请求:希望能为先人昭雪,洗清其胞叔林文明"被污之名节"。

刘铭传听后便详询缘由。

林文明是林朝栋胞叔,其兄林文察是林朝栋之父。林家乃彰化阿罩雾世家大族。阿罩雾原为"土番之地",即台湾少数民族居住地,周围群山环绕,民风强悍,当地人尚武,善技击。大户人家各拥一方,经常械斗。林氏兄弟中最有名的乃林朝栋之父林文察。此人乃清军名将,刘铭传对他早有耳闻。林文察年轻时,父亲被当地豪强林和尚所杀,其弟林文明也被伤。林文察含悲葬父,状告于彰化知县,知县受贿,不理。年仅十九岁的林文察遂杀林和尚,为父报仇,事后投案自首。此时,恰逢小刀会攻占基隆。林文察被开释出狱,招募勇丁参战。此后,他因功一路升迁,由游击、参将、副将,直至加提督衔,调福宁镇总兵,署福建陆路提督。这期间,林文察曾内渡与太平军作战,并返台参加镇压戴春潮起义,所谓"转战闽浙间,平定台匪",后在漳州战死。死后,赠太子太保衔,赏骑都尉世职,准建专祠,从而奠定了林家世族大户的地位。

林文察死后,林家的当家人乃其弟林文明。林文明曾随其兄林文察征战多年,官至副将。同治九年(1870年),林文明被仇家诬控,称其霸占田产,知县凌定国在巡道黎兆堂的指使下,竟以林文明"露刃登堂,率党拒捕"为由,在公堂之上将林文明斩杀。

消息传出,族人大愤,很快集聚数千人欲为林文明复仇,好在有人及时制止,认为切不可鲁奔,否则正中奸人之计。林家以为然,于是开始了长达十三年之久的诉讼。林朝栋的祖母林戴氏和叔公林奠国多次内渡申诉,其间四次前往北京。林朝栋叔公林奠国当年也曾跟随林文察作战,因功授知府,死后诰授朝议大夫,追赠奉政大夫。《台湾通史》有传。

然而,尽管林家有此根基,仍敌不过官官相护。光绪七年(1881年),林戴氏心力交瘁,衰病日剧,多年诉讼,耗尽家财,并债台高筑。此时,林朝栋已是而立之年。眼看昭雪无望,只得瞒着祖母,被迫结案,返台接掌家业。但祖母不知其事,仍坚滞内地,不肯回台,直至临终前还抓着林朝栋的手说:"吾不能为汝叔申冤。汝父为国殉难,汝乃忠臣之子,哪怕舍命也要完成吾之心愿。"

祖母去世时已是九十高龄,每当想起此事,林朝栋便饮恨椎心,无颜自立。

刘铭传了解了事情的经过,此后又走访台地多名官绅,如林维源、陈霞林、潘成清、林文钦等,大致弄清了真相。所谓林文明强霸土地,并带刀前往县衙,率众反抗,均不属实。案发之时,他去县衙,实系应询,众目睽睽之下并无妄举。可是,前任督臣竟不加访察,疑为豪族滋事,竟饬台湾镇道便宜行事,造成苦主被戕之冤案。

刘铭传很生气,决定为林家主持公道。他上书朝廷,请求为林文明平反,恢复其副将原职。这份奏折是1885年7月29日上的,当时台防解严仅月余。

遗憾的是,由于此案时隔多年,物是人非,当年参与此案的官员有的因他案革职,有的去官,加上物证已失,牵累甚多,不便再进行深究,朝廷便以此案业已奏结,林朝栋当时也同意并签字为由"着毋庸议",但林朝栋等募勇助剿有功,自应奖叙,"赏功罚罪,各不相蒙"。

虽然此案未雪,但刘铭传的举动感动了台湾士绅。林朝栋更是感激涕零,声称叔父之冤虽未申,但已足慰祖母于地下,并发誓"必捐糜顶踵以报朝廷"。

刘铭传勉励他说:"你们林家一门忠义,汝辈更应发扬光大,不负汝父汝叔之心。如今台湾创省,今后用汝之处甚多。"

林朝栋跪言:"敢不从命,愿效犬马之报。"

刘铭传大喜,决定将其民团改为"栋"字营,并准其扩招。几年后,林朝栋的部队扩编为左、中、右三营,号栋军,林朝栋也成为刘铭传手下得力将领之一。

第十三章　公心为上

1

在整顿军务中,刘铭传始终把练兵放在重要地位。这是他从多年征战中得出的宝贵经验。想当年,他的铭军百战不殆,靠的就是严格训练。因此,战事一结束,他就把这当作大事来抓,经常深入各营督查训练。

"枪炮可不长眼,"他对将官们说,"你们不练,最后吃亏的是你们。"

他还说:"打仗是要死人的。你和敌人对阵,刀对刀,枪对枪,你要不想死,就得多练、苦练,胜过对手一筹。"

为了提高训练质量,他亲自制定营规和训练课目。营规涉及部队的各个方面,训练课目则包括各种攻防演练,对单兵也有严格要求。如射击、砍杀、格斗、冲锋及体能等都有详细规定,除了要求从实战出发,不搞花架子,还要求部队每日操练,不准懈怠。

"曲不离口,拳不离手。一日练,一日功,一日不练十日空。"这些话他常挂在嘴边,并不断告诫官兵。

对于军纪,刘铭传也狠抓不放,并在多种场合说过:"中华立国在民,爱民斯为邦本。"因此,他要求部队爱民、尊民、护民,决不准欺压人民,滋扰地方。他还把营规张贴出来,广而告之,鼓励民众监督。如有违反,民众可以举发,一俟查实,严惩不贷。

他说到做到,一丝不苟。发现问题立即查处,不论你功多大,官多高,一律查办,决不姑息。用刘铭传的话说,就是天王老子,也要拉下马来。驻凤山提督方春发克扣饷银,勾结知县陈海春贩运烟土,听任部下吸食;驻鹿港总兵柳泰和玩视军政,不事操练,该营空勇最高达三百余名。虽然他们均是有功将领,但刘铭传照样将他们拿下,将方春发即行革职,柳泰和则发配新疆。

有一天,林朝栋来拜见刘铭传。当时台湾刚解严不久,刘铭传正在查办刘璈,整顿官场。在查处的人员中就有林朝栋的堂侄林文钦。

刘铭传一见林朝栋便说:"尔来何事?"

"大帅!"林朝栋双手抱拳施礼,神情略显犹豫。刘铭传看了他一眼,没等他说下去,便一扬手说:"你要为林文钦说情,那就免谈。"一句话便把林朝栋堵了回去。

林文钦是林朝栋的亲堂侄,时任候补同知,其父林奠国是林朝栋的叔公,官居知府,曾有功于朝廷。但在这次整顿中,林文钦被查出投靠刘璈,吃空饷、侵吞饷银,而且百般抵赖,拒不认错。事情报到刘铭传那里,刘铭传下令革职查办,并勒令追缴欠款。

林家在当地乃世家大族,人脉很广。事发之后,有不少人为之说情转圜,但刘铭传毫不通融。有人搬出林朝栋,请求看在其叔面上予以宽免。结果,不提林朝栋还好,一提刘铭传更是气不打一处来。

"败类!"他骂道,"他还好意思提他叔?他连他叔一半都不如,把林家的脸都丢尽了!"

刘铭传这样说,是因为林朝栋虽家道中落,仍急公好义,可林文钦为彰化第一巨富,哪怕稍微学一学他叔,也不至于目无军纪,如此贪黩,殊属不知自爱,非从严参办,严肃军纪不可。

后来,林家有人找到林朝栋,想请他亲自出面试试,哪知他还没开口,刘铭传便表明了态度,使他无言以对。事后,刘铭传对他说:"荫堂(林朝栋的字),你是你,他是他,我刘铭传办事向来是认事不认人。"

台湾的军费管理一向混乱。一些将官随意支取,任意滥用,官兵薪饷也漫无限制,造成种种贪腐弊端。湘淮军营制最早为已故大学士曾国藩制定,每统三千人,月给统费银一百三十两,可台湾有的高达四百两。刘铭传认为,台湾百物昂贵,与内地有异,统费适当提高,以示体恤,本不为过,但一定要有所限制。经他重新核定,每统三千人,月给统费银二百两,比内地高出七十两。其他各级也以此类推,做出相应规定。

刘铭传这样做一方面是为了节省开支,另一方面也是为了加强管理。虽然引起了一些不满,但刘铭传认为凡事有章可循,无章则乱。不过,该节约的要节约,不该省的也不能省。如一些官弁向他反映,请求增加川资,死后能回籍安葬,他就觉得这个要求并不过分,并给予支持。

台湾旧有"埋冤"之称,因其烟瘴之地,疫病盛行,许多渡台者死后,只能就地掩埋,故有此称。此事素来为人所忌,死后魂归故里,也是人情所系。刘铭传认为,这些文武员弁不畏风险,渡海戍台,病亡后抛尸海外,情殊可悯,况且这个要求属人之伦常,合乎情理。于是,他奏请朝廷,量予赏恤,仿已故两江总督沈葆桢的旧章,按文武员弁的级别,病亡后分别给予不同抚恤金,以便能够回籍安葬。这项规定一经发布便受到欢迎。

通过连续数年的整顿,台湾驻军的战斗力大幅提高。在此基础上,刘铭传先后编练精兵三十五营,练军三营。其中三十三营驻扎台湾本岛,五营驻扎澎湖。全部改换新式洋枪,聘请外国教官进行训练。在他的编练之下，三年后全台总兵力达到四十三营，两万两千余人。其中淮军增至十几营。

在军事布防上，刘铭传一直以北为重。法兵退后，他认为今后日本将是最大威胁。这一判断来源于他多年来对国际形势的认识。日本侵台事件后，他便一直关注日本的动向。他的前任丁日昌曾上书朝廷，称我国台湾与日本、小吕宋三岛系鼎足之势，相距不过一二日水程，日本维新后乃雄于东方，对琉球、朝鲜和我国台湾觊觎已久，总有一天必将犯我腹心。当时朝中一些有识之士均赞同他的看法。刘铭传也认同丁日昌的观点，他曾登基隆炮台，遥望日本说："彼区区一岛国尔，吾苟速图，尚可并吞以张国势，不则为彼虏乎。"

基于这一认识，他将全台近半数兵力放在台北一带，先后修筑炮台十座，台南仅有旗后、安平两座，而基隆、淡水各两座，澎湖四座，购置西式钢炮三十一门进行装备，并配备下沉水雷、碰雷等，与炮台相互呼应，使台湾的防务提高到了史上最好水平。

甲午战争后，日本攻台，集结重兵，台湾义军和民众顽强抗击达五个月之久，造成日军三万一千余人的伤亡（其中死亡四千八百人）。其中刘铭传当年修筑的海防工事发挥了重要作用。

2

在加强军务的同时，刘铭传还重拳出击，整顿吏治，肃清弊政。刘璈落马后，牵出了一批贪官污吏。刘铭传以此入手，一一整肃。其中有刘璈的同伙党羽、门生故旧和亲戚。他们或以各种手段侵吞盐、煤、厘金款项，或贪污、挪用公款，贩大烟，吃空饷，败坏营纪。还有通过贿赂、巴结刘璈谋取职务的。如副将张福胜、张兆连分别向刘璈"各进一女"，俱委统领。

对于这些人，刘铭传派员仔细查实，然后严肃处理。

被查处的人员中有提督高登玉、同知胡培滋、副将张福胜、张兆连、知府刘济南（刘璈之子）、镇海后营管带李德福（刘璈二妾舅）、后营管带李立纲、镇海前军右营总兵桂占彪、游击郑有勤、守备张安珍、候补知县徐石麒、县丞凌云等等，也包括驻凤山提督方春发和驻鹿港总兵柳泰和等，总数高达数十人之多。其力度之大，前所未有。

1885年夏季的一天，抚署门外有人击鼓鸣冤，这事惊动了刘铭传。他立即升堂，将人带入询问。

"冤枉！草民冤枉！"来者扑通跪下，口口声声请大人做主，一边说，一边递上状纸。刘铭传看完状纸，原来告状的是宜兰富户周家芳。据他称，宜兰县令王家驹逼捐不成，竟将他的兄长周家祥抓入大牢。

刘铭传听后，让他不要急，慢慢道来。事情的起因是，法人犯台时，由于台湾饷项支绌，刘铭传经朝廷批准，向当地富户捐借，以济军需，不过，他要求道、府、厅、县妥为劝办，并特别强调"不得勒索苛派，以失人心"。当时，恰值基隆艰苦相持之时，周家芳响应号召，募勇二百人，自备口粮四个月，带赴基隆助战。事后，县令王家驹派令周家捐银八千两。周家表示认捐，但认为募勇赴基隆作战已花费了六千两，这钱应该计算在内，因此他们提出再缴两千两即可，总计为八千两。

这个要求合情合理，可前来办理捐借的杨德英说不行。"这是两码事，"他说，"两者不能相抵。"

周家不服，双方便争吵起来。

争吵中，杨德英指责周家募勇所费不实，是想偷奸耍滑。周家更不服了，周家芳的哥哥周家祥便拉着杨德英一起去县衙评理。可到了县衙，王家驹却听信杨德英一面之词，下令以抗捐为由将周家祥抓起来，下了大狱。周家芳闻讯，几次上门要求放人，都被堵在门外。杨德英还当面对他说，除非缴款，否则休想放人。

周家芳被逼之下，只能向抚署控告。刘铭传问明原委，认为周家有理。法人猖獗之时，周家芳不避艰险，率勇助剿，可谓勇敢急公，补缴两千两，合情合理，当即批示放人。可王家驹接到批示后，竟阳奉阴违，拒不执行。

"你告也没用，"他对周家芳说，"这钱你非认不可。宜兰乃乡梓之地，你募勇助防基隆，舍近图远，与本县无关。"

这明摆着是不讲理了。周家芳一气之下，又去上告。刘铭传十分生气，派人去宜兰查访此事。结果发现宜兰办捐之中存在"诸多不公"，当地绅董意见很大。特别是杨德英帮办捐务，仗势欺人，根据亲疏远近，或徇情而减，或因私贿而除，从中纳贿、敛财，而这一切都是王家驹在背后指使。

刘铭传得知后，怒不可遏。他最恨这些欺压百姓、鱼肉人民的贪官污吏，当即批示对王家驹革职查办。批示云，吾三令五申，办理捐事，应劝捐乐捐，绝不能强迫，更不能勒索。否则何以慰民心，顺民意？周家在法人猖獗之时，甘愿为国家出力，系有功之臣，如果得不到公正对待，有功反罪，岂不令人寒心？王家驹肆意妄为，随便抓人，其罪不可恕。特别是奉批后仍行拘押周家祥不放，实系刚愎任情，意图苛勒，非革职不足以平民怨、肃官方。

此案轰动一时。王家驹被革后，刘铭传还传谕各地以此为戒，认真查改，今后如有此类事情发生，定将严办不饶。

3

在这场吏治整肃中，刘铭传以雷霆手段，掀起了一场反贪风暴。对于贪腐官员，或不称职的庸吏，该革的革，该撤的撤，该办的办。一时间，官场震动，风气大变。

于是，有人开始不安，认为刘铭传这是在清除异己，今后湘系的日子不好过了。台湾军政官员主要来自内地，非湘即淮，而刘铭传主政之前，则是湘系一统天下。这话传进刘铭传的耳中，他一笑了之，说："我刘某素不抱门户之见，不论淮系、湘系，只要是对国家对台湾有用的人，我就一样看待。"

事实也是如此。在吏治整顿中，虽然一批湘系官员受到查处，但也有不少湘系人员或留任，或受到提拔、重用。

刘璈被革职后，刘铭传原打算调龚照瑗接任，可龚时在上海制造局无法脱身，后又升任上海道，他便提议由陈鸣志接任。陈即湘人，官居江苏候补道。有人在刘铭传耳边嘀咕说："湘人门户重，台南将吏皆湘人，陈亦湘人，恐对公不利。"还有人说他是"老亮"派来的，与公不可能一条心。

老亮，乃指左宗棠，因他自比诸葛亮，故有此称。但刘铭传并不偏听偏信，认为陈鸣志援台有功，法夷犯台时，陈鸣志和王诗正统带恪靖军六营赴援，陈鸣志还募土勇两营，转战基隆之地，甚为得力。另外，据刘铭传观察，此人办事勤谨，持躬廉正，值得信赖。于是，他坚持任用陈鸣志。

陈鸣志接署后，协助刘铭传整顿地方，撤裁营勇，做了很多事。他还和沈应奎一起整顿盐务、厘金，破除情面，裁并机构，清除积习流弊，成绩显著。1887 年 6 月，刘铭传上奏朝廷，为陈请赏，称他"自署任以来，整顿营务吏治，不惮劳怨，于军务洋务尤为熟悉，为道员中不可多得之员"。

沈应奎也是湘人，他曾任贵州藩司，因罪被革职，后被左宗棠起用，派来台湾。刘铭传在陕西就与他有过交集，知道他和左宗棠关系匪浅，与刘璈也是至交。抗法期间，左宗棠派他来台湾，是想给他一个复出的机会，这些刘铭传也都知道。

但他并不以此取人。沈应奎赴台时,法舰已经封海。他乘船到澎湖后,转乘渔船赴台。当时情况十分危险,随时都有可能遭遇法舰拦截。果然,那天船至布袋嘴时被法舰发现,法军连连发炮。此时,离岸尚有二十余里,一船之人皆惊慌失措。

这时,沈应奎镇定自若,急令船户将船加速行至浅水。尽管炮弹在渔船周围不时掀起浪花,他依然从容不迫,告诉大家不要慌,死生由命,怕也没用。在他的指挥下,渔民奋力摇橹,大家齐心协力,最终成功登岸。当时,刘铭传的族侄刘盛璨也在船上,事后他向刘铭传说起此事。刘铭传对沈临危不惧,颇为嘉赏。

沈应奎到台后,刘铭传考虑到他与刘璈的关系,让他驻扎彰化,统筹粮台。这样做也是为了消除南北分歧,化解他与刘璈的矛盾。有人担心,沈应奎与刘璈相熟,如他二人联手,奈何?这对刘铭传不利。刘铭传当然也曾有过这样的顾虑,但还是决定先看看再说。没想到沈应奎到任后办事公正,并积极调和湘淮矛盾。当时中法两军僵持,事机万紧,南北军饷均告竭。沈氏主持粮台,不辞辛劳,总理各县捐款,认真催办,此外查办奸商,多方罗掘,每月筹军饷三十万两。当时刘铭传在前敌指挥作战,后路筹划接济全靠沈应奎主持,从而勉保危局,使刘铭传无后顾之忧。

经过考察,刘铭传认为,沈应奎是一个不可多得的人才,不仅为人正派,以大局为重,而且实心实力,会计精密,不辞劳怨。尽管沈应奎与左宗棠、刘璈等湘系官吏私交甚密,但这都不影响他秉公办事,于是刘铭传决定委以重任。战后,刘铭传委其总理粮台,协助整顿军务,撤裁勇营。在治理盐务、厘金上,他与陈鸣志,一个在台北,一个在台南,清除积弊,卓有成效。

其时台南、台北府各库如洗,粮台存款不敷一月之用,幸得沈应奎惨淡经营,极力维持。此后,他又在办防、清赋、"抚番"等事务上全力支持刘铭传,使各项政务同时并举,有条不紊。刘铭传曾上报朝廷说:"全台百废俱兴,办防、清赋、'抚番'诸大端,一时并举,得以支持至今日者,沈应奎一人之力也。"可见对其评价甚高。

这样的例子很多。宜兰知县王家驹被革后,有人便私底下议论,认为王倒台因他是湘人,刘铭传不过是借机打压湘人。哪知话音未落,刘铭传新任命的宜兰知县就发布了,此人名叫章国钧,系湖南长沙沅陵县监生,也是湘人。

这一下,人们没话说了,谣言不攻自破。

刘璈倒台后,基隆通判梁纯夫惴惴不安。通判,俗称分府,多设于边陲地区,掌管民政、财政,属要职。沈葆桢主政时,基隆虽不足设一县,但因其地位重要,且为通商大埠,富产煤炭,便设通判管理,实际为基隆最高长官。

梁纯夫系刘璈提携之人。基隆失守后,他曾写信给左宗棠,告了刘铭传一状。后来他的信被左宗棠和邓承修等人作为证据,用来攻讦刘铭传。刘璈事发后,他认为刘铭传一定不会放过他。事实上,刘铭传手下也有人主张要办他。

"理由呢?"刘铭传问。

"他可是诬告过大人。"

"就凭一封信?"

"他还募勇反攻基隆,给大人添乱。"

刘铭传笑道:"事则有之,情既可原。"

在他看来,梁纯夫乃一介书生,与朱守谟不同,前者是不谙世事,后者是居心叵测。此外,在任职上,梁纯夫一直恪尽职守,且吏务娴熟,精通洋务。战时条件艰难,文职官员没有马匹,只能步行。梁纯夫办理粮台,跋山涉水,泥里来雨中去,出了不少力。这些刘铭传都看在眼里。因此,刘铭传并不计较梁纯夫,一直任用他,并让他参与基隆煤矿的恢复重建工作,直至他两年后病故。

刘铭传的举动逐渐使人心安。人们总算看明白了,刘铭传清除刘璈党羽是实,被查处的官吏中有不少人是湘系也是实,但他并非以派系划线、以门户取人,相反却是秉公执法,任人唯贤,事事以公心为上。

第十四章　白手起家

1

光绪十一年(1885年)腊月,台湾突遇大寒天气,积雪满山。当地人很少遇到这种天气,称之为"从来未有之事"。这天早上,刘铭传起来一看,外边雪花飘落,白雪皑皑,心情顿时为之一爽。雪化之后,瘴气顿减。刘盛芳前来报告,说患病将士多有好转,有不少已经病愈。刘铭传心中高兴,自己的病也减轻了不少。

这年冬月,刘铭传由于劳累,旧疾复发,加上在台年余,感受瘴湿,风热内攻,日渐沉重。刘铭传长年征战,患有严重的目疾。夏季以来,他往来各地视事,乘船前往安平、旗后、澎湖等地,行程两千余里,不顾风吹日晒,四处奔波,察看形势,筹划防务,力求整顿,从台南回防便病倒了。当时,他的目疾加剧,左眼障翳已满,几近失明,右眼也开始昏蒙,新生红障,仅剩一线之光,数步之外,不辨人面。如再拖延不治,病情加剧,势必导致双目失明,而台湾缺医少药,且瘴疠过重,水土不服,因此他上书恳请开缺,回籍调理。朝廷未准,赏假一月,让他留台养病。

转过年来,便是光绪十二年(1886年)。2月间,刘铭传病仍未愈,继续请假,朝廷又赏假两月。这时,闽浙总督杨昌濬渡海前来看望,向刘铭传表示慰问。杨系湘系大员,与刘关系并不融洽。在查办基隆失守和刘璈等案上,他也站在左宗棠一边,与刘有过矛盾,但左宗棠死后,他自觉势孤,便有意与刘改善关系。

这次见面,两人相谈甚欢。杨昌濬对台湾建省表示大力支持。对于刘铭传最担心的闽省协济款项,分省后能否落实,他也承诺尽力筹办。两人抛开门户之见,谈笑风生,都称闽台虽然分开,但今后仍是一家,所谓声气联络,痛痒相关,分而不分,不合而合。

杨昌濬走后,刘铭传花费了一个多月时间,召集有关人士,听取意见,详细制定了建省方案,共十六条。其中包括军事、社会、经济、交通和教育等各个方面,可谓十分全面。这是一个庞大的计划。刘铭传雄心勃勃,计划用十年完成。

5月初,他带着方案去福州与杨昌濬会商,会商的重点便是协款。台湾改省,经费浩繁,闽省向来每年津贴台饷六十万两,但多有积欠,前后共短欠三百余万两。自去年4月至今,一年多来,毫无济协。如今,台湾建省,整顿海防、"抚番"、招垦,样样要钱,而经费万分支绌。这笔协款对台来说十分重要。

杨昌濬表示理解,但也谈到了闽省的困难。经过反复协商,详细筹议,免不了一番增减,最后议定由闽省厘金下每年给台协济银二十四万两,另外奏请从粤海、江海、浙海、九江、江汉五关每年协银三十六万两,共计六十万两,以五年为期。

当时,福建藩司张梦元也参与了会谈。张梦元曾任台湾道,深知台饷支绌,当即表示要竭力筹措,确保协款按时解送。

其实,这些钱远远不够。刘铭传给他们算了一笔账:全台防军奏定三十五营,练军三营,每年光军饷就要一百二十万两,外加养船、制造、委员薪水、各官津贴等一切杂费,最少也得一百五十万两。此外,还要办防、裁勇、抚垦、添官、建城等,这也需要一大笔钱。但综计全台年收入,包括基隆、沪尾等海关税以及田租、商税等在内,仅有一百万两左右。就算全部协款到位,仍有很大缺口,用刘铭传的话说是"杯水车薪,无济于事"。

杨昌濬当然知道这些,但他也向刘铭传诉苦,声称闽省用款太繁,能拿出的也只有这些,他已尽力。不过,他保证每年协银会按季拨给,同时向朝廷奏请,再从其他省份筹济部分经费。刘铭传争了半天也只能如此,最后杨昌濬和刘铭传一起主稿,将预算上报朝廷。

在奏报中,两人都表示要力顾大局,并称闽台唇齿相依,虽分犹合,自应遵旨内外相维,不分畛域,闽省有指臂之助,台湾无孤注之忧,方可连成一气,永固岩疆。

几天后,刘铭传待会商结束,便赶回台湾,全身心地投入建省计划之中。此时,刘铭传信心十足,决心大干一场。

建省之初,朝廷对刘铭传也颇为倚重、支持。5月11日,朝廷加封刘铭传巡抚兼兵部侍郎衔,虽是常例,亦属加恩。那段时间,刘铭传的请求,无论人、钱、物,朝廷也是能办的则办,能准的则准。中法战争结束后,关于基隆撤师余波未了。内阁学士梁曜枢上疏弹劾刘铭传丧师失地,贻误大局,请予罢斥,但朝廷不予理睬,这也是为了让刘铭传安心经营善后,主持建省。

这期间,还有一件事让刘铭传十分高兴,那就是李彤恩一案终于有了了结。

去年5月,因基隆撤退一案,李彤恩被驱逐回原籍福州,不准逗留台湾。这让刘铭传极为不悦。他多方为李辩解,也无济于事。李彤恩勇于任事，精通商务，是一个难得的人才，眼下台湾正是用人之际，刘铭传自然想将其留下。但朝旨已下，李彤恩只能遵从。

7月，李彤恩前脚刚走，淡水便发生教案。由于办理困难，当地士绅便多次致函，请求李彤恩来台调停。后经刘铭传准许，李彤恩从福州回到台湾。经过他的调解，10月底教案平息。这期间，陕甘督臣杨岳斌、钦差大臣锡珍先后来台，淡水乡绅数十人纷纷为李彤恩申冤。刘铭传抓住这个机会，再次上书吁恳天恩，将李彤恩留台差遣。这期间，刘铭传两次请病假，外界看来都是负气所为。

当然，刘铭传有病是真。不过，外界关于他闹情绪之说，似乎也不是空穴来风。刘铭传两次请假，一次是1885年11月中旬，一次是1886年2月下旬。当时李彤恩刚刚办结教案，这个时间恰好在刘铭传两次请假之间，况且在请假的奏折中，刘铭传也大发牢骚，称他自去年只身渡台，猝临大敌，内掣外患，逸谤沸腾，动辄获咎，百喙莫解。他还说，他本来能力和德望都不够，恐有失朝廷的信任。这番话的言外之意，局内人都心知肚明。

巧合的是，朝廷同意李彤恩留台后，他便立即销假视事，并赴福州与杨昌濬会谈建省之事。

刘麻子惯用请假说事，这已不是第一次，因此外界有此猜疑，也顺理成章。不论这一说法是否成立，对李彤恩，刘铭传一而再，再而三地保全，却是有目共睹。为此，他不惜与左宗棠撕破脸，甚至多次上疏，不怕惹怒朝廷，这也表现了他真性情的一面。

刘铭传向来重情重义，敢于仗义执言。有人说他这样做是为了自己的颜面，要赌一口气，其实不然。他向来爱惜部下，当年率部作战，爱兵如子，与官兵同生共死，因而部下也愿意为他赴汤蹈火。眼下他只身渡台，正缺人手，因此对李彤恩这样的人才自然是倍加珍视，更不愿看到他遭人陷害。

"我平生最恨诬陷,"他对李彤恩说,"你尽心做事,别人却在后边下绊子,扣屎盆子,你说这种事我能容忍吗?"

李彤恩大为感动。当刘铭传告诉他,朝廷已批准他留台时,他激动得落下眼泪,半天说不出话来。刘铭传拉着他的手说:"迪臣(李彤恩的字),让你受委屈了,但公道自在人心。本部愿这样做不仅是为你,也是为台湾,为国家。"

李彤恩扑通跪下:"爵抚知遇,屡为具禀白冤,下官无以为报,唯有奋勉效忱,不负爵抚再造之恩。"

2

光绪十二年,公元1886年,这是台湾建省的第二年,也是刘铭传新政全面铺开的一年。这一年,刘铭传正值五十岁。

年初,他在病中便已开始酝酿两件大事:一是"抚番",二是清赋。这两件事早在规划建省之初就与布防一起被他列入"三大要政",尤其"抚番"更是当务之急,也是老大难之事。

远古时代,台湾由于地处东南海外,开发较晚。郑成功收复台湾后,"延揽天下士",有人向他推荐了陈永华。陈是福建同安人,受到郑氏赏识,被称为"当今卧龙",授予参军,军国大事每顾问。他提议实行屯田之制,开拓荒地,引进中原文化,从而稻米自给,台湾是以大治。有人称他为"推动台湾社会中原化的第一人"。连横先生对他评价甚高,将其与刘铭传相提并论,称他们"是皆有大勋劳于国家者也"。

随着台湾的开发,大陆移民不断拥入台湾。康熙年间,台湾纳入清朝版图,设三县疆域,渡海垦荒者不断增加,尤以闽、粤居多,而闽人又以漳、泉为最。漳、泉两地因地狭人稠,当地人纷纷前往台湾谋生。时有歌谣曰:"台湾本系福建省,一半漳州一半泉。"

早年台湾荒土初辟,地广人稀,民"番"尚能相安无事。所谓民,是指大陆移民;所谓"番",则指当地少数民族("番"乃是旧时对台湾少数民族的蔑称,含有歧视性)。随着开发规模逐年加大,移民的数量越来越多。由于台湾少数民族的栖居地不断遭到蚕食,生存空间不断被挤压,民"番"矛盾由此加剧,相互仇杀,绵延不绝。虽然官府不断弹压,依然"番乱"不止,且屡"剿"屡乱,严重威胁了地方安全和稳定。历任官员都大感头痛。

官府最初采取了隔离封锁政策,勘界立石,严禁民"番"往来,以期使民与"番"各居其地,各安本分,以此消除仇杀,杜绝"番害"。当时,台湾"番民"有生、熟之分。"生番"多居山林之中,岩居内山,以鹿皮蔽体,射飞逐走,尚处蛮荒,未服教化;而"熟番"多居于平原地区,与汉民接触较多,开化程度高,与民无异。

隔离政策主要是针对"生番"而言。官府在民地与"番地"之间画明界线,或立石为表,或堆筑"土牛"为识。

所谓土牛,即在界线上堆起土堆以为标记,由于土堆状如卧牛,故有此称。对于设定的界线,官府有明确规定,无论汉民还是"番民",均不准越界。

与此同时,政府还采取了一些其他措施,如禁止大陆移民渡海赴台,不准与"番"通婚等。禁令虽严,却难持久。比如,虽有明令不准渡台,但利之所在,无所不趋,实际上禁而不止,偷渡者屡禁不绝。至于不准通婚,也无法做到,收效甚微。

随着时间的推移,隔离政策逐渐被打破。由于大批汉民的进入,至乾隆时,土牛之界形同虚设,越来越多的"番地"被开垦,并得到默认。民"番"人数也发生逆转。刘铭传主政时,移民人数已达二百五十万之多。

这种趋势,无法遏制,不断扩大。

乾隆皇帝曾有谕云:"朕思民番皆吾赤子,原无歧视。"意思是,无论汉民还是台湾少数民族都是中华子民,应同等对待,但前提是安定,不能出乱子。这就给台湾的治理提出了要求。因为要安定,首先就要处理好民"番"之间的关系,因为民"番"的关系处理不好,安定自然无从谈起。

鸦片战争后,台湾成为通商口岸,先后发生英国、美国等船只遭到"番社"攻击事件。最严重的是1871年发生的牡丹社事件。

这一年,琉球船遇台风漂至台湾,船上五十四人,被牡丹社台湾少数民族所杀。日本便借机寻衅。台湾乃中国领土,而琉球当时是中国属国,这事本与日本无干,日本却派使节去北京交涉,强称琉球是日本领土,并要求惩办凶手。清政府当然不接受。参加交涉的清廷总理衙门大臣毛昶熙及户部尚书董恂都称:"杀人者皆属生番,故且置之化外,未便穷治。"这话让日本使团随员柳原前光钻了空子。他抓住这句话称,既然台湾东部"土番"为化外之地,贵国未行使主权,便是"无主之地",那么贵国不治,便由他们来查办。于是,日本便打着讨伐"生番"的幌子,出兵兴师问罪。

同治十三年(1874年),日本陆军中将西乡从道率兵四五千人侵犯台湾。消息传到北京,同治皇帝谕令:"番地虽居荒服,究隶中国版图","日本何得遽尔兴兵,侵轶入境"。此后,清廷命沈葆桢为钦差大臣,统帅兵轮及淮军劲旅十三营渡台,明确宣示:"生番地方本系中国辖境,岂容日本窥伺?"

牡丹社事件发生后,清廷不得不重新审视台湾的"抚番"政策。如果说以前台湾治理主要是治内,现在则从治内转向内外兼治。

在这件事上,沈葆桢做出了很大的贡献。日军退兵后,他巡阅台湾,并对善后做了认真思考,认为台湾善后之难,难在开发与建设上,而开发建设,最重要的则是开山"抚番"。所谓开山,就是要屯兵、垦荒、开路、通水道、兴工商、设官吏、建城郭等等,一句话,就是改土归流,将"番地"纳入体制之内,由政府加强管理;所谓"抚番",便是禁仇杀、教耕稼、易冠服、设"番学"、兴礼教、变风俗等等。

然而,开山"抚番"并非易事。沈葆桢和他的继任者丁日昌都在此事上花费了很大精力,投入了巨大的军力、物力和财力,虽然取得了一定的成绩,但仍有大片"番地"尚未归化。正如沈葆桢曾在一份报告中所说:"自嘉义迤北,绵延数百里,番社多未及降,岁杀垦民数百人,为政教所不及。"

沈葆桢和丁日昌都是晚清著名的政治家,治世之能臣,可面对"抚番"都深感棘手,无能为力。现在,这道难题又摆到了刘铭传的面前。

刘铭传主台时,台湾的"生番"依然占地广阔,他们散居于各地深山之中。

一些匪盗还以"番地"为巢,聚众推动,地方官员则"相率苟安,生番杀人,熟视无睹"。更可恨的是,当地土豪劣绅利用这一点,以"保护"为名,强敛钱财,养勇抗官。如此一来,问题愈演愈烈,由此带来的一系列社会问题不仅严重干扰了地方治安和正常秩序,更有甚者,对海防和国家安全也产生了重大威胁。

刘铭传认为"番民"问题不解决,台湾便不可能发展。他说:"全台如人之一身,生番横亘南北四路,声气不通,譬如人身血脉不通,呼吸不灵,百病丛生。且内患不除,何以御外?"

他原打算先用五年时间来逐步解决这一问题,可朝廷决定建省,让他有些措手不及。因为"生番"尚未归化,建省无从进行。因此,他上疏请求缓行建省,主要理由便是想等"抚番"结束后再行建省。但朝廷没有同意,他只好在建省的同时开展"抚番"。

3

  台湾"抚番"由来已久。由于移民与台湾少数民族的矛盾日益加剧，"番乱"不断发生。刘铭传到台不久，就遇到不少此类纠纷。

  1885 年 5 月，和议初定，台南就发生一件"番社"械斗事件。据报，事由董底社引发。当时董底社和七家山社等部分"番民"已接受招抚，官方安排屯营，并从中招收"番勇"，设卡布置。哪知这天董底社"生番"十余人下山，因与七家山社"番勇"发生冲突，杀死"番勇"一人。七家山社"番兵"闻讯赶来，持镖相救，也杀死董底社两人。

  事发后，三条仑屯营管带潘高升接到报告，令人将尸体掩埋，未做妥善处置，结果引起了董底社不满，遂联合率芒社围攻屯营右哨归化门碉堡。双方战至次日上午，此时恰有飞虎营屯兵护送商旅路过，急忙赶来救援。"番民"败退后，却不肯甘休，竟在道中设伏，杀死杀伤飞虎营哨长、屯兵及随同官商共十五人。此后，又卷土重来，焚毁归化门、老社场两处防堡，并抢去军装、物资。

  消息报到刘璈处。其时，刘璈一案尚未了结，刘璈仍在任上。他下令大军弹压，三路会剿，血洗董底和率芒两社数百家。

  刘铭传闻报，大感震惊，同时也感到疑惑。因为董底、率芒两社早已就抚，多年相安无事，何以凶杀多命，恃强反叛？

  他仔细翻看了报告，发现两社闹事原因不明，其中冲突由何而起，有无头人管束，通事（翻译）为何不进行调解，是不是别有隐情，这些问题报告中均语词含糊，事实不清。当时法军未撤，不可掉以轻心。刘铭传便派陈鸣志和副将戴秉纲前去调查此事。

  陈鸣志是湘人，与刘璈关系不错。台南是刘璈的大本营，派他去一来方便协调,二来也可力求公正。此外,刘璈被参后,刘铭传已奏请朝廷由陈鸣志接任道篆,由他去查办这事也十分合适。

陈鸣志到了台南后,便令卑南同知吴本杰进行查访。吴本杰受命后,便前往东港、水底寮、南势湖、六根庄一带明察暗访,果然发现事情与报告出入较大。据吴报告称,董底山大部分"番民"虽已归顺,但仍有部分尚未受抚。事发时七家山两名"番勇"下山挑水,被未受抚的"生番"杀死一人,割去首级。另一名"番勇"便悄悄尾随,发现杀人"生番"去了率芒和董底,便向潘高升控报。

潘高升接到控告,传令通事让率芒、董底两社来营听询。当时,率芒、董底来了三十余人,七家山也来了数十人。双方当庭对质,发生争吵,最后导致械斗。因七家山"番勇"隶属三条仑屯营,该屯营勇丁便出手相助,打斗中杀死率芒、董底两人,其中一人系董底社头人古溜之子。事发之后,潘高升仓皇失措,未能及时处置。率芒、董底两社怀恨在心,回去后便召集人马开始报复。之后,又有一名递送公文的屯勇被杀,潘高升仅令人掩埋了事,结果事情进一步激化,最终导致"番乱"发生。

另据副将戴秉纲报告,这事刘璈要负关键之责。潘高升在械斗发生后,捆拿七家山杀人凶手两名,押送台湾道衙门审办,可刘璈刻意袒护七家山,竟将两名凶手放归,从而激起围攻归化门屯营之变。

事实查清后,刘铭传认为潘高升处置失当,激起事变,而刘璈轻率用兵,将两社全行焚毁,杀伤多命,铺张战功,更属办理乖方,殊为可恨。

陈鸣志说:"刘璈良莠不分,未免惨毒。不过,生番素性嗜杀,稍有嫌隙,动辄凶残,如不严加惩治,恐有后患。"

刘铭传不悦道:"胡闹!生番固然凶残,杀人者也应追究,但绝不能滥杀无辜!"

接着他又说:"董底、率芒受抚已久,其中有'熟番',也有'生番',为什么不分青红皂白大开杀戒？这事本可避免,千不该,万不该!"

一番话说得陈鸣志心服口服。随后他指示陈鸣志立即做好善后,秉公处理,尽快安抚民心,并批示如下:一、刘璈另案处理;二、潘高升请旨革职,发往军台效力;三、涉案凶手六名,均悉心研鞫,按律处置。

事后,陈鸣志遵照刘铭传的指示迅速平息了事端。由于董底、率芒两社男女千余人,饥苦异常,嗷嗷待哺,他还按照刘铭传的指示,加以抚恤。

这件事给刘铭传提了一个醒,"抚番"事大,如果处理不当,便会引起后患,必须高度重视。不过,当时台湾尚未解严,军务为重,一时间,他还顾不上这事。等到布防、练兵暂告一段落,他便立即把这事提上了议事日程。

第十五章　重中之重

1

光绪十二年(1886年),春夏之交,全台抚垦总局宣告成立。在刘铭传推行的新政中,大大小小几十项,但抚垦总局无疑是重中之重。这从总局的人员配置便可看出。该局督办大臣由刘铭传自兼,而帮办也是省内一位重量级的人物。他就是台湾第一巨富、淡水林家的掌门人林维源。

刘铭传酝酿成立抚垦总局已非一日,而帮办的人选他从一开始便属意林维源。

林维源,字时甫,号冏卿。他是淡水林家的掌门人。林维源的爷爷林平侯,祖籍福建龙溪,早年来淡水给人打工,因通书算,善经营,经商致富,曾从事盐业、船业和运输业,贩货于南北洋,家业渐丰,后捐纳为官,先后任浔州通判、桂林同知。后因病返台,在淡水新庄、大嵙崁一带开垦良田,从事耕植,为台湾第一巨富。咸丰间,其子林国华迁居枋桥(又称板桥),大兴土木,修建豪宅,园林楼榭,冠于台北。

林维源乃林家第三代,早年与其兄林维让求学于厦门,拜名士陈南金为师。一次,陈师以黄孟伟所撰立身九旨相勉励。九旨为"敬德也,尊老也,勤学也,钦贤也,修身也,齐家也,节用也,守分也,知礼也"。林维源听了却意犹未尽,则补充说:"还有尚义也,行仁也,效忠也。"陈师听后十分欣喜,称其是可造之材。

十九岁那年,林维源之父林国华、叔父林国芳相继辞世后,他与其兄林维让回台共理家政。林维源精于理财,性豪爽,喜交游。其兄林维让亡故后,他便执掌林氏家业,捐资为内阁中书。

其时,淡水汉民以闽、粤居多,彼此不和,时常械斗,且新庄、大嵙崁一带,民"番"杂居,相互残杀,林家出面调解,募勇办民团,安定地方,同时修路兴学,施赈救灾,造福一方,受到拥戴,在当地享有很高的威望。此外,林家一向急公好义,热心公益。凡有义举,无不慷慨解囊。早在林平侯时,嘉义张丙起事,林家便向官府助饷二万两。同治年间,台湾发生戴春潮起义,林维让掌家,亦助饷二万两帮助平定。

光绪三年(1877年),台湾海防建设,时任福建巡抚丁日昌召见林维源,商谈防务。丁日昌当时为钱苦恼,便说:"当今海疆多事,非兵莫属,而财政支绌,饷械难全,惜无巴寡妇其人,君亦将有以教我乎?"巴寡妇,乃战国时巨富,其家族以开采丹砂起家,丈夫死后,她发展家业,凭借雄厚财力扶危济困,保一方平安,为秦王嬴政所重。丁日昌的话有感而发,亦有激将之意,林维源听后便说:"天下兴亡,匹夫有责,吾家岂为富不仁者?"遂慷慨捐资五十万两,用于防务。第二年又捐六十万两,合计一百一十万两。光绪五年(1879年),台北建城,林维源授命督办小南门工程,出力甚多,事后授四品卿衔。

此外,林维源之母钟氏、林维让生母郑氏也乐善好施。山西、河南发生灾害,钟氏、郑氏先后捐赈二万两和二十万两,奉旨嘉奖,钟氏追赠三代一品,赐"尚义可风"之匾,郑氏赐"积善余庆"之匾。

由于林家报效有功,丁日昌曾上书朝廷,对林家从优给奖,并许诺林家将来永不再捐,获得朝廷批准。法军犯台时,虽有朝廷"永不捐款"的谕旨,林维源仍慷慨解囊,借二十万支持政府。和议之后,刘铭传写信给林维源,请他回来帮助善后。当时,林维源住在福州,接信后便回到台湾,又捐助五十万作为善后经费。刘铭传大喜,奏请朝廷授林维源四品京堂候补。

刘铭传与杨昌濬商定建省计划后,回到台湾便着手筹划抚垦。他走访当地士绅,征求意见,请教方略,并专程拜访林维源,与他多次筹商。

林家世居台湾,林维源对台地人文、历史和风尚均十分熟悉。谈起抚垦,他认为台湾能有今日,乃由先民不断开垦。从前"生番"多居外山,现已退至内山,这都是客民挤压所致。如今,闽、粤之民越来越多,垦荒渐入内山,已成趋势,但"生番"尚未归化,未知礼仪。民"番"杂处,比邻而居,一有争端,便相互仇杀。长此以往,仇怨日深,此起彼伏,经年不止,岂有宁日?

林维源的话道出了要害所在。"番乱"不止,则由民"番"矛盾而起。刘铭传深有同感。国朝以来,台湾内乱不止,"番乱"亦多,军队平叛耗费巨资。稍有不慎,如水破堤,一旦蔓延,人数过众,恐又成陕甘、云南之祸。从海防而论,后方不靖,则内外受敌。御侮首要自强,更须安内。"生番"一日不归化,则后顾之忧亦一日难除。

林维源表示赞同,因为台湾生齿日繁,开山拓土,势在必行。沿海八县之地,番居其六,民居其四,如不就抚,则号令不能行,赋税不能清,长此以往,危害实大。

刘铭传点头称是。

"贤弟啊,"刘铭传比林维源大三岁,便以贤弟相称,"台地情形与他省不同,有民亦有'番',但'番'民本为一家。'番'人一归化,'番'即我民,地即我地。文肃公(沈葆桢,谥文肃)奏请开山经营,以治其事,便为理'番'之义。我朝开疆拓土,二百余年,声教所敷,东渐西被,远及僻壤,无不尽入版图,幅员之广为汉唐以来所未有。如今创省,自应纳土开疆,广徕人民,方能足为一省。"

两人越谈越投机,越谈越深入。他们抚今追昔,开怀畅谈,从郑成功谈到施琅,从陈永华谈到福康安,从沈葆桢谈到丁日昌,认为开辟荒土既是台湾发展的需要,也是治理的需要。此乃当务之急,重中之重。

谈及治理之法,两人都认为,隔离之策,治标不治本,只是权宜之计,唯有改土归流,化"番"为民,方为治本之举,可此事难也难在这里。

"难则难,"刘铭传说,"再难也得做。如今建省,倘若全台一大半地方政令不行,号令不通,不仅窒碍甚多,而且建省也无从谈起。"

林维源深有同感。

"君还记得牡丹社乎?"刘铭传问。

"岂能忘?"

"前车之覆,后车之鉴。"刘铭传说到这里,更感抚垦之事刻不容缓,他对林维源说,"吾堂堂一巡抚,如果不尽快统一全省行政,将所谓的'化外之地'纳入台湾厅县体制,一旦海疆有警,则有动摇国本之虞,对上对下都无法交代。"

"这事不能再等了。"刘铭传越说越激动,接着又告诉林维源,他本来打算把这事往后放一放,等诸事稍有眉目,再办此事。可现在看来,眼下布防、清赋,还有兴商、修路,哪一样也绕不开抚垦,必须马上动起来。

那天,两人谈了很久。刘铭传兴致很高,这时,他已想好了要请林维源出山。在他看来,开山抚垦,没有比林维源更合适的人选了。林家经商起家,早年居淡水新庄,后迁大嵙崁。当地靠近"番界",且闽、粤汉民械斗成风，林家均能妥善处置，立于不败。此外，林维源办事得力，素有威望，足资信赖。

之后，他又分别找来沈应奎、陈鸣志、李彤恩，以及军队将领章高元、刘朝祜等进行谈话。待计议已定，他又把林维源请来了，告诉他决定成立抚垦总局，在全台实施开山"抚番"，请他出任台北抚垦总局帮办。

"时甫啊，"刘铭传说，"'抚番'乃台湾大政，成败之机，实系全局，弟肯助我乎？"

"愿。"林维源二话未说，便一口允诺。

刘铭传大喜。

林维源本以为刘铭传是要他出资捐助，认为自己责无旁贷，没有丝毫犹豫。哪知刘铭传这次不是要钱，而是要他出山，主持抚垦事务。林维源既高兴，又惶恐。

"弟才疏学浅，恐难胜任。"

刘铭传大笑："此事非贤弟莫属。"

不久，台北抚垦总局成立，刘铭传自兼抚垦大臣，由林维源任帮办。总局下设大嵙崁、东势角、埔里、叭哩、林圮埔、番薯寮、恒春七个抚垦局，各局又设若干分局。人员配备整齐，除总办、委员、幕宾、司事、局勇外，还有医生、教耕和教读。

在这之前，刘铭传曾命前安徽臬司张学醇在大嵙崁设立总局，先行开办，林维源到任后，由林一手经理，并刻"帮办台北抚番开垦事务关防（大印）"一枚。

按刘铭传的规划，全省抚垦分南、北、中三路，先从台北展开，再向全省推广。为了配合抚垦，"抚番"也同时进行。这项工作因要调配军队，由刘铭传亲自主持。

"五年，"他说，"五年够不够？"

总局成立那天,他环顾左右问。

林维源答:"尽力而为吧。"

"好,"刘铭传拊掌道,"那就先干五年!"说这话时,他显得信心十足。

2

就在抚垦总局成立之时,全省清赋总局也揭牌亮相了。至此,刘铭传的"三大要政"全面拉开了大幕。

清赋的目的简言之,即为清理赋税,这是增加台湾财政收入的重大举措之一。它的重要性不亚于抚垦。刘铭传来台后,做过认真考察,认为台湾物产丰富,如煤、盐、茶、樟脑、甘蔗等,均为饷源所系。战后,为了广开财源,增加财政收入,他大力整顿盐务、厘税,在此期间,发现台湾的赋税存在严重问题。

台湾远古荒芜,经由历代先民开垦,不断拓展。进入清代,由于官府早期持鼓励态度,并给予优惠政策,一些垦户携资而来,大片开发,成为垦首,即地主。这些垦首拥有众多土地,其中大部分土地被隐瞒不报,所谓"私升隐匿,不可胜计",同时他们还利用制度上的空子多方规避,不纳赋,或少纳赋,由此造成惊人的税收流失。

刘铭传得知这些情况后,便细细查访,发现主要问题出在"绅民包揽"上。如某地有田若干亩,垦首打报告给官府,承揽包垦,取得垦照后,再分给垦户。这些垦户又分为大小不等,层层转租,一层向一层收租。垦首不费一钱,仅仅递一个报告,便坐收其利。每年收成下来后,他们便从中抽租(称为大租),却不用纳税,而税收则转嫁到垦户身上,结果造成垦首占地却不纳赋,垦户纳赋却无田可耕。如台北、淡水田园三百余里,仅征粮一万三千余石,而淡水县全县的土地税收仅为可怜的七百八十两。如此严重的问题,居然多年来无人问津,究其缘由,则是阻力太大。

刘铭传大感震惊。土地赋税是地方财政收入的大宗来源之一。如此多的赋税白白流失,岂能坐视不管?何况眼下他囊中羞涩,最需要的就是钱。于是,刘铭传便上奏朝廷,决定在全省进行清赋行动,即丈量田亩,清查赋税。这份奏折呈递于1886年5月21日,时间比设立抚垦总局还早一个月。奏曰:

> 我朝轻徭薄赋,亘古所无,于台湾尤为宽厚。雍、乾间,屡奉恩谕,台湾赋税,不准议加。其时海宇澄清,升平无事,朝廷视台湾一隅无足重轻。现在海上多事,台湾为海疆要隘,奉旨改为行省,经费浩繁,今昔情形不同。臣忝膺斯土,目睹时艰。值此财用匮乏之际,百废待举之时,不能不就地筹划,期于三五年后能照部议,以台地自有之财,供台地之用,庶可自成一省,永保岩疆。

在奏折中他首先讲明了清赋的目的、意义和作用,那就是开辟财源,解决财政困难,达到"以台地自有之财,供台地之用",这是刘铭传治台新政的一个重要思想,即用台湾自己的力量来养活台湾。用今天的话说,就是要建立自身的造血功能,不能光靠国库和邻省支援,这样才能"自成一省,永保岩疆"。这也是遵照朝廷的谕旨,为国家经久之至计。接着,他又在奏折中说:

> 惟台湾民风强悍,一言不合,拔刀相向,聚众挟官,视为常事。有言林爽文之变系因升科逼迫。委员下乡清查,视为畏途,且万山丛杂,道路崎岖,若非勤实耐劳之员,协同公正绅士切实清查,不惟无裨实济,且恐蒇事无期,惟有严定赏罚,以求成效。如各地方官、委员、

绅士等办理妥速，清查认真，可否准由臣请照异常劳绩，从优奏奖，以示鼓励？倘有贿托隐匿等事，抑或畏难延误，即行参革，庶期实力奉行，为朝廷经久之谋，除地方吞匿之弊，裕国便民，实于台湾大局有裨。

在这段文字中，刘铭传特地奏明赏罚——考虑到台湾民风强悍，清赋异常困难，因此必须实施有效的激励措施。即对清赋有功人员，准按"异常劳绩，从优奏奖"；对办事不力者，或贿托隐匿，畏难延误等情，则"即行参革"。

刘铭传这样做，说明他事先已对即将开展的清查难度有所预料。因为清赋必然要触动地方士绅的利益，引起反对，甚至反抗。正如他在奏折中说到的"有言林爽文之变系因升科逼迫"，就是给朝廷打预防针：这事可能会引起反抗，甚至发生像林爽文起义那样的事，也未可知。

林爽文起义是发生在乾隆年间的一次大规模民变。刘铭传决定清赋时，就有人对他说，别忘了当年林爽文之变，那次事变就是因为升科引发的。

科，即科税。台湾开垦荒地，旧例三年免税，三年后才交纳赋税，是为升科。林爽文为当地殷实之户，因不满官吏欺压，发动起义。起义军先后攻破彰化、凤山县城，全台震动。其部众一度达到十万余人。此后，清廷派大学士福康安、领侍卫大臣海兰察率大军赴台弹压，才将动乱平定下去。事后，乾隆皇帝还把这次征战列为自己的"十全武功"之一，可见这次起义影响之大。刘铭传对此当然有所了解，因此，在上疏朝廷时，特地奏明了这一点。

在得到朝廷批准后，清赋工作很快开展起来。此事由布政使衙门牵头。由于布政使尚未到位，便由总粮台沈应奎负责。全省设立了两个清赋总局,一个在台北,一个在台南,分别由台湾府知府程起鹗、台北府知府雷其达督办。各厅县设分局,从内地调来有经验的杂佐员弁三十余人,安排到各县指导工作,并抽调当地正派士绅予以协助。

为了保证清赋顺利开展,刘铭传还饬令各府州县官员,严格督励,不容丝毫懈怠,同时张贴告示,晓谕民众,说明清赋的目的是革除弊端,打击"土豪隐匿霸占(土地),奸民从中包揽控争",于国计民生,两相裨益。公告中还说:"尔百姓等渡海迁来,当知创业不易,须为子孙立百年之业。官民一德一心,共保岩疆,同享乐土。"

然而,尽管如此,他最担心的事后来还是发生了。不过,那已是两年后的事了,这里暂且按下不表。

3

光绪十二年(1886年),战后的台湾生机蓬勃,气象一新。抚垦、清赋、税厘、煤矿、机器、军械、文报、官医、邮政、电报等局先后成立,如雨后春笋;恢复基隆煤矿、建立轮船公司和修建铁路等计划也在酝酿之中。刘铭传大展拳脚,其新政全面开花。

不过,在诸多新政中,刘铭传十分关心的商务总局迟迟没能成立。商务总局是他最早筹划的新政之一。早在年初,他奏请李彤恩留台时,就开始计划这件事,并打算由李彤恩来主持。这件事他思谋了许久,李彤恩多年从事洋务,常与洋商打交道,对商务颇为熟悉。

李彤恩对刘铭传说,西国之强在于商务发达,他们船坚炮利,靠的是什么?钱也。而钱之何来?经商也。中国向来以农为本,言利为讳,但农者,生财之一途也;商者,财之所以通也。洋人兵战,实为争利。所谓财出于天下间,我不自取,人必取之。泰西各国每年从台湾获利何止万千?我们为何不能效仿,也发展商业?只要手中有了钱,何愁买不起船、买不起炮?

这些话正中刘铭传的下怀。同光以来,洋务派提倡求强求富,鼓吹劝商,兴商,开路矿,图发展,刘铭传也深受影响。

因此,建省之后,刘铭传便提出"创办商务,以兴地方"的口号,并多次强调:欲自强,必先致富;欲致富,必先经商。他还说,当此改弦易辙、发愤为雄之际,亟宜讲求商政。我国地大物博,物产丰饶,地球中吾华称最,如果大兴商务,行之数十年,物阜民康,将无敌于天下。至于那些"君子言义不言利""夷夏之大防"的条条框框,他则不以为然,并说,我非上古先朝之人,为何非行上古先朝之事?

李彤恩被批准留台后,刘铭传便开始着手商业兴台计划,并筹备成立商务总局。这个规划十分宏大,他把电线、轮船、铁路等都列入这一规划之中。

然而,这项工作一开始并不顺利。台湾一穷二白,财政窘迫,善后工作,凡布防、"抚番"、清赋诸端,样样要钱,闽省虽有济款,但十分有限,由于经费短缺,创办商务只能白手起家。好在李彤恩对此事十分尽力,多方谋划,他还建议从大陆请些行家来,共谋此事。

刘铭传表示赞同。不久,李彤恩便从大陆请来了马建常、张鸿禄等人。马建常是著名的洋务人士,字相伯,早在上海开埠时,他便创办了上海徐汇公学,该校是天主教在上海最早开办的洋学堂。马氏还入过李鸿章幕府,做过驻日外交官。他活了一百岁,说过最著名的一句话便是:"我是一条狗,叫了百年也没唤醒中国人。"

马建常到后不久,张鸿禄也来到了台湾。张鸿禄也是一位知名的洋务活动家,字叔和,江苏无锡人,年轻时便涉足上海的实业和产业,后捐资得官,供职于李鸿章创办的轮船招商局,后升至帮办,官居广东候补道。

他曾在上海兴建"味莼园",现称张园,至今犹存,已成为知名的文化旅游景点之一。

张鸿禄是刘铭传请来筹办电线的。他曾在上海招商局任职,对此事较为熟悉。到台之后,刘铭传请他一起参与筹建商务总局。张鸿禄当年在上海办理招商局,因亏欠大兴公记余利银六千两,受到查办,被革去盐运使衔广东候补道。事后他缴清了欠款,并急于立功表现,因此对刘铭传的邀请表现得十分积极。

刘铭传与他们多次晤谈,商量办法。为了筹集款项,马建常提议借款开发,而张鸿禄、李彤恩则提出招商办法。经过反复权衡和商议,刘铭传认为招商为宜。于是,便确定了招商兴市,鼓励兴办工商业的计划。为了推进这事,去年刘铭传还写信给杨宗瀚,请他来台,帮助修建铁路,创办商务。

杨宗瀚,字藕芳,无锡人氏,与张鸿禄是同乡。杨家兄弟二人,宗瀚、宗濂都是洋务派人士。淮军进入上海后,杨宗瀚入李鸿章幕,充当文案,因文思敏捷,被李鸿章称为"杨三捷才",后以军功升道员并赏戴花翎。

刘铭传早与杨宗瀚相识,对他评价甚高,称其"器局开展,办事精实,志趣远大,平时家居每以中国之大不能富强为恨"。杨宗瀚到台后,刘铭传便让他主持商务总局。

开始几个月,招商并无起色。在此情况下,商务总局的成立也只好一推再推。李彤恩十分着急,但刘铭传鼓励他,凡事开头难,只要踢开了前三脚,事情便会慢慢好起来。而且他认为,台湾野沃千里,物产丰富,举凡煤矿、茶脑、糖蔗、木材、水藤及耕桑渔盐,山货水产,遍地是宝,家有梧桐树,何愁招不来金凤凰?只是现在的台湾还不为外人所知,就像白乐天的诗,"杨家有女初长成,养在深闺人未识"。"那咋办呢?"他说,"这就需要有人拉媒说纤。招商嘛,也是拉媒说纤。我还不信了,天下就没有识货之人。"

其实,刘铭传嘴上说不急,心里也急。他对商务总局寄予厚望,下一步买船、修铁路都指望着它哩。不过,这事光急也没用,饭得一口一口吃,路得一步一步走。

创省之初,诸事纷繁,可谓千头万绪。刘铭传要考虑的事很多,要办的事也很多。当时,还有一件刻不容缓的事等着他去做,那就是设立全省行政区划。朝廷多次催促上报此事。

台湾本属一府之地,由道台管辖,现在改省,机构升格,不仅要设巡抚,还要设布政使、按察使,除了设立省会,府县也要随之调整,包括各级机构的增减、合并,确立架构,设官管理等等。

这项工作十分繁杂,既有紧迫性,又需前瞻性,而且事关布防、管理及发展,需要通盘考虑。用今天的话说,就是需要审慎研究,科学规划。一旦定下,就不能轻易改变。为此,建省谕旨一下,刘铭传便抱病从北到南跑了一圈,四处考察,多方听取意见。

有清以来,台湾最早的行政区划为一府三县,即台湾一府,诸罗、台湾、凤山三县,这个建制是在康熙二十三年(1723年)设立的。雍正元年(1684年),又增设彰化县、淡水厅,后又增设澎湖厅、噶玛兰厅,形成一府、四县、三厅。同治十三年(1874年),日本侵台事件发生后,由沈葆桢促成,行政建制改为二府、八县、四厅。

刘铭传就任巡抚后,根据全省经济发展、历史沿革、地形地貌及人口、治理等诸多因素,经过认真筹划,重新调整,在很短的时间里便拿出了机构规划方案。该方案将台湾全省分为南、中、北和后山四路,设置三府、十一县、五厅、一州。"三府"为台北、台中、台南;"十一县"为台湾、云林、苗栗、彰化、安平、嘉义、凤山、恒春、淡水、新竹、宜兰;"五厅"为埔里社、澎湖、基隆、卑南、花莲;"一州"为台东直隶州。

这项规划难度不小，实属不易。刘铭传起于草莽，行伍出身，打仗在行，但于吏治并不熟悉。就连他自己也说"不谙吏治，昧于理财"，虽属自谦之词，但也是实情。不过，在他主台之后，无论抚垦、清赋，还是理财、建设，样样精于策划，措置裕如。有人感到奇怪，认为他是奇才。的确，在晚清官场，以人才而论，刘铭传堪称翘楚，不可多得。他虽无功名，却读了不少书，而且涉猎甚广。多年来，带兵打仗，使他养成了经世务实的作风。到台之后，面对许多陌生的领域，如抚垦、清赋、煤盐、厘税等等，他都脚踏实地，认真查访，虚心求教。他还认真研究台湾的历史文化，察看官方档案和地方志书，汲取历任治台经验和教训。凡有重大决策都要与幕僚反复磋商，并向有关人士问计求策，从而做到谋定而后动。

这一次，设立行政区划同样如此。在方案制定之后，各方均感满意，并很快得到朝廷批准。唯有省会选址，引起了一番争议。

省会定在何处，这是一件大事。刘铭传听取了各方意见，又经过调研查勘，认为彰化居省之中，可以控制南北。至于地址选在彰化何处，又有不同看法。刘铭传看中了桥孜图，这里属彰化县蓝兴堡桥仔头庄（今台中市）。在他看来，该处地势平衍，气局开展，襟山带海，控制全台，实堪建立省城。

但很多人对这一想法感到不解，包括刘铭传的幕僚，因为桥孜图当时还是一个小村落，交通不便，周围经济也不发达。如果选一个城市，或商贸发达之地，岂不更好？

可是，刘铭传却不这样认为。他认定了桥孜图，别的意见都听不进去。刘铭传之所以这样考虑，主要是从战略出发。法人之役后，他深知省城的战略位置十分重要，而桥孜图正好符合这一要求，所以他非选这里不可。

然而，彰化士绅却群起反对，因为这与他们的想法迥异。彰化开发较早，郑氏执政时，便在此驻军。雍正元年（1723年）建县，以表彰王化，故名彰化，县城地点位于八卦山，地方较小，且不易守。刘璈主政后，曾计划将县城搬至鹿港，而在大肚之间，或蓝兴堡桥仔头庄，另建新城，以驻巡道。这与刘铭传的看法倒是不谋而合，不过这一方案未获批准。

现在要建省城，彰化士绅当然不愿另择新地，认为彰化城最为合适。于是，该县士绅蔡德芳、吴朝阳等二十二人上书，要求将彰化县城作为省城，并呈上彰化旧城龙脉图，声称省城形势有关全台气运，必须相其阴阳，观其流泉。刘铭传不准。他们又提出在鹿港建省会。鹿港濒海，贸易繁荣，但刘铭传也不同意，认为当地士绅只从本地私利出发，没有从全台考虑，因此双方起了争执。

刘说，桥孜图居全省南、北、前、后之中，岂有独重鹿港一镇之理？

士绅们云，鹿港靠海易守，不致四面受敌。

刘反诘，那为何福建省城不建于长门？江苏省城不建于吴淞？

当地士绅无言以对，随后又提出种种反对意见，并禀帖不断。刘铭传有些不耐烦了，这时他已打定主意（尽管他事前认真听取各种意见，而一旦认定，便决不容许干扰），一气之下便怒斥道，尔等随意指陈，为私忘公，殊属荒谬！难道全省只有鹿港最重、最大？此事休得再议！

最后，他一言决断，将省会定在桥孜图，另设台湾府，知府仍驻彰化，首县为台湾县，而原来的台湾府则改为台南府。

此次争议本属看法不同，并无对错之分，但刘铭传的强势引起彰化士绅的不满。一年后，双方因清赋发生了更大的冲突，导致彰化事变发生。这是后话。

全省区划的确定前后进行了一年有余。刘铭传倾注心血，完成了全省行政区划的设置，并建立了行政体制，细化了行政管理。《台湾通史》云，刘铭传制定的省政区划，除省城外（后由刘的继任者邵友濂改为台北)，"至台沦陷,全省行政区未有变动"。如今台湾省的行政区划仍以此为准。可见刘铭传具有远见,谋划精密,此乃一大贡献。

当然,确定行政区划只是第一步。在奏请朝廷批准后,还要修建城垣、设官分治、兴建衙署等。这些都需费浩繁,而分省伊始,百事草创,特别是各项新政全面开展后,到处都需要用钱,可台湾财政支绌,捉襟见肘。怎么办？刘铭传的指导思想是急务优先。

所谓急务,便是"三大要政",即布防、"抚番"、清赋,而诸如建城、修衙门、建营房等则可缓办。为此,他多次挪用建城修署经费用于急务。沈应奎有一次开玩笑,说他厚此薄彼。他则笑曰:"手心手背都是肉,我何尝不想一碗水端平？但事有轻重缓急,谁叫咱们缺钱呢？"

第十六章　甩开膀子干

1

光绪十三年(1887年),旧历丁亥。正月里的一天,刘铭传接到御书"福"字一方,并荷包、银锞、南枣、莲子、藕粉等件,这是朝廷的恩宠。战后每一年,他都会收到这样的御赐。

刘铭传很高兴,吩咐恭设香案,叩头谢恩。他的三子刘盛沛也跪于身后。刘铭传有妻妾九人,原配夫人程氏,不仅勤俭持家,颇有见识,而且拿得起,放得下。刘铭传娶她时只有十七岁,整天混迹于乡里。程夫人进门后便劝他:"男子汉大丈夫,生于天地间,岂能虚度一生?"这话启发了刘铭传,他从此开始振作起来。此后拉起队伍,筑堡于乡间。其时,庐州一带豪杰蜂起,互争雄长。一天,别堡来攻,枪药告罄,程氏亲自造药。在她的带动下,堡内妇孺老幼齐上阵,从而力保圩堡不失,一时传为佳话。

程夫人为刘铭传生下两子两女,两子分别为长子、次子。刘铭传共有八个子女,另有两子两女均为庶出,其中刘盛沛由二姨太项氏所生,在兄弟中行三。不久前,他来台湾陪伴父亲,时年仅十六岁。如此年纪,就有这份孝心,刘铭传颇感欣慰。

刘铭传来台后,带来的本家子侄有多人,如刘朝祜、刘朝幹、刘盛芳、刘盛璨、刘朝带等等。刘家辈分从刘铭传以下为:"盛朝文学,辅治贤良,谋诒孝友,月照辉光。"盛字者为其子侄辈,朝字者为其孙侄辈。

刘铭传如此任用家族子弟,并非任人唯亲,而是出于不得已。台湾人才稀缺,刘铭传仓促渡台,一直感到人手不足。到台之后,他多次打报告向朝廷要人,朝廷也很支持。然而,尽管台湾官职为海疆要缺,但毕竟远离大陆,地处孤危,大陆人员视为畏途,裹足不前。刘铭传为了解决用人问题,提出仿照新疆章程,凡大陆来台任职的官员,三年后著有劳绩,准回大陆,并优先提拔,以此广招人才。

这个办法虽然有效,但也无法满足建省需要,况且一些人来台干了几年,便会离去,有的是因病,有的是因功调任或升迁,有的是害怕艰苦或生活不习惯。刘铭传除了婉劝,也不好硬拦,只有他的子侄,还有他的老部下,才能被他强留下来,这也是他不得不多用自己的子侄和老部下的原因所在。

过完年,李彤恩从上海回来,向他报告架设电线的情况。刘铭传对电报十分重视,法军犯台时,文报不通,他吃尽了苦头。因此,战后他立即成立了电报局,虽然能够接收大陆的电报,但台湾岛内仍然不通电报,必须尽快架设电线。

在筹办商务总局时,他委任李彤恩和张鸿禄为商务委员,负责架设电线之事。这项工作从去年9月便开始启动,通过与各家洋行接触、谈判,初步定下方案如下:一、水路电线,从厦门至澎湖、平安五百里,拟由英商怡和洋行承办,费用二十二万两,先付定金四万两,余款十八万两分三年付清;二、陆路电线,由基隆到淡水、台北全程八百里,委托德商泰来洋行修建，需款三万两。

李彤恩汇报后，刘铭传表示满意。其实，谈判的过程他都清楚，每一步李彤恩都向他进行了汇报，并听取了他的指示，现在形成的这个方案，基本符合他的设想。不过，在汇报中，李彤恩也谈到一个情况，由于水路电线取道厦门，海程不便，经过考察，他们认为如能改由台北、沪尾至福州川石更为合适。

"这是怡和提出的？"刘铭传问道。

"是。"李彤恩回答说。不过，他们也听取了有关人士的意见，认为这个方案利大于弊，只是改后距离多了五六十里，价格也需增加。

"要多少？"

"大约五千两。"

刘铭传指示："果有益，倒也无妨。凡事依据实情，但这事还需认真磨勘。"李表示他们会进一步斟酌，再行禀报。

关于开工日期，李彤恩认为路线已经勘察完毕，如果订立合同，最快三个月可开工。不过，有些材料购自外洋，还得视情况而定。至于工期，则需两年左右。

刘铭传指示可分步进行，先易后难。"这事得抓紧，"他说，"下一步台湾将办铁路，这事可拖不得。铁路与电线相表里，有铁路，没有电报可不成。"

"那是。"李彤恩说。

谈及人手不够，刘铭传问他可有看中的人选。李彤恩说有，便呈上一份名单。其中有提举衔候选通判刘竺保，候补县丞俞书祥、罗贞意及附生董润璋等，都是一些熟悉洋务的人员。刘铭传当即批准，并说今后需人还可随时增派。

谈话结束后，刘铭传取出修建铁路的方案，征求李彤恩的意见。李彤恩问他打算何时上奏,他说尽快吧。

2月底,春寒料峭,天气还很冷。这天上午,天下着小雨。刘盛芳匆匆来报,说是张鸿禄从上海发来电报。刘铭传以为是招商的事,前不久,张鸿禄奉命去上海招商,不知情况如何,他一直很牵挂。哪知接过电报一看,却是"万年青"出事了。

2月13日,"万年青"赴沪公务,从基隆出发后,因风雾转至铜沙洋面停泊。19日晨刚起锚,只听一声巨响,一艘轮船撞向"万年青"的右侧。随着剧烈的摇晃,船上发出阵阵惊呼。该船管驾是洋人谭文生,他当即出来察看,发现船体损伤严重,立即大叫赶快出舱,所有人都登上甲板,并令船员速放救生艇施救。

撞击"万年青"的是英国轮船"你泊而"号。当时海上雾气浓重,由于该船航速较快,及至发现"万年青"已来不及避开,从而造成巨大撞击。"万年青"本是一艘老旧之船,在撞击之下,船体很快破裂。不一会儿,便船身倾斜,迅速下沉。

紧急救援立即展开,持续了约一个小时,洋管驾谭文生爬上桅顶,等他登上英国轮船时,"万年青"已完全沉没。事后经查,获救人员一百八十一名,其中洋人六名,而溺亡官弁兵民一百一十余名,随船运送的奏折、公牍、饷银等物资全部沉没,造成严重损失。

刘铭传闻报极为痛心。在查明的死亡人员中,有各级官弁二十八人,其中既有机器局、煤矿局、军械所、军米委员会的采办人员也有现役军官,包括补用副将、都司、守备、千总等。一下子失去这么多员弁,怎不令人痛惜?

台湾本来少船。原有"万年青""永保""琛船""威利"四艘,用于运煤,或来往于台北、台南。战前驶往大陆未回,战后回台,均因老旧,不敷使用。另有"伏波"一艘,此船马江之战时沉没,打捞起来重新修理后,用于邮传和来往于各口。

台湾四边皆海,无船交通不便,战时处处受困。刘铭传经过法人之役,深知轮船的重要,尤其是兵轮。建省之后,他以澎湖、基隆、沪尾三口需增战船,奏请建立台湾水师,以资守卫,他还请求从南北洋拨船(其中北洋拨兵船三艘、南洋拨货轮三艘),都没有获准。

前一年,他好不容易从茶盐款项中拨款购买"威定"轮船一艘,又向朝廷争取到"海镜"兵轮一艘,供澎湖使用。即便如此,仍然远远满足不了澎湖需求。现在"万年青"一沉,更是雪上加霜。他令沈应奎、李彤恩立即调查此事。

调查工作很快有了进展,这次事故是英轮违章所致。依照海面航行章程,如遇下雾之时,轮船均应缓行,但英轮并未照章行驶。刘铭传还专门找来"万年青"船员谈话,询问事故的过程,得知责任全在英轮一方。李彤恩也认为,事实清楚,英轮想推脱也推脱不了。"如果两船并行,"刘铭传说,"责任还有争辩余地,但英船从右前方冲撞,显然要负全责。"

弄清了原委,刘铭传立即上疏朝廷,请旨敕下总理衙门照会英国公使,照章赔偿,以昭公允。同时,他还写信给上海道龚照瑗,要求帮助查办。考虑事涉外交,上海道权力所限,他还令张鸿禄走诉讼一途,延请律师向上海英国刑司处控理。

不过,肇事船只"你泊而"号属于英国来申公司。这个公司来头不小,实力雄厚。有人劝刘铭传三思,他一听就火了。

"怕个鸟,"他说,"老子管他是哪国洋人,这个官司打定了!"

2

谷雨过后,寒气渐收。春风吹拂,带着阵阵暖意,群山苍翠,万木葱茏。城外的农田里油菜花已开,黄灿灿的一片。站在抚署门前远远望去,绿油油的麦田里夹杂着东一块、西一块的油菜花,还有紫色的蚕豆花点缀其间。空气中弥漫着淡淡的香气,到处焕发着勃勃生机。

这是台湾一年中最好的季节。

就在这个季节里,招商传来了好消息。张鸿禄、李彤恩的努力没有白费。半年多来,他们不断宣传推广,通过登广告、走访游说,张鸿禄还接受了《申报》专访,终于打开了局面。人们原先对台湾的印象只是"瘴疠野蛮之地",现在通过宣传逐渐改变了看法。许多人对去台湾经商产生了兴趣。上海商人最早动了起来,一些人不仅表达了意向,还前来台湾考察。台湾的茶、樟、甜蔗等都引起了他们的兴趣。随着前来台湾的人逐渐增多,张鸿禄与李彤恩商量后,又把招商的范围扩展到苏、浙地区,也起到一定成效。

这个情况让他们十分高兴。5月,张鸿禄从上海回到台湾,便与李彤恩一起来向刘铭传报告这一情况。当然,张鸿禄这次回台不止一件事。首先是沉船官司,刘铭传十分关心。张鸿禄报告说,已聘请英国著名律师担文提出控理。消息传出,各家新闻报纸纷纷报道,影响不小,已引起广泛关注。刘铭传说,声势越大越好,这个官司非打不可,否则对不起死难人员。"不要怕,"他说,"我们在理,为什么要怕?"

问及官司进展,张鸿禄说:"从现在情况看,所有的证据都对我们有利,包括洋船员、获救人员的证词,都说明我们没有责任。"

"法院如何?"刘铭传问。

"尚在审理之中。"张鸿禄说,"担文是个大律师,虽是英国人,但他并不偏袒。"

"这就好,"刘铭传说,"事有公论,中外一理。只要他们秉公,这事并不难断。"

接下去，张鸿禄报告了电线铺设情况。遵照刘铭传的指示，他这次回来将与怡和洋行一起再对线路做进一步勘察。怡和洋行的技术人员已与他同船来到台湾，打算这两天就开始勘察。刘铭传说，这事我已有安排。由于勘察要经过"番区"，有些地方还比较危险，因此他已令刘朝祜、林朝栋沿途做好保护。

"你们也要小心，"他叮嘱说，"尤其是外洋技术人员，更要有保障，人家远涉重洋来帮我们做事，千万不能有丝毫闪失。"

"那是一定，"张鸿禄和李彤恩都说，"请爵抚放心。"

最后谈到招商，张鸿禄说现在已有二十多家商行来过台湾，有意向的更多。刘铭传听了很高兴。他说："看来，你们这个'媒婆'做得不错嘛。"李彤恩插话说："南洋各地有许多爱国华侨，听说台湾在招商，都很感兴趣。因此，我建议把招商范围扩大到海外。"刘铭传说："这是好事嘛，韩信点兵，多多益善。"

谈话变得愉快起来。关于南洋招商，李彤恩十分看好。他还说到南洋商人对铁路尤感兴趣，认为铁路利厚，将来成本不难收回。刘铭传一听大喜。铁路是他最想办的事，也是比较棘手之事，因为铁路耗资巨大，没有百万之数拿不下来。他原来打算把这事往后放放，但如果招商成功，则可立即开办。

"迪臣啊，"他对李彤恩说，"这事如果能办成，你可就立了一大功！"

汇报快结束时，张鸿禄提出眼下台湾交通不畅，主要是轮船航班太少，进出多有不便，这是一个大问题。如果不设法改变，可能会影响招商。

"说得没错，"刘铭传说，"这个我早考虑到了，正在设法改善。"

"万年青"沉没后，他已指示沈应奎设法再购一两艘轮船，只是资金短缺，无法凑手。"哪怕先购一艘也行，"刘铭传指示，"能否从税厘中先挪点钱？"沈应奎感到有些困难，但答应想办法。

"国内尚且好说,"张鸿禄又说,"虽说航班不多,毕竟有之,但南洋怎么办?没有船,没有航班,人家怎么来?"

这倒是一个大问题。刘铭传沉思良久,半天无语。看来,这个局面必须尽快改变。

谈话又进行了一会儿。刘铭传询问他们还有什么难处,需要他来解决的。李彤恩便说,目前来台的商人积极性很高,但普遍反映条件太差,吃、住、交通都不便。客栈不仅少,而且过于简陋。臭虫、虱子到处咬人,人家来经商投资,吃不好,住不好,心情大受影响。

李彤恩这样一说,刘铭传便笑了。当时,台湾确实落后,台北作为府城,除了府、县衙署外,周围都是民田。居民寥寥数十家,房屋多为茅草土房。城内只有一条街,也是土路,晴天一身灰,雨天一脚泥。淡水城外的大稻埕情况略好一些,因为辟为通商口岸,洋行洋人都集中于此,但也只有一条六馆街。

"你们看看。"刘铭传指了指抚衙,意思是说,就连我这个堂堂巡抚衙门都简陋到如此,别的还用说吗?"不过,你们的话倒是提醒了我。"他接着又说,"这个问题一定要尽快解决,人家大老远地跑来经商,可不是来找苦吃找罪受的。"

第二天,刘铭传便把沈应奎、杨宗瀚以及台北府、县等官员找来议事,并通知张鸿禄、李彤恩参加。会上,先由张鸿禄、李彤恩介绍招商情况,然后由刘铭传提出改善投资环境的方案。方案包括改善市容市貌,修建马路,兴建商铺、客栈、饭店、钱庄,甚至还有戏园等。总之,各种配套设施,能完善的尽量完善。他还要求台北、淡水这些通商城市要首先改善。

在方案中,刘铭传提出招商兴市之法,即除官本外,可面向民间招商,本着谁投资谁受益的原则,鼓励民间集资。具体办法和规划由沈应奎、杨宗瀚负责制定,先由台北开始。会上还展开充分讨论,集思广益。讨论的内容十分广泛,包括马路怎么修、房子怎么盖以及采取何种建筑风格等等,与会人员都各抒己见,各自发表了见解。

关于建筑风格,有人提出以闽式民居为主,也有人主张按姑苏款式。刘铭传认为,这个事不急,可容以后再讨论。不过,对于有人提出的卫生问题他却相当重视,认为不容忽视。台湾疠疫严重,卫生不好,很容易生病。他责成医官局具体负责此事,还要求挖井,搭建水管,引水进屋,并安装电气灯。

关于交通,当时台湾主要靠骡马、轿子代步,杨宗瀚建议能否购置人力车,加以推广。他说,人力车比轿马方便,不仅成本低,而且十分便利,上海等地已普遍使用。

这一提议立时引起了刘铭传的兴趣。刘麻子对新事物一向好奇。他曾在上海坐过人力车,当时便觉得这玩意儿轻巧灵便,是个好东西。他还问过这车是谁发明的,有人告诉他是从东洋引进的。"好,这个好。"他当即表示可以采纳。"不过,"他又说,"光车好还不行,还要路好。人家上海大马路,平展展的,跑起来就利索,咱这路坑坑洼洼的可不行,非颠死人不可。"

在场的人一听都笑了。

台北知府雷其达说:"只要有钱,修马路就不难。"刘铭传把脸扭向沈应奎,没等刘铭传开口,他便笑道:"这事交给鄙人吧。"

"好!"刘铭传说,"事不宜迟,说动就动。我看刚才迪臣有句话说得好。"

"哪句话?"

"就是那句什么什么……以安商旅……"

"建造大厦,以安商旅。"这句话是李彤恩刚才发言时说的。"对,就是这句。"刘铭传说,"什么叫安?就是安定、安心、安稳,还有心情舒畅。

你们说说，对不对？"

众人都说对。

"所以嘛，"他又接着说，"我们把人家请来了，就要让人家吃好、住好、玩好，让他们安心、安定、安稳。不仅如此，还要让他们有宾至如归之感。他们只有安了，才能把这当成家，这生意才能做得长久。到时不用你请，他跑得比你还快。"

众人一听都笑了，随即掌声一片。

3

会后不久，张鸿禄、李彤恩便从江浙招商五万两，成立兴市公司。台北、淡水的改造随即动了起来。林维源又带头响应，他和李春生决定出资在大稻埕修筑两条街。刘铭传很高兴，称他为"士绅楷模"。在他们的带动下，不少士绅纷纷解囊，加入开发。

兴市公司创办后，刘铭传请杨宗瀚主持。最早筹划商务总局时，刘铭传曾打算让候补知府丁达意总理。因为张鸿禄、李彤恩都身背处分，不便主持，只能委以商务委员，但丁达意时任军械所总办，并兼办官脑、矿务，兼职太多，忙不过来，便提请辞职。刘铭传便安排杨宗瀚主持。

杨宗瀚到任后不负所望，很快完成了台北、淡水以及大稻埕、艋舺等处的规划和招商，对于招商不足的部分，则先由兴市公司出资建造房屋，然后出租开市。按照规划，沿街的房屋统一风格。至于饭店、旅栈、店铺、戏园等，也都做了具体规划。对于抚衙的改造，刘铭传起先打算往后放一放，杨宗瀚当然明白他的意思，不过，他仍然坚持要一起改，因为抚衙不改会影响整体效果。

"你想啊，"杨宗瀚说，"周围都是高楼新房，抚衙夹在中间，又破又旧，实在有碍观瞻。"

刘铭传想想也对，便说："那好吧，但其他府县不得仿效。"他还把沈应奎找来专门做了交代。

那段时间，刘铭传忙得不可开交。抚垦、清赋都在逐步推进，各项新政纷纷上马，电线已在着手铺设，煤矿开始恢复，铁路、购船、新式学堂等也在筹备中。有人劝他不用太急，慢慢来，一口吃不出个胖子，一下子做这么多事，恐过犹不及。刘铭传却说："百废待兴，你不急，我急。就这我还嫌慢哩，恨不得多生出几只手几只脚来。"

刘铭传心大，做事性急，但更多的是一种紧迫感。法人之役，每当想起台湾落后，坐困孤岛，他便寝食难安。事可一而不可再，这样的事今后无论如何不能再发生了。如今，法军虽退，但周边并不安定。沙俄、英国都虎视眈眈，边疆危机纷至沓来。尤其是日本吞并琉球后，侵略野心进一步膨胀，朝野有识之士都深感忧虑。

李鸿章坐镇北洋后，曾提出了著名的"千古变局"思想。他把当时的中外形势概括为"数千年未有之变局"和"数千年未有之强敌"，主张变法自强，提出开煤矿、办电报、修铁路等等。一句话，就是要学习西方（师夷之长技），先富而后能强。他曾对刘铭传说过，中国积弱就在于穷，西洋各国财大气粗，财赋动以上千万计，就因为经济发达。不富，何以强？不强，何以存？我等倘不改变，以贫交富，以弱敌强，只能受困于人。

这番话对刘铭传影响很大。其实，这也是当时洋务派的普遍看法，刘铭传十分认同。法军犯台使他更有深切感受。他常说，要使台湾立于不败之地，首先就要使台湾富强起来。有些事他何尝不想慢慢来？但是，形势逼人，时不我待。如不早做准备，一旦局势有变，岂忍基隆、澎湖之患重演？因此，他丝毫不敢懈怠，恨不得连轴转，全身心地扑到他的新政上。

清明过后，新茶陆续上市，他带着沈应奎及刘盛芳、刘盛璨等随员视察茶市，访问茶农、茶商，了解生产过程和市场行情。台湾地处亚热带气候区，土壤、气温适宜茶树生长。后从福建引进茶叶和种茶技术，逐渐普及。淡水开埠后，茶叶外销，受到洋商欢迎。一时间，茶园兴盛，种茶的乡民越来越多，尤其是山区。

刘铭传认为台湾的高山茶茶质好，现已成为出口之大宗，不仅增加了利税，乡民亦从中获利，可以大力发展。

在视察中，他还与洋商进行交谈。一个美国商人说，台湾茶与福建茶相比，因其土地是新开发的，所产之茶尤为新鲜，芳香可口，受到纽约客的喜欢，贸易量也逐年增加。刘铭传听了很高兴。但在考察中，他发现台湾种茶的资本有限，技术也较落后，特别是制茶方式仍为传统的手工制作，质量差，竞争力弱。此外，他还发现茶叶价格波动很大，一会儿高，一会儿低。他让刘盛芳暗中查访一下原因。

接连几天，他跑了多处茶市，听到不少反映，如有人欺行霸市，强买强卖，还有人以次充好，偷奸耍滑。刘铭传记在心里，同样让人暗查。

很快，情况都弄清楚了。刘盛芳向他报告说，茶价波动是因茶农各自为政，相互不齐心。他们各自打着小算盘，为了尽快卖出手中的茶，不惜相互压价，恶性竞争。有时一担茶压得比成本价还要低。

"这不是自讨苦吃吗？"刘铭传说。

"谁说不是呢？"刘盛芳说，"他们窝里斗，结果便宜了洋商。洋行正是利用华商不齐心，各个击破，从而操纵行市。"

刘铭传听了直摇头。这种情况大陆也有过，他也有所耳闻。刘盛璨接着汇报说，大稻埕、艋舺一带确有不法之徒，低价收购茶叶，然后高价卖出。他们主要针对一些茶农，强行买进，不卖则施以武力，强迫就范。

"大胆！"刘铭传说，"简直无法无天！"

他传令雷其达立即查办，并张贴公告，晓谕民众，严禁强买强卖，欺行霸市，一经发现即按律治罪。

　　为了规范市场，他还与一些士绅、茶商晤谈，商讨解决之法。刘铭传老家在安徽，向以出产徽茶闻名，他对茶叶亦有所知。台湾茶市出现的问题，大陆也曾发生过。他提议仿照大陆成立行业公会，由公会来统一管理，制定行规，协调并保护茶商和茶农的利益。如茶价可由公会商定，大家共同遵守。对于违背行规的行为，也由公会依规处置。

　　在谈话中，刘铭传还提出推广机制茶的想法。他说，机制茶无论外观、口感，还是产量，都比手工茶好。洋人买茶，既重质量，又重制作。你有好茶，制作不好，就要大打折扣。现在国际上普遍流行机制茶。华茶本来独步天下，可锡兰（斯里兰卡）后来居上。他们的茶本是从中国引进的，却超过了我们。原因何在？就是他们实行国际标准，普遍采用机制茶。

　　沈应奎曾做过贵州布政使，那里也是产茶区。他也认为机器制茶值得推广。由于台湾引进茶叶较晚，不少茶商孤陋寡闻，对于机器制茶只是听说，从未见过。刘铭传便提议他们去大陆参观考察。"福州就有机制茶，"他说，"你们可以去看看。"

　　"当然了，"刘铭传接着又说，"投资机器嘛，是要花一点钱，但羊毛出在羊身上，这钱花得值得，不信你们试试。"

　　不久，在刘铭传的支持下，台北市茶商同业公会——永和兴应运而生。台湾同业公会俗称"郊"，茶商同业公会亦称"茶郊"。这是台湾最早的茶商同业公会，也是台湾历史最悠久的茶商同业公会，至今尚存。公会成立后，学习国内外先进制茶经验，开放茶叶市场，规范茶叶买卖，从而提升了台湾茶叶的品质和国际声誉，扩大了台茶的产销。

4

刘铭传主台以来,除了大力推行新政,对民生也十分关注。有一次他对官员训话时说,我皇太后、皇上向以民生为念,我们做臣子的更要格外上心。

那段时间,他先后考察了稻米、渔业、樟脑、甘蔗等民生产业。台湾盛产樟脑、硫黄,质量尤佳,洋商从中盘剥,以极低的价格从民间收购,大发横财。同治二年(1863年)收为官办,遭到英人反对。他们向总理衙门提出交涉,以阻碍通商为由,声罪致讨,后官办被迫取消。

刘铭传考察后,认为台湾每年产樟脑万石左右、硫黄六七万石,如收归官办,获利甚丰,现在任由民间私熬私贩,流弊甚多,不仅经常引发民间械斗,扰乱地方,而且洋商从中获利,乡民的利益却得不到保障。于是,他奏请朝廷将樟脑收为官办。在奏折中,他说樟脑、硫黄两项均为台湾"自有之财",应为台湾自己之用,而且源源不断,"实于国计民生,两有裨益"。

在奏请得到批准后,他便成立全台脑磺总局,在各地设置分局,将樟脑、硫黄一律收为官办,一时樟脑、硫黄大兴,年获利百万余两。这些钱缓解了财政困难,推动了抚垦和台湾新政。与此同时,为了保障民间利益,他还提高收购价格,让利于民,也受到欢迎。

晚清开埠以来,洋商挟巨资而来。他们操纵市场,控制价格和产品销售,华商只能任其宰割。台湾情况也是如此。茶叶、樟脑、甘蔗等出口产品,均控于外商之手,由洋人一言而断。刘铭传主政后,便积极设法支持民间商业,与洋商争利。如成立茶商同业公会、脑磺官办等都是出于这一目的。

为了保护华商与外商平等竞争的权利,光绪十四年(1888年),刘铭传还针对洋商偷漏子口半税的情况,设卡征收,引发轩然大波。

所谓子口半税,又称子口税。按通商条文约定,凡洋商进出口货物须在口岸海关缴纳进出口税,俗称正税,税率为货值的百分之五,但货物如进入大陆还要另缴大陆关卡税厘,税率减半,称之半税。刘铭传在整顿税厘时,发现洋商利用条文含糊之漏洞,蒙混过关,拒不缴纳子口半税。一些无耻华商,还乘机串通洋人,进行偷税。刘铭传发现后,毫不含糊,立马设卡征收。凡不纳厘金的,即将货物扣留。

这样一来,触动了洋商的利益。他们便大闹起来,认为台湾既为通商口岸,已完过海关正税,不能再收子口半税。刘铭传明确告诉他们,正税归正税,半税归半税,两者不是一回事。所谓通商口岸,不过滨海一隅之地,凡府城口以外之地皆属大陆。外商既入大陆,与华商无异,必须领单完税。

洋商们一看刘铭传态度强硬,便闹到了北京。德国驻京使臣巴兰德首先致函总理衙门,认为台湾是通商口岸,非比大陆,洋商不应领单,亦不应完厘,中国征收洋厘,系属违约,所扣货物应行归还。随后,英、法、德三国使臣又约好一起登门交涉。总署认为此事棘手,意存妥协。李鸿章来信告之刘铭传。刘铭传毫不退让,据理力争,上奏朝廷请求明确条文,划清界限,坚持按章收税。有人担心洋人不好惹,刘铭传却不怕。他说:"为国家计,为台湾计,何惧之有?"

战后的头两年,刘铭传日理万机,百务缠身,当时让他压力最大的就是钱。台湾创省,布防、抚垦、清赋,还有各项新政,哪样不要钱?当初他去福州与杨昌濬会商,除福建协款外,另外奏请从粤海、江海、浙海、九江、江汉五关每年协银三十六万两,以五年为期,但报告上去后石沉大海,没了回音。他多次打报告请求户部支持,可户部尚书阎敬铭是个大抠门,他的回复是各地都在向户部伸手要钱,还有河工、赈灾等等,哪个都急,哪个也耽误不得,而部库经常告罄,寅吃卯粮,同样困难。

在布防时,由于购炮需要,朝廷答应从浙江盐务加价和各项税捐中拨银十万两,另将当年提解部库的台湾洋药税厘银十九万两留给台湾。刘秉璋任浙江巡抚时,对老友十分支持,先运去二万两,可他调任四川后,另外八万两却没了着落。至于提解部库的台湾洋药税厘银,原系包商承办,更是空头支票。刘铭传请求朝廷将这两笔款项共计二十七万两银改由户库拨付,却没有下文。

5

祸不单行,福不双降,偏偏是越困难事越多。9月的一天,刘铭传正在台北机器厂视察。此厂战后开始动工,主要目的是仿制各种子弹、炮弹。战时台湾曾购买后膛洋枪一万余杆,但子弹打完了,便成了摆设。当时法军封海,运送艰难。刘铭传认为台湾孤悬海外,非自己制造不可,因此战事一停,他便立即动手筹造该厂,并饬令刘朝幹负责此事。

刘朝幹是刘铭传的族侄孙,也是他的老部下,官至记名提督。他接到任务后,便会同淡水知县李嘉棠,在台北府城北门外购买民田六十多亩,于1885年6月开工,到次年3月,第一期工程和第二期工程先后完工。第一期工程建造房屋、大小车间一百七十余间。由张之洞代购制造枪弹机器一台,开始生产各类子弹。在生产的同时,第二期工程也接着上马,又增建房屋车间七十余间,并配套大机器厂、汽炉房、打铁房及仓库,开始制造各种炮弹。

刘铭传很高兴,对刘朝幹在这么短的时间内就取得如此成绩十分满意。"你小子不瓢劲,干得不错啊!"他连声夸赞。不瓢劲,是合肥土话,意为不差或很好。对于李嘉棠他也进行了表扬,认为他在建造厂房上出了不少力。

那天，刘铭传兴致很高，他听取了汇报，兴致勃勃地参观了制造子弹和炮弹的过程，一边看，一边问，还不时与德国工程师波德兰进行交谈。当天下午，他回到抚衙时，却传来一个噩耗。

前来向他报告的是刘盛芳，当天他留署办公，没有前去机器厂。刘铭传的轿子刚到抚衙前，他便急匆匆地迎上来，一副惶恐的样子。

"'威利'……"他说。

"'威利'怎么了？"

"'威利'出事了！"

刘铭传大惊。"威利"轮是他去年刚买的一艘旧船。就在前几天，记名总兵万国本奉调台北，率正、副两营五百七十余人携带军械装备由安平登船。下午申时（三时至五时）出发，突遇狂风暴雨，惊涛骇浪转瞬即至。半夜时分，轮船行至澎湖口外良文港，不慎触上暗礁。随着剧烈的震动，管驾罗音意识到不好，立即停船。罗音是个英国人，有多年驾船经验，他曾尝试退出暗礁，但由于风浪太大，没有成功。当时正值深夜，离岸甚远，无从呼救。好不容易等到天亮，罗音才派人乘坐小船登岸求救。

澎湖防军提督吴宏洛闻报，立即进行救援。该岛文武官员也被紧急动员，四处募雇小船，前往出事地点救人。由于风大浪急，救援十分困难。到了晚上九点多钟，随着退潮，海面刮起台风，浪涌也越来越高，小船已无法靠近大船。吴宏洛派小轮前往，同样被风浪阻挡。

此时，"威利"的船身由于被风浪反复冲击，断成了两段，情势十分危急。可救援船相隔数丈，无法靠近，除了救援一些水面上的漂浮人员或打捞尸体，别的束手无策。

据事后统计，这次沉船损失严重，获救弁勇三百五十余名，遇难二百余人，其中包括洋管驾罗音、二副萨姆喃、大铁柜汉达生、二铁柜鲍格理等。至于军械装备,也全部沉没。

刘铭传心情非常沉重。他下令进行调查,由陈鸣志负责查清事故原因,具结上报,同时要求抚署做好善后,对遇难人员进行优恤。年初,"万年青"出事时,他就上奏朝廷请求把那些因公殉职人员按"陷阵捐躯"对待,一并敕部"从优议恤,以慰忠魂",这次同样如此。

安排妥当后,刘铭传心情依然十分沉痛。一年之内,连失两船,虽然"万年青"一案上月已经裁定,原告获胜,英刑司判决被告赔偿全部损失。但英国公司仍在耍赖,提出要上告到伦敦法院裁断,用刘铭传的话说是"实属狡顽"。此事尚未了结,"威利"又遭沉没。台湾本来就缺船,这无疑又是一大损失。

不久前,李彤恩曾向他报告说,"伏波"下水快十余年,加上原系沉没旧船,去年捞起后,经过大修,虽勉强可用,但船身、轮机多处朽坏,水缸铁质渐薄,日渐渗漏,加上各种小毛病不断,经常需要修理,这笔修理费用不菲。刘铭传本想弃之,但在这之前,"永保""琛船"已经淘汰,如果再将"伏波"停驶,那可用之船就更少了。

"还能用吗?"他问李彤恩。

"尚可凑合。"

"那就先凑合吧。"他叹了一口气说。

台湾四边环海,无船等于无脚。他早就想购买新船了,只是手中缺钱。如今痛定思痛,看来这事不能再拖了,也拖不得了,得赶紧设法解决。这天,李彤恩有事来见他。一进门,刘铭传劈头就是一句话:

"买!"

李彤恩愣了一下。

"买什么?"

"船!"

"钱呢?"

"铁路款可先挪用。"

前不久,李彤恩去南洋招商,募集到铁路款七十余万。刘铭传决定从中先拿出一部分买船。

"那铁路咋办?"李彤恩问。

"先买船吧,其他的以后再说。"

事后,据李彤恩回忆说,爵抚的表情显得十分无奈。

第十七章　劝君切莫去抬郎

1

转眼间到了年底，抚垦总局已成立一年多了。虽然困难重重，但步步拓展，已经取得了不小的成果。据林维源呈报，前后山各路共招抚"番社"五百四十余社，"番丁"八万八千余人，在水尾、花莲港、云林、东势角等处开垦水旱田数十万亩。

根据刘铭传制定的方案，全台抚垦共分北、南、东三路：北路由埔里至宜兰，南路从宜兰北至恒春，东路为台东地区。仅仅一年多便取得如此成绩，实属来之不易。

"抚番"是历任台湾官员绕不开的难题，各个时期，政策不一，是剿是抚，摇摆不定。有的重剿，有的重抚，各有得失。沈葆桢采取剿抚并重之策，刘铭传认为此法较为妥帖，但在尺度上很难把握。

潘高升一案发生后，刘铭传引以为戒，督促各地官员，认真处理"番"事，严禁玩忽职守。他还立下规矩：剿抚并重，以抚为先，除非拒不受抚，方可用兵;即便用兵也以威慑为主,不准滥杀无辜,更不准为了邀功请赏而激发事端,大开杀戒。

然而,说者容易做者难。由于遭到"番社"的抵抗,掌握剿抚尺度并非易事。

1886年夏,抚垦主要在台北附近的宜兰、新竹一带展开。北路以刘朝祜四营开赴大嵙崁,相机剿抚。宜兰距台北一百五十多里,这里万山壁立,"番社"甚多。一些"悍番"拒不受抚,以武力抗拒。刘朝祜率部先后招抚马来八社,并平定竹头角、猫头鹰里翁等社。就在这时,他忽染瘴气,吐泻交作,病甚严重。

刘铭传闻讯,亲赴大嵙崁督军,令提督唐仁元接统刘朝祜部进行指挥,同时派新竹县知县方祖荫会同代理,游击袁绍从、都司张李成各带一营,在新竹展开剿抚。以上均为北路。

中路以林朝栋驻兵罩兰,南路以章高元进扎嘉义。嘉义土匪横行,扰乱地方,有时还与"番社"联手,制造动乱。章高元此时已升任台湾镇总兵,刘铭传令他一边抚垦,一边剿匪。

随着招抚不断推进,垦荒也步步跟进。抚垦总局组织人力,招抚到哪里,路就修到哪里,荒地开垦也跟到哪里。半年之间,招抚四百余社,剃头归化者七万余人,前山垦荒田地两万余亩,其中包括已垦而后复弃的田地。

第一阶段成果丰硕。转眼到夏季,高温炎热,内山瘴气过重,将士多病,刘铭传便下令各部回营休整,等天气转凉后,再行分路办理。

就在部队撤离之后,内山"番社"又开始滋事,一些受抚的"番社"也开始反水。新垦的土地重新抛荒,无人敢种。商旅裹足,人心动荡不安。

朝廷闻报,大为不悦。6月9日,在第一阶段抚垦结束后,朝廷曾对刘铭传抚垦取得成绩予以表扬。谕旨中有"调度有方,深表嘉尚",对各级官员也"从优议叙"。但不到半年,11月14日又有谕旨,内云:"该番反复无常,聚众抗拒,自宜示以兵威。即着该抚督饬各统领,相机进兵,妥为剿抚,务令各番知惧知威,倾忱向化。钦此。"

刘铭传接旨后,不敢怠慢,再度调兵遣将,兵分两路:中路由章高元三营、李定明三营、林朝栋土勇、吴宏洛驻澎湖四营、朱焕明驻沪尾三营组成,进扎罩兰地区;北路调方策勋驻基隆三营、唐仁元驻淡水三营,开往南雅、义兴一带。以上各部多为淮军劲旅。然而,唐仁元到达义兴后不久,便积劳病故。刘铭传急调刘朝祜前往统带。当时,刘朝祜尚在病中,刘铭传令其从速销假,赶往义兴,自己则亲往宜兰,坐镇指挥。

从10月开始,这场剿抚先后持续了近两个月。中路抚平苏鲁、马那邦等七社后,当刘铭传到达老屋峨社一带时,该社首领白眉峰及其他各社首领率众伏地相迎,载歌载舞,并献兽皮、干果。刘铭传大喜,令赐以酒食,与众首领把酒言欢。

老屋峨社是几个月前归化的。由于居于深山,生活处于原始状态,异常艰苦,林朝栋禀请发给各社男女衣裤,以示国恩。可当时台饷万分支绌,去年协款未至,办防经费都没有着落,根本拿不出钱来。沈应奎见此便与陈鸣志商量,东挪西凑,或劝说官绅捐助,弄了一点钱,又把一些旧存旗帜、号衣加以改做,备办衣裤七万多套,分发给各社男女,没想到产生了极好的效果。消息传出,各社相率归化剃头,这事给刘铭传留下了很深的印象。

苏鲁等七社乃当地"悍番",他们受抚后,中路抚垦便打开了局面,此后有多社纷纷接受招抚,只有司马限社仍然抗拒,并召集数社聚扎于出火山,不肯就抚。在与众首领交谈中,白眉峰谈到司马限社反抗,事出有因。原来,当地汉民许某与司马限社一头领之女相识,前来提亲遭到拒绝。于是,许某便勾结通事,将此女骗走。该头领名叫姑拉末,闻讯便赶来要人,双方发生冲突,姑拉末被打伤。这事惊动了司马限社的大首领,于是率众报复,导致仇杀发生。

"原来如此!"刘铭传听了很生气,令林维源马上查办此事。他还对白眉峰说,他会查清此事,还司马限一个公道。白眉峰听后,当即表示如果巡抚大人能秉公办理,他愿去劝说司马限社来抚。不久,刘铭传查清了此事,按律治办了许某和通事,司马限等数社便主动就抚,诚心归化。

从这件事中,刘铭传发现"番事"复杂。所谓"生番"生活尚处原始阶段,文明未开,生性嗜杀,但肇事之因有多种。沈应奎就对他说过:"番地之祸,有时在汉不在番。"确实,有些事并非"番民"作乱而是汉民引起,如司马限社之乱就是如此。

于是,刘铭传在各社受抚之后,便派人了解情况,听取他们的意见。一些"番社"首领便向他们反映平时受到的诸多不公,如官员欺压、汉民欺骗,还有一些通事居心不良,利用语言不通,大行坑蒙拐骗之道。

刘铭传下令一一查办,秉公处置,并晓谕天下。他还让林维源对通事进行清理,对那些心术不正者统统清除。

中路平定后,刘铭传又率亲兵赶往大嵙崁。当时他接到林维源的报告,说是北路白阿歪社屡次外出杀人,不到一个月便两次劫杀防勇二十一名。

白阿歪社位于义兴与南雅之间的大山中。此处崇山峻岭,数十里地尽为深溪悬崖,荒无人烟。该社聚居于加九岸山顶,此山十分陡峭,极为险要,只有一条羊肠小道攀藤可上,只要扼住山口,便可一夫当关,万夫莫开。白阿歪社首领马来诗眛杀人为雄,十分强悍,他召集周边十六社人马,在山口堆石防卫,据险而守。方策勋、刘朝祜无计可施。

林维源是当地人,熟悉情况。他提议义兴这边走不通,不妨从南雅探路,绕道后山。于是,他便派了一个手下前去竹头角、加飞等社暗中打听。

这个手下名叫刘加辉,当过通事,懂"番"语,为人精明。竹头角、加飞等社均为"熟番",业已受抚。刘加辉很快便打听到后山有路,不过要翻越好几座山,而且沿途尽是深山老林,鲜有人至。好在这事并没有难倒刘加辉,经过一番查访,并许以重金,终于有一个加飞社的"番丁"答应带路。

这时,刘铭传已经赶到了大嵙崁。他令刘朝祜在义兴开路,造成进军假象,与此同时,又令吴宏洛统带前军由加飞,自己则率朱焕明、万国本等部由竹头角绕行。

部队到达南雅后,山路更加崎岖险峻,粮草、物资运送都十分困难,好在林维源设法保证供应。部队边修路,边前进,一路凿石前进,逢山开路,遇水架桥,终于在险峰与大川之间修出一条五十多里的道路,直抵加九岸山后。然后部队攀崖而上,突然出现在"番社"之后。

马来诗眛措手不及,他的全部兵力都集中于山前,没想到刘铭传忽然神兵天降,不禁慌了手脚,方寸大乱。

这时,朱焕明和万国本大声喊话:"巡抚大人驾到,还不快快就抚!"各社首领知大势已去,只能放弃抵抗,随后各社男女前来吴宏洛大营受抚。

刘铭传让首领们一一报上姓名,却没有马来诗眛。

"谁是白阿歪的?"他问。

"小的在。"一人答道。

"尔何名?"

"小的舌马来。"

那人报上姓名,并称自己是白阿歪社的副头目。

"马来诗眛何在?"

"病了。"

"让他来见本抚。"

原来马来诗眛自知罪大,托病不出。朱焕明带人赶到他的居处,只见门前垒满了以示战利品的人头骨。"生番"有杀人习俗,杀人越多越表明自身勇武。马来诗眛向来凶悍,而且反复无常,接受招抚后又连续杀人犯案。这一次,他心想自己必死无疑,当刘铭传问他为何屡犯不改,他便脖颈一梗说:"勿废话,任杀任剐!"

刘铭传说:"杀尔还不易?"

马说:"汝想如何?"

刘问:"知罪否?"

马不答。

刘又问:"如放你,还杀人否?"

马仍不答。

"那就别怪本抚了。"

众"番民"一听齐刷刷地跪下,请求刘铭传饶恕。

"好,"刘铭传说,"要放汝须答应本抚三个条件。"

"大帅请讲。"

于是刘铭传便说:一、交出杀人凶手,由官府按律处置;二、从此不准再杀人;三、老老实实做个百姓。

马来诗眛低头不语,众人齐声劝说。半晌,马来诗眛终于叹息一声,表示接受。刘铭传下令放人。众将纷纷上前劝阻,认为不可,放虎归山,必有后患,但刘铭传微微一笑,对马来诗眛说:"你都听到了吗?"马大惊:"你想反悔吗?"刘铭传大笑:"本帅能放你,就能抓你。尔好自为之吧。"

说罢,当场将马释放。刘铭传的举动让人大惑不解。事后,他对众将说:"马来论罪当斩,可杀他一人容易,白阿歪社数千之众岂能尽数杀之?不如宽大为怀,放一人而安众人之心。"

中国古有羁縻之策,刘铭传深受影响。在当时这也是一种务实的做法。果然,马来诗眛获释后,深为刘铭传所折服。他感念刘铭传不杀之恩,从此甘心就抚。这事一传十,十传百,许多"番社"首领都有罪在身,原先害怕官府追究,现在看到马来诗眛都被开释,也都放下思想包袱,纷纷剃头归化。

2

台北打开局面之后,台南、台东的招抚也相继展开。卑南(台东)、凤山(高雄)、恒春(屏东)等地的抚垦均成果显著。卑南吕家望为东部最强之"番",在该社就抚后,附近四十余社,一万三千人闻风向化;恒春剃头一百二十九社,三万五千余人;凤山归化五十余社,一万二千余人。

在招抚过程中,刘铭传不断总结经验,摸索出了一些行之有效的办法。他越来越认识到,招抚容易教化难。用他的话说,就是"不难于抚,而难以化"。强压之下,人心不服,即便一时就范,实则内心并不向化,终无实效。要想真正解决问题,必须在"化"字上做好文章。这是治本之举,也是难点所在。

所谓"化",就是要打破"番民"的原始生活状态,提高他们的文明程度,让他们逐渐融入社会和现行的法制体系。

为此,他采取了一系列的措施,令各级官员深入受抚各社,宣示朝廷的威德,发放衣物礼品,示之以威,抚之以德。凡归化各社,一律要求剃头,以示输诚,同时择立社长,颁给宪书条款,对首领赏发六七品功牌,以加强他们对政府的认同感。

他还下令修路。凡受抚各社都要通路,这不仅是抚垦的需要,也是引导"番社"走向融和的重要举措。他曾对章高元、刘朝祜说过:"招抚容易,但招抚过后,道路不通,声气隔绝,徒糜经费,难求实效。"他的意思是说,如果受抚各社仍居于深山之中,与世隔绝,就难以改变,不能真正融入社会,甚至还会重新反叛。

因此,他要求各部雇用石工、民夫,抚到哪里,路就修到哪里。

刘铭传常说,化者,教也。孔老夫子有言,性相近,习相远,善恶本在教也。抚垦总局成立时,他专门设立了教耕、教读职位。

教耕者,乃教授耕种之法。因为"番民"以渔猎为生,不谙耕读。归化后,他鼓励抚民开垦荒地,改变生产方式,这就需要提高耕种技能,所谓"教之耕耘,使饶衣食"。教读者,则教授文化、礼仪和法度,开启民智,教化人心。

他还在台北及各县设立"番学堂",招收"番童"入学。大嵙崁抚垦局首先开办,招收"番童"不下二百名。学校包吃包住,教授文化、诗文。刘铭传下令各社社长送子入学,"化以礼义,风以诗书"。刘铭传认为,人在少年时最易教导,"番"性虽犷,而舐犊之爱,乃为常情。孩子受教必然影响父母,而父母时常来校探望,也会受到感染,潜移默化,必有所成。

事实也是如此。大嵙崁"番学堂"取得了很好的效果。虽然学堂口粮用费增加了支出,但从长远看,这钱花得值。于是,他下令向全省推广,要求各地抚垦局一律照办。

抚民归化后,一些习俗难以改变。特别是杀人祭鬼的风俗,名曰做餐,或做享,意在禳灾避祸。对于这种嗜杀恶习,刘铭传认为非严禁不可。过去,"番民"杀汉民,官府追究,而"番民"杀"番民"则官不究问。这种状况,刘铭传认为也要加以改变,归化之后,"番"即我民,无论汉民、"番民"均需保护,杀人者均按律究治。

然而,有些习俗的改变需要时间,要想从根本上消除,则在于"变其气质"。用刘铭传的话说是"只可渐移,非可强致也"。

为了达到这一目的,他颁布"五教""五禁",要求遵守。《台湾通史》

载,"五教"为:一曰正朔,二曰恒业,三曰体制,四曰法度,五曰善行;"五禁"为:一做餉,二仇杀,三争占,四佩带,五迁避。为了宣传教化,他还写了一首《劝番歌》,令人广为传唱。内容如下:

> 劝君切莫去抬郎,抬郎不能当衣粮。
> 抬得郎来无好处,是祸是福要思量。
> 百姓抬你兄和弟,问你心伤不心伤?
> 一旦大兵来剿洗,合社男女皆惊慌。
> 东逃西走无处躲,户屋烧了一片光。
> 官兵大炮与洋枪,番仔如何能抵挡?
> 不拿凶手来抵命,看你跑到何处藏?
> 若如你们不肯信,问问苏鲁马那帮。
> 莫如归化心不变,学习种茶与耕田。
> 剃发穿衣做百姓,有衣有食有银钱。
> 凡有抬郎凶番仔,哪个到老得保全?
> 你来听我七字唱,从此民番无仇怨。

诗中的"抬郎",为台湾土语,意为杀人。诗的第一句"劝君切莫去抬郎",便是劝君切莫去杀人。通篇内容皆为宣讲杀人的坏处,劝说抚民改变嗜杀旧俗。

关于《劝番歌》的由来,有两种说法。一说是刘铭传组织人编写的;一说是当地人以为刘铭传文化程度不高,想考考他,没想到刘铭传出口成章,吟出了这首《劝番歌》。台湾省光绪《恒春县志》载,这首诗写于光绪十三年(1887年)四月,是刘铭传以当地土音写成,并以官方文件形式,札发各知县,抄给各番社头人、通事等,要求男女老少都要朝夕歌唱,并认真教导,为之讲解,使之家喻户晓,"期革嗜杀之风,渐知人伦之道"。

从这首歌的形式看,七字一句,内容通俗,朗朗上口,易懂易诵。有人认为刘铭传套用了道光末期客家民谣《渡台悲歌》。这首民谣在台流传十分广泛,后被改成"三角戏"(该剧只有生、旦、丑三个角色,故而得名),唱腔为潮州调,每逢年节,村社之间经常演唱,妇孺皆知。唱词曰:

劝君切莫过台湾,台湾恰似鬼门关。
千个人去无人转,知生知死都是难。
就是窑场也敢去,台湾所在灭人山。
台湾本系福建省,一半漳州一半泉。
……

不难看出,无论形式还是格调,这首民谣与《劝番歌》都有许多相似之处。刘铭传或许就是想利用这种大众耳熟能详的歌曲来达到宣传的目的。

为了推动融和,刘铭传还采取一些感化政策,提倡士绅向抚民施粮施衣,派出医生为抚民治疗。"番民"归附后,民"番"杂居日多,由于"番民"纯朴,在民间交往和商业活动中常常受到刁滑之人的欺侮和欺骗。一些抚民因不善农事,只能把土地租给汉民耕种,有的奸佞之徒便乘机勾结通事大行坑蒙之道,甚至以低价骗走抚民的土地。刘铭传对这类案件十分重视,一经发现便严肃查办。

此外,他还鼓励和支持民"番"通婚。乾隆年间曾有禁令,民"番"不准通婚,后被大学士鄂尔泰奏请解除,但在有的地方通婚仍被视为禁忌。刘铭传曾做出训示:"('番民')与垦民同居杂处日久,婚姻交易,乃知人世衣食伦常之乐,其嗜杀积习即可潜移默化。"

刘铭传的这些举措受到了欢迎。老屋峨社的首领白眉峰,其妻病重,刘铭传得知后,便派随军医生前往医治,救了她一命。白眉峰大为感激,不仅主动劝说各"番社"归化,还向刘铭传献上周边地图,上边标明各"番社"分布地点。刘铭传大喜,授他六品功牌,以示嘉奖。

事后,刘铭传对沈应奎谈及此事,不禁感慨良多。

"抚番重在抚心,"他说,"'番'民虽未开化,但人心都是一样的,只有怀远以德,'番'民方能诚心向化。"

3

台湾创省,机构升格,编制中增加了布政使和按察使。这两个职务均为从二品,仅次于巡抚,相当于副省级。

布政使,又称藩司,分管一省民政、财政;按察使,亦称臬司,掌管一省司法、监察等事务。刘铭传一直认为沈应奎是布政使最好的人选,况且他以前做过贵州布政使。但年初朝廷发布了委任,调用邵友濂为布政使,唐景崧为按察使。

邵友濂是浙江余姚人,举人出身,历任工部员外郎、总理衙门汉章京,出使过俄罗斯,来台之前任江苏苏松太道。刘铭传在上海时与他有过一面之交。法军犯台时,他负责转运,对台湾有过支持。

唐景崧是广西灌阳人,进士出身,曾任吏部主事,法军入侵时,赴越抗战,招刘永福黑旗军有功,授四品卿衔,赏戴花翎,赐号迦春巴图鲁。

这两人来台,刘铭传都表示欢迎,只是觉得委屈了沈应奎。台湾藩司设立前,因工作需要,刘铭传设立总粮台,由沈应奎总理,实际代行藩司之职。然而,藩司设立后,总粮台作为一个临时机构便要撤销,那么,沈应奎怎么办呢？

经过两年多的共事，刘铭传越来越离不开沈应奎，而沈应奎也成了刘铭传的重要智囊和臂膀之一，凡有大事、要事，他无不参与商议决策。此人不仅能力强，而且任劳任怨，从不计较个人名位得失。本来，建省之后，外界都认为他将出任藩司，现在邵友濂来了，他的希望也落空了。刘铭传担心他会有想法，眼下抚垦、清赋都在节骨眼上，邵友濂初来乍到，一时难以接手，这些事还得依靠沈应奎。

为了妥善安置沈应奎，继续发挥他的作用，刘铭传在撤销总粮台时，奏请朝廷批准仿照福建，设立善后总局，委沈应奎主持，总粮台原班人马也保留不变，以保持工作的连续性。与此同时，他还奏请朝廷开复沈应奎原官，即恢复他藩司职衔。在这之前，他已奏请朝廷赏还沈应奎原衔花翎。

当时，沈应奎因病请假两月，正在大陆就医。等他返回时，得知这一切，心里十分感动，不仅没有怨言，还表示将继续留台，协助邵友濂，会同办理各项事务。刘铭传很高兴，也松了一口气。

"小筠（沈应奎的字）兄，"他说，"你能这样想，我就放心了。"

1887年5月，唐景崧到台接印。9月，邵友濂也走马上任。刘铭传让邵友濂主持藩司衙门，重点督促清丈。唐景崧分工司法、监察，重点则是治安、剿匪以及清理积案。沈应奎总理善后总局，协助邵、唐做好工作。

这期间，招商又传来了好消息。李彤恩在新加坡设立招商局，向南洋侨商募集资金，很快筹集了七十余万股金。刘铭传很高兴，指示张鸿禄、李彤恩从中拿出三十六万从英国订购轮船两只，同时与洋商接洽订购铁路钢条等物资，准备兴建铁路。

李彤恩受命后，即与旗昌等洋行联系，商谈定制船只。关于船只的规格和预算，刘铭传早已召集有关人士商讨过，具体由李彤恩负责落实。刘铭传对这件事十分重视,他要求新买的船必须是最先进的,用他的话说,不买则罢,要买就买最好的。那些旧船让他吃够了苦头,不仅经常出故障,而且风险很大。

为了加大招商力度,他还召集有关人员参加会议,制定了《振兴台湾商务章程》六条,提出多项优惠政策,以顺商情。内容包括官创商办,招商集股承办;设立商董,制定章程;官股、商股合理分配,鼓励商家独自承办等。经过批准后,该章程便刊于报章,广为昭告。

与此同时,一直迟迟没有成立的商务总局也宣告成立。按刘铭传的计划,商务总局除了承担招商、兴市等事务外,电线、铁路也由该局一体承办。

关于铁路,他原定林维源帮办,后因他的抚垦任务太重,无法兼顾,于是刘铭传便把这项差事划归商务总局。这样,新成立的商务总局便取名为铁路商务总局,建制上隶属藩司衙门,归布政使节制,具体由杨宗瀚主持。

不难看出,此时的商务总局已在台湾新政中居于中心地位。

到了年底,台北、淡水的城建也开始旧貌换新颜。台北新建了石坊、西门、新起三条街,沿街盖起了房屋,取江南风格,清一色的青瓦白墙,一排三间,宽敞明亮,放眼望去,赏心悦目。杨宗瀚是苏南人,台北城的建筑风格也许是按他的偏好所建的。

但淡水则不同。淡水是通商口岸,外商集中于大稻埕。那里原先只有一条六馆街,沿街多为洋行,建筑也以西洋风格为主。林维源在刘铭传的劝说下,与另一富商李春生共同出资新建了两条街,名为千秋、新昌,又将淡水、大稻埕、艋舺的旧房加以改造,连成一片。沿街建筑参照西方,并结合当地房屋特点,别具风格。

不难看出,杨宗瀚在规划上用了心思,台北、淡水各具特色,可谓设计精密,思虑周全。

城建搞好后,招商也迅速展开。很快,台北、淡水便兴盛起来。当时,国内最具活力的新兴媒体首推《申报》。该报对台湾的发展十分关注,从法军犯台后便对台湾进行持续不断的报道。其中一篇这样写道:

> 自奉旨改设行省后,经刘省帅奏留杨藕芳(宗瀚)观察督办全台商务,创立兴市公司,就北门街一带,度地广建民房,直达抚署东辕门,鸟革翚飞,大约仿姑苏之式。凡内地绅商之往设肆者,公司中且代为保护,以安市廛,而广招徕,现有药材店、京货店、酒肆、澡堂等,密如栉比。

该文在对城市面貌概略描写之后,又具体写道:

> 最为出色者为茶楼一所,颜曰:迎薰阁,坐东向西,上下虽数楹,而明窗净几,布置攸宜,每当夕阳在山时,客有登斯楼者,邀一二知己,寻卢仝之逸兴,陆羽之遗经,相与于竹炉茶灶间,悦目爽怀。凭栏一眺,则辚辚焉!轧轧焉!东洋车之往来于途者络绎不绝,并有马车一二辆,中坐姊妹花数枝,左顾右盼,更是自豪。窃谓此等风景在申江繁华之地,司空见惯,不足为奇,以海外而得此,则承平景气不已,于此可见一斑哉!

这篇报道极为生动,让人有身临其境之感。当然,这样的报道还有不少,内容也十分广泛。有写市场繁荣的,如"车马辐辏,市廛鳞栉",店铺中"无论中外华洋,苏杭京广,地道物产,灿然杂陈其间","店铺之外沿街摆摊尤多,相时唱价,观货居奇,琐碎零星,层累堆垛";有写酒楼的,如称抚署门前的聚仙楼,其规模仿照上海大酒楼,生意兴隆,客常满座;有写戏园子的,说它堪比福州南台之广聚楼,经常邀请内地戏班前来演出;也有盛赞台湾城市风貌和变化的。其中有一篇还写到了东洋车。

据说,东洋车引进时,刘铭传十分支持,曾专门去坐了一遭,绕着台北城几条街道兜了一圈。手下问他感觉如何,他连说"甚好,甚好"。由于东洋车的车价便宜,也受到市民的欢迎。

除了商业繁荣外,城市的生活设施和配套建设也跟了上去。当时的台北、淡水,不仅兴修了马路,安装了泵用自来水,还建立了邮局,发行了邮票。为了城市的清洁,兴市公司还成立了清理街道局,负责管理城市卫生工作,包括疏通管道、清扫马路等,同时督促商铺及居民各自做好扫除,不准乱扔乱堆垃圾、倾倒粪便,以防污染环境。

转过年去,有一天晚上,台北城内忽然灯火通明。各大机关和街道都亮起了电灯。老百姓们欢呼雀跃,纷纷拥上街头,惊喜异常。他们第一次见到这种情景,很多人祖祖辈辈与油灯相伴,还从没见过电灯,以为神灵天降,望着四周一片灿然,不禁瞠目结舌,啧啧有声。

《申报》报道云:

> 日前传来信息,电气灯已在台北试燃,将来既推广,则是不夜之城,长春之国,富不仅在上海一隅也……(台人)独于电灯,则真为生平所未见,忽焉大放光明,炫人耳目,则将惊之,异之,叹赏而羡慕之谓,西法之妙固如是也。

报道中还称:"台湾自改设省会以来,经刘省三爵抚认真整顿,凡事无不日新月盛。"

那晚,刘铭传在杨宗瀚的陪同下,微服漫步于街头,边走边看,望着满街灯火和人群,脸上喜形于色。

"听听,"刘铭传对杨宗瀚说,"他们都在夸你哩。"

杨宗瀚笑道:"这都是爵抚的功劳。"

刘铭传哈哈大笑。

"藕芳,"他说,"事可都是你干的,本部堂要为你请功啊。"

第十八章　多事之秋

1

光绪十四年，公元 1888 年。这一年，开年顺利。正月，刘铭传又收到朝廷恩赏的御书"福"字一方，并荷包、银锞、南枣、莲子、藕粉等件。

同月，他还接到谕旨，撤销对他的降二级留任处分。朝廷每三年都要对当朝满汉大员和各地督抚进行考绩，谓之京察。在这次京察中，朝廷认为刘铭传"尽心民事，绥辑岩疆，殚竭荩忱，不辞劳瘁"，因此决定"着开复降二级留任处分"。

光绪十一年（1885 年），因澎湖失守，左宗棠上奏查办，刘铭传自请议处，但朝廷顾念当时台湾的实际困难，只是对他予以降二级留任处分。自此，刘铭传每次上奏开篇都要写上"督办台湾防务降二级留任福建巡抚一等男刘铭传跪奏"字样；台湾改省后，则改为"督办台湾防务降二级留任福建台湾巡抚一等男刘铭传跪奏"（台湾建省后开始称作福建台湾省）。这样一写就是两年多，现在总算去掉了，这当然是一件好事（刘铭传曾笑称

"省了不少累赘"），从中也可见朝廷对他这几年工作的肯定。

更让他高兴的是，过完年，李彤恩报告，从英国订造的两艘快船已经完工。这两艘快船一名"驾时"，一名"斯美"，船身长二百五十英尺，深十九英尺，吃水十英尺，材料系纯钢质，时速为十五六诺（节），可载货一千吨，载客六百余人，分上、中、下三等客舱，在当时十分先进。每艘造价十八万两，两艘共三十六万两。

刘铭传闻报十分高兴。这可是他渴望已久的事，他指示张鸿禄立即派人前往英国接船，同时在上海招募船员。

《申报》闻讯立即进行了报道：

> （刘省帅）建市房以安商旅，备馆舍以来归客，必使商贾云集，估帆辐辏，而后规模既大，局量愈宏。命人在外洋购快船以通商运，前报曾经述及。现定于二月初二日，委员由沪启行前赴英国船厂，接取来华。其中所用外洋之人即在外洋延聘，而雇用华人则由张叔和（鸿禄）观察在沪挑选。观察熟于船务，且深悉商情，其所挑选者，必期其能胜任。

6月，又传来喜讯，全台水陆电线施工告竣。陆路由泰来洋行承办，路线为基隆—淡水—台北—安平，全程八百八十多里；水路由怡和洋行承办，路线为厦门—澎湖—安平，全长五百多里，共计一千四百余里，分设川石、沪尾（淡水）、澎湖、安平四所水线房，除台南、安平、旗后原设报局三处外，添设澎湖、彰化、台北、沪尾、基隆五处报局，全部费用包括材料、机器、人工等为银二十八万七千余两。

刘铭传喜不自禁，大宴有功人员。他夸赞杨宗瀚"大才槃槃，措之裕如"，对张鸿禄、李彤恩的表现也极为满意。他还上奏朝廷为出力人员请功,认为他们"出没于惊涛险浪之中","均能不辞劳瘁,备历艰辛","实属异常出力"。他在奏折中特别强调了出力人员的功劳,认为"这与河工抢险情形无异,且使海外孤悬之地与内地息息相通,其有裨于海疆者尤大",因此,应按"异常劳绩",从优议叙。在这之前,他已奏请朝廷开复张鸿禄的原官,对李彤恩、丁达意等各员也都分别请功。

在庆功的同时,他还连续召开会议,布置进一步扩大招商、修建铁路、恢复煤矿等事宜。《申报》对此一直跟踪报道。其中一则报道称:"商务局总办杨藕芳(宗瀚)、张叔和(鸿禄)两观察均于日前乘坐飞捷兵轮由沪渡台,连日抚署请宴,并会议招商事务。"

虽然喜事不断,但也有令人忧心之事。不久前,李彤恩因劳累病倒了。前些日子,李彤恩还在与洋商洽谈购买铁轨、机车之事,当时他已生病。不过,这事一直由他经办,别人插不上手,他只好抱病坚持。8月里,他的病情越发严重。刘铭传很关心,让他立即休假治疗。

就在刘铭传为李彤恩的病情担心时,月底又传来了噩耗,他的爱将刘朝祜在军营中病故。

刘朝祜是刘铭传的族侄孙。光绪十年(1884年),在法军犯台最艰苦的时候,他从江阴率兵渡台,苦战基隆、淡水等地,战后又参加布防、抚垦等工作,战绩卓著,功在海疆。前年夏天,他因染烟瘴曾请求离去,但刘铭传不准,让他请假治理,后又准他去大陆就医,可就在这时,宜兰、新竹抚垦吃紧,刘铭传又取消他的病假,让他回来继续带兵。谁知积劳成疾,刘朝祜的病情开始加重。

在刘朝祜病重期间,刘铭传多次派医就治,但台湾医疗条件十分有限,刘朝祜竟不幸身亡。刘铭传十分痛心,也极为难过。

这些年来,跟随他的铭军旧部或战死或病亡的难以计数。其中也包括他从家乡招募来的家族子弟,他岂不疼惜?他曾有诗云:"回首战场都是泪，知心朋辈几人全。"他有些懊悔，要是当时同意刘朝祜内渡就医，或许事不至此。怎奈台省草创，处处要人，他一时也没有顾及太多。

战后，一些湘、淮老将先后离去。根据朝廷规定，凡在台湾任职三年以上者，可视情调回大陆任职。按此规定，孙开华、曹志忠等先后离台，他的老部下章高元去年也获内调，任登莱青镇实缺总兵。刘铭传既为他高兴，也有些舍不得。这些年章高元四处转战，功在台湾，同时也历受瘴气，积病甚重，刘铭传不忍心再把他留下来。他交卸内渡前，前去向刘铭传辞行。当时刘铭传正在宜兰抚垦，急需得力将领，便要章暂留一段时间，等宜兰、新竹等地的抚垦结束后再走。章高元二话没说便一口答应。他说："老长官有命，义不容辞。"

前不久，吴宏洛回籍探亲，因母亲年逾八十，回来后便请求回籍侍亲，但澎湖办防、建城都在进行之中，实在离不开人，刘铭传不准。老将苏得胜渡台以来，兢兢业业，同样伤病累累，也曾请求内渡，同样没被批准。

想起这些，刘铭传不禁十分内疚，同时也为这些老部下不离不弃而感动。

大暑过后，天气极为炎热。那些日子，刘铭传的旧疾又复发了。他请来大夫调治。大夫认为他劳累过度，急需休息，但抚垦、清丈都在进行，铁路也开始上马，他哪有时间休息？加上李彤恩生病后，杨宗瀚也病倒了，他的事更多了。

台湾瘴疫严重，尤其是夏季，更为盛行。特别是抚垦、铁路等事务均需出入山地，更易染病。李彤恩和杨宗瀚的病都与此有关。

这天，刘铭传忽然接报，凤山县发生劫案。据报，不久前的一天夜里，一伙匪徒潜入城中，连抢三家店铺，打伤多人，损失财物达三百六十多两。刘铭传大怒，立即责成凤山县限期破案。

台湾地方山海交错，盗风甚炽。由于过去剿办不力，这些盗匪越发胆大包天,法人之役,他们竟敢抢劫军用物资。他们还利用"番民"的纯朴和蒙昧,通过挑拨、栽赃等手段煽动"番社"反抗政府,制造动乱,严重扰乱了社会治安。

战后,刘铭传便在各地大力开展剿匪。他把剿匪与抚垦结合起来,一边抚垦,一边剿匪,力度之大,前所未有。嘉义、彰化两县幅员广阔,伏莽尤多,当地民风枭悍,土匪横行,可当地官员却认为多一事不如少一事,尽管控案堆积如山,却不见破获一案,未闻缉拿一凶。刘铭传发现后,下决心要整治,用他的话说:"地方官因循日久,民不畏法,若不雷厉风行,不足以挽颓风。"

于是,他派出军队,整顿地方,对不称职的官员一律撤职或查办。他还对两县派驻军队,配合清剿。

在刘铭传的雷霆打击之下,嘉、彰等地剿匪先后传来捷报。嘉义的颜摆彩、庄芋、薛国鳌、吴金印四大匪目,以及沈唠二、翁碰头、翁呆、翁久等一百四十多名恶棍,先后落网或被击毙。彰化同样如此,先后剿办了罪大恶极的土匪头目黄敏、黄猫、黄汶丁兄弟及大小匪帮数百名。一时间,土匪嚣张气焰受到打击,盗风稍息,民心始安。但凤山一县僻在台南,盗匪依然不靖。这次抢劫公然发生在县城,实属胆大妄为。

他密饬台湾府知府程起鹗从速派兵缉拿,并对凤山知县高光斗予以撤职,仍留地方,限期两个月拿获赃贼。

2

这件事刚刚处理完,从卑南又传来坏消息:吕家望反叛了!

仿佛上半年的好运用完了,坏事接踵而至。吕家望社去年就抚,刘铭传曾亲往宜兰坐镇指挥。吕家望势力很大,其头目卞海盈、齐骨狮、康大鳌等均为强人,在当地颇有号召力。去年该社接受招抚,带动周边四十余社一万三千余众归顺,可见影响之大。

现在,他们突然反叛,这绝非小事。卑南地处恒春、凤山两县交界,重峦叠嶂,地极幽深,周边"番社"众多。如果不及时平息,势必引起连锁反应,弄不好就连去年的招抚成果也将前功尽弃。因此,他不敢怠慢,决定抱病前往,亲自处理这件事。

然而,让他没想到的是,就在他前往卑南处理吕家望叛乱时,一场更大的风波已在悄悄地逼近。

刘铭传赶到卑南后,吕家望叛乱很快平息下去。事情是土匪李大鼓才引起的。李大鼓才是积年巨匪,穷凶极恶,气焰嚣张,手下最盛时曾有匪众数百人,为非作歹,猖獗一时,但在刘铭传发起的剿匪行动中,该匪帮屡遭打击,死伤惨重,很快作鸟兽散。李大鼓才带着剩下几人逃入深山,寻觅无踪。

1888年夏天,凤山知县吴元韬病重,不能理事。当时,凤山抚垦、剿匪初定,且值清丈正在要紧时刻,知县病倒,工作必受影响。邵友濂来找刘铭传请示能否重新任命一个知县,接手吴元韬。刘铭传也认为十分必要。可该县候补同知包容,现办安平厘金要差,未便变动,而候补通判周传辉人地不适,难以胜任。

刘铭传这时想到了高光斗。

高光斗原为甘肃候补知县,去年底来台投效。台湾为海疆烟瘴之地,分省伊始,百事草创,正需人差遣,刘铭传便把他留了下来。此后,他在抚垦中表现不错,用刘铭传的话说,就是"尚朴实耐劳,办事勤慎",于是,便任用他为凤山知县。

高光斗到任后,剿匪十分卖力,不久便报告说拿获惯匪陈妈清、庄明月、张老帅,立正刑典。他还报告说李大鼓才在追捕中被击毙,凤山全境土匪一律肃清。刘铭传很高兴，还给予了他嘉奖。

哪知话音未落，凤山县城便又发生劫案，为首的匪徒正是李大鼓才，刘铭传大为光火。更让他生气的是，这次吕家望叛乱也是因李大鼓才而起。

原来，李大鼓才根本没死，他带着手下许发、许大目、郑青等人逃入深山，设法结交了吕家望的头领康大鳌，躲藏在康的部落中。凤山劫案发生后，刘铭传下令将高光斗革职，仍留县配合剿匪，同时任命张兆芝接任知县。张原系宁德县知县，从大陆咨调前来。他到任后，会同高光斗，连续追踪，很快拿获了许发、许大目，但李大鼓才、郑青依然在逃。

高光斗带兵进山追缉，并知会各"番社"不准收藏。眼看自身难保，李大鼓才和郑青便杀害康大鳌，并嫁祸于官兵，于是导致叛乱发生。

刘铭传赶到凤山，张兆芝、高光斗前来拜见。刘铭传气得大骂："看看你惹的好事！"他指着高光斗的鼻子，连声训斥。高光斗不迭声地说："下官有罪。"

"你不是说李大鼓才已死吗？"刘铭传说，"怎么又冒出来了？难道他会起死回生之术不成？"

高光斗满脸羞愧，无地自容。他解释说，夏至前，他带人追拿李大鼓才，李大鼓才当时带的两个手下先后被击毙，李大鼓才也中弹落水。几天后，在下游发现一具尸体，经人辨认正是李大鼓才。

"一派胡言！"刘铭传斥道，"分明是粉饰浮夸，虚报战绩。"

"不敢，不敢。"高光斗吓得浑身发抖，头上大汗淋漓。他结结巴巴地辩解说，由于天热，尸体腐烂膨胀，一时难以辨认，并非存心欺瞒。他扑通跪下，叩头在地，连声辩白："以上所言，句句属实，爵帅恕罪，恕罪！"

刘铭传一头恼火，发了一通脾气，令其尽快捉拿李大鼓才，否则定将严处。几天后，刘铭传调兵遣将，开往吕家望，同时派人前去说明真相。

李大鼓才在事发后已经逃离,不过他的手下郑青已被抓获,并供认了事实。

在大兵压境之下,吕家望首领卜海盈、齐骨狮表示诚服。刘铭传也向他们保证将把李大鼓才捉拿归案,为康大鳌报仇。他还答应在审明案情后,对有关反叛人员宽大处理。

吕家望事变平息后,刘铭传回到台北,此时秋分已过。那段时间,刘铭传正在召集有关人员,筹划成立铁路总局事宜。

就在这时,彰化民变发生了。

3

彰化民变声势浩大,这是刘铭传主台以来发生的一次最大规模的民变。由于事发突然,等到消息传到台北,已是事变的第三天了。

事情的导火索是清赋。

清赋总局自光绪十一年(1885年)春成立后,逐步推进,两年多来已取得不小进展。各地进度不一,有的地方已进入发放丈单的最后阶段。

清赋共分四个步骤进行:一是编制保甲,二是清丈土地,三是核定赋率,四是发给丈单。前期的工作十分繁杂。先要从摸排人口入手,编写户口,完善保甲制度,而后挨家挨户进行土地丈量,并重新登记造册,制定赋税,最后发给丈单。

所谓丈单,就是根据丈量的土地田亩数而制作的土地凭证,相当于地契,也是纳税的依据。田主领取丈单后,便要依据丈单交纳赋税。这是清赋工作的最后一步,也是矛盾最为集中的时候。

清丈本非易事,而对台湾民情来说,尤难办理。自清以来,田赋从未清厘,税赋也极为混乱。此次清赋,旨在一举解决。但对土地拥有者来说,无疑要触及其利益。大量的隐田被查出,这就意味着今后要多交赋税,自然引起他们的反对。

北部的士绅相对通情达理,尤其是林维源带头配合。他作为台北最大的地主,土地最多,受到的损失也最大,但他支持刘铭传,积极响应。在他的带动下,台北的清赋工作进行得有条不紊。

林维源善于结交官府,同时知大义,明大理,具有家国情怀。刘铭传主台以来,他与刘铭传十分投契,无论经费资助,还是抚垦、清赋,都鼎力相助,刘铭传也把他引为知己。

然而,像林维源这样的毕竟是少数。尤其是中部和南部地区,清赋的阻力一直很大。特别是一些"劣绅"(刘铭传语)煽动民众,蛊惑人心,散布谣言,四处告状,试图阻挠清赋开展。

但刘铭传的个性十分强势,根本不吃这一套。他饬令各地强制推行,对于阻挠、破坏清赋者,坚决打击、查办,为此不惜采用各种手段,甚至包括动用军队。对于玩忽职守、办事不力的官员也毫不手软,发现一个,查办一个。他还要求各地定期报告进度,这给地方官员带来了不小的压力。

在他的强压之下,清赋取得了不小的进展。邵友濂到任后,由于情况不熟,主要工作仍旧依赖沈应奎主持。

沈应奎工作比较细致,在检查各地清赋时,发现有的地方为了进度,工作方法简单粗暴,动辄皂隶四出,打人捕人;编制保甲时,鱼目混珠,隐瞒实情;清丈土地时,尺度不一,可宽可松,当然这些都是视人情而定。沈应奎发现这些问题后,便向邵友濂报告,邵要求各地加以纠正,严禁此类事情发生。

然而,效果并不明显。

更糟糕的是,实际情况比他们发现的要严重得多。一些地方,土豪劣绅串通地方官员把持清丈。一些当官的也借机谋利,把清赋当作了生财之道。他们利用手中的权力,任用非人,大肆敛财。给了钱,便可以少量,不给钱便多量,核定课税时可高可低,丈单也可以随意篡改……一时间,贿赂公行,弊端丛生。

凡此种种,引起了强烈不满,各地反抗不断,终于导致了一场大规模的民变发生。

民变发生在10月5日。这天上午,鹿港街头人头攒动,人们纷纷拥上大街。一队皂隶押着三个死囚正在示众。咣咣的锣声和吆喝声,此起彼伏,吸引了众多前来观看的百姓。

"看,看,快来看!"

"要杀人了!"

……

百姓们一传十,十传百,街上的人越来越多,鹿港的街道很快被围得水泄不通。三个死囚被带上鹿港大桥,第一个死囚被钉死在了桥上。人群中发出一阵阵惊呼。一些大人忙不迭地捂住孩子的脸,一些妇人也吓得闭上了眼睛。

一个官吏在这之前宣读了此人的罪状,但由于人声喧嚷,他的声音淹没在一片嘈杂之中,并没有多少人听清。

被钉死的囚犯名叫简灿,但不知怎么七传八传竟被误传为许猫振了。许猫振的弟弟许得龙是个江湖义士,得知消息后便召集门徒前来劫尸。双方发生了激烈的打斗,场面一度十分混乱。围观的百姓四处逃散。皂隶们看到形势不妙,急忙退去。

许得龙抢下了尸体,结果发现并非他的哥哥许猫振,但已酿下大祸,索性一不做二不休,便带人砸了鹿港盐馆。砸抢中,不少乡民也参与进来,有一二百人。盐馆周边的店铺也受到波及,一时间鹿港大乱,人心惶惶。

知县李嘉棠闻报,吓了一跳。他急忙摆轿前往察看,但刚出衙门便被一些乡绅堵住了。他们围着他让他评理,诉说清丈的种种不公,意见很大,纷纷表示拒领丈单。李嘉棠无法脱身,气急败坏。

"反了,反了,"他大声嚷道,"滚开,都给我滚开!"

衙役们上前驱开众人,李嘉棠继续赶路。半道上,有人来报鹿港造反了,盐馆也被砸了。李嘉棠一听,连忙打道回城,一边派兵前往鹿港弹压,一边向上告急,说是发生骚乱,请求增援。

就这样,事情越闹越大。

第十九章　天灾人祸

1

　　李嘉棠的前任是蔡麟祥。此人因彰化剿匪有功,引起刘铭传注意,由试用通判破格提拔为知县。蔡麟祥为人公道,办事勤勉,主持清丈,秉公办事,认真丈量,知错便改,各方反映较好,但蔡因病去职后,情况发生了改变。

　　新任知县李嘉棠,原为淡水试用通判,因协助刘朝幹创办机器厂表现不错,给刘铭传留下了较好的印象。淡水知县徐锡祉另有差委后,刘铭传便提拔他为淡水代理知县。蔡麟祥告病后,又调李嘉棠任彰化知县。李嘉棠原在淡水是代理知县,尚知收敛,可到了彰化拿掉了代理,便放肆起来。在清丈中,他任用私人,敲诈勒索,中饱私囊,搞得民怨沸腾。尽管在他的强压之下,各乡的土地陆续丈量完毕,课赋也核定出来,但到了发放丈单时,很多人都拒不领取。

　　不领取就意味着抗拒。

当时,鹿港士绅带头反对,公开号召进行抵制,李嘉棠非常恼怒。这时,邻近的嘉义县由于工作进度快,受到抚署的表彰。李嘉棠大为不快,便采用高压手段,贴出告示要求士绅田主限期前往领取丈单,否则将按律治罪。

然而,他的威胁似乎没有起到效果。一连几天,各乡毫无动静,领取丈单的人也寥寥无几。不仅如此,一些士绅还不断前来县衙申辩,并扬言要告到抚署。

李嘉棠恼羞成怒,便想到了一个馊主意,试图以杀人立威,鹿港游街便是他一手导演的好戏。他指令衙役将三名死囚拉到鹿港游街示众,然后当场正法。原想以此杀一儆百,震慑地方。哪知刚钉死一人,另外两人还未行刑,一场始料不及的骚乱便发生了。

事变发生后,李嘉棠大为震怒,下令缉拿许得龙等闹事者,不准放走一人。

许得龙等人闻讯,纷纷逃往了浸水庄,向施大公求救。施大公名叫施九缎,是彰化县二林堡浸水庄人。关于他的身份,一说是耕农,一说是地主,事发时他已六十来岁。此人家境富裕,豪侠仗义,喜欢结交朋友,爱打抱不平,当地人遇事常爱找他说解,他持理公正,素有声望,人称"公道伯"。外地客商闻其名,来到此地都要向他拜码头,以寻求庇护。

施九缎还有一个身份,便是乩童,这是一个相当于巫师的职业。该职业可以通神,也就是说,他可以与神鬼对话,并传达神鬼的意旨。对于这样的人物,人们自然充满敬畏。施九缎很会利用这一点,每当起乩时,便声称神灵附体,又蹦又跳,又叫又唱。他还常把自己的话当作神灵的意旨向众人宣示。

许得龙等人跑到浸水庄,纷纷向施九缎哭诉,请求主持公道。施九缎对清丈现状早已不满,当地很多人拒领丈单,这些他都清楚。现在许得龙等人来到浸水庄,向他求救,他当然十分同情,便把他们收留下来。

很快,皂隶便找上门来,要施大公交人。村里人闻讯,三五成群地赶到施家住处,团团围住。皂隶们不敢造次,便撂下话来:"施大爷,这可是李大人发的话。小的们的面子你不给倒也罢了,但李大人的面子你总得顾着点吧。"

这话无疑是在威胁。施九缎为难了:不交吧,得罪了官府,李嘉棠不会善罢甘休;交吧,这有辱他"公道伯"的名声。两难之际,有人出来说了一句话:"岂为不义之人?"

说这话的是浸水庄的士绅王焕。此言一出,本来还在犹豫的施九缎便下了决心,拒不交人。王焕是当地富豪,一直对清丈不满,拒领丈单。当地这样的士绅不在少数,自然也都支持王焕,不怕把事闹大。

这一来,施九缎有了底气,加上闹事者一再央求,便决定出头。这时众人也鼓噪而起,一片声地大叫"反了"。

为了鼓动人心,施九缎决定开坛扶乩,求告神灵。消息传出,人们蜂拥而至,他的屋前屋后立时围满了人。扶乩的场面甚为隆重:大堂上设了乩坛,乩坛上陈列着扶乩用的沙盘,并搭好了扶乩的架子。施大公身穿乩袍,净手焚香,口中念念有词,然后焚烧符纸,接着请神开乩。两个助手这时扶着丁字形木架转动起来。随着他们的转动,木架便开始在沙盘上画起字来。

这叫求乩。第一次,沙盘上的字模糊不清。于是,重来了一遍,这一次沙盘上清楚地呈现了一个"吉"字,现场一片欢声雷动。

消息迅速传播开来。

"紫姑显灵啦!"

"老天都看不下去了!"

"官逼民反!"

第十九章 天灾人祸

"走,找狗官说理去!"

骚动的人群受到煽动,群情激昂。在施九缎的带领下,众人拿起武器,包括棍棒、农具,赶往县城,要求讨回公道。一路上不断有人被裹挟,人数越来越多,队伍越拉越长。彰化县城很快被围了起来。人们手举"官激民变"的横幅,要求焚毁丈单。

李嘉棠一看事情不妙,赶紧关闭城门。此时城内的兵勇不多,守备力量薄弱。他传令各乡绅董派遣庄丁救援,而各乡均无动静。

这时,起事者已经爬上了城外的八卦山。从这里居高临下,可以俯瞰城内。有人很快架起大炮,准备向城内炮击。

"轰他个小狗日的!"

"轰!"

"轰啊!"

人们大声鼓噪。这时,施九缎赶到了。

"不可,不可!"他连忙制止,"我等起事,为张正义,百姓无辜,岂能殃及?"众人听他这么一说,便都住了手。

"仁义啊!"

"大公仁义啊!"

众人一传十,十传百,都对施大公更加拥戴。

彰化的士绅一直反对清赋,拒领丈单。他们中有的人还因省会设立之事,受到过刘铭传的训斥,心怀芥蒂。李嘉棠主持清丈,种种不端,更是激起了他们的不满,他们纷纷站出来支持民军了。

城北绅士蔡芳首先表态,认为民军是义举,路不平有人铲,事不公有人管。绅士蔡德芳、郑荣、吴景韩、周长庚等也随之响应,号召民众,讨回公道。鹿港的士绅王焕、施家珍、施藻修等人还募捐五千两资助民军。

事态迅速扩大,彰化周边三十六庄都卷入了骚乱之中。

2

当天,起事者对彰化城发起多次攻击,均未得手。次日,从嘉义开拔的援兵赶到了。领兵的是武毅右营提督朱焕明。

朱焕明是铭军将领,曾是刘朝祜的部下。抗法时,他率部渡海来台,立下战功。此人作战勇猛,但有勇无谋,听闻事变,便率先头部队匆匆赶来。进入彰化后,沿途民众不断阻击,这让朱焕明恼羞成怒,于是不分良莠,大开杀戒。这一来,进一步激起了众怒。乡民们奋起抗暴,频频发起攻击。

彰化山高林密,地形复杂。有人担心贸然深入,恐有不测,建议等大队赶到后再合兵前往。可朱焕明听不进去,率部猛进。在他眼里,这些闹事的不过是乌合之众,根本不堪一击。结果,他为轻敌冒进付出了惨重代价,在大甲溪陷入民军围困,朱焕明本人也被杀身亡。

朱焕明死后,李嘉棠十分恐慌。民军围城猛攻,电线被挖断,城内与外界的联系中断。李嘉棠一度想到自杀,但被左右拦下。为了拖延时间,等待援兵,他派人缒城而出,与民军谈判。施九缎提出的条件是:烧毁丈单,赦免起事人员。李嘉棠答应向上禀报。

就这样,拖了几天。彰化城小,几天下来,米粮告罄,眼看支持不下去了,就在这时,台北林朝栋的栋军赶到了。栋军兵勇土生土长,善于山地作战,10日赶到的当天,便攻下八卦山,逼退民军。第二天,彰化城解围。随后,都司郑有勤率兵两营、基隆铭军窦有田三营、吴宏洛驻澎湖劲旅等先后赶到。大军云集,李嘉棠顿时神气起来。他提议乘胜追击,剿灭三十六庄,捉拿王焕、施九缎,同时请吴宏洛进攻鹿港,清剿叛匪。

手下幕僚纷纷劝阻,认为眼下最好不要激化矛盾,还是先礼后兵为好。按照他们的意见，李嘉棠派人通知各庄绅董前来县衙听询，交出闹事者。如若不从，将大兵进剿。

可是通知下去后，始终不见人来。李嘉棠大怒，又要调兵前往。但幕僚们再次劝阻，认为眼下道路受阻，路上堆满障碍，车轿无法通行，各庄绅董未能及时赶到，也情有可原，再延缓一两天看看。李嘉棠听后，极不情愿，但勉强接受。

"一天，"他说，"就一天！明日再不见人，休怪老子六亲不认！"

然而，第二天，沈应奎赶到了。他是受刘铭传委派前来处理这件事的。应该说，他的到来非常及时，由此避免了一场更大的杀戮。

沈应奎到后，立即制止了李嘉棠，不准他派兵强压，然后召集各方人士，听取意见，了解情况，基本弄清了事情的来龙去脉。在调查中，鹿港士绅纷纷检举李嘉棠种种劣迹，要求予以查办。从各方面的反映看，李嘉棠在清丈中的确存在严重问题。此时，电线已恢复。沈应奎便将情况电告刘铭传。刘铭传可能没想到，新修的电线居然在这件事上发挥了作用。他指示先将李嘉棠撤职，等待查办，同时尽快做好善后。具体措施：一是张贴安民告示，宣布拿办首恶，胁从不问；二是设立安保局，由地方士绅参与，以稳定地方。

李嘉棠得知消息，前来求情，沈应奎不允。他又前往台北抚署哭诉，遭到刘铭传怒骂，斥其狂悖无道，丈赋不均，大失民心。对彰化清丈，刘铭传完全蒙在鼓里，因为蔡麟祥在任时干得不错，李嘉棠接任后，也不断报告好消息。就在几个月前，第一批受到奖励的清丈有功人员中还有李嘉棠的名字，没想到他竟是欺上瞒下，虚报功绩。

10月28日，刘铭传奏请朝廷，由朱公纯代理彰化知县，迅速纠正丈赋中存在的问题，同时公布动乱首犯名单，仅限于施九缎、王焕、许得龙等六七人。施九缎这时已逃回浸水庄躲藏起来，下落不明。不久，王焕被诱捕,在牛栏庄被拿获正法。

彰化之变,罪在李嘉棠,但本质是利益之争,或者说是刘铭传与地方利益集团的博弈。刘铭传曾说过,彰化之变,与其说是"民变",不如说是"绅变",始作俑者乃当地的"劣绅"——刘铭传把那些反对清赋的士绅称作"劣绅",而把支持清赋的士绅称为"正绅"。

这样划分也许并不妥帖。士绅集团是一个复杂的群体,他们中有些人在省会选定和清赋等事上反对过刘铭传,但在抗法中也支持过刘铭传,因此,仅仅因为在某些事情上的立场不同,就划分为正、劣,似乎并不足取。

但是,刘铭传就是这样认为的。对于所谓的"劣绅",他当然不会放过。如支持事变的进士蔡德芳,鹿港游击郑荣,生员施家珍、施藻修、吴景韩等都受到清算。生员周长庚当时赴京会试,也被通电缉拿。

对于所谓的"正绅",刘铭传则给予大力褒奖。在籍郎中蔡占鳌,在籍工部主事林启东、余德钦等在县城受围之时,统率庄勇,协助平乱,均获奖赏。蔡占鳌大义灭亲,拿送族人蔡芳到案,帮助解散三十六庄,赏加道衔;林启东临乱定变,保卫乡里,余德钦诱骗王焕有功,一并优叙,赏加五品衔,加戴花翎。

在为他们请功的奏折中,刘铭传称,"查台绅多通匪类,互相党援,已成风气",但对蔡占鳌等人却大加赞许,认为他们"公而忘私","尚义急公","于台湾民情尤为难得","实堪地方表率,其劳绩不下于军功"。

虽然在这场与利益集团的博弈中,刘铭传最后占了上风,但也留下了后患。事后,为了缓和清赋矛盾,他也不得不做出相应的妥协,决定在租税上实施"减四留六"之法。

台湾的土地分为大租户、小租户。大租户是实际业主,他们依靠自身的实力和关系,从官府拿到土地开垦批文,是土地实际的主人,但他们并不耕种，拿到土地后便转租给小租户。这些小租户是土地的实际经营者，他们从大租户手中租到地后，有的自己耕种，有的层层转租，之后向大租户交租，并承担完粮义务，不过大租户须将部分大租补偿给小租户。这样实际形成了"一田多主"的现象。

由于官府并不承认"一田多主"，只认批文上的田主，清赋之后，丈单只能发给大租户，由大租户进行完粮。一些大地主对此极为不满，认为加重了他们的负担，这也是他们反对清赋的重要原因之一。

针对这一情况，刘铭传在听取各地士绅的意见后，决定采取折中之法，即将丈单发给小租户，纳粮义务仍由小租户承担，但小租户可将大租的四成扣留，用于纳粮，只需向大租户缴纳剩余的六成。这就是所谓的"减四留六"之法。

这样的改革虽然没有从根本上捋顺关系，但实际上打破了不准"一田多主"的禁锢，大、小租户均从中受益，官方的税赋也得到了保证。用刘铭传的话说，就是"绅民鼓舞，上下翕然"。

台湾赋税沉重，杂乱，正供之外，还有众多苛捐杂税，由此带来种种弊端。如征粮、征银，参差不一，轻重悬殊；新辟田园，有大租、隘租、番租、香灯租、通土口粮，名目繁多；此外，土豪包揽，官吏私饱，胥吏盘剥，百姓负担倍之。因此，他让沈应奎研究办法，起草奏章，决定施行一条鞭法，即把各州县的田赋、徭役以及其他杂征合为一条，按亩折算缴纳，待清丈工作结束后，一体实施。

这项改革同样受到欢迎，尤其是底层百姓。

3

很快，彰化之乱便平息下去。但这件事也给了刘铭传一个很大的教训,那就是官员的贪腐和不公将严重阻碍清赋的开展。他下令对各地清丈开展一次认真检查,对渎职官员一律严惩不贷。在这次检查中,一批官员纷纷落马或受到追查,其中包括嘉义县知县罗建祥、凤山原知县吴元韬等。

嘉义知县罗建祥因剿匪有功受到刘铭传的重用,由候补同知提升为知县。但他升任知县后,像变了一个人,贪图享乐,漠视民事,既不坐堂审案,亦不到乡巡缉,声名狼藉,民怨沸腾。至于清丈一事,他贪图进度,邀功粉饰,明明田亩多未查勘,却弄虚作假,蒙混欺瞒,谎称全县土地丈竣,以致虚糜经费,贻误要公,受到特参。

凤山原知县吴元韬也曾剿匪有功,受到嘉奖,可在清丈中并不按章勘丈,反倒敷衍粉饰,任由大片隐田继续存在。虽然此时他已因病去职,仍然受到追究,被革去职务。

在这次检查中,还有一些官员的问题也暴露出来。如宜兰知县林凤章挪用公款,欠钱不还;候补知县洪熙顺吃回扣,舞弊侵吞;彰化县前知县蔡麟祥虽然主持清丈,公正办事,但也存在欠款未还的情况。对于这些问题,刘铭传也指示邵友濂、唐景崧予以坚决查办。

于是,林凤章被摘去顶戴,勒令偿还欠款。蔡麟祥被革职,此时人已病故,其家属已返回原籍,则去函咨请原籍官府追索欠款。洪熙顺被革职,永不叙用,并追回侵吞之款。

在查办完这批案子后,刘铭传认识到,吏治的整顿不是一朝一夕之事,不能有丝毫松懈。在战后的军务和吏治整顿中,官场风气虽有所好转,但稍一放松,便又死灰复燃。文官贪黩,玩忽职守,武官废弛营务,吃空饷等情况又开始抬头。他要邵友濂、唐景崧务必加强管理,并说:"承平时代,文恬武嬉,是为大患。"他还说,用人之要,在赏罚分明。赏不怕大,罚不可轻,只有这样方可激励人心。

1888年对刘铭传来说,好像注定是多事之秋。

这年10月,李彤恩病亡。在这之前,他刚与英、德两厂谈完购买铁路钢条、客车、铁桥等事宜,便一病不起,尽管多方延医,仍无力回天。李彤恩之死使刘铭传痛失臂助,他极为难过,想到李彤恩蒙受冤屈,却不辞怨嫌,多年劳苦,鞠躬尽瘁,不禁悲从中来。他亲自主持了李彤恩的后事,并派人将他的棺柩妥善送回原籍安葬。

李彤恩后事刚办完,又传来一个坏消息:"威定"轮触礁失事了。当时刘铭传正在处理彰化事变,忽然闻报,大感痛心。

10月11日,"威定"轮奉命载送台湾县知县范克承、嘉义县知县包容赴任。台南府知府程起鹗也搭乘了此船。他来台北办理公务,此时乘船南返。当天下午开船,风浪极猛。第二天中午驶至北礁洋面。这里暗礁密布,极为难行。尽管洋管驾极为小心,还是因为风浪太大,碰上暗礁,很快海水喷涌,船舱迅速进水。人们慌慌张张拥向舵楼。

洋管驾为英国人毕得生,他令人放下舢板,但刚放下便被巨浪击翻。随后,又放下第二只舢板,由程起鹗等人乘坐,前往澎湖求救。是夜二更,抵达澎湖,澎湖守军立即派人施救。他们雇用渔船赶赴失事地点,此时已是13日早上。

此时,"威定"轮船头已被风浪打沉,庆幸的是,船尾卡在礁石缝中尚未全部沉没。经过一番抢救,大部分乘客和船员均获救,一名洋人和十余名乘客遇难。船上的物资也被抢救出一部分。

刘铭传接报,立即电令"飞捷"号前往查勘。事后查明,这次失事并非人为原因,实因风浪太大,无法控制。

尽管十分痛心,但刘铭传并没有追究任何人的责任。他说,海上风险,非人力所控,这也是不得已的事。好在这时"驾时""斯美"两船已从英国接回,开始营运,加上"飞捷""伏波""海镜"三船,情况大有改善。

不过，从连续发生的事故中，他也得出教训，安全事大，如履薄冰。他通知沈应奎尽快将老旧的"伏波"淘汰，以避免事故再次发生。

第二十章 铁路攻略

1

铁路工程上马,这是刘铭传心中的一件大事。此事早在 1887 年春便开始筹议,但苦于经费缺乏,进展缓慢。

晚清时,铁路一直被视为禁区。不过,让刘铭传庆幸的是,就在大陆一片反对铁路的呼声中,朝廷却对台湾开了口子。这对中国的铁路发展有着重要意义。

世界上最早的铁路诞生于英国,那是道光五年(1825 年),比刘铭传筹办铁路早六十二年。尽管我们落后了半个多世纪,但国内反对派仍把铁路斥为"妖物",视为异端。同光以来,洋务派兴起,他们一直试图打破铁路禁区,但步履维艰。

沈葆桢是一位开明的洋务官员,曾主持兴办福建马尾造船厂,对台湾的布防和建设也颇有建树。洋务派官员郭嵩焘曾说:"当今洞悉洋务者只三人:李相国(李鸿章)、沈葆桢、丁日昌也。"可是,即便如沈葆桢这样的官员，早期对铁路也持相当排斥的态度。

同治十三年（1874年），英国商人在上海试办铁路，不慎压死了人。李鸿章想借此收回铁路，由华商集股，接手经营。然而，铁路收回后，时任南洋大臣的沈葆桢却下令拆毁，运送至台湾，弃之于海滩，任其锈毁。

对于这样的处理，李鸿章颇感不满。在给郭嵩焘的信中他写道："幼丹（沈葆桢的字）识见不广，又甚偏愎。吴淞铁路拆送台湾，已成废物。"他还抱怨说，沈葆桢固执己见，不听劝说，完全是邀誉媚俗。

在铁路的创办上，淮系的态度始终最为积极。郭嵩焘所说的"当今洞悉洋务"的三人中，除沈葆桢外，另两人都是淮系大员。李鸿章是淮系领袖，丁日昌系他一手提拔，从一个江西候补知县，一路升迁，官至封疆大吏。丁日昌热衷于洋务，他是李鸿章的心腹，在铁路上与李鸿章一直心心相印，同气相求。

同治末年，国内战事已告平息，但周边局势动荡不安。日本"逼于东南"，俄国"环于西北"，"外警之迭起环生者，几于无岁无之"。特别是新疆危机发生后，李鸿章迫切认识到铁路的重要，尤其是在军事上的价值。他曾对丁日昌说，新疆路途遥远，"我军万难远役，非开铁路，则新疆、甘陇无转运之法，即无战守之方"。他还提出要"改驿递为电信，土车为铁路"，但这些大胆的想法在当时被视为离经叛道，闻者"鲜不咋舌"，认为无异于痴人说梦。

尽管如此，1874年12月10日，李鸿章还是顶住压力，上了一道《筹议海防折》。在折中他大声为铁路呼吁，其中讲到两个"可以"：一是军情瞬息万变，如采用西国技术，有电线径达各处海防，"可以一刻千里"；一是有火车铁路屯兵于旁，闻警驰援，"可以一日千数百里"，不致误事。以上两个"可以"的表述，把铁路、电报的重要性概括得简单明了。

然而，李鸿章的奏折却引起强烈反对。当权者顾虑重重，就连总揽内政外交大权的恭亲王奕䜣也对李鸿章说："兹事体大,无人敢于主持。"

李鸿章请求他说服太后。

奕䜣说："两宫亦不能定此大计。"

李鸿章极为失望,如果连最高层都不敢做主,这事还有指望吗？于是,他一度心灰意冷,从此对铁路绝口不谈。

一年后,丁日昌出任福州船政大臣兼福建巡抚,到任后他便在台湾修建基隆煤矿。为了运煤需要,修了一条轻便铁道。尽管运煤车没有机头,只是利用海岸坡度由矿井滑行至海边,十分简陋,但这给了丁日昌很大的启发。于是,他便起草了一份奏折,请求从战略上考虑,准许在台湾修建铁路。

当时,琉球事件和江华岛事件先后发生,这给中国海防敲响了警钟。台湾作为海上战略要地,加强台湾防务此时已成为朝臣们的共识。丁日昌抓住这个时机,大胆地放出了一个试探性的"气球"。

丁日昌的奏折呈上后,立即得到了李鸿章的呼应。李鸿章上奏称："该处(指台湾)路远口多,非办铁路、电线不能通血脉而制要害。"

随着李鸿章的呼应,一些洋务派大员也纷纷上奏支持,其中也包括沈葆桢。他因为在处置琉球事件中切肤所感,认识到加强台防的重要性,所以在奏折中说："铁路一端,实为台地所宜行。"

就在李鸿章等洋务派大臣推波助澜之时,一直在暗中支持李鸿章的恭亲王奕䜣也站出来说话了。他说："举办铁路为经理全台一大关键,尤属目前当务之急。"为了减少阻力,总理衙门还特别强调"台湾海岛孤悬,迥非内地可比",意思是说,修铁路只限于台湾岛内,并不涉及大陆。

这一来,台湾的铁路禁区终于被打破。但是,由于经费困难,后来丁日昌因病去职,这一计划未能实现。

刘铭传对铁路心仪已久。早在光绪六年(1780年)复出时,他就上了一道《筹造铁路以图自强折》，引起轩然大波。如今主政台湾，特别是法人犯台后，他更认识到铁路的重要性。1887年4月13日，待善后稍定，布防、抚垦、清赋逐次理出头绪，他便上奏朝廷请求开办铁路。

在奏折中，他先谈了铁路对发展台湾商务的重要性：

惟台湾一岛孤悬海外，当此分省伊始，极宜讲求生聚，以广招徕。现在贸易未开，内山货物难以出运，非造铁路不足以繁兴商务。查安平、旗后两口，限于海涌，自春至秋，不便泊船。沪尾一口，日渐淤浅，轮船来往候潮，耽误时日；只基隆一口无须候潮，便于泊船，因距淡水旱路六十里，不便运货，所有各商不得已于沪尾迁就往来，若能就基隆开修车路以达台南，不独全台商务繁兴，且于海防有裨甚大。

接着，他又论及铁路在军事上的必要性：

臣查台湾一岛孤立海外，现在设立省会，为南洋之屏蔽，必须开浚利源，使经费堪以自给，南北防勇，征调可以灵通，方能永保岩疆，自成一省……

台湾四面皆海，除后山无须办防外，其余防不胜防。基、沪、安、旗四口现已购炮筑台，可资守御。其余新竹、彰化一带，海口分歧，万无此兵力处处设守，臣已于奏办台湾善后折内陈明在案。如遇海疆有事，敌船以旱队猝然登岸，隔绝南北声气，内外夹攻，立见危迫。若修铁路，调兵灵便，何处有警，瞬息即至，无虞敌兵由中路登岸。

此外，他还说明了修建铁路给台湾交通带来的好处，并称铁路建成后，将带来大宗财政收入，可补台防经费不足。在总结了铁路的"三大利"

后,他又强调了两点:一是经费自筹(即不向上要钱,也不动用公款,由他招商解决);二是绅民欢迎(也就是说,台湾与大陆不同,修铁路在这里没有受到反对,用刘铭传的话说,就是"商民固多乐从,绅士亦无异议")。

刘铭传的奏折写得具体翔实,既陈述了铁路的重要性和必要性,又阐明了可行性。奏折呈上后,朝廷交海署审议。海署全称总理海军事务衙门,由醇亲王奕𫍽总理,庆郡王奕劻、大学士李鸿章会同办理,实际上由李鸿章主持。这对刘铭传很有利。

接到报告后,李鸿章当即表示支持。当时他正因兴建唐胥铁路受到围攻,如果能在台湾有所突破,岂不甚好?于是,他写信给奕𫍽,认为修建铁路实为台湾海防、商务发展之基,"兹省三招商集议,幸有成局,殿下主持大计,自应乐观厥成"。

奕𫍽是光绪帝的生父,其福晋为慈禧的亲妹妹。甲申易枢后,恭亲王被罢,他的地位便无人能比。奕𫍽与淮系关系向来密切,对李鸿章也十分信任。

于是,海署很快拿出意见,并奏报太后。内称:

> 伏查台湾孤悬海外,物产繁盛,非兴商务不足以开利源,非造铁路不足以兴商务。该岛南北相距千里,海口纷歧,兵力、饷力断难处处设守。若修成铁路,调兵灵捷,无虞敌人窥犯,尤属海防百世之利,是以前福建抚臣丁日昌规划台防折内曾建议须修铁路,因经费无措,迄未果行。今刘铭传招致新加坡、西贡各岛闽商回籍合办商务,又劝令由商承修铁路,所需工本银一百万两,将来即于铁路取偿,于公款无关出入,洵为裕国便民起见。折内所陈三大利,均系实在情形,既称该处商民乐从,绅士亦无异议,应请旨准其开办,以裨台防大局。

在这份意见中,海署不仅支持刘铭传的主张,而且还提到丁日昌当年奏请在台修建铁路曾得到过批准,只是因为缺乏经费没有修建。言外之意是,此事早有成例,顺理成章。

果然,太后准奏。

刘铭传的铁路计划终于迈出了第一步。

2

铁路工程耗资巨大,据估算需百万之费。李彤恩在南洋招商股七十余万两,还有三十多万的缺口。但刘铭传认为不能等,先干起来再说,边干边招商。

就在他奏请开办铁路的同一天,他还上了一道奏折,请求批准内阁学士林维源"督办台湾铁路、商务,仍兼办台北抚垦事务",并给予他在铁路、商务上专折奏事之权。也就是说,遇到铁路、商务上的事,林维源可以不经过刘铭传,直接上奏。

刘铭传这样做是想借重林维源的影响和声望,加快招商,推动铁路兴建,同时林维源对办铁路一向支持。早在丁日昌打算修铁路时,他与林朝栋就答应各资助二十万,只是当时计划未能实施。

这一次,刘铭传重开铁路,对林维源如此信任,他更感责无旁贷,尽管身兼数职,仍答应下来,出任台湾铁路商务督办。

林维源上任后,很快就在台北建立了铁路局,并组织展开线路勘查。刘铭传的野心很大,按他的设想,台湾铁路将贯通全省,打通台北至台南三百多公里,但限于财力和条件,只能逐步实施。经过商讨,首先确立以台北大稻埕为中心,分南北两段修建。

南段由大稻埕至新竹,北段从大稻埕至基隆。

6月,北段线路勘查完毕,并制定了规划。按照规划,该条铁路起点为大稻埕,终点为基隆码头,途经锡口、南港、水返脚、八堵,全长二十八点六公里。这些规划均为林维源所做,但他做完这些之后便辞去了督办一职。原因是他身兼数职,实在忙不过来,特别是抚垦、清赋均为重头戏,哪一个也耽误不得。

这些都是实情。为了让林维源专心帮办抚垦,刘铭传批准了他的请求,奏请杨宗瀚接手铁路总办(即督办)一职。

一个月后,铁路开工仪式在大稻埕举行。仪式极为盛大,会场冠盖云集,旌旗飘扬,锣鼓喧天,围观的百姓里三层外三层,热闹非凡。出席仪式的有台北文武官吏,其中包括唐景崧、沈应奎、雷其达、林维源、杨宗瀚、李彤恩、刘朝幹等,还有英国工程师马利逊、德国工程师墨尔汉,铁路商务总局的员弁,以及淡水驻军数百人。仪式由刘铭传亲自主持,他还在仪式上发表了致辞。在致辞中他说,若谋富强,图久安,非办铁路不可。他还说,铁路不独利民便商,且关海防大局,于台湾大有裨益。

仪式结束后,北段工程先行动工。此时,林维源已经辞职,具体由杨宗瀚主持,施工则由军队承担。这是刘铭传当初做过的承诺。

台湾铁路开初设想,既不举外债,也不动用财政资金,仅凭商股之力完成。这是一个大胆创举。刘铭传当然不是异想天开,事前他与李彤恩、张鸿禄等人做过调查分析,认为此举极具可行性。铁路在国内尚属禁区,但在国外早已盛行。南洋商人都看好铁路,认为大利所在,收益必丰,因此投资热情高涨。

为了吸引商股,铁路局还制定了种种优惠条件,包括官督商办,商股以铁路收入分七年归还;铁路征用的土地,沿途修建的车站、码头等各项费用均由官府支付,并拨兵勇代工。

所谓拨兵勇代工,便是调用军队参加修路。

这些条件都颇具吸引力。李彤恩到南洋两个月就招股七十余万两,这让刘铭传信心大增。然而,他们对困难的估计显然还是不足。

台湾山河交错,地形复杂。台北至基隆更是高山深谷,重峦叠嶂。法军攻占基隆后,刘铭传据险而守,使法军难越雷池,如今兴修铁路,穿山越岭,难度同样很大。综合有关资料,当年台湾全部铁路工程中,计有大小桥梁六十余座,沟渠七十余处。

此外,台湾不仅山高林密,而且河沟也特别多。由于地理条件,它的河流大多很短,却十分湍急,而且一发大水,河岸就会被冲垮,这给修建铁路带来很大的困难。

其中最难的要数狮球岭隧道。该隧道由东至西长九十多丈(三百多米),工程最为浩大,仅开凿前后就花费了好几年,堪称壮举,刘铭传在奏章中多次提及。当初,开凿这条隧道时,他调苏得胜率铭军、余德昌带昌字营参加了施工。刘铭传多次亲临工地视事,督促检查。部队分成两拨,分别从东、西两头开凿。

狮球岭地质构造复杂,表面为岩石层,极为坚硬,但岩石下边为泥沙层,断层多,含水量大,极易移动和坍塌,开挖起来十分困难。每凿开一点便打上护板加以固定,但这些护板常常会在挤压之下变形松动,导致位置偏移,只能重新开挖和固定。军队像啃骨头似的,一点点地往前啃。好不容易有所进展,但很快又会崩塌。有时崩塌面积太大,迫使工程中断,就连外国工程师也束手无策。有一次崩塌后,刘铭传闻讯还亲自赶到现场,重新组织开挖。

那是一段极为艰苦的日子。士兵们由于劳累和环境恶劣,付出了大量的伤亡代价。当铁路修到六堵附近时,正值夏季,因为山高林密,树木阴森,加上阴雨绵绵,冷暖无常,烟瘴之气陡然上升。士兵们纷纷患病,连日来死者动以数计。《申报》在报道时,曾用"虫沙渺渺无非战士之魂,云水迢迢谁返故乡之楼"来形容其"可哀"之状。

这期间,苏得胜也病倒了,一度陷入昏迷。刘铭传考虑军队伤亡太大,不得不暂停工程,令军队撤回休整。

对于这些困难,刘铭传事前显然缺乏预料。他原以为军队开上去,三下五除二,便可以很快解决问题,但事实并非如此。这便迫使他不得不对计划做出调整。因为这时全省抚垦、剿匪已陆续开展,正在紧要关头,军队任务很重,兵力明显不够。于是,他指示杨宗瀚改为雇用民夫施工。

这一改,便增加了施工的费用。但这也是不得已的事,因为既要顾及抚垦、剿匪,又不能让铁路停下来,只能采取这个办法。

当时的情况可谓十分艰难。尤其是缺钱。自打各项新政全面铺开后,到处都在伸手要钱。且不说布防、抚垦、清赋这些大头了,就是招商、兴市、办学、办厂,哪样少得了钱?沈应奎算了一笔账:1887年秋,电线勘察完毕,即将上马,需付定金四万两;10月里,由于"威利"沉没,刘铭传与李彤恩商量,从英国订购新船两艘,需银三十六万两,只能从铁路款中挪用;不久前,李彤恩奉命向英、德厂家订购的铁路钢条三百三十里、铁桥两座、火车客车七十具,也定于年内交付,需款三十余万两,分年归还,但要先付十万两定金。

这一笔笔钱都不是小数。刘铭传一时间焦头烂额,大感头痛。为了应付这些局面,他不得不东挪西凑,还与布政使邵友濂商量,挪用建造省城的经费。邵友濂有些担心,认为这是专款,如上边查下来不好交代。

"不怕,"刘铭传说,"有事我顶着。"

尽管困难重重,但他并不气馁。他对左右说,这些都是暂时的,一旦抚垦、清赋结束,这些困难的局面就会改变。对此他充满信心,毫不怀疑。

1888年10月,李彤恩病故,这对刘铭传来说是一大损失。李彤恩负责招商,勇于任事,商人信服。他去南洋招商,曾创下了两个月招股七十万两的成绩。他原想等基隆铁路告竣后,再去南洋招集股份,不料病重身亡,铁路招商便陷入了停顿。

李彤恩死后,商人们开始迟疑观望,生怕事情有变。有人甚至担心上当受骗,血本无归。由于看到铁路修建困难重重,加上兵勇无暇代工,许多人便纷纷打起退堂鼓。

就在这时,杨宗瀚也病了。

杨宗瀚在任上一年多,确实干了不少事。他不仅雇夫继续修建北段线路(从大稻埕至基隆),包括开挖狮球岭隧道,而且南段(由大稻埕至新竹)也开始动工。但他忙于铁路,还要兼顾招商兴市,积劳成疾,最终病倒了,只好请假内渡就医。这对刘铭传来说,又是一大损失。

1888年下半年,正值多事之秋,天灾人祸接连不断。李彤恩病逝、杨宗瀚病退时,恰逢吕家望叛乱和彰化民变。刘铭传忙于处理这些事,便调张士瑜来主持铁路,同时任命他为商务总局总办。张士瑜是合肥东乡人,与李鸿章是同乡。张家乃当地望族,与李鸿章家族过从甚密。张士瑜的夫人便是李鸿章之弟李鹤章的长女。张士瑜官至知府,因事被革,在家赋闲,刘铭传把他请来台湾,主持八斗煤务局。考虑到张士瑜身兼煤务、商务数职,刘铭传又调刘朝幹前来协助。

这段时间,由于资金问题,铁路进展缓慢。彰化民变平息后,刘铭传便腾出手来,开始认真考虑铁路问题。此时,基隆六十里铁路修造完成,铺成铁轨三十里,预计年内可完工,共计造价十九万两,而招商来的七十万两,买船挪用了三十六万两,已所剩不多,且因李彤恩病故,商人意存观望,招商后继乏力。为了改变这一局面,刘铭传做出一个大胆的决定,即将铁路收为官办。

这个想法与他当初的设想不同。但是,由于招商无望,必须找到解决办法,否则只能前功尽弃。这时,一些商人也希望收归官办,改变困境。

刘铭传思之再三，便下此决心。虽然这样增加了财政压力，但眼下无路可走，与其这样不死不活下去，不如彻底改变。

1888 年 11 月 19 日，刘铭传上奏朝廷请将台湾铁路改归官办。奏中先是说明李彤恩病故，杨宗瀚病归，招商遇到困难，难以为继，如果任其中止，"不独已费公款无所着落，且购到铁条、车辆、木料弃置可惜"。至于收归官办后，钱从何来，他请求从协济银中支出。内云：

> 惟经费无出，臣同藩司邵友濂筹商至再，惟有自本年秋季以后闽省每年协济银四十四万两，计至十七年春季止，尚存未解银一百零四万两。此项本拟节存，备充建省分治经费。现在分治虽然在急，工程浩大，尚非一时所能猝办，拟请暂将此款挪抵车路应用，俟竣工后所收脚价，即行陆续归还成本，办理分治，官项固不致丝毫落空。商股有快船取利，亦未受累。将来不独有裨于海防，即建省分治工程有铁路运载木石、砖瓦，省费甚多，竣工亦速。

在报告中，刘铭传提出先将协济银用来办铁路，等铁路修好后，再用铁路收益陆续还本，而且有了铁路，将来建省城可用铁路来运输，不仅节省费用，而且会加快工程进度。对于商本，可用购来的"驾时""斯美"两船做抵押，通过运费归还。

12 月 8 日，刘铭传的奏请获得批准。朱批："着照所请，该衙门知道。"这样一来，铁路经费便有了着落，得以继续进行下去。

1888 年底，大稻埕至锡口段建成通车。在这之前，大稻埕至嵩山段已经试运营。这段距离只有两公里，却具有象征意义，因为它代表台湾有了铁路。锡口通车后，到次年 7 月，铁路又延伸至水返脚。当时使用的机车，又称机关车，是从德国引进的。第一辆机车命名为腾云号。后来又引进了三辆机车,分别命名御风、超尘、掣电,均含有快捷之意。

《申报》对台湾铁路进行过跟踪报道,其中一篇这样写道:

> 全台商务总局总办张瑾卿(士瑜)创办一切章程,莫不精心擘画,纲举目张,商民称便。向例由大稻埕至水返脚者轿资须七八角,今火车价不及半,而且异常迅速,随发随至,故每开一车,男红女绿,满载其中,即不因事往来,亦常买票一张,随来随去,以快其驰骋之乐。

从报道中不难看出,铁路给台湾民众带来了不少便利和欣喜。它不仅速度快,而且价格便宜,从大稻埕至水返脚的车票不到轿资的一半,因而"商民称便",很多人即便无事也会去感受"驰骋之乐"。

就在台湾铁路通车的同时,内地的津沽铁路也告竣工,这是中国铁路新世纪的开始。许多中国人第一次与火车亲密接触,不禁大开眼界。一位当时乘坐过火车的小官吏事后用兴奋的笔调这样描述火车:"电掣星驰,快利无比。然极快之中,仍不失为极稳。有时由窗中昂头一望,殊不觉车之颠簸,但见前途之山水村落如飞而来,不转瞬间,而瞻之在前者,忽焉在后矣。嘻!技亦神哉!"

然而,就在台湾和大陆先后打破坚冰,推进铁路时,一场轩然大波骤然而至。

3

内地铁路命运多舛,步履维艰。早在津沽铁路之前,李鸿章曾瞒天过海,借开平煤矿运煤需要悄悄修了一条唐胥铁路。通车之后,立即遭到顽固派的反对,他们群起而攻之,声称"机车直驶,震动东陵,喷出黑烟,有伤禾稼",攻击开平煤矿欺瞒朝廷,罪不容赦,而李鸿章失于督察,亦应受到追究。在强大的压力之下,唐胥铁路一度废弃机车,改为马拉,传为笑谈。

但是,李鸿章并未放弃,在海军衙门成立后,他支持刘铭传在台修建铁路,奏请获准后,他又借政策有所松动之机,说服醇亲王奕譞,将唐胥铁路扩展至芦台、天津,以为运煤之便。之后,他又奏请开修津通铁路。

这一下彻底惹恼了顽固派。御史余联沅首先发难,上书请停修铁路。在奏折中,他称铁路有害于舟车、田庐、风俗,为奸人所祸,危及根本,并大肆渲染,说什么"铲墓拆庐,蹂田堙井"、"闾阎之鸡犬皆惊"、"纷纷滋扰,民何以堪"。他还痛斥李鸿章,称其所言大利所在,实则有害无利,"是洋人以利啖(收买)李鸿章,而李鸿章以利误国家也"。

余联沅上书后,御史屠仁守、洪良品等也接连上折,大骂铁路。此后,国子监祭酒盛昱、侍读学士徐会沣、户部尚书翁同龢、都察院左副都御史奎润、总督仓场侍郎游百川等也纷纷上奏,反对兴修津通铁路。朝廷把这些奏折交与海署议奏,于是,引发了关于铁路的又一次大讨论。

同光以来,朝有大政,便会征询各地督抚的意见,征询的范围可大可小,或因人因事而宜,逐渐形成了朝政的一大特色,由此引发了多次大讨论。在这次铁路讨论中,反对派来势汹汹。不少重量级的人物也都加入了反对铁路的行列。这些人中除了翁同龢、奎润外,还包括大学士恩承、吏部尚书徐桐等人。无论从规模还是从人数看,都前所未有。据说,反对者联名上书最多的一次是由奎润领衔,言官九卿列名于后者达二十一人。可以说,这是有史以来关于铁路的最大的一次论战。

反对派的理由除了"资敌、扰民、失业"这些陈词滥调外,还有人指责铁路误国害民,"开辟所未有,祖宗所未创"。在这期间,太和门发生火灾,反对派们立即危言耸听,声称太和门失火是"天象示儆"、不祥之兆,坚决要求罢建津通铁路。

在这次大讨论中,刘铭传挺身而出,坚决支持铁路。作为抚臣,他也接到海署通知,参加了这次讨论。1889年3月,他上《覆陈津通铁路利害缘由折》,全面阐述了自己对铁路的立场,并对反对派的理由一一加以驳斥。他结合台湾山路崎岖、溪流梗阻的实际,说明"铁路告成,则骨节灵通,首尾相应。其利难以枚举"。

他还说:"大凡人情每乐于观成,而难与谋始。"这话的意思是,事成之后,人们都会高兴接受,可刚开始谋划时却很难。

他还根据自己的经历举例说明,当年湘军旧将不以洋人后膛枪炮为然,无论如何开导都不信,及至后来看到格林炮、黎意枪"运用之灵,命中之远",方知"臣之所言不谬"。

在奏折的最后,他大声呼吁:

> 夫物之精粗,经用而始显;事之利害,亲历而后知。今日之訾议铁路者,即异日之赞美铁路者也。伏愿皇上宸衷独断,明白宣示,使天下臣民咸晓然于铁路一事为安内攘外、刻不容缓之需,非一隅之利、乃四海之利,非一时之利、乃万世之利,非一二人之私利、乃千万人之公利。众志既乎,商情益奋,成效渐睹,浮议自清。
>
> 臣身膺疆寄,目击时艰,大局所关,不敢安于缄默,谨披沥上陈,伏乞皇上圣鉴,训示。谨奏。光绪十五年二月二十八日。

这段话十分精辟,其中"非一隅之利、乃四海之利,非一时之利、乃万世之利,非一二人之私利、乃千万人之公利"之语,受到洋务派人士击节赞叹。

此时,刘铭传不仅敢于直言,而且他的视野已不局限于台湾一省,而是立足于中国长远之策。其所谓"今日之訾议(诋毁)铁路者,即异日之赞美铁路者也",也是一针见血,充满了预见。

第二十一章 艰难开拓

1

1889年3月,大地回春,万象更新。这一年,光绪帝归政,普天同庆,朝廷施恩,赏加刘铭传太子少保衔,以示恩宠。太子少保属荣衔,但地位崇高,刘铭传获此殊荣,可见圣眷优隆。

5月1日,刘铭传由台北启程前往台南。码头上,旌旗招展,甲兵拱立。前来送行的文武官吏轿马排成一片,在一阵鼓乐声中,刘铭传满面春风,神采飞扬,登上了"飞捷"轮船。

这一天,对刘铭传有着重要意义。

台湾改省后,吏部议准台湾学政由刘铭传兼任。学政,全称提督学政,俗称学台,主管一省教育科举。学政属简派(选派),三年一届,地位虽在督抚之下,但因掌管科举,凡乡试中举者例为门生,并尊其为座师,可见地位崇高。学政选派并无专门规定,一般由朝廷在侍郎、京堂、翰林、科道等官中简派,而进士出身是基本条件。

可刘铭传不过一介布衣,却被简派为学政,这当然是一件破天荒的事,也让刘铭传倍感荣光。去年11月10日,他正式接印,走马上任。

台湾改省前,学政由台湾道兼理。刘璈罢职后,台湾道由按察使唐景崧兼任。接旨后,唐便立即交卸,将台湾学政关防连同有关文件,委派教谕翁景藩由台南赍送台北抚署。刘铭传恭设香案,望阙叩头,谢恩接印。

刘铭传接印时,台湾上届科考已经结束,而这届岁试将由刘铭传亲自主持。消息传出,立时引起各界瞩目。一来科考本身就是大事;二来刘铭传身份特殊,且第一次主持科考,自然引起各方关注。当时《申报》和其他一些报纸都进行了报道。有一则传闻说,刘铭传到台南后,曾前往延平郡王祠凭吊。延平郡王是郑成功的封号,该祠为纪念郑成功所建。在祠内,有一位老者故意想考考刘铭传,便出了一句上联:"赐国姓,家破君亡,永矢孤忠,创基业在山穷水尽。"刘铭传思考了一会儿便给出下联:"复书父,词严义正,千秋大节,享俎豆于舜日尧天。"老者深感敬服,众亦赞叹,一时传为美谈。

其实,诸如此类的传闻还有一些,但都没有实证。上边那个传闻也系演绎,此联虽系刘铭传所作,老者考他的故事却不存在。

这些故事无非是说明刘铭传虽然读书不多,亦无功名,但他才华过人,完全可以胜任学政一职。事实也确实如此。刘虽系武人,但颇有文墨气象,格局开阔。曾国藩曾为他的《大潜山房诗钞》作序。内有:

省三用兵,亦能横厉捷出,不主故常。二十从戎,三十而拥疆寄,声施烂然,为时名将。惟所向有功,未遭挫折,蔑视此房之意多,临事而惧之念少。若加以悚惕戒慎,豪侠而具敛退,气象尤或贵耳。

这是评人,也是评诗。所谓"横厉捷出,不主故常",可以说准确概括了刘铭传的特点。刘铭传诗文留下的不多,却雄浑大气,"足骋其动宕雄骏之气"。他曾说过,吾武人也,诗宜古体,对于律诗他并不喜欢,认为对偶,拘于声病。这也反映了他天性自由、不受拘束的气质。

刘铭传对八股向来反感,认为八股之病束缚人才,有害于社稷。他早就提出罢科举的想法,曾说过:"中国不变西法,罢科举,火六部例案,速开西校,译西书,以厉人才,不出十年,事且不可为矣。"

虽然如此,他在提督学政后,却尽心尽职。科举考试行之已久,具有强大的影响力,刘铭传也因没有功名,一直感到遗憾,为此他发过不少牢骚,但科举向来被视为正途,影响至深,这一点他无法改变。尽管他反对科举,可出任学政后,仍然感到很高兴,并表现出了极大的热情,这多少也反映出了他的矛盾心理。

台湾科举二府九学,一向分两棚考试。一棚为台南,一棚为台北。改郡县后,刘铭传将新设各州县考点重新划定,或分或并,仍为两棚。这次赴台南开考,为他首次主持。待台南考毕,再接试台北一棚。因此,他格外重视,遂将巡抚衙门日常公事交与署理藩司沈应奎代拆代行。上月中旬,因邵友濂患病,暂时开缺,藩司一职便由沈应奎代为署理。

5月2日,刘铭传前往台南,途中视察了澎湖炮台工程,这件事他一直很关心,看到一切都在有序进行,感到很满意。第二天便赶到台南府城主持考试。二十多天后,台南考完,他又回到台北府城主考。两棚参试文童不下四千人,武童六百余人。前后一个月,全部顺利考完,外界反映良佳。

刘铭传提督学政时间并不长,只有短短两年,但成绩有目共睹。在他主持期间,不仅南北考试顺利进行,有条不紊,而且他还因为建省后,府县增加,多方为台湾诸生争取进学名额(相当于现在的录取名额)。他在奏折中称:"近年以来,(台湾)文风蒸蒸日盛,原定学额不敷登进。现在府县分治,应俟学额厘定之日,酌量增广,以宏教育而励人才。"

在他的争取下,台湾学额有了较大增加。从他第二年奏报的数字看,全省各府县学童生(包括文、武)三百五十七名,廪生二百零二名,增生二百一十七名。

为了激励考生,他还把岁试、科试的考费列入盐税中支出。给考生发船票,参加会试者(进京会考)则予以补助,这些都是建省之前所没有的。

刘铭传只读过几年私塾,基本没受过什么正规教育,但他对教育十分重视。当年,他在家乡赋闲时,便与刘盛藻(他的私塾老师)、刘盛休等人在肥西老家捐建肥西书院,以为"培植根本"。他还题了一副对联悬于书院大厅,上联为:"讲武昔连营,五百里,星聚群贤,洗甲天河,共仰肥西人物。"下联为:"论文今筑馆,二三子,云程奋志,读书山麓,毋忘少年英雄。"鼓励家族子弟认真向学,读书致仕。

新学兴起,刘铭传更是举双手赞成。1885 年,战事刚刚结束,他便仿照上海、北京的广方言馆,在台北大稻埕六馆街创立了第一所西学堂。1886 年,又在电报总局附设电报学堂,教授电信技术,为即将开办的电报培养人才。

1887 年,他还进一步扩大西学堂的招生,从全台招收聪慧子弟,以资任用,一时风气兴起,青年才俊接踵而至。该学堂录取的学生既注意才华,又要求形象(年轻质美),聘请英国人布茂林等为教习,开设英文、法文、地理、算学、理化、图算、测量、制造等课程,另设汉教习二人,在学习西学的同时,兼习中国经史文字,从而达到"既使内外通贯",又"不致尽蹈外洋习气"。学生费用全部由官方承担,每年约一万两。学堂三个月考试一次,根据成绩,分别奖励。不合格的随时清退。刘铭传曾多次亲临察看,并鼓励学生"砥砺研磨,日臻有用"。

此外,为了抚垦需要,他还设立了"番学堂",招收各地"番社"首领子弟,仿照私塾模式,进行开蒙教育,教授汉文、书算,兼授官话、土语。学堂里还教授礼法，包括梳洗起床、待人接物。如果说，西学堂相当于大学，那么，这些"番学堂"则相当于小学。值得一提的是，台湾考生向分福建、广东两籍，闽居其八，粤居其二，台籍几无。自招垦以来，当地涵濡德化，知识亦开，台湾籍参考者也陆续有之。

短短几年，刘铭传大兴文教，设学校，选人才，一时间，台湾教育为之一新，成效大著。用连横的话说，就是"人才之盛，蓬蓬勃勃"。

2

1889年，这是台湾大发展、大建设的一年。

台北至基隆和台北至新竹的铁路正在兴建中。基隆煤矿几经反复，也在逐步恢复，招商兴市也在不断扩大。6月，基隆、沪尾、旗后、澎湖等处炮台新购的大炮全部运到。这批大炮是通过英商怡和洋行购买的阿姆斯特朗新式后膛铜炮，共三十一门，随同炮弹、配件，以及运费、保险等，总价规平银六十万两，由军械所总办丁达意承办。最初开价八十万两，后美商旗昌洋行减至六十四万两。双方达成意向。英商怡和闻讯找到刘铭传，愿意再减四万两，而且包运到岸。能省钱当然是好事，刘铭传求之不得。可就在这时，香港、日本等地报纸发表文章说，英价固廉，恐货色不足。

刘铭传一听，也有些担心，毕竟质量事关重大。他致函出使英国大臣刘瑞芬，请他派参赞李经方随时查验。

刘瑞芬，字芝田，安徽贵池人。他与堂弟刘含芳均为淮系官员。刘瑞芬曾入李鸿章幕，受到李鸿章的提携，曾主持淞沪厘局，历任两淮盐运使、苏松太兵备道兼江海关总督、江西按察使、布政使等职，1885年出使欧洲，接任曾纪泽，先后出任英、法、意、比四国钦差大臣，故有"刘钦差"之称。

刘铭传与刘钦差相熟，李经方是李鸿章长子（过继）更不必说。他们接函后认真办理,暗中查访,雇人监视,发现炮厂做工严格按照工序,并无偷工减料之事。原来,此次英商愿意亏本合作,是想与美商竞争,抢占中国市场。李经方对刘铭传一向敬重、支持,这次办事也特别认真,他雇人监视之费,还有来往电报,花费两千余金,也自掏腰包,不肯开报。

新炮运到后,刘铭传派人进行验收,果然"制造精利,体质坚刚,洵为海防利器",不禁十分欣喜。对于李经方不辞劳费,监办得力,十分感谢。他还上奏朝廷,请求给予奖励。

随着抚垦、清赋、清税的开展,财政收入开始大幅增加,刘铭传的手头逐渐宽裕,一些规划也可从容进行。澎湖建城之事,早在战后就有规划,但迟迟未能动工,现在也提上了日程。上个月,刘铭传去台南主考,还顺道去了澎湖安排此事。澎湖一岛乃闽台咽喉、海防最要之地,澎湖本岛四面临海,形势散漫,无险可守。他与吴宏洛详细查勘后,决定在妈宫地方凭海筑城,兴建炮台,以资捍卫。这次大炮运到,正好一起布置。

台湾南北各口岸由于水浅,大号轮船无法深入。为此,刘铭传决定购买三艘小轮船,用于澎湖、安平、沪尾,以备驳运,平时兼资缉捕,有事可传递情报。

这三艘轮船均在香港轮机厂定造,一艘名"南通",船身长九丈五尺,宽一丈四尺五寸,功率二十四匹;一艘名"北达",船身长六丈五尺,宽一丈八寸,功率二十二匹;一艘名"前美",船身长七丈二尺,宽一丈一尺,功率二十二匹。

刘铭传主台后大力发展商业,推行新政,但对农业根本也不敢丝毫松懈。他多次深入民间,督查各地生产。他常说,民以食为天,农业关乎吃饭,马虎不得。他对每年的春种夏收或夏种秋收都十分重视,要求各地定期呈报雨水、粮价等情况。这从他每年的奏报中便可见一斑。下边仅以1889年上半年为例:

兹届夏季分汇办之期，查台湾府城本年四、五两月份各得雨十三次，六月份得雨七次；台南府城四月份得雨十次，五月份得雨九次，六月份得雨四次；台北府城四月份得雨六次，五月份得雨九次，六月份得雨五次。

如此详细的记载，可见刘铭传对农业十分重视。当时的农业主要靠天收，因此雨水极为重要，从朝廷到地方都十分关注。刘铭传更是如此，要求定期上报。至于粮价每月也有详细报告，如台湾府各州县，四月份"上米每仓石价银一两三钱至一两八钱，中米每仓石价银一两二钱至一两七钱，下米每仓石价银一两至一两七钱"。五月份"上米每仓石价银一两三钱至一两八钱，与四月同；中米每仓石价银一两二钱至一两七钱，与四月同；下米每仓石价银一两至一两七钱，与四月同"。其余以此类推。

另外，台南府各州县的米价，也是按月统计，甚为详尽。粮价关系到民生和稳定，其升降和走势，都关乎大局。刘铭传当然重视有加。在有关档案里，每个月都有详细记载。由于重视农业，在刘铭传主台的六年里，台湾风调雨顺，岁无饥民。

1889 年，全国不少地方出现灾情，如山东、滨河各州县均出现水灾。由于恰逢皇上亲政，朝廷先后拨粮、银赈灾，并询问各地，明春青黄不接之时，有无需要救济、抚恤之处，令各地将军、督抚查奏。刘铭传接旨后当即上报，称台湾今年为中等年成，"年谷顺成，民情安谧，粮价亦平"，来春可不必接济。台湾虽然财政支绌，但刘铭传该要的要，不该要的也不给朝廷增加负担。

抚垦总局成立以来，刘铭传开疆拓土，垦荒为田，到 1888 年底，垦辟新旧荒地七万余亩。所有台北沿山"番地"，除土瘠山高，无法招垦外，均种茶开田,已无旷土。刘铭传向上奏报,称台北"生番"全行归化,仅剩新竹内山数社尚未归服。

这是一个了不起的成绩。当然,付出的代价也十分惨重。数年来,战亡病故的官兵,自提镇至千总把总不下百余员,兵勇死者二千余名。刘铭传曾三次亲入内山坐镇指挥。林维源身为台北抚垦总办,更是功不可没。台湾北部开发较晚,除台北、基隆、淡水一带,多为蛮荒之地。经过招垦后,台北周边陆续开垦。啃下了这块硬骨头,刘铭传多少松了一口气。因此,他决定将抚垦推向全台,并奏请朝廷饬派林维源帮办全台抚垦事务。

然而,抚垦是一件大事,也是一件难事。难就难在"化",想要实现真正的融合,有时需要很长的时间,其间难免发生反复。对此,刘铭传虽说有所准备,但当苏澳传来变乱时,他还是大感震惊。

苏澳位于宜兰县,早在光绪初年就已开辟,可当时由于兵力不足,半途而废。抚垦总局成立后,苏澳至花莲港一带陆续招抚,情况大有改善。宜兰驻军刘朝带为铭军副将,也是刘铭传的族侄孙。他向刘铭传禀称,苏澳至花莲港经海边绕道,实为不便,现山内各社已经就抚,可从山内开路,以免迂绕。

刘铭传认为这个建议很好,而且宜兰经过招抚,已经安定。如果能打通内山通道,对商业、交通、民生都是好事。于是,批准刘朝带相机办理。这是7月份的事,当时刘铭传刚刚主持完台北的科考,心情十分轻松。刘朝带来向他报告这件事时,刘铭传还把他留下来,共进晚餐。当时一起就餐的还有刘铭传的儿子刘盛沛,以及刘盛芳、刘盛璨等族侄孙。席间,大家谈笑风生,毫无拘束。由于天热,刘铭传穿着短褂单裤,一副家居打扮,手摇芭蕉扇,一边喝酒,一边吃菜,说到高兴处便哈哈大笑,全然没有巡抚大人的架子。

刘朝带比刘铭传小七岁,字应宾,号立斋,行三,生于道光二十三年

（1843年）。他从小是孤儿，由叔叔抚养成人。投奔铭军后，积功为花翎都司尽先即补副将。法人犯台，他来台投效，屡立战功。战后，领军驻宜兰，平息匪患，教民开荒生产。刘朝带从小读过私塾，能文能武，刘铭传对他十分器重。

席间，刘铭传问起宜兰抚垦、清赋的情况，还问起苏鲁、马那邦等社现在如何，是否安靖，听说一切都好，他很高兴。对于开路一事，他还提醒刘朝带要酌度形势，多加小心，必要时多带兵勇。此外，还要防范瘴疠，以免患病，因为这个季节山里瘴疫最为严重。刘朝带一一应承，并说请爵抚放心。

然而，没想到的是，这一次见面竟成了永诀。

事情发生在两个月后。这天，刘朝带督带兵勇五百人，进山开路。行至光立岭狮子山附近，周边全是荒山野岭，不见人烟。此处距苏澳五十余里，系老狗社的地盘。他把差员黄德昌叫到面前，令他带着通事、抚民等二十来人前往探路。据当地抚民说，当地离老狗社还有二十余里地。刘朝带便把部队分为两拨：一拨由营官曾友成带领，从岭西修路；一拨由营官顾金魁及王廷楷率领，从岭东修路。刘朝带则带着五十名兵勇从岭西登峰。

不料，刘朝带刚登上岭西，便听见枪声和呐喊声传来。当时，黄德昌等人刚翻过一座山坡，忽然，漫山遍岭传来阵阵尖啸声，大批"番民"从四周山头、草丛中冒了出来。没等黄德昌等人反应过来，只听枪声四起，弓箭齐发，黄德昌当场倒地殒命，所带二十余人也无一人幸免。

攻击来得十分突然。正在岭西开路的营官曾友成发现后，马上准备应敌。此时，刘朝带领着五十来人，已登上山头。他急忙上前喊话，希望稳住对方，可通事已死，他的话没人翻译。面对蜂拥而上的"番民"，兵勇们只好接战。

对方人数众多，而且有备而来。他们攻势很猛，弓箭频发，火枪火炮一起开火，同时利用熟悉的地形，不断发起攻击。山地作战是"番民"的强项。他们身轻如燕，动若猿猴，攀爬跳跃，神出鬼没。及至到了近前，便挥舞大刀长矛，近身搏杀。面对数千"番民"，官军难以招架。很快，曾友成中弹身亡，刘朝带也力战殉职。岭东营官顾金魁发现敌情，但距离较远，救援不及。等到他们赶到岭西时，"番民"已迅速退去。

这一仗，官军伤亡惨重。战死的官弁多达二百七十三人，其中包括参将、都司、守备、千总、把总、外委等二十多名。

应该说，刘朝带这一次是疏忽了。他本以为宜兰的"番社"已经就抚，所以进山带的部队并不多。可他没想到，每年秋季八九月间，正是"番民"做享（杀人祭鬼）的时候。由于政府明令禁止做享，引起老狗社不满。在这之前，与老狗社毗连的加九岸已有做享杀人命案。地方官正在缉拿凶犯，但该社始终拒不交人。于是，他们与老狗社暗中联络，起了谋反之心。

此事发生后，刘铭传大为震怒。刘朝带死时，年仅四十六岁。噩耗传来，他的妻子也自尽殉节，这让刘铭传更加难过。在他们夫妻两人合葬时，刘铭传曾亲撰长联一副，书有"麟阁诸公谁比美""狮山一带总含悲"。

朝廷闻报，龙颜不悦，反倒批评刘铭传。谕旨云："前据该抚（称'番社'）一律归化，何以宜兰各社辄复逞其凶狡，设伏戕害？当时办抚未能就善，已可概见。"这明显是在指责他所报不实，招抚不善。接着，谕旨又云：

> 此次戕害官弁至二百余人之多，若不大加惩创，恐受抚各社闻风效尤，后患更不可胜言！着刘铭传督饬现派之员，查明叛番确系何社，严行剿办，以儆凶顽！所有已抚未叛各社，应如何通路镇抚之处，尤应妥慎筹办，切勿轻率从事，是为至要！

朝廷的申斥让刘铭传有苦难言。为了落实朝廷的指示,他开始调兵遣将,加大了围剿力度。史料记载,光绪十五年前后,刘铭传对"番社"的武力围剿显著增多,大小战事四十余次。刘铭传不得不抽出很大的精力来处理此事。为了平定后山的"番社"叛乱,他还一度搬来北洋水师"致远""靖远"两艘威力强大的舰船,配合作战。强力的征剿确实起到了震慑作用,但无法从根本上解决问题。许多"番社"在大兵压境之下,暂时表示诚服,可官军一撤,他们又故态复萌。卑南的一个"番社"前后复叛达四次之多。

如此结果令刘铭传始料不及。在"抚番"的后期,他开始冷静下来,检讨自己的政策。从"抚番"的过程看,前一阶段重在抚,效果较好;而后一阶段重在剿,结果适得其反,问题就出在剿抚失衡上。经过总结,他认为,"抚番"重在收拾人心,人心服方可长治久安。于是,他改变策略,修正自己走过的弯路。

"抚为上,"他再次重申,"人心是压不服的。宽以抚之,怀德远来,方为上策。"

3

1890年秋,狮球岭隧道打通了。这个啃了四年的硬骨头终于被拿下了。消息传来,刘铭传喜不自禁。竣工那天,他在刘朝幹的陪同下,亲往视事。

此时,刘朝幹已接任张士瑜主持铁路,成为铁路总局的第四任总办。他陪同刘铭传察看了隧道,并报告了有关事宜。狮球岭隧道是所有隧道中最长的一条,也是难度最大的工程,为此不少人献出了生命。刘铭传在察看中也不断感叹,但想到狮球岭山势险峻,行旅隔绝,如今隧道打通,随着铁路通车,从此"关山度若飞,险峰变通途",便又欣喜异常,当即题联一副。上联为"十五年生面别开,羽毂飙轮,从此康庄通海屿",下联为"三百丈岩腰新辟,云梯石栈,居然人力胜天工"。事后他还题写了"旷宇天开"四字,被刻于隧道坑门之上。

就在狮球岭隧道打通之际,传来老将苏得胜病故的消息。苏得胜最早参加过狮球岭隧道的开凿,并因此病倒。由于多次深入内山,感染瘴疠,不幸一病不起。苏得胜与刘铭传是同乡,早在1856年就跟随刘铭传一路征战,后被刘铭传饬调来台,屡立战功。停战之后,他曾赴法舰,与法军副司令利士比商洽交换俘虏,后奉旨补授福建建宁镇总兵,但仍留台效力。

苏得胜跟随刘铭传三十余年,朴实忠勇,廉谨素著。他办事认真,带兵严格,生平没有任何嗜好,就像一头老黄牛默默耕耘。他不幸病亡后,其年仅二十五岁的续弦妻子徐氏,痛夫情切,五天后也绝食殉节。刘铭传闻讯伤心落泪。这些年,门生故旧,战死病亡,先后有上百人离他而去,每每想起,他便不禁悲从中来。

刘朝带去世后,他奏请朝廷,照总兵阵亡例议恤,授予云骑尉世职,归葬原籍金桥,准予在宜兰其殉难处建立专祠,由官府春秋致祭,"以彰忠烈而顺舆情"。

这一次,他同样致电朝廷,请求对苏得胜照提督军营积劳病故例从优议恤,准于台北府城建立专祠,并对继妻徐氏合并旌表。奏中有"该总兵卓著战绩,以死勤事;法人之役,功在海疆,台北人民至今感慕"之语。

狮球岭隧道打通后,台北至基隆铁路延伸至八堵,只剩八堵至基隆最后一段尚未完工。由于张士瑜另有差委,刘朝幹接任总办后,继续接着干,仍归布政使司节制。

刘朝幹接任后,起初也困难重重。杨宗瀚、张士瑜主持局务时,由于资历较深，且两人均为知府衔，尚能服众，可刘朝幹资历较浅，且为武职，有些人便不把他放在眼里。当时主持铁路施工的是一个姓洪的总兵，为人霸道，行事粗蛮，对刘朝幹的话爱听不听。下边的人一看总兵如此，也都放肆起来。在台北至新竹段，不断出现更改路线的情况。究其原因，有的是遇到庙宇，有的是遇到坟墓，还有的是遇到田地、房舍什么的，只要有人来说情或打点，一些兵勇便随意拔掉木桩，重新插放。如此一来，一切都乱了套，事先勘定好的线路变得七歪八扭，根本无法施工。外国工程师来找刘朝幹表示抗议。刘朝幹交涉无果，愤而禀报刘铭传。

刘铭传闻讯大怒，叫来这个总兵重责四十军棍，并将其撤换，所有兵勇均归刘朝幹节制，违令者一律按战场纪律处置。

打这之后，刘朝幹的威望才树立起来。

刘朝幹是台湾铁路总局最后一任总办。他上任的时间在1890年前后，直到1895年日本侵台时，他才离去。在任时间长达五年，是历任铁路总办在任时间最长的一个，先后主持修建了台北至基隆和台北至新竹的铁路。

当时，台湾铁路是一边修建，一边运营。这也是刘铭传的意思，希望能够尽快收回成本。《申报》报道，起初列车运行每天一班，早上开出，晚上返回。后逐渐增加，直至每天四至六班不等，以邮票代替车票，分为三等座：从台北到锡口，一等座洋三角，二等座洋两角，三等座洋一角。客货、行李按重量计，另有货车装载货物。每当茶季，货物运输十分繁忙，平均每天载客量为四五百人不等，客运费日均一万六千银圆，另有货运费四千银圆。

另据时人记载，台湾铁路穿山越岭，速度并不快。特别是遇到一些陡坡，爬起来更加缓慢。其中新庄一段最为突出。此地要经过龟山，坡度最陡处达到四十多度。由于坡度大，机车动力有限，经过这段路面时，火车就像蜗牛爬，人们下车四处溜达一圈，看看风景，再上车也不会耽误。

　　至于铁路规划为何要经过新庄，有人说这是林维源的主意。林家世居新庄，他这样规划可能是有私心，不过，新庄当时经济繁荣，规划让火车经过这里也有这方面考虑。

　　根据有关资料统计，刘铭传离台时，台北大稻埕至基隆铁路已建成通车。该段铁路全长二十八点六公里。1891年10月，台北至基隆段铁路三十二公里也竣工通车。但是，此时刘铭传已经离台四个月，未能看到竣工。

第二十二章 不祥的征兆

1

光绪十六年，公元1890年，这是刘铭传赴台的第六个年头，也是台湾建省的第五年。此时的台湾早已旧貌换新颜，发生了巨大变化。

全省抚垦、清赋这时已宣告结束。据刘铭传奏称，全台"生番一律就抚"，共招抚归化生番八百零六社，男妇大小丁口十四万人之多；可耕田园也大幅增加，总数达到几十万亩，基本实现了"抚垦以广幅员"的预期目标。此外，随着抚垦工作不断取得进展，省内的治安也大为改善，政令畅通，民"番"相安，各族乐业。

清赋的收效同样令人惊叹。据不完全统计，清丈后台湾的土地由七万多甲增至四十三万甲之多；田赋总额由原先的十八万多两增至六十七万多两，总数增加了近五十万两。加上关税和各种商税，五年之后，当福建协饷停解后，台湾的财政收入仍保持在二百二十万两之多。刘铭传不无自豪地称："综计全台一州二厅十一县，广袤千余里，各属乡堡田间甲粮额,按户查核,琐屑繁重,时仅三载,获竟全功。岁增巨款,裕国家经久之用,定海疆长久之规。"

在布防上,各大海口陆续修建了炮台工事,安装了新式大炮。澎湖筑城也正在施工中,连同炮台均在一体规划,这将大大增强澎湖的防御能力。至此,刘铭传的"三大要政"都取得了令人瞩目的成绩。

农业矿产是台湾的优势产业,发展十分迅速。1890年,全省产米一百五十余万石,不仅做到了自足,而且还能向省外输出。甘蔗、茶叶、樟脑产量大幅增加,除了销往大陆外,还远销日本、波斯等地。在刘铭传主台前五年,蔗糖年平均生产量为八千三百余万斤;茶叶向外输出量为一千一百多万磅,时值三百二十万银圆;樟脑向省外输出量为一百六十万磅,时值达十五万银圆。此外,煤炭产量为七十余万吨。硫黄、石油、金矿等也都收益可观。《台湾通史》称,刘铭传抚台以来,"百事俱兴,农、工、路、矿次第举办",确无虚言。

各项新兴事业更是引人瞩目,蓬勃发展。航运的发展最为突出,从无一船可用,到先后开辟上海、香港、福州以及新加坡、吕宋、西贡等航线。刘铭传治台期间,还疏浚了基隆、淡水的港道,安装了灯塔和浮标。到1890年,台湾已有大小船只三百余艘,合计十七万吨。

与此同时,台湾的第一条电线、第一条铁路、第一所西式学堂、第一个邮局、第一个军工厂、第一个西式医院、第一盏电灯、第一个电话、第一张邮票等等,也都先后亮相,走在了全国的前列。

刘铭传来台之初,台北等地还是一个大农村,如今各种建筑拔地而起,一应现代化设施配套齐全,不仅有电灯、电话、自来水,而且贸易繁荣,商业兴旺。市面上南来北往的商品琳琅满目,其中还有不少进口洋货,从吃的到用的都有,如朝鲜的高丽参、西洋的番果,以及五金商品。大稻埕还设有冰厂一所,对外供应冰茶,市民争相品尝,称之为"琼浆"。据说,这座冰厂是英国人治臣创办的,在当时极为新鲜,制冷的箱子被人们称为"冰坞"。1890年,日本驻福州领事上野专一考察台湾时,看到台北的繁华,大感惊讶,将其称为"小上海"。

台湾的变化有目共睹,时人对此评价甚高。近代学者陈衍称刘铭传各项新政,"于举国未为之日,独先为之";曾在海关任职的美国人马士把刘铭传誉为"伟大的巡抚";美国战地记者礼密臣则评价刘铭传是个"开明进取的人物",并说在他的努力下,台湾已从一个"半开化的府",成为"全清国最进步一省"。

随着时间的推移,人们对刘铭传的评价越来越高。有人把他称作"伟大的爱国者""台湾的现代化之父"。连横先生称其功业,"足于台湾不朽矣"。

然而,在他抚台六年里,伴随着他的不仅是称赞,而且还有许多攻击和诋毁,尤其是他的新政更是饱受质疑和攻讦。到了1890年,他更是陷入了深深的危机。

2

其实,早在一年多前,危机便出现了征兆。1889年1月,刘铭传便接到朝廷抄寄的谤书(检举信),令其阅看。

这份谤书是浙江监察御史林纠年对他的弹劾折。折中列举了刘铭传在"抚番"、民变以及用人中存在的种种谬误。其一,"抚番"每年呈报受抚数字不少,看似成绩很大(虽未明说虚报),实则"靡费邀功"。他还挖苦说,该抚所谓"抚番",只要一剃头,给其衣裤,"遂曰归化"。可归后屡叛,反复无常,这与未抚何异?他还质问道,这难道不是徒事铺张,有意欺饰吗?

其二，彰化之变，实由官激民变所致。李嘉棠、罗建祥、吴元韬、陈灿等人皆为刘铭传所委用，可见其"任用非人，漫视民瘼"。他还说，"如果官民相安，何忽遍地皆贼"，"大臣重在察吏，设官所以卫民"，如此失察自然大失民心。

其三，他认为，台湾为海疆重地，刘铭传"见狎于属僚，大失乎民望"，如再为之数年，台湾吏治、民生将不可问也。因此，他声称"该抚于地方不宜，于台湾尤为不宜，臣见闻既确，不敢不据实纠参"，请旨"另拣贤员，以安民心"。至于应否立予罢黜，出自圣裁。

这份参奏言辞尖利，罔顾事实，足以混淆视听。其实，关于这类禀帖、谤书，一直不少。自刘铭传上任以来，几年里从未间断，主要集中于抚垦、清赋和新政上。如：指责他在抚垦上操之过急，措置失当，以致民心未协，不断激起"番变"；在清赋上，丈田不公，苛刻已甚，绅民啧有烦言，"以致奸民、土匪乘机作乱"；还有人说他开设招商局，挪用协款买船，赔累甚大。总之，各种诋毁无处不在。但朝廷多不理会，现在忽然把这封奏折抄寄给他，显然不无缘由。

当然，朝廷的语气尚属平和，认为"刘铭传自简任台湾巡抚以来，办事尚为得力，惟恐操之过急，任用或不得人，措置不无失当，以致民心未协，激起近日番变"，但同时又说"参折所陈，均不为无因"，要求"该抚当仰体朝廷开诚训诫，示以谤书之意"，从而对照问题，"平心省察，据实复奏"。

所谓"开诚训诫"，说得好听，实则就是警告、敲打，这是清廷惯用的手法。其潜台词也不言而喻，那就是：你的问题朝廷已经掌握，何去何从，你且好自为之吧。

刘铭传接到谤书后，一边省察自己，一边也上书为自己辩解。他心里明白，这绝不是一个好兆头。

建省前几年，清廷给予刘铭传不少支持，对他也充分信任。加上奕譞和李鸿章的鼎力相助，刘铭传的很多想法和建议都能够得以通过，包括办防、铁路、电报、邮政、学堂等诸多方面的改革在内。

可是，自从皇帝亲政后，这种情况开始发生了微妙的变化。1887年2月，慈禧归政，年仅十六岁的光绪皇帝举行了亲政大典。此后几年，帝党和后党的矛盾日渐凸显。这对淮系来说，显然不是什么好事。城门失火，殃及池鱼。刘铭传也受到牵连，不断受到帝党的排斥。朝廷对他的戒心越来越重，以至于他的想法和建议已不再像以前那样，变得很难通过了。

皇帝态度的变化自然也影响了户部。翁同龢是皇帝的老师，1884年军机大换班（史称"甲申易枢"），慈禧撤掉了所有的军机大臣，翁同龢也被逐出军机，革职留任，仍在毓庆宫行走，直到两年后接替阎敬铭出任掌户部。刚上任时，他对刘铭传还算照顾。

1886年审计时，户部查出台湾有三项收入没有上报。这三项收入是人丁税、额定征粮和海防捐银，计有六十多万两。

这钱到哪里去了？原来是被刘铭传挪用了。台湾围困时，由于急需用钱，他向当地士绅借了一些钱，讲好了战后归还，包括补偿和奖励，为三十多万两；还有就是战后台湾裁军四十营，这些官兵退伍后需要补发饷银、支放军米等，这笔钱也要三十多万两。可刘铭传当时手中没钱，只能挪用。刘铭传据实禀报后，有人揪住不放，不但不给台湾钱，还要刘铭传退回这笔款子。

后来，翁同龢出掌户部后，便帮刘铭传说了话。不久，台湾省向外洋订购的火炮到了交货时间，需款八十万。购炮之前，这事曾得到闽浙总督杨昌濬的批准，手续齐全。可现在到了付款的时候，钱却迟迟没有着落。洋人催讨炮款，违约将引起外交纠纷。刘铭传真是急眼了，他连忙上奏朝廷，请求拨款，朝廷批示："着户部速议。"

可户部司员们卡着不办,并旧事重提,说台湾那三项隐瞒未报的收入还没说清楚哩,怎么能再给钱?刘铭传有苦难言。好在这时翁同龢又出面替他解了围。翁同龢说,驳归驳,拨归拨。如今朝廷视台湾为重寄,如果部里老卡着不办也不好。在他的干预下,户部最后七拼八凑,总算解决了这笔款子。

此后,在刘铭传的反复敦请下,翁同龢还批准从沪尾、打狗二关税收中拨出四成作为台省防务经费。这笔钱每年大约有二十万两。

应该说,翁同龢就职户部后,起初对刘铭传还算不错,但后来他的态度发生了变化。刘铭传不仅要不到一分钱,而且在一些项目审批上,这位翁师傅也处处刁难。

这种变化引来外界纷纷猜测。一说刘铭传得罪了翁同龢,原因是翁想购买刘铭传手中的虢季子白盘,遭到刘铭传的拒绝。这一说法来自桐城名士陈澹然。虢季子白盘乃国宝,刘铭传克常州而获,后运回老家,筑亭陈放,十分珍爱。据陈澹然说,"某氏者,常熟巨家也,出巨金购之,公不可"。所谓"某氏者",虽没点名,但明眼人一看便知是指翁同龢。

可这种说法根据不足。从刘与翁的交往看,两人私交尚可。早在太平军兴时期,翁同龢的兄长翁同书任安徽巡抚时,在寿州城为太平军所围,刘铭传闻讯曾率团救援,翁同书对他十分感激,还把他介绍给了其弟翁同龢。此后,刘铭传几次进京时都去拜访过翁同龢,翁同龢也对他有过回访。光绪六年(1880年),中俄伊犁交涉,关系紧张,刘铭传奉诏进京,曾送翁同龢虢季子白盘拓本和诗文一册,翁同龢很高兴,对刘的评价是"此武人中名士也"。

另有一种说法是,翁同龢一直卡刘铭传的脖子,是因为受到李鸿章的波及。据近代文人徐一士所言,翁同龢当国,"不慊(不满)于鸿章,兼恚(恨)铭传,故阴沮(阻)之"。这种说法或许不无道理,但从根本上说,还是因为皇帝亲政后,朝局发生了变化。

3

1890年,是刘铭传遭受沉重打击的一年。上半年情况尚好。5月,光绪帝二旬万寿,赏加刘铭传兵部尚书衔。

6月,着刘铭传帮办海军事务。

海军衙门规格很高,奕譞为总办,李鸿章等为会办,其地位高于总理事务衙门。这一任命,虽是兼任,但也十分荣耀。刘铭传自是"感愧交集",并表示"惟有勉殚蠡测,倍竭驽庸,以仰副高厚鸿慈于万一"。

从表面看,朝廷似乎对他依然圣眷不减,但实际上刘铭传的日子已是王小二过年——一年不如一年。终于,因为基隆煤矿经营权的事,他受到了朝廷严厉的惩处。

基隆煤矿最早开办于同治三年(1864年),是时任福州船政大臣沈葆桢创办的。由于经营不善,亏损严重。中法开战后,为了避免资敌,刘铭传下令放水将煤矿淹没,使之成了一座废矿。战后的第二年,台湾各业开始复苏。这时,天津商人张学熙找上门来。

张学熙是天津大商人,多年前由于开办开平煤矿发了财,尝到了甜头,听说基隆煤矿要恢复生产便兴冲冲地跑来。他对刘铭传说,他愿意承办基隆煤矿的开采。刘铭传问他如何承办,张说由他全资。也就是说不用台湾掏一分钱,而且他还保证,出了煤首先供台湾使用,价格也予以优惠。

刘铭传一听正中下怀。当时,台湾创省,刘铭传愁的就是钱,现在一个要补锅,一个找锅补,双方一拍即合。

煤炭乃能源,轮船、制造等都需要用煤。刘铭传早就想恢复煤矿,只是拿不出钱来。现在有人承办,当然求之不得。

双方洽谈得很愉快。张学熙还许诺,如果煤矿盈利了,台湾还可以抽取煤厘。"这可是一举三得啊。"他说。

刘铭传听了哈哈一笑,当即拍板说:"好,一言为定!"

很快,双方签订了协议,张学熙便摩拳擦掌地干起来。可是,没有几个月便搞不下去了。原因是矿井积水太深,靠人力排水相当困难,而要购置新式抽水机又缺乏资金。这样一来,钱花了不少,却收效甚微。几个月下来,张学熙亏掉了好几千两银子,只得灰头土脸地又来找刘铭传,说他撑不下去了,请求退办。

张学熙退办后,八斗煤矿成了夹生饭,不得不搁置下来。但刘铭传心有不甘,便去找南洋大臣曾国荃、船政大臣裴荫森商量,说服他们一起合办。当时,福建船政并各项新政均需用煤。于是,几个人一合计,便达成了协议。三家每家出资两万两,共六万两。在此基础上,又招商股六万两,加在一起总计十二万两。

1888年1月,八斗煤矿开始挂牌运营,改为官办。刘铭传指定候补知府张士瑜为总办。张士瑜身为基隆煤矿矿务委员,对煤矿生产比较熟悉。他受到委派后,便决定聘用外国工程师玛体荪主持,并雇用了技师和管理人员。在设备上也投入重金,购置了新式机器用来抽水。刘铭传还专门派人修通了煤矿至码头的小铁路。

八斗煤矿地处八斗,故而得名。法人之乱,该矿破坏严重,坑道不仅积水过深,而且所有机器设备全行损坏。煤矿修复着实花了不少气力,而且耗资不菲,用时不短。好在这一切总算收到回报。半年后,煤矿开始出煤了,而且产量还不错,一度达到几十吨。

张士瑜忙不迭地向刘铭传报喜,曾国荃和裴荫森闻报也皆感欣喜。大家都对煤矿的前景一致看好。可是,他们高兴得太早了。时间不长,新的问题又出现了。不错,煤是产出来了,运输却成了难题。首先在台湾岛内,辗转运输千余里,没有铁路,全靠脚力,成本太高。其次要运往大陆,海上风浪大,没有大船不行。但煤矿资金有限,要想修建铁路、购买大船,实在是有其心而无其力。干了不到一年,亏空越来越大,每月亏银达到三四千两之多。

商股一看情况不妙,便提出退出。商股一退,剩下的全为官股。张士瑜本来还有信心,打算重新集股,继续干下去,可很快发现,老井由于开采年久,煤源枯竭,所产日绌。

面对困局,刘铭传召集有关人员开会,商讨对策。玛体荪提议另开新矿,并认为非如此不能获利。可开新矿谈何容易?需要经过勘探、打井,耗资巨大,至少需要百万之数。

这可是一道大难题。

刘铭传又找曾国荃商量,能否增加投资,曾国荃一听就不高兴了。他早对煤矿的亏损状况感到不满,现在要他增加投资,他当然不干。曾国荃拒绝了,裴荫森的态度也不积极。此时,刘铭传正忙于抚垦、清赋及各项新政,经费万难,哪还能拿出这么多钱来?

此时,基隆煤矿面临的局面是,官股无钱可筹,商股不能再招,这无疑是走进了死胡同。张士瑜急得团团转,隔三岔五地便来找刘铭传诉苦。煤矿一旦停产,不仅钱要打水漂,前功尽弃,而且亏累甚大,债台高筑,如之奈何?

就在焦头烂额之时,英国人找上门来了。

找上门来的英国人名叫班德瑞,是英国驻台北领事。和他一起来的还有一位英国商人,名叫范嘉士,现供职于英国旗昌洋行。他们是为了煤矿之事而来。刘铭传笑道:"阁下消息倒是很灵通啊。"范氏说:"这事新闻纸上早就登出,世人皆知。"接着,两人扯了几句闲话,范氏便道明了来意。

"听说煤矿遇到了难题?"

刘铭传并不否认。

"不知可有解决之法?"

"尚未。"

范氏说:"我们有意合作,不知意下如何?"

"合作?"

"正是。"

接着,他便把承办煤矿的想法说了出来。刘铭传听后沉默不语。煤矿现在不死不活,有人接盘固然是好,可洋人承办,从未有过。班德瑞这时插话说:"贵矿亏累严重,且缺乏资金,旗昌愿助一臂之力,何乐而不为?"

这倒是实话,刘铭传开始动心了。接下去,他详细问明了承办方案。范嘉士对他说,眼下老井枯竭,必开新井,虽然耗资巨大,但旗昌可集资承办。"全部费用都归我们,"范氏说,"如果一切顺利的话,半年后有望出煤。"至于条件,范嘉士提出承办期为二十年。"不能再少了,"他说,"否则无法收回成本。"

他还给刘铭传算了一笔账,如勘探需要多少钱,打井又要多少钱,而且还需要承担风险。因为不能排除出现废井或经营亏损等情况。但他保证,所有的风险都由他们承担。"总之,"他说,"你们无须出一钱,也不会有任何损失。"

刘铭传一听大感兴趣。此外,范嘉士还提出了一些诱人的条件。如,先接办旧矿,再开新井,并支付煤矿机器官本银十四万两。这无疑是替刘铭传收拾了一个烂摊子。还有每出口一吨煤,承办方纳税一角;每年拿出一千吨煤的指标,以市价八折供地方使用。这些条件都大称刘铭传的心意。

　　不过,尽管如此,刘铭传仍持谨慎的态度。会谈之后,他又指定张士瑜等人与英商多次商谈,并对合同文本逐条研究,最后定下条文共十条。其中主要的有:该商聘用工程师,选定两处作为开矿地点,但距该矿三英里以内,不准他人挖煤;该商运煤可租用铁路,按价付费;倘有战事,该矿归中国主政,并由中国保护,不准资敌,如与英国发生战事,因该商系英人,应即暂退;等等。

　　应该说,所有该考虑的问题都考虑到了。在刘铭传看来,台湾产煤是地方自然之利,虽然让利于人,并非所愿,但与其荒废,不如借用他人之力,这也不失为一种补救之法。况且,开挖新矿,以补旧井不足,这样做对地方发展也有好处。不仅能收回官本,及时止损,而且利源一开,商务更兴,于地方民生多有裨益。

　　在向朝廷奏报时,他还特别提到,官办积习太深,用人为难。煤矿经营以来,每年漏卮银高达十万两。他上任以后,虽经整顿,仍亏折银四五万两之多。所谓漏卮,用今天的话说,就是漏洞。由于制度不健全,煤矿经营各个环节都有空子可钻。用人稍有不当,便会造成虚报、浪费及营私等种种问题,很难杜绝,而在刘铭传看来,洋人较为"着实",由其承办,可堵塞漏卮。

　　张士瑜有些担心,他说:"洋人承办,恐引非议。"

　　刘铭传则说:"苟利国家,不计得失。"

　　此时,他决心已定。当然,他何尝不知道这事有风险。把煤矿承包给洋人——用今天的话说,这叫"借鸡生蛋""借船出海"——在当时是冒天下之大不韪。可是,面对无路可走的绝境,与其坐以待毙,不如大胆尝试。

　　刘麻子敢想敢干的脾气这时又上来了。不仅如此,当范嘉士提出承办牛头山油矿开采时,他也一口答应。

台湾旧产煤油,从前有人在山中发现水面漂油,用火竟可点燃。这一发现曾引起沈葆桢、丁日昌的注意,先后派人开采,均因亏损太大而作罢。刘铭传到任后,曾派林朝栋兼办开采,打下了台湾第一口油井矿,但因资金所限也陷入停顿。

煤油又称石油,用途广泛,且极具经济价值。范氏向刘铭传建议,仿照煤矿条例,由他一体承办,恢复油矿开采。刘铭传也表示同意。

于是,仿照煤矿承办之法,他又与范氏签订了油矿承办合同,并将两份合同一起奏报朝廷,详细陈明理由,恭呈御览。

按理,这是一件摆脱困境的好事,无论对煤矿还是油矿都十分有益。哪知奏折上报后,却捅了马蜂窝。户部跳出来反对,认为洋商承办流弊甚多,实不可取。他们向光绪皇帝汇报后,龙颜不悦,称该衙门"立论极为切当",并斥责刘铭传"办事殊属粗率"。

于是,"着传旨申饬",并要求刘铭传"认真核办,妥为经理","毋再草率从事,致滋后患"。

此时,刘铭传多么希望有人能站出来帮他说话啊。可是,过去一向支持他的醇亲王奕譞由于病重昏迷,无法视事,而他的老上司李鸿章也因事情敏感而不敢为他讲话。刘铭传茫然四顾,毫无援手,只有望洋兴叹。

第二十三章　呕血六载功不就

1

光绪十六年（1890年），入夏以来，刘铭传患了一场大病。多年来的伤病，加上来台之后多次感染瘴疠，旧病新疾，积劳成疾，使他的身体大不如前了。自去年9月，他的病情便不断加重，但由于公务太多，他一直坚持。到了今年6月，终究还是病倒了，不得不向朝廷请假。

刘铭传一生多次请假，每次请假都不免引起外界的猜疑，这一次也不例外。一种说法是，他因英商承办煤矿遭到朝廷申饬，心中不快。可这时距英商承办煤矿被驳回已过去近一年，把两者联系在一起，显然有些牵强。

另一说法是，他在为沈应奎的事负气。沈应奎一直护理（指低级官员兼任高级职务）藩司。邵友濂病辞后，朝廷曾先后"空降"蒯德标、于荫霖接任。这样一而再，再而三地变更，让刘铭传很不高兴。刘铭传不明白为什么朝廷不用沈应奎，他可是比任何人都更合适啊。

沈应奎久于度支,堪称理财能手。这些年,多亏了他尽心辅佐,在资金上左腾右挪,多方筹划,刘铭传方能大刀阔斧,有所建树,其中沈应奎功莫大焉。可是,这么多年来,沈应奎始终有名无实,刘铭传当然为他感到不公。

好在这年9月,沈应奎终于被任命为台湾布政使了,而不早不晚,刘铭传也恰好在这时销假视事了。

于是,这种说法似乎得到了印证。毕竟这样的事对刘铭传来说也不是头一次。他曾为李彤恩做过这样的事,因此人们更有理由形成这样的看法。但事实上,刘铭传这次请假与这事并无多大关系。如果有的话,也是次要因素。因为当时刘铭传确实病了,而且病情较为严重。这从他的请假报告中不难看出:

> 窃臣素有目疾,从前迭经奏请赏假调理。自到台湾以来,时发时愈,多方医治,仅将右目右耳保全,左目左耳久已成废。不料上年八月间,右耳流水闭气,一月数发,犹以为湿气上升,不以为意。今春三月,因在宜兰后山感受瘴湿,病痢十余日,愈后手足麻木酸痛,右耳闭气愈甚。正在医诊之际,右目又复红肿,下生云翳,上侵黑睛。阅看公文,昏花流泪。据医诊视,称系病后元气未复,心经过亏,风湿随心火上升,若非静心医治,猝难见效。仰恳天恩赏假一个月,俾资调理。

从报告看,他的病的确不轻。主要是瘴湿、痢疾导致旧疾复发,手足麻木,耳目俱病,以致无法阅看公文。

朝廷接到报告后,同意赏假一个月。在他生病期间,公事由沈应奎代拆代行,但遇到重要公事,仍要向他请示。刘铭传是个闲不住的人,而且事必躬亲。当时,抚垦、清赋已告结束,剿匪也告一段落,正在奏报朝廷,并拟定奖励有功人员。这些事都得刘铭传亲自审定。让他高兴的是,李大鼓才终于被缉拿归案了,与他一起被拿的还有谢龟润等匪徒。经过审判,一干人犯,就地正法,斩首示众。由于高光斗戴罪立功,表现不错,刘铭传决定恢复他的职务。

此外,各地新设郡县修建城垣的规划和预算,铁路施工遇到的问题,都要让他操心。因此,在病假期间,他仍然忙忙碌碌,一直没能很好地休息。

一个月后,假期到了。刘铭传的病情不见好转,反倒加重了。据他向朝廷的报告称,养病期间,虽经多方医治,但手足麻木依旧,耳闭日重,右目障翳不退。端午过后,又发现咯血,动则喘气,行动困难。医生诊断后认为,此乃瘴湿内侵,关窍阻塞不通,元气亏损所致,一时难以治愈。

他在奏折中伤感地写道:

> 微臣到台七年,先后随来旧部文武员弁不下二百人,相继死亡,十不存一。兵勇死者不可胜计,固由地方水土恶劣,亦因海外一隅,医药不便,且臣系由风湿瘴气致病,尤非在任所能调理……若再恋栈迁延,必致贻误多端,合无仰恳天恩,俯准开去台湾巡抚实缺并帮办海军差使,赏假三个月,内渡就医。

由于过度劳累,病情加重,特别是出现"咯血之症",这不免让刘铭传感到紧张。他接受医生的建议,决定内渡就医,并请求开去台湾巡抚实缺并帮办海军差使。他在奏折中说,微臣年未六十,报效之日方长。如能医好疾病,"即行销假,出效驰驱",决不敢贪图安逸。

但朝廷赏假三个月,不准开缺。

刘铭传只好遵旨,留在台湾边休息边治病。这期间,最让他牵肠挂肚的还是煤矿。自从英商承办被驳回后,他一直在多方寻找出路,始终没有着落,心里十分着急。

洋人承办的方案被驳回后,张士瑜知难而退。刘铭传任用候补知县党凤冈,让他设法继续招商接办,极力整顿。当时,煤炭行情逐渐回升,福建、台湾的船政局、制造局等都需要用煤,而且每月需求量高达数千吨。一些商人闻风而动,又纷纷找上门来。可他们提出的方案,刘铭传认为均不可行,或离他的要求相去甚远,一一否定了。

7月的一天,林维源登门拜访,刘铭传很高兴。这些年,在抚垦、清赋、铁路和招商等多方面,林维源出力甚多,对刘铭传的支持也甚大。两人互致寒暄,相见甚欢。谈话间,林维源道明了来意,原来他不只是来探望,还带来了一个好消息。

"什么好消息?"

"煤矿,"林维源说,"有人愿意集资承办。"

"哦,说来听听。"

刘铭传顿时来了精神。林维源办事向来靠谱,他说是好消息自然错不了。果然,林维源告诉他煤矿承办的事有眉目了。林维源是个有心人,他知道刘铭传在为煤矿的事犯愁,便一直把这事放在心上。经过一番游说、联络,现在当地富商蔡应维,还有云南候补道冯城勋、煤矿职员林元胜等人有意集资承办。至于承办方式:一是与官合办;二是股本比例为一比二,即官一商二;三是承办期限二十年。

"好啊!"刘铭传听完,大感兴趣。他还打趣道,难怪今天一开门就听见喜鹊喳喳叫,原来是有好事上门了。

林维源说:"爵抚先别忙着高兴,他们有一个要求。"

"啥要求?"

"商人主持,官不过问。"

这一下，刘铭传有些迟疑了。因为官商合办，向来是以官为主，由商主持还从未有过。林维源解释说，过去官商合办，以官为主，多有弊端。因为商人没有发言权，而官不懂商，积习甚多，终致亏累而难以为继。这样的教训不少。因此，他们宁愿多投钱，也要主事。除了这一条，其他的都好说。

刘铭传一边听，一边点头。其实，他觉得这个条件并不过分。官督商办，积习甚重，他心里十分清楚。况且，人家拿了钱，你却不让人家管事，这本身也说不通。

但是，这样做毕竟过去不曾有过，特别是打破以官为主的格局，肯定会让一些人不满，甚至遭受攻讦。但他转而一想，如果能够盘活煤矿，有何不可？在他看来，这与洋商承办不同，即便有些出格，也犯不了什么大忌。

"行，"刘铭传说，"我看可以。"

"爵抚可曾想好了？"

"就这么定了。"

刘铭传放了话，下边便动了起来，很快合作的方案便拟定了。具体条文经过逐条商定，最后形成章程。主要内容如下：由官出公款十万元，商出二十万元，共计三十万元。其中，以十六万承买原官办矿井新旧机器、车路、房屋以及煤务等大小物件，剩余的作为新开矿井、添置机器、房屋及雇工等各项费用。矿务一切事宜，由商经理，将来无论亏赢，按成本三股分摊。

刘铭传看后，较为满意。用他的话说："臣详加查核，尚为妥协。"于是，他等不及了，一边上报朝廷，一边批准先干起来。

然而，让他没料到的是，奏折一报上去就捅了娄子。

户部和总署坚决反对，认为官督商办，历来如此，岂能擅改？他们还把刘铭传呈送的基隆煤矿合办章程逐条细抠，从中找出诸多毛病。其中有"可疑者三，必不可行者五"。

如，矿务主持，既然官商合办，就应官为主持，"何以一切事宜悉授权于商，官竟不能过问"。

又如，章程中有"拟雇用洋人总管矿务工程一位"，刘铭传所称各股皆系华人，为什么总管却是洋人？其中"显有冒充影射情事"。

再如，该巡抚不奏明请旨，便即议立章程，擅行开办，"尤非寻常轻率可比"。

在向皇帝汇报时，奕劻和翁同龢都声称："刘铭传前与英商订拟合同，办理粗率，已降旨申饬。谕令他慎选贤员，另筹办法，可他这次招商同官合办，依然是种种纰缪，大不可行。"

皇帝怒曰："非严惩不可！"

1890年9月28日，总署与户部会奏，传皇帝旨意，"着刘铭传交部议处"，所办矿务立即停止，"不准迁延回护"。

吏部接旨，照违制律私罪，对刘予以"革职处分"。最后上报光绪帝，得旨："加恩改为革职留任。"

从处理过程看，虽然光绪皇帝最后手下留情，将"革职"改为"革职留任"，但对刘铭传依然是不小的打击。他不明白，也想不通，如此利国利民之事，为何会引来如此大祸？他抱怨皇帝高高在上，不解下情，而户部和总署则不明事理，落井下石。这口气他实在咽不下，当即上奏申辩，反复说明理由，并称："今商人退办，官若另开新矿，不独巨款难筹，以后逐年亏折之费亦难为继。"

可奏折上去后，如同石沉大海。刘铭传顿时心灰意懒。此时，朝局的变化，使他感到处处棘手，今后很难再有作为。

2

中法战争结束后,大清国进入了一个短暂的和平时期。这期间,国内外基本无战事,而国内经济复苏,洋务运动蓬勃开展,一片盛世景象。然而,盛世之下,却隐藏着深重的危机。海疆烽火虽暂告平息,但周边虎狼环伺,威胁无时不在。尤其是日本,明治维新之后,脱亚入欧,迅速崛起,侵略野心进一步膨胀。

1874年,日本侵台事件发生,便是一个危险的信号。日本是一个有着强烈扩张领土欲望的国家。由于本国国土面积狭小,资源有限,日本人具有强烈的危机感,加上其信奉的神教道文化,以及明治维新以后形成的天皇制国家制度,使其变得更加危险。明治天皇上台后,制定了"开疆拓土"的外交方针,使日本很快走上了对外侵略扩张的军国主义道路。在《御笔书》中,明治天皇公然宣称要"开拓万里之波涛,宣布国威于四方"。

1864年,日本外务大臣柳原前光前来天津拜谒李鸿章,要求仿照西方各国先例与清政府立约通商,遭到拒绝。1871年,日本大藏卿伊达宗城再次来华议约,中日双方签订《中日修好条约》,建立了基本平等的外交关系。但日本并不满足,次年又派柳原前光来华,要求改约,遭到回绝。

就在这一年,日本擅自册封琉球王尚泰为藩主,并强迫原属于中国"番国"的琉球与日本建立宗藩关系。两年后,琉球船民由于风浪漂到台湾,为台湾当地"番族"所杀。日本借机发难,出兵攻台,这就是发生在1874年的日本侵台事件。

事件发生后,清政府迅速派兵渡海驰援,逼退了日军,但之后采取息事宁人的态度,在西方的调停之下,与日本签订了《中日台湾事件专约》,

竟然荒谬地承认日本侵台是"保民义举",并同意付给"日本国从前被害难民之家"抚恤银十五万两和日军在台"修道建房等费用"四十万两,共计五十五万两。在清政府看来,这叫"忍小忿而图远谋"。

然而,中国的妥协进一步助长了日本的侵略野心。1876年,日本用武力逼迫朝鲜签订了《江华岛条约》;1879年,又公然吞并琉球国,将其改为冲绳县。

琉球国原为中国藩属国,位于太平洋和东海之间,是西太平洋岛链中连接日本九州与中国台湾的重要一环。早在1872年,侵台事件发生前,日本就胁迫琉球国王接受"藩王"封号;八年后又得寸进尺,将琉球完全占为己有。

琉球事件是一个极为恶劣的开端。正如英国公使威妥玛所言:"琉球事件决定了中国命运。它向全世界宣布,富饶的清朝帝国愿意任人宰割,而不愿意用武力抵抗。"果然,此后几年日本得寸进尺,很快将侵略的魔爪又伸向了地处中国东北部的朝鲜半岛。

1882年,壬午事件发生,日本借朝鲜动乱,公然出兵朝鲜。清政府在朝鲜国王的请求下,出兵平乱。事件虽然很快得以平息,但日本的侵略野心进一步暴露。

这一切,刘铭传都看在眼里,更为台湾担心。法人犯台后,他有切肤之痛,认识到必须尽快加强台防,而且迫在眉睫,刻不容缓。早在出山时,他就上了一道《遵筹整顿海防讲求武备折》,其中第一条是:"各海口炮台亟宜改建,以重防守。"他认为,外洋大炮已达数百吨,可我们还依靠城墙守卫,各口所筑炮台也皆不得法,极需改变。

第二条是:"洋面水师兵船宜次第筹办,以固海疆。"他说,海防以师船为第一要务,无师船则无海防,我们万不能视为缓图。也就是说,我们不能再等,应该早做筹划,"综计沿海七省须备兵船百只,方可敷战"。

以上两条对台湾而言，极具针对性。因此，战后他对台防高度重视，并倾注了心血。他希望朝廷能不断加大投资，增强台湾的防备。他还奏请将澎湖升格，以总兵驻扎。海军衙门成立后，他非常高兴，并提出了建立台湾水师的设想。此后，他还提出将全国水师分为北、中、南三路，分别控制津沽、吴淞和台粤。

但是，他的设想只是一厢情愿，根本无法实现。作为台湾巡抚，权力有限，虽然后来挂了一个帮办海军，也不过一虚名耳。当时，日本海军后来居上，发展很快。从1871年至1890年，短短十九年时间，日本先后提出了八次海军扩张案，投入大量资金。至甲午战争前夕，日本海军舰船总排水量已达七点二万吨，在吨位上和性能上都大大超越了北洋海军。与此同时，日本陆军也在不断扩张，常备军和预备队人数迅速扩编到将近三十万。

慈禧归政后，为了修建颐和园，多次挪用海防经费。为了掩人耳目，还想出了一个在昆明湖练习水操的主意，美其名曰"恢复水操旧制"。

1889年1月，紫禁城发生火灾，御史群起上书，声称天意示警，以此谏阻颐和园修建。面对一片批评之声，慈禧一边弹压，一边不得不缩小工程规模。虽然如此，整个工程仍耗费一千万两白银。其中从海军衙门挪用的款项就接近七百五十万两，这笔款可以再买四艘像"定远""镇远"那样的铁甲舰。

更为荒唐的是，为了迎合慈禧，加快工程进度，1891年初，户部竟然奏请停购外洋枪炮轮船两年，将省下来的钱全都"解部充饷"。翁同龢在奏折中说，由于国库空虚，救灾需要，请求停购外洋枪炮、船只、器械，同时炮台建设也一律暂行停止。这样一来，等于冻结了海防建设的资金，包括台防的建设。

消息传来，刘铭传大为愤慨。这不是自寻死路吗？近年来海疆滋扰，一波未平,一波又起。每当事起,言战言和,争执不休,可战靠什么?无械、无炮、无船,徒具空谈,于事无补。琉球、伊犁、天津、越南、台湾,一个个教训就在眼前,往事之失,前车可鉴!剜肉补疮,何所底止!

此时,他又想到出山时在奏折中说过的话:“夫战不如人而欲图强,犹井中求火也;器不如人而不知变,犹当暑着貂也。今日中国所谓战不如人,器不如人,若不改图,何以自立!”不幸的是,他所担心的正在变为现实。

想到这里,他不禁悲叹无语。就在这当口,又传醇亲王奕譞病故的消息。刘铭传完全失去了依靠,而慑于太后威势的李鸿章,也因海军经费被挪用,一肚子苦水,敢怒不敢言。

刘铭传彻底绝望了。如果说,基隆煤矿遭革职使他愤愤不平,那么,停购外洋枪炮轮船,则使他感到心灰意懒。既然事不可为,只有一去了之。在去年两次奏请开缺后,从1891年1月起,他又两度奏请开缺。

1月7日,三请开缺折中称:

> 臣病久神昏,陈奏率渎,仰蒙圣恩宽大,传旨申饬,不予斥罢,仍复优容留任调理,自分何人,膺斯高厚!跪聆之下,感愧莫名!……无如痼疾已深,服药无效,内受亏损,咯血头晕。午后即发潮热,外感烟瘴,左半耳目昏闭,手足麻木酸疼。据医云纵能苟延残喘,亦恐半身痿废……奈自夏秋大病之后,精神更觉委顿,既不能接见僚属,又不能阅视公牍,呻吟床褥,忧惧不安!辗转筹思,万不敢贪荣恋栈,徒滋咎愆。

4月12日,四请开缺折中云:

臣钦遵之下，多方调治，原冀病情稍为轻减，即行力疾销假，以免再三之渎。无如痼疾已深，医药无效，咯血日见其多，饮食日见其少。筋骨疼痛，坐卧不安。左目已废，右目又生云翳，交春举发，红肿昏暗，咫尺不识人面，皆久受瘴湿，沮塞关窍，气血不能流通，内亏外感，补泻两难，医皆束手。金以病情过杂，元气过亏，必须静心调理，非医药一时可以奏效……惟有吁恳天恩，俯准开缺，并开去帮办海军差使，赏假回籍就医，迅赐简放贤员，以重职守，免臣再渎。地方幸甚！微臣幸甚！

从奏折看，刘铭传的病情确实十分严重，不仅"内受亏损，咯血头晕"，而且"左目已废，右目又生云翳"，"咫尺不识人面"，也无法阅读公文。朝廷疑他是在斗气，早在去年 10 月就曾传旨申饬。

内阁奉上谕："刘铭传奏，假期届满，病势增剧，请开缺调理。复称如不得请，恳赏内渡就医各折、片。率意渎陈，殊属非是，着传旨申饬！仍着赏假三个月，在任调理，勿庸开缺。钦此。"

但此时刘铭传去意已决，接旨后，一边上奏谢恩，一边仍然坚称"病势沉重，万难坚持"，而且假期一满，他又再次上奏。一次又一次，仿佛不达目的决不罢休。

朝廷无计可施，只好准其开缺。

光绪十七年四月二十三日，公元 1891 年 5 月 30 日，谕旨下达："内阁奉上谕：刘铭传奏，病仍未痊，恳请开缺一折。福建台湾巡抚刘铭传，着准开缺，并开去帮办海军事务差使。钦此。"

谕旨下达三天后，6 月 4 日，刘铭传便"脱然归去"，离开了他主政七载的台湾。

3

刘铭传走了,带着未竟的事业,也带着深深的遗憾。

自从 1884 年 7 月抵台督办军务始,至 1891 年 6 月离任,前后将近七年光景。这是他一生中最重要,也最辉煌的七年。在这七年里,他在台湾全面推行自强新政,开启了台湾的近代化进程。他原计划用十年时间来实现他的宏伟蓝图,可是不到七年,便不得不黯然离开这块他曾寄以希望、付出极大心血的热土。

刘铭传一生多次撂挑子。在他来台之前,就曾十八次"乞退"。其中大多是托病泄愤,以此表达心中的不满。但这一次,是哀莫大于心死,固然他的病情加剧是实,但这绝不是他真正乞退的原因。

他的心凉了,如同死灰。

七年的劳苦和纷扰早已使他心力交瘁、身心俱疲,虽然身任一省大员,但谤书盈篋,窒碍甚多,朝廷对他的支持也越来越少。基隆煤矿一事虽然使他受到处分,遭受不小的打击,但这些他都可以忍耐。况且,他受到革职处分也不是第一次。然而,让他不能容忍的是户部荒唐的决定。所谓停购外洋枪炮、船只、器械,同时炮台建设也一律暂行停止,这不是自废武功、自毁长城吗?

晚清以来,外警迭至,割地赔款,椎心泣血。落后就要挨打,无防就要受欺,这是血的教训。刘铭传来台之后,尽管事牍股繁,但办防始终放在第一位。他多次上书,渴盼朝廷加大海防投入,他还希望能够为台湾建立一支海军,万万不可重蹈"一有兵争,仓皇束手"的覆辙。然而,这一切全都落空了。当得知户部决定停购外洋枪炮后,刘铭传大感失望,喟然叹息道:"人方恭(谋)我,我乃自抉(挖)藩,亡无日矣。"

此时,刘铭传郁闷已久。他向来秉性刚直,不贪恋官位,眼看朝政不堪,壮志难抒,加上病痛折磨,于是便痛下决心,卸任而去。

不过,毕竟在台近七年,他还是有些不舍。这些年,他竭蹶艰难,惨淡经营,虽然做了不少事,可还有好多事没有做完,想起这些不免遗憾。台湾创省,一切规模制度刚刚建立,还远不完善;炮台、师船,还有省城建设等等,诸多规划也未完成。特别是铁路未竟,让他放心不下。虽然台北至基隆段已经开通,但台北至新竹段尚在修建之中,少则几个月,多至半年,便能最后完成。但这一切,他恐怕再也看不到了。

想起这些,刘铭传不禁有些惋惜。他登上轮船,不禁黯然神伤。茫茫大海,波涛汹涌,带着他一身伤病和未实现的梦想,带着他一腔热血和未酬的壮志。

他走了,只身而来,孑然而去。他把自己一生中最重要的七年献给了台湾。临走时,他没有带走一物,还将自己的养廉银和历次因战功而获得的朝廷的赏银全部捐出,用于修建学堂,培养台湾的孩子。2015 年,台湾建省一百三十周年之际,台北街头竖起一座刘铭传雕像,其目光所及之处,正是当年他所建的学堂旧址。

刘铭传离任后,台湾新政便陷入了全面停顿。接任他出任巡抚的邵友濂,一上任便对刘铭传的新政全盘否定,诸多革新被一笔勾销。一时间,"新政尽废",满目凋零,台湾的近代化建设几乎全部中断,特别是海防建设的中止,留下了极大的隐患。

梁启超曾有诗云:"轩车一去留不得,藤蔓啼莺空复情","长城已坏他岂惜,雨抛锁甲苔卧枪",其悲切、惋惜之情溢于言表。

刘铭传一生留下太多的遗憾,而台湾可能是他留下遗憾最多的地方。作为一介布衣,他起于行伍而位列封疆,尽管具有雄才大略,却"呕血六载功不就"。这是刘铭传的悲哀,更是时代的悲哀。

尾　声

刘铭传离台三年后,中日甲午战争爆发。由于局势紧张,清廷又一次想到了刘铭传。慈禧太后懿旨,撤销对刘铭传的处分,恢复其职务。不久,又令其迅速北上,进京陛见。但李鸿章五次电召,刘铭传都未从命。

外界对刘铭传屡召不出有多种推测。一说朝廷未降明诏,而是让李鸿章电召,未尽对待大臣之礼,引起刘铭传不快;一说翁同龢与李鸿章不和,暗中阻挠;还有一说,朝中战和不定,李鸿章主和,刘铭传故不出。

其实,朝廷这时对刘铭传复出期望甚殷,而且迫不及待,就连当初上疏反对修铁路的御史余联沅这时也站出来了,奏称:"治军首在得人。前台湾巡抚刘铭传、前新疆巡抚刘锦棠,皆夙习韬钤,深通洋务,值此海氛不靖,该抚等受恩深重,理合共济时艰,拟请旨分赴南北洋,帮办军务,克日就道,不准以病推诿。"

由于刘铭传一直称病不出,两个月后余联沅再次上奏,指斥刘铭传阴施"规避之计","不忠不敬,孰大于此"。他还建议:"如再不来,则惟有请旨将刘铭传拿问进京,严治其罪。"

然而，此时刘铭传已经病魔缠身，数疾并发，连行动都相当困难了。李鸿章不得不据实上禀，说他因病无法应召，是否另调大臣统兵。但朝廷似乎并不相信，又连电催其复出。1894年10月5日电谕云：

> 现在军事日棘，统帅乏人。该巡抚受国厚恩，当此边防危急之时，岂得置身事外？着李鸿章再行传谕刘铭传。于接奉此旨后，即行起程来京陛见。该巡抚忠勇素著，谅不至藉词诿卸，视国事如秦越也。仍将这旨起程日期，先行电闻。

尽管朝廷祈盼之至，但刘铭传已经身不由己，因"耳聋目暗，手足麻木，难以行动，不能陛见"。正如他对李鸿章所说："臣世受国恩，何忍膜视国事"，"如稍可撑持，公谊私情，断不敢藉词推诿"。事实也确实如此，但对国家来说，这不能不说是一个重大损失。丰岛之战后，清廷调动卫汝贵、马玉昆、左宝贵、丰升阿"四大军"集结于平壤一线，总兵力为三十二营，一万三千多人。此时的清政府多么需要一场胜利啊！然而，由于统帅乏人，李鸿章只好任用叶志超，而叶志超统领乏术，畏战先退，导致清军全线溃败，战局一发不可收拾。倘若刘铭传出山，这一切或许都可避免，然而历史没有假设。

平壤之战一年多后，1896年1月12日，刘铭传病逝于肥西刘新圩，享年五十九岁。在他去世前，传来甲午战败，台湾沦陷的消息，尽管台湾军民奋勇抵抗达五个月之久。看着这块他曾经呕心沥血、宵衣旰食为之奋斗了将近七年的热土为敌寇所占，病榻上的刘铭传失声痛哭，吐血昏厥。

临终前，他"肝阳上越，气壅汗喘"，自知大限将至，魂气将离，便口授遗书一封，由嫡长孙刘朝仰（长子刘盛芬已故）及诸子刘盛芸、刘盛沛、刘盛芥缮呈，由安徽巡抚代递朝廷。内有：

方今外侮日深，人才益乏，伏愿皇上仰承懿训，抚恤民艰，补救绸缪，预防后患。臣身经大小数百战，军事稍有阅历。边海各防，练兵利械，非尽学泰西之所长，不足以资战守。铁路、海军诸大政，尤宜迅速推行，得人而理，始能渐致富强，于以造就将才，培养士气，卧薪尝胆，坚忍图成，上下同心，国威可振！如蒙圣慈采纳，臣九京赍结，虽死犹生！

　　这是刘铭传最后一封奏疏，在疏中，他吁请朝廷重视人才，俯恤民艰，加强海防，办好铁路、海军诸大政，"补救绸缪，预防后患"，"卧薪尝胆，坚忍图成"。可谓言之谆谆，情之切切，读之令人感慨万千。如果当政者能够早一点接受他的意见，何至于大局如此？在这之前，刘铭传曾有绝笔诗一首，诗中流露出深深的无奈和惆怅，同样令人叹息：

　　历尽艰危报主知，
　　功成翻悔入山迟。
　　平生一觉封侯梦，
　　已到黄粱饭熟时。

附 录

1895 年,清光绪二十一年,刘铭传离台后四年

4 月 17 日,《马关条约》签订,这是晚清历史上极为耻辱的一天。条约第二款和第五款规定,中国将割让台湾和澎湖,其中包括"台湾全岛及所有附属岛屿","澎湖列岛,即英国格林尼次东经百十九度起至百二十度止,及北纬二十三度起至二十四度之间诸岛屿",并"限于本约批准互换后两个月内,交接清楚"。

消息传出后,朝野大哗,举国共愤。台湾同胞聚哭于市,夜以继日。台北市民众鸣锣罢市,拥围抚署,表示心向祖国,宁愿战死,誓不降倭。台绅丘逢甲等人以血书奏陈朝廷,声称"割地议和,全台震骇","臣等桑梓之地,义与存亡"。一些清政府官员也试图寻求西方帮助,力求挽救。驻英大使龚照瑗接到张之洞的电报,希望说服英国出面保台,条件是将台湾租给英国,但英国不愿与日发生冲突,加以拒绝。

甲午战争后,日本高层围绕下一步战略曾出现两派意见:一派认为应该乘胜追击,一举拿下北京;另一派则认为攻取北京可能会引起列强各国的干涉，主张南进，占领台湾。很快，后者的意见占了上风。原因与沙俄为虎作伥大有关系。当时，沙俄驻东京公使米哈伊尔·希特罗渥主动向日本表明，俄国政府并不反对日本占领台湾。他还提议，由日俄交换看法，以防止其他国家的干涉。沙俄的支持，坚定了日本攫取台湾的决心。当然，沙俄此举另有图谋。他们是想支开日本，为下一步侵占辽东打开方便之门。果然不久，俄、德、英三国逼日归还辽东半岛，造成了德国染指胶东半岛，而俄国进占大连、旅顺的局面。与此同时，为了安抚日本，列强各国允许日本占领台湾，并将福建划为日本势力范围。

列强之间的肮脏交易彻底葬送了台湾。条约谈判时，恰值北京会试举行，各省举人一千三百余名联名上书请愿，要求变革图存，史称"公车上书"。领头的便是康有为和他的学生梁启超。其中包括台湾举人。在请愿中，各地士子痛陈亡国之害，坚决要求废止割台条约。但昏庸无能的清政府宣称，"割台系万不得已之举"，台湾虽重，比之京师则轻，况孤悬海外，"终久不能据守"。

面对清政府的卖国行径，台湾人民悲愤欲绝。为了不做亡国奴，他们决心自救。由丘逢甲联络地方绅民百余人，创议成立"台湾民主国"，推唐景崧为总统，丘逢甲为副总统，刘永福为大将军，拒绝台湾沦于敌手。

丘逢甲，字仙根，台湾彰化人氏，祖籍广东嘉应，自幼苦读，奋学好为，因而受到时任台湾分巡道唐景崧的赏识。几年后，丘逢甲中举，授工部主事，但他无意为官，返回台湾，主讲书院。丘逢甲善诗，而唐景崧雅好文学，于是将其招至幕府。刘铭传离任后，台湾巡抚先是由邵友濂接任，没几年，邵因病，加上与唐景崧不合，调任湖南巡抚，台抚一职则由唐景崧升任。对于成立"民主国"，唐景崧并不反对。不过，早在5月20日，唐景崧便接到谕旨："唐景崧著即开缺，来京陛见。其台省大小文武各员，并著唐景崧饬令陆续内渡。"

按理,唐景崧作为朝廷命官,理应遵旨行事,但他回电奏陈,钦遵开缺,本应立即起程入京陛见,"惟臣先行,民断不容,各官亦无一保全。只可暂留此,先令各官陆续内渡,臣则相机自处"。唐景崧的理由是担心自己一走,台湾会乱。这个理由似可成立,但实则是他揣度上意,发现谕旨"只言撤官,未言撤兵",或许另有玄机,于是决定留下观望。

关于创立"台湾民主国"之事,唐景崧显然是支持的。这从他给张之洞的电报中可见一斑。他在电报中敦请张之洞转达朝廷,希望能够得到批准,从而实现奉旨"民主"。他还在电报中说明,他只是暂代总统,"嗣后总统均由民举,遵奉正朔,遥作屏藩"。

由此可见,所谓民主国,并不是闹独立,而是一种权宜之策。正如丘逢甲所言:"台湾为朝廷弃地,百姓无依,惟有暂行自立,死守不去,遥戴皇灵,为南洋屏蔽。"唐景崧也称,这样做是"恐倭借口,缠扰中国"。说白了,就是不给日人以口实(对外声称这是台湾人民的意志,自然与朝廷无涉),既不公开抗旨,又拒绝割台。至于所谓的"暂行自立",实则仍奉"清朝正朔",其国旗图案为"蓝地黄虎"。这种设计,以虎自居,相对大清龙旗,以示尊卑有别,同时"虎首向内,尾高首下",亦表示臣服之意。国号为"永清",亦含永远臣属大清之意。

5月25日,"台湾民主国"成立,唐景崧在巡抚衙门,北向望阙三拜,然后掩泪就职。事后致电清廷:"台湾士民,义不臣倭。愿为岛国,永戴圣清。"

5月8日,即"台湾民主国"成立之前半个月,中日烟台换约完毕,日军大本营下令调近卫师团南下接管台湾。近卫师团为日军主力,兵力达数万之众。团长由日本皇族、陆军中将北白川宫能久亲王担任。接着,明治天皇任命海军大将桦山资纪为"台湾总督",主持对台湾的接管。

5月22日,日军从旅顺出发,进逼台湾。此时,台湾大小官员,包括提督杨歧珍在内,大多先后内渡,局面十分混乱。刘铭传离任后,台湾的防务建设早已陷入停顿,部队也大批撤裁。甲午战起,唐景崧曾筹集二十万去广东募集兵勇,此时业已成军,由他亲自率领,驻扎台北。丘逢甲等人也四处招募青壮年,组建台湾义军,自任统领,与林朝栋共守台中。台南则由刘永福黑旗军驻防。

刘永福乃晚清名将,早年曾参加天地会起义,所部以七星旗为队旗,号黑旗军。后应越南国王邀请,率部抗法,先后击毙法军头目安邺和法军统帅李维业,声名大噪。中法战争爆发后,清廷派唐景崧前去招抚,黑旗军遂被清军收编。唐与刘也由此结下了友谊。

中法战争结束后,刘永福授广东南澳镇总兵,驻扎广东。这次调任台湾,负责台南防务。朝廷饬令大小官员内渡,唐景崧曾去电询问刘永福去留,刘回电称:"与台存亡。"这让唐景崧颇感欣慰。

5月29日,日军从台湾东北部三貂岭登陆,唐景崧令部驰援,但旋即溃败。因其部系临时招募,未加训练,纪律松懈,不堪一击。基隆失守,日军乘势向狮球岭推进。部将请求唐景崧派兵驻守八堵,以阻日军,但唐景崧一看事不可为,便乘德国商轮,溜之大吉。

唐景崧一走,台北群龙无首,很快失陷。6月3日,日军攻占台北,然后大举南下。丘逢甲和林朝栋率领的义军号称一百三十营,实则三十营,在新竹等地与日军苦战二十多天,终因寡不敌众,伤亡过重,不复成军。眼看大势已去,为躲避日军搜捕,丘逢甲与林朝栋也先后逃离台湾。

此时,台湾只剩下刘永福孤军奋战。为了凝聚人心,众人拥刘永福为大总统,继续抵抗。从6月至10月,黑旗军在当地民众的支持下,在台南苦苦支撑,多次击退日军陆海两路的进攻。当时,敌我双方武器装备悬殊。台湾军民几乎是用血肉之躯与敌相拼,多次击退敌军。嘉义一战,民军首领徐骧设计,通过挖地道,将地雷埋于日军军营,炸死日军七百多人,日军近卫师团长北白川宫能久亲王也命丧黄泉。为了稳定军心,日军秘不发丧,直到尸骨运回国后才公布消息。

尽管台南抵抗取得了一定的胜利,但难挽颓势。随着时间的推移,台南守军由于缺乏饷械粮糈,陷入极大的困难。为了摆脱困境,刘永福一边在当地筹集饷银物资,一边派人前往厦门,电请沿海督抚助饷。然而,台南贫瘠之地,筹饷困难,而清政府严禁援助台湾,守军亦无法从内地获得支持。

8月,日军占云林、苗栗。9月,围彰化。接着,又破嘉义。刘永福手下大将吴彭年、吴汤兴、徐骧等先后战亡。守军外无援兵,内无粮草,刘永福陷入绝境,一度打算言和,被部下阻止。10月,敌军先后陷平安炮台、凤山,进逼台南府城。此时,城内弹尽粮绝,守军数日无食,饥饿到无法站立。10月19日,刘永福不得不弃城而走。

从5月至10月,台湾军民的英勇抵抗持续了将近五个月,付出巨大的牺牲,并给侵略者以重创。据日军公布的文件,参加割台之役的日军兵力约五万,其中夫役两万六千,马匹九千四百余。死伤情况如下:战死的一百六十四人,负伤的五百一十五人,病死的四千六百四十二人,伤病高达两万六千余人,占总数的一半以上。

1895年11月,"台湾总督"桦山资纪宣布"全台平定",从此开始了对台湾长达五十年的殖民统治。但在这期间,台湾人民的反抗从未停止,各种起义和暴动连绵不绝。尽管日本占领者采取了残酷的镇压,但台湾人民并没有被吓倒。

1937年,刘铭传离台后四十六年

7月7日,日本发动了全面侵华战争,中国人民奋起反击,开始了全面

抗战。

1941 年，刘铭传离台后五十年

太平洋战争爆发，中国政府正式对日宣战。在宣战布告中，严正宣告所有与日有关的条约、协定、合同等，一律废止，其中包括《马关条约》。从这天起，日本对台湾和澎湖列岛的占领则被视为非法。

1943 年，刘铭传离台后五十二年

11 月，随着反法西斯战争节节胜利，中国、美国、英国三国首脑在埃及开罗召开会议，会后签署了《中美英三国开罗宣言》，简称《开罗宣言》，宣言明确了日本侵占台湾的非法性，确认台湾是中国领土。

1945 年，刘铭传离台后五十四年

7 月 26 日，《波茨坦公告》在柏林近郊波茨坦发表。该公告全称为《中美英三国促令日本投降之波茨坦公告》，又称《波茨坦宣言》。苏联对日宣战后，也加入该公告。8 月 15 日，日本天皇发表广播讲话，宣布无条件接受《波茨坦公告》，重申《开罗宣言》的条件必须实施，接受将台湾和澎湖列岛归还中国的条款。

8 月 25 日，侵华日军副总参谋长今井武夫奉侵华派遣军司令冈村宁次之命，在湖南芷江向中国投降，标志着中国抗日战争的胜利。

10 月 25 日，中国政府任命陈仪为台湾省行政长官在台北接受日本第十方面军司令官兼台湾总督安滕利吉投降。这一天，台湾人民欢欣鼓舞，敲锣打鼓，家家焚香，户户欢庆，沉浸在台湾重归祖国怀抱的喜悦之中。

1947年，刘铭传离台后五十六年

抗战胜利后，国民党发动全面内战，解放战争拉开了序幕。7月，解放军由战略防御转入战略进攻，连续发动三大战役，国民党败逃台湾。渡江战役结束不久，毛泽东主席便电令粟裕，要他注意研究夺取台湾问题。在电文中，毛泽东主席指示："台湾是否有可能在较快的时间内夺取，用什么方法夺取……请着手研究。"根据主席指示，中国人民解放军第三野战军第九兵团开往东南沿海进行渡海作战训练，做好了解放台湾的准备。

1950年，刘铭传离台后五十九年

1月5日，美国总统杜鲁门发表声明："美国对台湾或中国其他领土从无掠夺的野心。现在美国无意在台湾获取特别权益或特权或建立军事基地。美国亦不拟使用武装部队干预其现在的局势，美国政府不拟遵循任何足以把美国卷入中国内争中的途径。"明确表明了美国无意干预解放军解放台湾。

然而，就在这之后不久，朝鲜战争爆发。为了保家卫国，中国政府决定组建中国人民志愿军赴朝作战，解放台湾的计划只能暂时中止。据第九兵团的官兵回忆说，当时他们正在东南沿海进行跨海演练，接到赴朝任务十分仓促，连御寒的冬装都未及准备，穿着单帽、胶鞋，便踏上了征途。

1954年，刘铭传离台后六十三年

从1950年10月至1953年7月，经过艰苦卓绝的浴血奋战，抗美援朝战争取得了最后胜利。然而，此时美国对台湾的态度大变。就在抗美援朝取得胜利的次年，1954年12月2日，美国国务卿杜勒斯与中国台湾当局代表叶公超签订了所谓的"共同防御条约"，公然干涉中国内政，企图阻

止中国人民解放台湾。对此,12月25日,中国人民政治协商会议发表宣言,代表中国人民庄严宣告:"对于美国政府这种严重的战争挑衅行为,会议一致表示愤慨","中国人民不解放台湾,决不罢休"。

1972年,刘铭传离台后八十一年

2月,美国总统尼克松应邀访华,打破中美数十年的僵持局面。2月27日,尼克松在上海与中华人民共和国总理周恩来签署了《中华人民共和国与美利坚合众国联合报》,简称《上海公报》。公报指出:

> 双方回顾了中美两国之间长期存在的严重争端。中国方面重申自己的立场:台湾问题是阻碍中美两国关系正常化的关键问题;中华人民共和国是中国的唯一合法政府;台湾是中国的一个省,早已归还祖国;解放台湾是中国内政,别国无权干涉;全部美国武装力量和军事设施必须从台湾撤走。中国政府坚决反对任何旨在制造"一中一台""一个中国、两个政府""台湾独立"和鼓吹"台湾地位未定"的活动。
>
> 美国方面声明:美国认识到,在台湾海峡两边的所有的中国人都认为只有一个中国,台湾是中国的一部分,美国政府对于这一立场不提出异议。它重申它对由中国人自己和平解决台湾问题的关心。考虑到这一前景,它确认从台湾撤出全部美国武装力量和军事设施的最终目标。在此期间,它将随着这个地区紧张局势的缓和逐步减少它在台湾的武装力量和军事设施。

1978年,刘铭传离台后八十七年

12月16日,中美建交,共同发表《中华人民共和国和美利坚合众国关

于建立外交关系的联合公报》,简称《中美建交公告》。公告指出:

> 美利坚合众国承认中华人民共和国政府是中国唯一合法政府。在此范围内,美国人民将同台湾人民保持文化、商务和其他非官方关系。

在建交公报发表的同时,中国政府还发表了《中华人民共和国政府声明》,摘要如下:

> 众所周知,中华人民共和国政府是中国的唯一合法政府,台湾是中国的一部分。台湾问题曾经是阻碍中美两国实现关系正常化的关键问题。根据《上海公报》的精神,经过中美双方的共同努力,现在这个问题在中美两国之间得到了解决,从而使中美两国人民热切期望的关系正常化得以实现。至于解决台湾归回祖国、完成国家统一的方式,这完全是中国的内政。

1982年,刘铭传离台后九十一年

8月17日,中美两国签订了《中华人民共和国和美利坚合众国联合公报》,简称《八一七公报》。《八一七公报》和此前签订的《上海公报》《中美建交公告》,都强调坚持一个中国原则,这是中美两国关系以及关于中国台湾问题的重要历史文件。

在公报中,两国政府重申《上海公报》中双方一致同意的各项原则,并再次强调:"美利坚合众国政府承认中国的立场,即只有一个中国,台湾是中国的一部分。"

1992 年,刘铭传离台后一百零一年

海协会与台湾海基会受权在两岸事务性商谈中提出了"海峡两岸均坚持一个中国原则"的共识,史称"九二共识"。其核心意涵为大陆和台湾同属一个中国,两岸不是国与国的关系,从而明确界定了两岸关系的根本性质。

关于祖国的统一,早在五十年代,周恩来总理就提出和平统一的主张。毛泽东主席也指出,台湾只要回归祖国,除外交必须统一于中央外,所有军政大权、人事安排均由台湾当局掌握。1979 年 1 月,邓小平同志提出了"一国两制"构想,即"一个国家,两种制度"。这是中国政府为实现国家和平统一而提出的基本国策。

然而,岛内"台独"势力多年来在外部势力的支持下,背弃一个中国原则,拒绝承认"九二共识",阴谋制造"两个中国""一中一台"。近年来,更是变本加厉,公然勾结外部势力,试图"以武谋独""以武拒统",从而分裂台湾,这是决不允许的,也只能是死路一条,必然遭到台湾同胞在内的全体中国人民的反对。

2022 年,刘铭传离台后一百三十一年

10 月 16 日,中国共产党第二十次代表大会在北京召开。习近平总书记在报告中指出:"台湾是中国的台湾。解决台湾问题是中国人自己的事,要由中国人来决定。我们坚持以最大的诚意、尽最大的努力争取和平统一的前景,但决不承诺放弃使用武力,保留采取一切必要措施的选项,这针对的是外部势力干涉和极少数'台独'分裂分子及其分裂活动,绝非针对广大台湾同胞。国家统一,民族复兴的历史车轮滚滚向前,祖国完全统一一定要实现,也一定能够实现!"

世界潮流,浩浩荡荡,顺之则昌,逆之则亡。国家统一是党心所向,民心所向,军心所向,任何力量都不可阻挡、不可改变。随着中华民族伟大复兴的脚步,实现祖国完全统一的一天必将到来。王师北定中原日,家祭无忘告"先贤"。相信到了那一天,刘铭传地下有知,亦会含笑九泉。

参考书目

《清史稿》,赵尔巽主编,中华书局,1977年版。

《清实录》,中华书局,2008年版。

《李鸿章全集》,时代文艺出版社,1998年版。

《曾国藩全集》,李瀚章编纂、李鸿章校勘,中国致公出版社,2001年版。

《近代中国史稿》(上、下),《近代中国史稿》编写组,人民出版社,1976年版。

《中法战争》,中国史学会编,上海人民出版社,1959年版。

《中法战争》第六册,主编张振鹍,副主编庚裕良、张胤,中华书局,2017年版。

《中日战争》,中国史学会编,上海书店出版社,2022年版。

《李鸿章传》,梁启超,百花文艺出版社,2000年版。

《李鸿章传》,苑书义,人民出版社,2004年版。

《刘铭传文献汇笺》(上、中、下),杜宏春编,黄山书社,2020年版。

《台湾通史》,连横,生活·读书·新知三联书店,2011年版。

《台湾史话》,王芸生,中国青年出版社,1955年版。

《海峡两岸纪念刘铭传逝世一百周年论文集》,黄山书社,1998年版。

《刘铭传与台湾建省:海峡两岸纪念刘铭传首任台湾巡抚120周年学术研讨会论文集》,程必定、周之林、翁飞、戴健主编,黄山书社,2007年版。

《中法战争诸役考》,黄振南,广西师范大学出版社,1998年版。

《淮军人物传记资料》,翁飞辑录整理,国家《清史》编纂工程《淮军》项目。

《淮军地方文献》一分册,马祺主编,国家《清史》编纂工程《淮军》项目。

《翁同龢日记》,翁同龢、翁万戈、翁以均等,上海辞书出版社,2020年版。

《甲午战争史》,戚其章,上海人民出版社,2005年版。

《龙旗飘扬的舰队》,姜鸣,生活·读书·新知三联书店,2005年版。

《刘铭传与全台商务总局》,陆方,《海峡两岸纪念刘铭传逝世一百周年论文集》,黄山书社,1998年版。

《刘铭传与台湾铁路的初期建设》,陈延厚,《海峡两岸纪念刘铭传逝世一百周年论文集》,黄山书社,1998年版。

《淮系与台湾铁路、电报的创建》,高鸿志,《海峡两岸纪念刘铭传逝世一百周年论文集》,黄山书社,1998年版。

《从社会史研究视角看刘铭传的"人仕"》,张研,《刘铭传与台湾建省》,黄山书社,2007年版。

《刘铭传被迫辞职现象的思考》,李晓庄,《刘铭传与台湾建省》,黄山书社,2007年版。

《刘铭传"性不耐官"析》,董丛林,《刘铭传与台湾建省》,黄山书社,2007年版。

《也谈刘铭传的人仕》,王涛,《刘铭传与台湾建省》,黄山书社,2007年版。

《淮系人物在近代中国社会变革中的作用》,孔祥吉,《刘铭传与台湾建省》,黄山书社,2007年版。

《刘铭传与翁同龢兄弟的恩怨》,翁飞,《刘铭传与台湾建省》,黄山书社,2007年版。

《中法战争期间李鸿章对外交涉述论》,关威,《刘铭传与台湾建省》,黄山书社,2007年版。

《试论刘铭传的台湾建省方案》,邓孔昭,《刘铭传与台湾建省》,黄山书社,2007年版。

《刘铭传与台湾士绅》,徐万民,《刘铭传与台湾建省》,黄山书社,2007年版。

《连横与刘铭传》,王彦民,《刘铭传与台湾建省》,黄山书社,2007年版。

《由"筹防"与"练兵"析论刘铭传主台及启迪》,罗海贤,《刘铭传与台湾建省》,黄山书社,2007年版。

《试论刘铭传的台湾防务思想及防务建设》,彭学涛、华强,《刘铭传与台湾建省》,黄山书社,2007年版。

《文明的跃升》,尹章义,《刘铭传与台湾建省》,黄山书社,2007年版。

《翁同龢〈治台说〉及其对台湾省办防的财政支持》,朱育礼,《刘铭传与台湾建省》,黄山书社,2007年版。

《从刘铭传治台看其战略防御思想》,咸俊杰、刘玉明,《刘铭传与台湾建省》,黄山书社,2007年版。

《从沈葆桢到刘铭传》，陈绛，《刘铭传与台湾建省》，黄山书社，2007年版。

《刘铭传诗联说》，戴健，《刘铭传与台湾建省》，黄山书社，2007年版。

《试由诸贤诗篇勾勒刘铭传主台时之形象样貌》，李慕如，《刘铭传与台湾建省》，黄山书社，2007年版。

《是"弃基保沪"还是牵制战略》，何平立、沈瑞，《刘铭传与台湾建省》，黄山书社，2007年版。

《称道褒奖、批评指责》，马自毅，《刘铭传与台湾建省》，黄山书社，2007年版。

《试论刘铭传的海防思想》，陈德辉，《刘铭传与台湾建省》，黄山书社，2007年版。

《刘铭传"抚番"思想的流变和力行》，解正勋，《刘铭传与台湾建省》，黄山书社，2007年版。

《从刘铭传治台看其战略防御思想》，戚俊杰、刘玉明，《刘铭传与台湾建省》，黄山书社，2007年版。

后 记

几年前,安徽电视台拍摄四集大型纪录片《刘铭传在台湾》,邀请我担任总撰稿。片子拍出后,央视和安徽卫视等平台黄金时段多次播出,五大主流网站付费点击量突破八千万人次,反响不错,但纪录片由于受体裁、时长等限制,很多东西无法表现,这让我意犹未尽,开始萌生了写本书的想法。安徽文艺出版社听说后很感兴趣,于是我们一拍即合。

刘铭传一生极富传奇,但他的高光时刻无疑是在台湾。1884年,中法战争爆发,法国企图染指台湾。在这危急时刻,刘铭传奉诏出山,临危受命,带领台湾军民英勇抗击外敌侵略,取得最后胜利。中法战争结束后,刘铭传出任台湾首任巡抚,更是为台湾的近代化建设做出了重要贡献。其历史功绩不言而喻。

近代学者梁启超曾作长诗《游台湾追怀刘壮肃公》,对其评价甚高。台湾著名爱国诗人和历史学家连横先生称刘铭传是"有大勋劳于国家者"。现代史学先驱郭廷以教授在《台湾史事概说》中称:"刘铭传是近代中国的一位杰出人物,更是台湾史上应当特笔大书的人物,他的丰功伟绩实不在郑成功之下……百年以来,中国的朝野上下有心人莫不以'近代化'——自强相尚,'才气无双'的刘铭传虽只是其中之一,而了解最深、持之最坚、赴之最力、成绩最著的,很少有人可与相比。"清史编纂委员会主任、史学大家戴逸先生也指出:"刘铭传的后八年,在抵抗法国侵略、台湾建省和建省后进行经济、文化建设方面,做出了卓越贡献,他是中国近代史上杰出的爱国主义人物,是台湾近代化建设的先驱。"他还说:"我们常说:刘铭传一生事业最辉煌的顶点在台湾,这不仅仅表现在他的战功、他的政绩,还有他真正把自己的全部生命和精神追求与台湾融为一体,台湾就是他自己的家园,在他身上,爱祖国和爱台湾得到了高度统一。"

台湾自古就是中国不可分割的一部分。台湾是中国的台湾。这是铁的事实。刘铭传作为首任台湾巡抚,他在台湾近七年的经历,便是一个历史见证,所彰显的正是两岸血脉同根的历史事实。他为台湾近代化建设取得显著成就做出重大贡献,有目共睹,这也是对台湾近代化建设始于"日据时代"谬论的有力驳斥。当前,国际形势纷繁复杂,台海局势风云变幻。在这种情况下,刘铭传尤其值得大书特书,他的功绩也显得格外有意义。这种意义不仅是历史的,更是现实的。它对弘扬爱国主义精神、推动祖国的统一大业有着重要的、积极的促进作用。

中华民族上下五千年,涌现过许多英雄人物,刘铭传无疑是其中之一。2015年9月2日,习近平总书记在颁发"中国人民抗日战争胜利70周年"纪念章仪式上的讲话中说,近代以来,一切为中华民族独立和解放而牺牲的人们,一切为中华民族摆脱外来殖民统治和侵略而英勇斗争的人们,一切为中华民族掌握自己命运、开创国家发展新路的人们,都是民族英雄,都是国家荣光。中国人民将永远铭记他们建立的不朽功勋!2019年9月29日,习近平总书记在庆祝中华人民共和国成立70周年讲话中再次强调:崇尚英雄才会产生英雄,争做英雄才能英雄辈出。中华民族之所以绵延不绝，生生不息，是因为有了无数这样的英雄人物。我们永远不能忘记他们。

如今，为了纪念刘铭传，两岸人民采取了各种方式缅怀先贤。台湾岛内不仅有刘铭传铜像、纪念馆、铭传路，还有铭传大学、铭传中学、铭传小学和铭传幼儿园等等；而他的家乡肥西县，同样修复了他的故居，并为其修建了纪念馆和墓园。其故居刘老圩所在乡也改为铭传乡，以缅怀英雄。作为一个合肥人，我为有刘铭传这样的英雄乡贤而倍感骄傲、自豪。

为先贤立传，责无旁贷。为了写好这本书，我前后花费数年时间（这还不包括我写《淮军四十年》时对刘铭传资料的搜集），查阅了大量的资料，做了几十万字的笔记，走访了大量的专家，从人物、史实和故事上全方位挖掘出许多过去不为读者所知的新的内容，以大量的史料还原了一个更加丰满、立体，也更加真实、生动的刘铭传。虽然耗费了不少精力，但回头看来，这一切都是值得的。关于书名，先后拟过几个，但都不满意，最后定名《不朽》，取自连横先生那句对刘铭传的评价："然溯其功业，足与台湾不朽矣。"《左传》云："太上有立德，其次有立功，其次有立言。虽久不废，此之谓不朽。"刘铭传当之无愧。

最后，感谢安徽文艺出版社姚巍社长，感谢刘铭传家乡肥西县委宣传部。他们对本书的出版给予了大力支持，在此谨表诚挚的感谢。

季宇

2024年11月18日于合肥创景花园家中